७५ 75 YEARS आपसे हैं हम

D1879750

बातें हैं बातों का क्या

बतकहियाँ कथाकार की

बातें हैं बातों का क्या

बतकहियाँ कथाकार की

काशीनाथ सिंह

सम्पादक

पल्लव

राजकमल प्रकाशन

ISBN : 978-93-92757-54-9

मूल्य : ₹795

© काशीनाथ सिंह और साक्षात्कारकर्ता
सम्पादकीय © पल्लव

पहला संस्करण : 2022

प्रकाशक : राजकमल प्रकाशन प्रा. लि.
1-बी, नेताजी सुभाष मार्ग, दरियागंज
नई दिल्ली-110 002
शाखाएँ : अशोक राजपथ, साइंस कॉलेज के सामने, पटना-800 006
पहली मंजिल, दरबारी बिल्डिंग, महात्मा गांधी मार्ग, प्रयागराज-211 001
36 ए, शेक्सपियर सरणी, कोलकाता-700 017
वेबसाइट : www.rajkamalprakashan.com
ई-मेल : info@rajkamalprakashan.com

मुद्रक : बी.के. ऑफसेट
नवीन शाहदरा, दिल्ली-110 032

BATEIN HAIN BATON KA KYA : Batkahiyan Kathakar Ki
Interview by Kashinath Singh
Edited by Pallav

इस पुस्तक के सर्वाधिकार सुरक्षित हैं। प्रकाशक की लिखित अनुमति के बिना इसके किसी भी अंश को, फोटोकापी एवं रिकॉर्डिंग सहित इलेक्ट्रॉनिक अथवा मशीनी, किसी भी माध्यम से, अथवा ज्ञान के संग्रहण एवं पुन:प्रयोग की प्रणाली द्वारा, किसी भी रूप में, पुनरुत्पादित अथवा संचारित-प्रसारित नहीं किया जा सकता।

क्रम

सम्पादकीय *पल्लव* *5*

अब काशी सांस्कृतिक नहीं धार्मिक केन्द्र *प्रेम भारद्वाज* 11
यह तलाश एक लेखक जीवन भर करता है *प्रियंका कुमारी* 29
मैं नामवर से कम नहीं समझता *कृष्णमोहन सिंह* 45
लेखक को समाजशास्त्री नहीं कह सकते *विजेत्री विक्रम सिंह* 50
जैसा जीते हैं, वैसा ही लिखते हैं... *बृजेश यादव* 57
सड़क-बाजार से लड़कपन में जो रिश्ता बना वह आज भी जारी है *वन्दना चौबे* 60
बहुत विस्तृत है 'रेहन पर रग्घू' का कैनवस *विज्ञान भूषण* 75
चाय की दुकान पर धड़कती है जिन्दगी! *अरविन्द मिश्र* 78
जिन्दादिली का दस्तावेज है 'काशी का अस्सी' *महेश सिंह* 81
कहानी का प्राण उसकी संवेदना है, विचार नहीं *डॉ. अभिज्ञात* 85
लेखक जीवन के लिए प्रतिबद्ध है मर्यादाओं के लिए नहीं *ओम निश्चल* 97
साठोत्तरी मेरा परिचय है, पहचान नहीं *विशाल विक्रम सिंह* 109
एक ही रास्ते पर चलते रहने का स्वभाव नहीं *चितरंजन कुमार* 144
'काशी का अस्सी' ने मुझे लिखा है *प्रीति सिंह परिहार* 154
लेखक के लिए सच्चा पुरस्कार उसका पाठक वर्ग है *स्वतंत्र मिश्र* 159
हमारे समय की सबसे बड़ी चुनौती है भूमंडलीकरण *कृष्ण प्रताप सिंह* 162
छन्द के विकल्प की तलाश जरूरी *वीरेन्द्र सारंग* 166
भाषा से लेखक की असलियत जानी जा सकती है *पूनम सिन्हा* 169
साहित्य के एजेंडे पर वैश्वीकरण और बाजारवाद के खिलाफ युद्ध *नृपेन्द्र शर्मा* 175
रंगभूमि को जलाया जाना एक राजनीतिक घटना *राहुल सिंह* 177
निश्चित रूप से असहिष्णुता बढ़ी है *दुर्गानन्द यादव* 181
काशीनाथ सिंह के प्रिय-अप्रिय *कामेश्वर प्रसाद सिंह* 189

सम्पादकीय

भूमंडलीकरण की व्यापक परिघटना से हिन्दी साहित्य कैसे अप्रभावित रह सकता था? जिस परिघटना ने हमारे घर-परिवार-समाज-राजनीति-संस्कृति यहाँ तक कि निजी जीवन पर भी असर डाला वह साहित्यकार की चिन्ता में कैसे न आती? जिस तरह छायावाद के दौर में अनेक लोग कविताएँ लिख रहे थे लेकिन जैसा भिन्न और सर्वथा नवीन स्वर निराला का था ठीक उसी तरह काशीनाथ सिंह भूमंडलीकरण के यथार्थ के सबसे बड़े लेखक माने जाएँगे। 'काशी का अस्सी' केवल काशी की कहानी नहीं है अपितु वह भारत पर पड़े भूमंडलीकरण के भले-बुरे प्रभावों को बताती है। वही बात काशीनाथ सिंह के कहन में है जो इस राजनैतिक-सांस्कृतिक-आर्थिक परिघटना को साहित्य के माध्यम से हमें बताते हैं। काशीनाथ सिंह 'काशी का अस्सी' के साथ ठहर नहीं जाते 'रेहन पर रग्घू', 'महुआचरित' और 'उपसंहार' जैसी कृतियाँ उनकी रचनात्मक बेचैनी का प्रमाण हैं।

आश्चर्य नहीं कि ऐसे सक्रिय और लोकप्रिय लेखक से संवाद करनेवालों की संख्या बड़ी है। सवाल अनेक हैं क्योंकि कथाकार अपने लिए भूमंडलीकरण ही नहीं स्त्री-पुरुष सम्बन्ध और जीवन-मृत्यु के परम दार्शनिक प्रसंगों को भी लेखन में चुनता है। 2013 में पहले उनसे किए साक्षात्कारों की एक किताब 'गपोड़ी से गपशप' आई थी जिसे काशीनाथ सिंह के पाठकों के साथ गद्य के गम्भीर शोधार्थियों ने भी पसन्द किया था। यह पुस्तक काशीनाथ जी से हुए उन संवादों को समेटती है जो उनके उपन्यास 'रेहन पर रग्घू' के बाद किए गए हैं। खोजने पर मिले दो पुराने असंकलित साक्षात्कार भी दे दिए गए हैं।

किसी भी लेखक को सम्पूर्णता में समझने और विश्लेषित करने में उसकी आत्मस्वीकृतियाँ महत्त्वपूर्ण सिद्ध होती हैं। प्रियंका कुमारी से की गई बातचीत में वे लिखते हैं—'जब मैंने लिखना शुरू किया था, 1960 से लगभग 1975 तक, तब तक इन आरम्भिक वर्षों में मेरी गणना चर्चित लेखकों में नहीं होती थी। मैंने जो भी बेहतर लिखा, वो अस्सी के बाद लिखा। यानी लगभग बीस वर्षों तक मैं

एक तरह से वर्जिश करता रहा, मेहनत करता रहा, लिखता रहा। लेकिन लिखने का अपना छंद मुझे बाद में मिला।' फिर एक अन्य जगह अपने आत्मविश्वास की कथा भी कहते हैं—'लम्बे समय तक मेरी पहचान नामवर के भाई के रूप में ही रही। यह बात मेरी पीठ पर बराबर कोड़े की तरह पड़ती रही और अहसास कराती रही कि मैं इसे कलंक की तरह नहीं बल्कि वरदान की तरह लूँ। यह शिक्षा उन्हीं की (नामवर सिंह की) दी हुई थी कि हम घर में तो भाई हैं लेकिन साहित्य में नहीं। मेरे भीतर एक जिद थी कि मैं अपने लेखन से अपना होना साबित करूँगा। आज मेरी अपनी अलग पहचान है और अपने (कथा साहित्य के) क्षेत्र में खुद को नामवर जी से कम नहीं समझता। ऐसा न समझता तो लिख नहीं पाता।' यह एक लेखक का आत्मविश्वास और आत्मस्वीकृति ही नहीं अपितु उसके लेखकीय संघर्ष की कथा भी है।

नई कहानी आन्दोलन के बाद उठ आए अनेक आन्दोलनों से अराजक स्थिति बनी थी। इन अराजक स्वरों को साहित्य में साठोत्तरी पीढ़ी का स्वर माना जाता है। एक साक्षात्कार में काशीनाथ सिंह ने इस पीढ़ी और इसके प्रभाव पर विस्तृत चर्चा की है। इसी चर्चा में वे कहते हैं—'साठोत्तरी मेरा परिचय है, पहचान नहीं।' इस बातचीत में विस्तार से काशीनाथ जी ने साठोत्तरी प्रवृत्तियों तथा अपनी पीढ़ी के साठोत्तरी कथाकारों की चर्चा की है और अपने लेखन व अकहानी—समान्तर कहानी इत्यादि में मौजूद विभेदों को स्पष्ट किया है। कहानी के इतिहास के विद्यार्थियों के लिए यह बातचीत ज्ञानवर्धन है तो सामान्य पाठकों को उस दौर की उत्तेजना की झलक यहाँ मिलेगी।

पाठकों को यह जानकारी होगी कि काशीनाथ सिंह लघु पत्रिका आन्दोलन से भी जुड़े रहे हैं। 'परिवेश' का सम्पादन-प्रकाशन इस आन्दोलन का सिपाही होना था तो आगे लगातार लघु पत्रिकाओं के लिए लिखना इस संकल्प की परिणति। उन्होंने कहा—'व्यावसायिक लेखन के खिलाफ हमने खुद 67-68 के जमाने में आन्दोलन शुरू किया था। लघु पत्रिकाओं की बाढ़ शुरू करनेवाले हम लोग थे। हमने बड़े घराने और सेठ पोषित पत्रिकाओं को व्यावसायिक पत्रिका कहा था। कहा ही नहीं था उसमें लिखना बन्द कर दिया था।' व्यावसायिक लेखन का आकर्षण जनवादी मिजाज को कैसे रोक सकता था? आश्चर्य नहीं कि आठवें दशक की जनवादी कहानी की चर्चा जिन कहानियों से प्रारम्भ हुईं वे काशीनाथ सिंह की लिखी हुई थीं। जाहिर है कि नई कहानी के बाद कहानी में उग आए अनेक निजी आकांक्षाओं वाले कहानी आन्दोलनों को नेपथ्य तक सीमित करने में इस जनवादी उभार की बड़ी भूमिका थी जो लघु पत्रिकाओं के मार्फत ही आ रही थी।

इन साक्षात्कारों में इधर के नये परिदृश्य पर भी खासी चर्चा हुई है। एक जगह उन्होंने कहा कि 'यथार्थवादी होना काफी नहीं है। यथार्थ रचना नहीं है। यथार्थ

एक स्टार्टिंग प्वाइंट है जहाँ से हम शुरू करते हैं।' विचारधारा के प्रति गहरा लगाव रखनेवाले काशीनाथ सिंह यह बात कहकर वस्तुत: विचारधारा की नई अर्थवत्ता प्रतिपादित कर रहे होते हैं। इन दिनों जब विचारधारा को पुरानी चीज मान लिया गया है तब काशीनाथ सिंह का यथार्थवादी होने की अपूर्णता पर विचार करना उनकी गहरी संलग्नता का ही द्योतक है क्योंकि वे जानते हैं कि कमजोर रचना को बड़ी विचारधारा भी नहीं बचा सकती।

हिन्दी लेखकों में आत्मस्वीकार का भाव इधर दुर्लभ प्राय: है। आत्मकथा लिखने का मन रखनेवाले काशीनाथ सिंह यहाँ एक साक्षात्कार में जिस तरह परिवार के (मुख्यत: पत्नी) प्रति अपनी 'गैर-जिम्मेदारी' जिस तरह स्वीकार करते हैं वह सचमुच उनकी ईमानदारी का परिचायक है। युवावस्था के उत्साह में आन्दोलनकारी समूहों से जुड़ाव की निस्सारता को बार-बार रेखांकित करना भी उसी का विस्तार ही है। अपने चार मित्रों पर लिखे संस्मरण के बाद उत्पन्न तनाव और संवादहीनता को भी वे रेखांकित करते हैं। जिस कथेतर की नये दौर में खूब चर्चा है उसके आदि लेखक को संस्मरणों की क्या-क्या कीमत चुकानी पड़ी थी। लेखक के अन्तरंग और रचना-प्रक्रिया के निमित्त ही नहीं अपितु लेखक के वास्तविक महत्त्व को ठीक से विश्लेषित करने के लिए ये संवाद दूरगामी सिद्ध होंगे।

इन साक्षात्कारों में अनेक सवाल पूछे गए हैं और ये सवाल अभी भी खत्म नहीं हुए हैं। 'काशी का अस्सी' के बाद 'रेहन पर रग्घू', 'उपसंहार' और 'महुआचरित' लिखकर लगातार अपने लिए नये रास्ते की तलाश में लगे काशीनाथ सिंह सवालों से बचते नहीं। पाठक देखेंगे कि बार-बार पूछे जाने पर भी उनके जवाब में धैर्य, शालीनता और स्वीकार का भाव है। स्वभाव से बेहद शालीन और संयत इस लेखक की रचनाशीलता स्वर्ण जयन्ती पूरी कर चुकी है। उनसे किए गए ये संवाद उनके अनेकानेक पाठकों को रचनाओं की भीतरी तह खोलने में मदद कर सकेंगे, उत्साहित कर सकेंगे और आलोचना को भी इनसे लेखक की सही तस्वीर बनाने में मदद मिलेगी, ऐसा विश्वास है।

—पल्लव

बातें हमारी याद रहें फिर बातें ऐसी न सुनिएगा
पढ़ते किसको सुनिएगा तो देर तलक सर धुनिएगा

—मीर

अब काशी सांस्कृतिक नहीं धार्मिक केन्द्र

प्रेम भारद्वाज : आपकी युवावस्था यहीं बनारस में बीती। आप यहीं बने। काशी नगर को बनते-बदलते, बिखरते देखते रहे हैं। आपने एक जगह लिखा भी है कि काशी बूढ़ा हो गया है। आप काशी जो एक लेखक हैं, वह काशी जो नगर है उसको किस तरह से देखते हैं?

काशीनाथ सिंह : मैं वर्ष 53 में आया था, और आज 2017 है। इतने वर्ष हो गए यहाँ रहते हुए। उस समय की काशी दूसरी थी। अब की काशी एकदम बदली हुई है। यह पहले सांस्कृतिक केन्द्र था, अब यह धार्मिक केन्द्र के रूप में जाना जाने लगा है। उस समय आचार्य हजारीप्रसाद द्विवेदी थे यहाँ। नागरी प्रचारणी सभा थी। उदय प्रताप कॉलेज था जिससे नामवर सिंह, केदारनाथ जी, विजयमोहन, शम्भूनाथ सिंह सम्बन्ध थे। यहाँ से अखबार निकलता था 'आज'। उसमें हर नव वर्ष में एक विशेषांक निकला करता था। बनारस के सारे लोग लिखते थे। जिसमें नामवर सिंह जी, चन्द्रबली सिंह जी, बच्चन सिंह, विजयशंकरमल, आचार्य हजारीप्रसाद द्विवेदी, विश्वनाथ प्रसाद मिश्र, ये सारे लोग लिखते थे। इसके साथ एक चीज और थी। उन दिनों हास्य कविताएँ लिखनेवाले ढेर सारे लोग थे। इनके अलावा बाजार का लेखन करनेवाले कुशवाहा कान्त भी थे। कुशवाहा कान्त के उसमें स्मरण छपते थे।

प्रेम भारद्वाज : कुशवाहा कान्त के बारे में थोड़ा बताएँ!

काशीनाथ सिंह : मैंने कुशवाहा कान्त को देखा नहीं था लेकिन मैंने सुना था उनके बारे में। जब नामवर का 'बकलम खुद' खत्म हो गया था तब उनका कोई प्रेस था। वहाँ से उन्होंने उसे छापा था।

प्रेम भारद्वाज : 'बकलम खुद' कुशवाहा कान्त की प्रेस से छपा था?

काशीनाथ सिंह : हाँ, छपा था। उनके यहाँ से, उनके बेटे ने छापा, हालाँकि कुशवाहा कान्त जीवित थे उस समय तक।

प्रेम भारद्वाज : कुशवाहा कान्त का एक पाठक वर्ग तो था ही। कुशवाहा कान्त की हत्या शायद की गई थी।

काशीनाथ सिंह : हाँ, हत्या की गई थी। चाकू मारा गया था। यह मैंने सुना था।

प्रेम भारद्वाज : यह अजीब बात है। कुशवाहा कान्त साहित्यिक बिरादरी में शामिल थे।

काशीनाथ सिंह : लेकिन साहित्य की मुख्य धारा में कुशवाहा कान्त नहीं थे। कभी किसी आयोजन में मैंने देखा नहीं था उनको।

प्रेम भारद्वाज : उनके 'लाल रेखा' उपन्यास की बहुत चर्चा हुई थी।

काशीनाथ सिंह : मैंने नहीं पढ़ा। उनको सीरियसली यहाँ कोई लेता नहीं था।

प्रेम भारद्वाज : कुशवाहा कान्त की बात चल रही है तो इसी परम्परा में एक रानू भी होते थे। उन्होंने भी बनारस में लिखना शुरू किया था। उनके बारे में कुछ बताएँ?

काशीनाथ सिंह : उनके बारे में कुछ नहीं पता।

प्रेम भारद्वाज : लेकिन वह यहाँ थे।

काशीनाथ सिंह : रहे होंगे। लेकिन उनकी कोई चर्चा कभी सुनी नहीं। इतना मालूम था कि कुशवाहा कान्त हैं, जो घेलूपुर के आगे रहते हैं।

प्रेम भारद्वाज : हत्या के बारे में कुछ पता नहीं चला?

काशीनाथ सिंह : हत्या के बारे में कुछ पता नहीं चला। इतना मालूम है कि प्रेम-प्रसंग के चलते हत्या हुई थी।

प्रेम भारद्वाज : एक और आदमी की लाश यहाँ मिली थी जिसको माना गया कि यह भुवनेश्वर की लाश है। कुछ स्मृति है? भुवनेश्वर की यहीं लाश पाई गई थी।

काशीनाथ सिंह : भुवनेश्वर को तो मैंने देखा था। बातें की थी। कई बार मिले थे। भुवनेश्वर हमारे घर आते थे। तब नामवर सिंह को नौकरी मिल गई थी। नामवर सिंह को नामवर कहनेवाले कुछ लोग थे। जिसमें त्रिलोचन थे, भैया के मित्र नागेन्द्र प्रसाद थे। आचार्य हजारीप्रसाद द्विवेदी भी थे, चन्द्रबली सिंह। भुवनेश्वर आते थे, दरवाजा खटखटाते थे फिर पूछते थे—नामवर हैं। मैं कहता था—बुलाता हूँ। भैया कहते थे—बिठा दो। वो बहुत कम देर बैठते थे। और उसके बाद मैं वहाँ से हट जाता था। और वह दो-तीन मिनट में चले जाते थे। मैंने भैया से पूछा कि यह आए क्यों थे। मैं उनके महत्त्व को तब नहीं जानता था। उन्होंने बताया पैसे के लिए आए थे। रुपये चाहिए थे उन्हें। दे दिया मैंने। यह कई बार किया था उन्होंने। कभी 15, कभी 10, कभी 5, रुपये और वह चले जाते थे। एक बार हुआ यह कि आकर

जब वह जाने लगे तो भैया ने कहा आगे से जब वो आएँ तो खिला-पिला दिया करो और बता दिया करो कि मैं नहीं हूँ। पैसा माँगें तो मत देना। मैंने उनसे पूछा कि ऐसा क्यों। उन्होंने कहा यह पैसा लेते हैं और दारू खरीदते हैं। और पीते हैं। पैसे का उपयोग इनके लिए सिर्फ इतना ही है।

प्रेम भारद्वाज : मानसिक रूप से असन्तुलित हो गए थे? ऐसा कहा जाता है, आपको लगा?

काशीनाथ सिंह : बोलते नहीं थे। नामवर जी से मैंने पूछा कि यह यहीं क्यों आते हैं? उन्होंने कहा, बाकी सारे लोग समझ गए हैं कि क्या करते हैं वह। इसलिए अब कोई उन्हें पैसा नहीं देता। वह एक दिन आए। मैंने कहा नामवर तो नहीं हैं। बैठिए, खाइए-पीजिए। आपके लिए जो कहें बनवा दें। उन्होंने कहा, बेवकूफ बना रहे हो, झूठ बोल रहे हो, छिपा रहे हो। डाँटा उन्होंने मुझे। मैंने कहा कि नहीं हैं, विश्वविद्यालय गए हैं। कहा—जाओ बुला लाओ। डाँट दिए। मुझे खाना नहीं है। हम गए, भैया से कहा वह बुला रहे हैं।

प्रेम भारद्वाज : अच्छा नामवर जी थे घर पर?

काशीनाथ सिंह : हाँ। वो थोड़ा झल्लाए, उसके बाद आए। और उन्होंने मेरे खयाल से 5 रुपये दिया। फिर कहा वो लोग जानते हैं इसलिए मना कर देते हैं। माँगते हैं तो मना कर देते हैं। नहीं देते। लगा होगा मैं नौकरी कर रहा हूँ। मेरे पास पैसा है। उनका झोला फटा होता था। शर्ट पहने रहते थे। उनका पैजामा फटा होता था। उनके बड़े सघन बाल थे। आकर्षक लगते थे। नाटे थे, लेकिन भरे हुए गाल।

कभी पैंट पहनते थे। वह पैंट भी फटा हुआ होता था। उसके बाद फिर अगली बार आए तो मैंने कहा नामवर जी नहीं हैं। तो वह बिना कुछ बोले लौट गए। जानते होंगे, नामवर हैं लेकिन यह बहानेबाजी कर रहा है। सन् 59 या 60 के आसपास की बात है। दशाश्वमेध घाट में कुछ भिखारी बैठते थे। बाद के दिनों में जब पैसा नहीं मिलता था। और हौली नहीं जा पाते थे तब वो उन्हीं भिखारियों के बीच बैठते थे। यह त्रिलोचन जी से मैंने सुना था। एक दिन उन्हीं के बीच मृत पाए गए।

एक थे शान्तिप्रिय द्विवेदी। भाषा बहुत अच्छी थी उनकी। बड़ी काव्यात्मक ढंग की भाषा थी। वह बहरे थे। इतने बहरे थे कि बह एक दम नहीं सुन पाते थे। लोगों ने व्यंग्य में इसीलिए उनका नाम शान्तिप्रिय रखा हुआ था। उनके साथ उनकी बहन रहती थी। चाहे जिन कारणों से शादी नहीं की थी। लेकिन लोग कहते हैं कि बहन के लिए उन्होंने शादी नहीं की। निराला जब कलकत्ते से इलाज करने बनारस आए थे तो वो प्रसाद जी के यहाँ रहे थे। उनके रहन-सहन को देखकर,

प्रसाद जी जैसा रईस आदमी जो भारतेन्दु परम्परा में आनेवाले कुछ गिने-चुने रईस में से थे। दो-तीन दिन में प्रसाद जी ने देख लिया कि मेरे यहाँ रहने लायक नहीं हैं। बिखरा हुआ सब। तब प्रसाद जी ने उन्हें एक दूसरा मकान दशाश्वमेध घाट पर कोई कमरा था वह निराला को दे दिया कि उसमें रहिए। निराला परहेज नाम की चीज जानते नहीं थे। उन्हें मना था कि आप पिएँगे नहीं लेकिन वह मानते नहीं थे। किसी दिन ऐसा सुनते हैं कि निराला का बक्सा खोला गया तो देखा कि उसमें ढेर सारी शराब की बोतले थीं।

प्रेम भारद्वाज : भुवनेश्वर के यहाँ?
काशीनाथ सिंह : नहीं, निराला के यहाँ। भुवनेश्वर तो ठर्रा वाले आदमी थे। निराला को दारू वर्जित थी। होम्योपैथ के बहुत बड़े जाने-माने हकीम यशवंत नारायण दवा कर रहे थे। डॉक्टर का घराना साहित्यिक था। कई लेखक उनके पास बैठते थे। इलाज कराते थे। बहरहाल हुआ एक दिन यह कि कई दिन हो गए तब निराला जी ऊब गए। यह उन्हीं दिनों की बात है या बाद की है। उन्होंने चौराहे पर शान्तिप्रिय द्विवेदी का कालर पकड़ लिया था। उन्होंने निराला के खिलाफ कुछ लिखा था।

अल्पना मिश्र : हैरानी है उस जमाने में भी आलोचकों का गला पकड़ा जाता था।
काशीनाथ सिंह : हाँ। उस समय बनारस में एक साहित्यिक संघ था। गोष्ठियाँ हुआ करती थीं। नागरी प्रचारणी सभा थी। हिन्दी विभाग था। मार्कंडेय सिंह के कारण यूपी कॉलेज में सांस्कृतिक-साहित्यिक गोष्ठियाँ हुआ करती थीं। प्रेमचन्द का घर हुआ करता था बहुत बड़ा। इसमें मैंने शिवरानी देवी को देखा था। मैं 1953 में आया था तो अमृत राय भी कभी-कभी आकर ठहरते थे। जगत सिंह होते थे। मैनेजर थे, जो बाद में राजकमल में गए थे। उसके बाद 1953 में साहित्यिक संघ और प्रगतिशील लेखक संघ में विघटित हो गया। उसी को साहित्यिक संघ में बदल दिया गया। नामवर जी उसके जनरल सेक्रेटरी थे। तब साहित्यिक महोत्सव का काफी उदार था। एक गोष्ठी में इलाचन्द्र जोशी आए थे। उनके सम्मान में गोष्ठी हुई थी, यह उदारता थी उस दौर में।

प्रेम भारद्वाज : आप जब मुख्य रूप से सक्रिय हो गए यहाँ, उस दौर के बारे में बताइए, आपका दौर जिसमें धूमिल भी थे।
काशीनाथ सिंह : यह दौर लगभग 65 के आसपास तक चला। जहाँ तक आज का सम्बन्ध है, देखिए या तो प्रगतिशील लेखक संघ की गोष्ठियाँ होती हैं कभी-कभी। चन्द्रबली सिंह थे तो जलेस की गोष्ठी उनके घर में होती थी। वर्ष में कुछ एक बार जब कार्यक्रम हो जाता है। यहाँ पराड़कर भवन है वहाँ दूसरे तरह की

गोष्ठियाँ हुआ करती हैं। जिनमें बनारसी किस्म के कवि कविताएँ सुनाया करते हैं। कवि अपनी कविताएँ सुनाते हैं और कविताएँ ही ज्यादा सुनाई जाती हैं हास्य रस, व्यंग्य की, कुछ गजलें इस तरह की चीजें। और आज बिखरे हुए बनारस में ऐसी कोई प्रतिभा नहीं। ले दे के वही ज्ञानेन्द्रपति हैं। कहानीकार के रूप में मैं हूँ। और कुछ लिखनेवाले लोग हैं नीरजा माधव हैं जो सारनाथ में रहती हैं। और कुछ नये लिखनेवाले हैं। जिनकी छवि ही बनी रही है। अभी बनी नहीं है। लेकिन लिखते हैं, छपते हैं।

प्रेम भारद्वाज : साहित्यिक-सांस्कृतिक क्षरण हुआ है इस नगर में।
काशीनाथ सिंह : साहित्यिक माहौल गौण हो गया है, जबसे यह सरकार आई है। काशी की गणना तीर्थ में होने लगी है धार्मिक आयोजन बहुत ज्यादा बढ़ गए हैं। अब तो जहाँ पीपल दिखाई पड़ता है, या कोई पेड़ हो उसके नीचे कोई मूर्ति रख दी जाती है। विश्वविद्यालय में पढ़ानेवाले, विज्ञान के अध्यापक, डॉक्टर भी अन्धविश्वासी हो गए हैं। यह हालत हो गई है। धार्मिक गतिविधियों का केन्द्र अस्सी घाट भी हो गया है।

प्रेम भारद्वाज : आपका अस्सी कहाँ गया।
काशीनाथ सिंह : सब खत्म हो रहा है। खत्म होने का कारण था। अस्सी का मतलब, बनारस का मतलब लोकतंत्र होता था। वैचारिक मतभेद होता था। इसी नगर में रीति काल के लाला भगवान दीन थे, विश्वनाथ मिश्र थे रीतिकाल का पूरा माहौल था उस समय। उनके बरअक्स आचार्य हजारीप्रसाद द्विवेदी थे और द्विवेदी जी के शिष्य थे। जो साहित्य को बड़े पर्सपेक्टिव में देखते थे। विश्व के सन्दर्भ में देखते थे, क्योंकि यह संस्कार पंडित जी शान्ति निकेतन से लेकर आए थे। तो विश्व के परिप्रेक्ष्य और भक्तिकाल वगैरह। क्योंकि रीति काल और प्रसाद छोड़कर यहाँ कुछ पढ़ाया नहीं जाता था। द्विवेदी जी ने भक्तिकाल को महत्त्व दिया गया। रामचरितमानस को ही नहीं कबीर को उसमें रखा। प्रेमचन्द और निराला नहीं थे। प्रसाद की कहानी, नाटक, उपन्यास पढ़ाया जाता था।

प्रेम भारद्वाज : प्रसाद जी का अकादमी में वर्चस्व क्यों था?
काशीनाथ सिंह : प्रसाद बहुत लोगों के परिचित व्यक्ति थे। वाराणसी के जो लोग थे आचार्य शुक्ल तक सबकी एक मानसिकता बनी हुई थी। शुक्ल जी के कारण भी। संत कवियों, कबीर समेत, और प्रेमचन्द के लिए कोई जगह नहीं थी। यह सब पंडित जी ने आने के बाद शुरू कर दिया। प्रेमचन्द को शुरू किया। निराला नहीं थे। निराला को शुरू किया। एक वाइड पर्सपेक्टिव पंडित जी ने दिया।

प्रेम भारद्वाज : आपके सामने काशी का जो अस्सी था। वह अस्सी मिट रहा है। इसे लेकर आपको दर्द ज्यादा होता होगा।

काशीनाथ सिंह : अच्छी बात कही आपने। विचारों की भिन्नता का स्वागत होना चाहिए। जाति के विरोध की बात बुद्ध ने की थी। शंकराचार्य जब आए थे यहाँ तो कहते हैं उनको यहाँ के एक डोम ने चुनौती दी थी। जब वह गंगा स्नान करके आ रहे थे तो इधर से डोम जा रहा था। शंकराचार्य जी ने या उनके साथ जुड़े लोगों ने कहा कि रास्ता बदल दो उधर से जाओ। उसने पूछा, क्यों? तो कहा गया कि शंकराचार्य जा रहे हैं। उसने एक सवाल किया, मैं रास्ता बदल दूँगा लेकिन एक बात जानना चाहता हूँ। जब आत्मा एक है तो मैं चंडाल और आप शंकराचार्य कैसे हैं। क्योंकि शंकराचार्य अद्वैतवाद में विश्वास करते थे। शंकराचार्य के पास उत्तर नहीं था।

प्रेम भारद्वाज : देखिए आज भी राजा (नरेन्द्र मोदी) आ रहे हैं तो लोगों का रास्ता बदला जा रहा है। हजारों साल गुजर गया आज भी वही हाल है।

काशीनाथ सिंह : बौद्ध वर्णव्यवस्था के खिलाफ थे। फिर जैन आए। शंकराचार्य आए। देश में जो भी बुद्धिजीवी रहा है उसके लिए काशी चुनौती रही है। क्योंकि बनारस में अगर आपको कोई सुनता है तो उसका असर पूरे देश पर पड़ता है। कोई कुछ हो जाता है। वह आता था यहाँ अन्त में। यहाँ शास्त्रार्थ के लिए आता था। यहाँ पास में आनन्द पार्क है। कहते हैं उसी में कभी स्वामी दयानन्द सरस्वती ठहरे हुए थे। उन्होंने जब प्रचार करना शुरू किया आर्य समाज की तो चुनौती आई। पंडित जी ने काशी के इतिहास में विवरण दिया हुआ है, स्वामी दयानन्द सरस्वती और उनके बीच संवाद हुआ। बहुत लम्बा शास्त्रार्थ हुआ। जो ब्राह्मण लोग थे बहुत चतुर होते थे। वो अपने साथ ढोल लेकर चलते थे। ताकि जब पराजित होने लगे तो बजाना शुरू करे कि जीत गए। तो शास्त्रार्थ हो रही थी कि उन्हें लगा कि इनके पास कोई उत्तर नहीं है तो उसी में ढोल बजाना और गाना-बजाना शुरू कर दिया। किसी ने कहा हार गए, हार गए। स्वामी दयानन्द फिर यहाँ से रामनगर लौट गए। यह इसलिए कह रहा हूँ कि इस नगर की परम्परा रही है। विचारों का मतभेद यहाँ चलता रहा बराबर। पप्पू की दुकान है ऐसी दुकान थी जो इसी परम्परा में थी जहाँ भाजपाई भी बैठते थे, कांग्रेसी, आते थे। उस समय भाजपा उतना नहीं थी। बाद में विश्व हिन्दू परिषद या युवा वाहिनी जैसे लोगों की तादाद इनकी बढ़ती गई और भाजपा मजबूत होती गई। बाबरी मस्जिद विध्वंस के बाद ये जोर पकड़ते गए। वैसे-वैसे लोगों के पप्पू की दुकान पर आक्रमण होने लगे।

प्रेम भारद्वाज : यानी पप्पू की दुकान एक सांस्कृतिक प्रतीक थी, उस पर हमले होने लगे, मगर क्यों।

काशीनाथ सिंह : हाँ, वर्ष 2000 के आसपास दूसरे विचारों के लोगों ने वहाँ बैठना छोड़ दिया, अब भाजपाइयों को छोड़कर कोई नहीं बैठता है। 10 से 15 साल हो गए आरएसएस बीजेपी के लोग वहाँ रहते हैं।

प्रेम भारद्वाज : आप कब गए थे आखिरी बार वहाँ?

काशीनाथ सिंह : हमें गए हुए बहुत दिन हो गए, अब हम जाते नहीं। हालाँकि जाते हैं तो वही आदर भाव से वह दुकान वाला बिठाता है। पहले यह था कि हमारे नाम से कोई जाता था तो वह मुफ्त में चाय पिलाता था।

प्रेम भारद्वाज : यह मैंने भी सुना है।

काशीनाथ सिंह : क्योंकि वह देखता था कि इसकी बिक्री बढ़ रही है।

प्रेम भारद्वाज : क्या दुकान अभी है?

काशीनाथ सिंह : हाँ दुकान तो है। लेकिन वह बातें अब नहीं हैं।

प्रेम भारद्वाज : तो दर्द तो होता होगा न? आप यहाँ बैठे हैं। और सब कुछ आपकी नजरों के सामने नष्ट हो रहा है।

काशीनाथ सिंह : मैंने अब उसके बारे में सोचना बन्द कर दिया है।

प्रेम भारद्वाज : ऐसा नहीं लगता है कि प्रगतिशील लोगों ने वहाँ से पलायन किया?

काशीनाथ सिंह : एक दूसरी दुकान लोगों ने चुनी लेकिन उस दुकान में वह बात नहीं आई। पप्पू के दुकान की बात कुछ और थी। सब आते थे। कांग्रेसी, सपाई, बसपाई, समाजवादी सब आते थे। घंटों बहसें करते थे। छात्र संगठन से जुड़े बहुत सचेत किस्म के लड़के आते थे। कुछ कार्यकर्ता थे वे भी आते थे। वकील, डॉक्टर आते थे। घर में गाना-बजाना सीखनेवाले संगीत-सितार तबला सीखनेवाले भी आते थे वहाँ। चाय वाला भाँग की गोलियाँ भी रखता था। चार आने की छोटी गोली मिलती थी। कहते हैं कि भाँग खाने पर चाय पीने के बाद जो नशा आता था वह बहुत अच्छा होता था। बातें करते रहते थे और बहस करते रहते हैं घंटों।

प्रेम भारद्वाज : शायद कल्पनाएँ बहुत आती हैं, भाँग खाने के बाद।

काशीनाथ सिंह : हाँ, कल्पनाएँ बहुत आती हैं। खुलकर बातें करते हैं लोग।

प्रेम भारद्वाज : आपने लिखा भी है।

काशीनाथ सिंह : हाँ, ऐसा लगता था कि युद्ध हो जाएगा। उस वक्त कांग्रेसी सत्ता में थे। 11.30 बजे जब तक वह दुकान बन्द नहीं करता तब तक लोग बातें

करते रहते थे। इतना होने के बाद भी लोग साथ में चाय पीते थे। प्रेम से बातें करते थे। और साथ ही अन्य मोहल्ले के गाँव के लोग आते थे और हँसते गाते थे। वह सब चलता था।

प्रेम भारद्वाज : पप्पू की दुकान का कोई विकल्प मिला आप लोगों को।
काशीनाथ सिंह : कई दुकानें हैं लेकिन वहाँ बैठने की जगह नहीं है। एक चाय वाला था केदारनाथ जिसका जिक्र नामवर सिंह के यहाँ मिलता है।

प्रेम भारद्वाज : कहाँ है वह दुकान?
काशीनाथ सिंह : चौराहे पर ही है। दरअसल अस्सी चौराहा बहुत महत्त्वपूर्ण रहा है। नामवर सिंह के जमाने में भी।

प्रेम भारद्वाज : तुलसीदास जी के समय में भी।
काशीनाथ सिंह : तुलसीदास थे ही, वह सांस्कृतिक केन्द्र रहा। अस्सी घाट पर पहले यहाँ शान्ति थी, अब शोर-शराबा है।

प्रेम भारद्वाज : 'काशी का अस्सी' जब आप लिख रहे थे तो क्या दिमाग में था? कहानी, रिपोर्ताज, उपन्यास क्या लिख रहे थे। भूमंडलीकरण के खिलाफ एक लोकल को खड़ा करना था?
काशीनाथ सिंह : इसके पहले मैं संस्मरण लिखता था। हमारा खयाल है हम त्रिलोचन द्विवेदी जी, धूमिल, नामवर जी पर लिख चुके थे। जितने लोगों को मैं जानता था उन पर मैं लिख चुका था। बाकी मेरे दिमाग में कोई था तो नागार्जुन बाबा थे। वह बनारस आते थे तो हमारे यहाँ ठहरा करते थे। लेकिन मुझे लग रहा था कि उन्हें पूरी तरह से समझ नहीं पाया है। उन पर लिखना खतरे से खाली नहीं था। और कोई था नहीं जिसके बारे में मैं लिखूँ। मेरे दिमाग में आया कि जब व्यक्ति पर संस्मरण हो सकता है तो स्थान पर क्यों नहीं। रेणु का 'मैला आँचल' मैं पढ़ चुका था। बहुत पहले एक दौर में 1953 में और वह मुझे हान्ट करता रहा है। रेणु एक माडल हो सकते हैं। माडल होने का मतलब है रेणु एक शैली है। यानी फोटोग्राफी करना है। ताकि पढ़ते समय लोगों को दृश्य दिखाई दे। एक एलबम तैयार करना है। उन दिनों मैं अस्सी के समाज को जानता था। वहाँ आता-जाता था। वहाँ बैठता था। वह एक संक्रान्ति का समय था इस देश के लिए। सोवियत संघ विघटित हो चुका था। मंडल आयोग लागू हुआ था। और ग्लोबलाइजेशन शुरू हुआ था। आर्थिक उदारीकरण भूमंडलीकरण का रास्ता खुल गया था। बाबरी मस्जिद विध्वंस भी हो गया। इन सब समस्याओं पर उस दुकान पर बातें होती रहती थीं। मेरे दिमाग में आया कि अगर स्थान के बारे में लिखना है तो अस्सी

क्या बुरा है। यहीं पर मैं रहा हूँ। तीस साल तो यहाँ रहा हूँ। और विश्वविद्यालय से प्राय: टहलते हुए आया करता हूँ। दिमाग में आया कि लोगों को सुना जाए कि लोग क्या बोलते हैं। रोज दो-तीन घंटे मैं बर्बाद करता था।

प्रेम भारद्वाज : अच्छा बराबर जाते थे वहाँ?

काशीनाथ सिंह : हाँ, जाता था, बैठता था, सुनता था। कुछ काम की बातें मिलती थीं उसे मैं नोट करता था। वहाँ से लौटते हुए मैं सोच लेता था कि क्या करना चाहिए। मेरे सामने जो आड़े आ रही थी वह थी उनकी भाषा जो वे गालियाँ देते थे, कि मैं उसका क्या करूँ?

प्रेम भारद्वाज : वहाँ गाली की तरह होती भी नहीं, सहज होती है।

काशीनाथ सिंह : क्या कहा जाए? संयोग ऐसा था कि पंडित जी ने एक काम दिया था व्याकरण का।

प्रेम भारद्वाज : एक किताब भी है आपकी व्याकरण की आलोचना पर।

काशीनाथ सिंह : हाँ, वो मैंने लिखी है। द्विवेदी जी ने मुझसे कहा कि हमारे शिष्यों में और लोग तो दूसरे काम कर चुके हैं। लेकिन क्रिया-प्रकरण छूट रहा है। क्रियाओं पर काम नहीं हुआ है। आगे अगर पीएचडी करना हो तो सिर्फ क्रियाएँ लेना। जो काम वह कर नहीं पाते थे वह करवाना चाहते थे। दिमाग में चीजें घूमती रहती थीं। क्या हो क्या न हो। उन्होंने कहा, तुम करो। मैंने पंडित जी से कहा कि हमारी दिलचस्पी इसमें नहीं है। उन्होंने कहा कि दिलचस्पी हो या न हो, काम काम है, लो करो। हिन्दी, संस्कृत, अपभ्रंश का व्याकरण मैंने पढ़ा है। कहीं भी शब्दों को गाली नहीं कहा गया। यह नहीं लिखा कि इसका इस्तेमाल नहीं होना चाहिए। शब्द अपने आपमें पवित्र हैं। शब्दों में गंदगी नहीं है। वह समाज से पैदा होते हैं।

प्रेम भारद्वाज : बड़ी बात है।

काशीनाथ सिंह : गाली, जाति-समाज से ही पैदा होती है। यह मैंने व्याकरण की किताबों से जाना था। और फिर जो बोलनेवाले हैं, प्राय: वकील हैं, डॉक्टर हैं या प्रोफेसर हैं क्लास में चाहे जो पढ़ाते हों लोग। लेकिन यहाँ तो धड़ल्ले से प्रयोग करते हैं उन चीजों का।

अल्पना मिश्र : जबकि पढ़ा-लिखा समाज है।

काशीनाथ सिंह : हाँ, यहाँ लोगों के मन में बसा हुआ है वह शब्द यानी इसके बिना बोल ही नहीं सकते। वह चुप हो जाएँगे। बात ही नहीं करेंगे बिना गाली के। खैर हमने उसी अन्दाज में लिख डाला। अब हुआ छापेगा कौन। राजेन्द्र यादव से मेरा सम्बन्ध बहुत अच्छा नहीं रहा।

प्रेम भारद्वाज : ठंडा-गरम का रिश्ता रहा है।

काशीनाथ सिंह : जब 86 में हंस शुरू किया उन्होंने तो कई पत्र मुझे लिखे कहानी के लिए। वह कहानीकार नहीं मानते थे मुझे। मैंने कोई उत्तर नहीं दिया। न लिखा। कई वर्षों बाद मन्नू भंडारी ने मुझे पत्र लिखा। उनके प्रति सम्मान रहा है मेरा। पाठक रह चुका हूँ। यादव के कहने पर मैंने नहीं लिखा लेकिन जब मन्नू जी ने लिखा तो मैंने संस्मरण 'नागानंद चरितम् व वल्द अस्सी चौराहा' भेजा। छापा यादव जी ने।

प्रेम भारद्वाज : बहुत रिस्पांस आया?

काशीनाथ सिंह : छापा तो लोगों ने बहुत पसन्द किया। उसके बाद यादव ने डिमांड शुरू किया। मेरे साथ ऐसा होता है कि जब लिखता हूँ तो लिखता चला जाता हूँ और जब चुप तो चुप। साल भर न लिखूँ। उसी क्रम में लिखता चला गया। यादव ने बताया कि इन दिनों मैं लिख रहा हूँ। तो उन्होंने कहा भेजो। यादव की पूरी ट्रेनिंग हुई है नई कहानी के दौरान। यादव को मालूम है कैसे करना है। कमलेश्वर को लेकर इनके मन में कुंठाएँ बराबर रही हैं। कमलेश्वर की सफलता को लेकर। और कमलेश्वर की मान्यता थी कि अगर पत्रिका निकालनी है तो उसे आम लोगों से जोड़ें। ऐसा ही किया उन्होंने आम आदमी, फालतू आदमी, लगातार। कमलेश्वर जैसा आदमी मैंने देखा नहीं है। कृतघ्न टाइप के थे वह। आपको मैं इसलिए यह कह रहा हूँ कि वे जिन्हें छापते थे उन्हें चूतिया भी कहते थे।

प्रेम भारद्वाज : अच्छा?

काशीनाथ सिंह : हमसे खुद कहा था उन्होंने। हमने उनसे कहा यह समानान्तर कहानी में जो इब्राहीम शरीफ, जितेन्द्र भाटिया, सुधा अरोड़ा, मधुकर सिंह लिख रहे, यह क्या है। उन्होंने हमसे कहा कि जब तुम लोग नहीं लिखोगे तो इन चूतियों को ही मुझे कहानीकार बनाना होगा। कमलेश्वर यह भी कहते थे कि अगर पत्रिका निकालनी हो तो उसे आन्दोलन से जोड़ो। यादव को बेचैनी थी। संयोग से स्त्री और दलित-विमर्श जो लिखा जा रहा था। वो उनसे पहले भी लिखा जा रहा था। लेकिन उसे यादव ने एक आन्दोलन की शक्ल दे दी, 'हंस' के चलाने के लिए। यह ट्रेनिंग उन्हें मिली हुई थी नई कहानी के दिनों में। खासतौर से कमलेश्वर के साथ से।

अल्पना मिश्र : स्त्री-विमर्श को तो कहाँ पहुँचा दिया। उसके सारे रास्ते बन्द कर दिए।

काशीनाथ सिंह : हाँ, जब 'देख तमाशा लकड़ी का' आया तब घर पर नामवर जी आए हुए थे। वो बनारस किसी काम से आए थे। उसी समय मैंने उसे पूरा किया था। यादव ने नामवर जी से कहा कि काशी ने कुछ लिखा है आप जब आइएगा तो ले आइएगा। जब वो आए तो उन्होंने कहा, कुछ लिखा है, तुमने। मैंने कहा

लिखा तो है। कहा, देखें हम? मैंने कहा आप के देखने लायक नहीं है। लेकिन देख लीजिए। मैंने देखा कि नामवर जी पढ़ते हुए बहुत ही अटैच थे। अमूमन वह किसी भी लेखक को पढ़ते हैं तो बहुत डीटैचमेंट के साथ। लगाव फील करके नहीं पढ़ते। फिर जब पढ़ लिया तो मैंने पूछा कैसा लगा। उन्होंने कहा ठीक है। यादव के लिए कोई टिपपणी नहीं की। जब यादव के पास गया तो उनसे हमारी बहुत बहस भी हुई। मैंने उसे भेजा था कहानी के लिए। यादव ने कहा मैं इसे कहानी नहीं मानता। मैंने पूछा, क्या मानते हैं। उन्होंने कहा, यह संस्मरण हो सकता है। मैंने कहा, संस्मरण ऐसा नहीं हो सकता। मैं संस्मरण नहीं मानता। तो उन्होंने कहा, क्या करें इसका। हमने कहा सोच लीजिएगा, फिर बताइएगा। तो अगले दिन कहा कि रिपोर्ताज कह सकता हूँ। हमने कहा, रिपोर्ताज तो हमने पढ़े हैं। रिपोर्ताज तो ऐसे नहीं होते। इसमें कहानी के गुण हैं। उन्होंने कहा तुम भी सोचो, हम भी सोचते हैं। लेकिन यह उन्हें पसन्द बहुत आया था।

अल्पना मिश्र : एक बात मेरे मन में इस पुस्तक को लेकर आती है कथ्य और शिल्प के स्तर पर। 'काशी का अस्सी' जैसा कुछ पहले नहीं आया था। आलोचना आज हमारी थोड़ी पिछड़ गई है। आपको क्या लगता है इसका मूल्यांकन हो पाया? मूल्यांकन से आप सन्तुष्ट हुए, क्या उसको खोल पाए थे आलोचक उसके लिए अभी तक कोई फार्म तय नहीं हो पाया, उपन्यास कहा जा रहा है मगर शायद वह भी नहीं है।

काशीनाथ सिंह : मूल्यांकन नहीं हुआ। देखो, मेरा जो अपना अनुभव है, इसको लेकर दो-तीन। उसके बाद कुछ घटनाएँ हुईं। जब आया तो हमारा खयाल है कि 'संतो घर में झगड़ा भारी' आया था। किसी संस्कृत महाविद्यालय में जहाँ लड़के पढ़ते हैं। तो उधर से आते हुए उन्होंने पप्पू की दुकान पर पत्थर और ढेला मारना शुरू किया। मेरे लिखी उस रचना की करीब 200, 250 प्रतियाँ बाँटी गई थीं बनारस में। 'देख तमाशा लकड़ी का' छपने के बाद दो या तीन दिन तक पप्पू की दुकान में अँधेरा रहा। बिजली चली जाती थी। लालटेन जला के पढ़ते थे लोग। गालियाँ भी देते थे। मैंने बाहर निकलना बन्द कर दिया था। उसी समय संयोग से बनारस में कर्फ्यू भी लग गया था। यह तो उस समय की बात है। जब पहली किश्त आई थी तब पप्पू की दुकान पर ढेलेबाजी शुरू हुई। ढेला लगा था उसको। वह अस्पताल गया था।

अल्पना मिश्र : वह प्रतिक्रिया तो होनी थी।

प्रेम भारद्वाज : वही लोग थे?

काशीनाथ सिंह : हाँ, वही लोग थे आरएसएस वाले। तब यादव से मैंने वार्ता की कि पप्पू को चोट लग गई है। उन्होंने कहा, कि समाचार-पत्र में दें? हमने

कहा, रुकिए जरा बात कर लें तब बताते हैं। मैं गया पप्पू के पास तो उसने हाथ जोड़ लिया। उसने कहा हम बनिया हैं, दुकान चलाते हैं अगर आप ऐसा करेंगे वो हमारी दुकान चौपट हो जाएगी। लोग हमको जिन्दा नहीं छोड़ेंगे। उसने कहा कि आप कुछ मत कीजिए। जो होगा मैं अपने ढंग से डील कर लूँगा। उसी समय शैलेंद्र सागर ने कथाक्रम किया। झाँसी में हुआ था। जिसमें गिरिराज किशोर, शैलेश मटियानी और राजेन्द्र यादव के बीच बात हुई इसी को लेकर। उन लोगों ने कहा कि साले, तुम्हारी हिम्मत कैसे हुई इसे छापने की। शैलेश मटियानी ने कहा। मैं था वहीं। शैलेश मटियानी और गिरिराज इस बात को लेकर बहुत नाराज़ थे और यह जो शैलेश मटियानी और यादव का झगड़ा हुआ वह अन्त तक बना रहा।

प्रेम भारद्वाज : हाँ, यादव जी बताते थे।

काशीनाथ सिंह : इन लोगों के सम्बन्ध ठीक नहीं हो सके इसी को लेकर। मुझसे भी शैलेश मटियानी से बहुत अच्छे सम्बन्ध नहीं रहे। दूसरे उसी समय संगमन हुआ था। प्रियंवद कहते हैं मैं दुध्वा नेशनल पार्क में गया था तो सारे लेखकों ने हमें घेर लिया। इसलिए कह रहे हैं कि साहित्यकारों ने मान्यता अब तक नहीं दिया।

प्रेम भारद्वाज : पाठकों ने दिया है।

काशीनाथ सिंह : हाँ, पाठकों ने दिया है। उन पाठकों ने जो हिन्दी के भी नहीं थे।

अल्पना मिश्र : आलोचकों ने नहीं दिया है। क्योंकि पिछड़ी हुई आलोचना है हमारी।

प्रेम भारद्वाज : आपको लेकर कोई बहुत बड़ी आलोचनात्मक लेख नहीं लिखा गया।

काशीनाथ सिंह : हम कह रहे थे कि हिन्दी के जो पाठक हैं हिन्दी के इतर, दूसरे अनुशासन जैसे सोशियोलॉजी साइकोलॉजी, इंजीनियरिंग के, मेडिकल के जो छात्र हैं उन्होंने पढ़ा। बनारस में आनेवाला कोई भी ऐसा अफसर नहीं है जिससे कहा न जाता हो कि जा के 'काशी का अस्सी' पढ़ लो। इसके बाद टूरिस्ट जो आते हैं जिन्हें थोड़ी-बहुत हिन्दी आती है उनसे बताया जाता है कि इसे पढ़ो। मान्यता इसको तो दूसरे लोगों से मिली। आलोचकों से नहीं मिली, न हिन्दी के लेखकों से मिली।

प्रेम भारद्वाज : आपकी कहानियों की तो बाद में बात करते हैं। उपन्यास को लेकर आपमें काफी बेचैनी रही है। कथ्य के स्तर पर भी और शिल्प के स्तर पर भी। आपका पहला उपन्यास आया, 'अपना मोर्चा' उसमें आन्दोलन की बात है। 'काशी का अस्सी' में एक मोहल्ले नायक को बनाया जाता है। उसके बाद आता है 'रेहन पर रग्घू' उसमें भूमंडलीकरण के खिलाफ संघर्ष है। फिर आप 'महुआचरित' में स्त्री-विमर्श को अपने स्तर से देखते हैं। 'उपसंहार' में देवता को दैन्य बना दिया हिन्दी कथा में आमतौर पर लोग इतने प्रयोगशील नहीं होते। अपने

खाँचे में रहते हैं। आप अपनी ही लकीर को बनाते रहे हैं, मिटाते रहे हैं। तो यह अनायास हुआ या सायास? आपने खुद को रिपीट नहीं किया।
काशीनाथ सिंह : ऐसा है कि दो चीजों ने मेरी मदद की इसने। नामवर सिंह को रात-दिन पढ़ते हुए देखकर किताबों में मेरी रुचि कभी नहीं रही।

प्रेम भारद्वाज : यह तो चौंकानेवाली बात है।
काशीनाथ सिंह : जिसे वह मुझको मजाक में कहा करते हैं 'मैं किताबें पढ़ता हूँ, तुम आदमी पढ़ते हो।' तो किताबों में मेरी रुचि नहीं रही कभी। दूसरी एक और चीज देखी मैंने। पंडित के दूसरे शिष्य शिवप्रसाद सिंह जी थे। वे बहुत पढ़ते थे। और याददाश्त बहुत अच्छी थी। पढ़ते थे और पूरी कहानी याद कर लेते थे।

प्रेम भारद्वाज : 'नीला चाँद' वाले।
काशीनाथ सिंह : हाँ, वह बहुत पढ़ते थे। लेकिन उससे उनका सबसे बड़ा नुकसान यह हुआ कि जो क्रिएटिव भाषा मिली थी उन्हें अपने गाँव से वह छूटती गई। और उनकी कथा की भाषा अकादमिक होती गई। मेरी स्मृति बहुत कमजोर है। मैं लिखता हूँ और दूसरी रचना लिखने तक मैं चुप रहता हूँ। नया लिखने तक मैं चुप रहता हूँ। नया लिखता नहीं जब तक पुराना लिखा उसे भूल न जाऊँ पूरी तरह से।

प्रेम भारद्वाज : कहा जाता है कि हर रचना में रचनाकार नया जन्म लेता है।
काशीनाथ सिंह : लिखने के बाद लम्बा दौर चलता है। याद आती रहती है कि मैंने यह लिखा, वह लिखा। सारे करेक्शन कर देने के बावजूद भूलती नहीं हैं चीजें। तो इतना वक्त देता रहा हूँ। उन चीजों को कि जिनको लिखा मैंने, मैं उनको भूल जाऊँ। नई शुरुआत में हर रचनाकार मरता है, फिर नई रचना के साथ जन्म लेता है। यही वजह है कि कुछ सोचकर कहानियाँ लिखना मैंने बन्द कर दी थी। 84 तक लिखा। फिर मैंने कहा, कहानी नहीं लिखेंगे।

प्रेम भारद्वाज : कहानी की बात ही आई तो आपके दौर में चार बड़े कथाकार रहे। आप, रवींद्र कालिया, दूधनाथ सिंह, ज्ञानरंजन जी थे। आप मित्र मंडली में चारों में किससे ज्यादा क्लोज हैं और कौन आपको चुनौती की तरह लगता है। कहा जाता है काशी जी से ज्ञानरंजन जी को लेकर बड़ा काम्प्लेक्स रहता है। ज्ञानरंजन ने कहीं लिखा भी है कि फोन करके काशी पूछता है कहानी तो लिखना शुरू नहीं किया है। सवाल यह भी है, आप इनमें किसके साथ सहज हैं।
काशीनाथ सिंह : ज्ञानरंजन हमारा बड़ा गहरा मित्र था। और वह 60 के दौर का बड़ा लेखक है। चर्चा में वही ज्यादा था। हम नहीं थे। दूधनाथ और कालिया भी ज्यादा चर्चा में थे आरम्भिक दिनों में। मैं उनमें चौथे स्थान पर था। मेरी चर्चा नहीं होती थी।

यह ईर्ष्या कुछ दिनों रही होगी। उन्हीं दोनों की बात है, स्पर्धा भी हो सकती है, लेकिन चुनौती के रूप में वे कभी नहीं रहे हैं। मैंने कहा न, मैंने पढ़ा बहुत कम है। लेकिन प्राय: रूसी और अमेरिकी लेखक अच्छे लगते थे। फाकनर को मैंने पढ़ा नहीं था। लेकिन सुना था। हेमिंग्वे प्रिय थे। रूसी लेखकों में टॉलस्टॉय थे, हाइट पर हैं। हमें लगा कि अपने से बराबर वालों से स्पर्धा निरर्थक है। जब भी रखो अपने से बड़े से रखो। मेरे सामने चुनौती के रूप में दूसरे लोग रहे हैं। हम जो चाहते थे, जो लिखना चाहते थे। वह हो पाया या न हो पाया हो अपने समय को देखते हुए। मगर मेरी अपनी एक धारणा थी। शुरू से आज तक वह बनी हुई है। केवल यथार्थवादी होना काफी नहीं है। यथार्थ रचना नहीं है। यथार्थ एक स्टार्टिंग प्वाइंट है जहाँ से हम शुरू करते हैं। लेकिन उसके बाद यथार्थ अगर पकड़े रहे तो आप संजीव या मैत्रेयी पुष्पा हो जाएँगे।

प्रेम भारद्वाज : इसका मतलब थोड़ा खोलिए। संजीव, मैत्रेयी पुष्पा क्यों होजाएँगे?

काशीनाथ सिंह : संजीव के यहाँ रिपोर्टिंग हो या नहीं, यथार्थ है उनके यहाँ। ज्यादा है।

प्रेम भारद्वाज : मैत्रेयी पुष्पा जी के यहाँ क्या है।

काशीनाथ सिंह : मैत्रेयी पुष्पा जो गढ़ती हैं वह दिखाई पड़ता है। यह दिखना नहीं चाहिए। रचना वह है जिसमें चकत्ते नजर नहीं आने चाहिए।

अब मैं थक गया हूँ...थोड़ी सुरती खा लूँ। अल्पना के चलते नहीं खा रहा था। वह सोफे से उठकर खड़े हो जाते हैं। सुरती मलते हैं। कमरे में ही चहलकदमी करते हैं। फिर सहज होते हैं, हाँ। अच्छा अल्पना बताओ तो उपन्यास के बाद किसी और चीज में हाथ लगाया।

अल्पना मिश्र : एक उपन्यास पर काम कर रही हूँ।

काशीनाथ सिंह : नये लेखकों के लिए दो चीजें बहुत जरूरी हैं। निरन्तरता और लिखती रहो, निरन्तर लिखती रहो। अच्छा लिखती हो।

अल्पना मिश्र : कोशिश तो करती हूँ। कुछ अगर आता है दिमाग में तो नोट करते रहते हैं वह सब चलता रहता है।

काशीनाथ सिंह : अब जो जेनरेशन आ रही है उसमें धैर्य मुझे नहीं दिखाई दे रही है। खैर, अन्तिम सवाल क्या है?

प्रेम भारद्वाज : आपने बताया नहीं कि चारों मित्र में से सहज किसके साथ रहे हैं?

काशीनाथ सिंह : चुनौती तो इनमें से कोई नहीं रहा है। ज्ञान के साथ सहज हूँ।

प्रेम भारद्वाज : 'महुआचरित' के जरिए कुछ सवाल खड़ा करते हैं आप अपने ढंग से तो। 'उपसंहार' में मुझे लगा कि यह जो भारतीय परिवेश है, यहाँ हम लोग

साधारण को असाधारण बना देते हैं। और नायक को ढूँढ़ते हैं। आप इसके ठीक उलटा करते हैं। आपने देवता को बिलकुल दैन्य बना दिया। दूसरी बात इसमें रुक्मिणी का जो चरित्र आता। उसको नग्न करके हल में जुतवाना, हमारी पूरी सभ्यता में आप स्त्री का कौन-सा रूप दिखाना चाहते हैं।

अल्पना मिश्र : एक चीज मैं इसमें जोड़ना चाहूँगी कि वह स्त्री की स्वतंत्रता को स्वच्छंदता समझ लेने की जो सोच समाज के मानस में बैठी हुई है, वह स्त्रियों के भीतर भी है। स्वतंत्र है तो उसको उस रूप में लेने की बजाय, उसमें विवेक का इस्तेमाल करने की बजाय उसे बाजार के हिसाब से या अवसरवाद के चलते गढ़ा जाता है। कुछ लोग कहते हैं 'महुआचरित' में स्त्री विरोधी स्वर हैं।

काशीनाथ सिंह : फिक्शन यानी कथा साहित्य ईश्वर या देवता का नहीं होता, मनुष्य का होता है। जब भी फिक्शन लिखते हैं, आदमी के बारे में लिखते हैं। देवता के बारे में जो लिखते हैं वे कोहली टाइप लोग होते हैं। लेकिन एक फिक्शन राइटर के यहाँ ईश्वर नहीं मनुष्य होता है। इसलिए गंजा सिर होता है और दाढ़ी बढ़ती है उनकी। महाभारत में श्रीकृष्ण का यह चित्र नहीं था। मुझे कृष्ण के बारे में लिखना था कैसे बीते उनके अन्तिम 36 साल। महाभारत खत्म हुआ तो उसका असर द्वारका पर पड़ा। आपके घर से एक-दो आदमी गए हों और वापस न आए हों। तब क्या दशा हो जाती है। द्वारका के लाखों सैनिक मारे गए थे। और घर नहीं लौटे थे। जब उपन्यास छपकर आया था तब आरएसएस 'विश्व हिन्दू परिषद' के लोगों से धमकियाँ मिलीं। सौ-डेढ़ सौ फोन आए। अखिलेश से मैंने पूछा था कि यह जो फोन आए हैं यह नम्बर कहाँ के हो सकते हैं। मालूम हुआ कि वह अलग-अलग प्रान्तों के थे। तमिलनाडु, केरल, हरियाणा, राजस्थान वहाँ से फोन आए धमकी देते हुए और कहते हुए कि साले तुमको लिखना था तो मोहम्मद पर क्यों नहीं लिखा, ईसा पर क्यों नहीं लिखा। दूसरे रुक्मिणी का जहाँ तक प्रसंग है, मैं खुद बहुत सावधान था।

प्रेम भारद्वाज : खतरनाक मामला था।

काशीनाथ सिंह : मैंने सोचा रुक्मिणी जो एक महारानी है उसके बारे में मैं एक प्रसंग लिख रहा हूँ। तो यह पूरी तरह काल्पनिक नहीं होना चाहिए। अनुशासन पर्व में उनके बारे में है। यह कन्फर्म किया। राबर्ट क्लासे की किताब पढ़ कर यह संकेत मुझे मिला था कि ऐसा हुआ था। लेकिन जब यह राजकमल प्रकाशन के अशोक महेश्वरी के यहाँ गया तो उसने हमसे पूछा, कहाँ से लिया? हमने कहा कि यह तो हमने अनुशासन पर्व से लिया है। उसने कहा कि अच्छा मैं भी इसे

कन्फर्म कराता हूँ। मथुरा के किसी महंत से उसने पूछा तो महंत ने कहा कि हाँ, यह प्रसंग आया है। और अनुशासन पर्व में आया है। उसमें तो कृष्ण ने ब्राह्मण के बारे में भी ब्रहुत कुछ कहा है। दूसरा इस प्रसंग के जरिए, यह बताना था कि राधा वह लड़की है जो मिलने जाती है कृष्ण से जब वह मथुरा में बन्द है, जरासंध के डर से। उन्हें कमरे में रख दिया गया। और मिलकर आ जाती हैं। यह मेरी कल्पनाएँ हैं क्योंकि यह कैसे होगा कि बरसाने और मथुरा में रहते हैं। मिलते रहे हो वह कहती है कि तुम्हें खुद मिलना हो तो जमुना के कछारों में आना। यानी मुक्त वातावरण। यह कहीं-न-कहीं आज का प्रभात्र है।

प्रेम भारद्धाज : पूरी सभ्यता में मुझे लगता है, स्त्री और प्रेम की जगह नहीं।

काशीनाथ सिंह : याद रखें कि दुर्वासा जिन्होंने ऐसा किया था वह ब्राह्मण थे। और यह सामंती मनोवृत्ति है औरत के बारे में। कैकेयी उस मनोवृत्ति की शिकार होती है। औरत के साथ जिस तरह से व्यवहार ब्राह्मण समाज करता है। यह बताने के लिए वह प्रसंग डाला था रुक्मिणी का इसमें। जहाँ तक 'महुआचरित' का सवाल है। एक चीज बता दें हम, हमारी यह बुनियादी मान्यता है, अपनी सोच है कि किसी भी रचना का आधार विमर्श नहीं होना चाहिए। रचना के भीतर से विमर्श निकलना चाहिए। आपकी रचना भीतर से विमर्श निकले तो निकले। और जो निकले वो स्वाभाविक हो।

अल्पना मिश्र : अब तो पहले से विमर्श को तैयार करके उस ढाँचे में रचना को फिट कर दिया जाता है।

काशीनाथ सिंह : सही कह रही हो, विमर्श रचना के भीतर से आना चाहिए। क्योंकि चाहे दलित विमर्श हो या स्त्री-विमर्श विमर्शों से अगर रचना बंधित नहीं है वो जाहिर है वह रचना नहीं होगी।

प्रेम भारद्धाज : आपके हिसाब से स्त्री-विमर्श क्या है?

काशीनाथ सिंह : अब बहुत हुआ। छोड़ो भी।

प्रेम भारद्धाज : एक सवाल और 'होल्कर हाउस में हजारीप्रसाद द्विवेदी' संस्मरण जब लिखते हैं तो विश्वनाथ त्रिपाठी आहत होते हैं। विश्वनाथ जी यहाँ तक कहते हैं कि काशीनाथ को काशी में आदर योग्य नहीं लगता है।

काशीनाथ सिंह : फोन करके विश्वनाथ जी ने कहा था कि मैंने आपके खिलाफ लिखा है। मैं जब लिखा था तब मनोहर श्याम जोशी जी ने इसे रिजेक्ट किया था। और वह भी कह रहे थे कि मैं इसका जवाब लिखूँगा लेकिन लिखा नहीं। विश्वनाथ जी मुझसे सीनियर थे। हमारे रूम मेट भी रहे हैं। जब परीक्षा छोड़ी थी

उन्होंने एम.ए. की तो पंडित जी ने कहा था कि तैयारी अच्छी नहीं है तो मत दो। तब एक साल छोड़ दिया था। वो मेरे साथ ही, मेरे कमरे में रहते थे। एक चारपाई पड़ी होती थी। फिर मैंने एक खटिया खरीद ली और हम लोग पढ़ते थे। उन दिनों वह राजकपूर के दीवाने थे। गाते थे। वो मुझे फिल्मी गाने सुनाया करते थे और मैं उन्हें लोकगीत सुनाया करता था। इस तरह से हम लोगों में बातें होती थीं और रातें कटती थीं। विश्वनाथ जी पंडित जी के बड़े वत्सल शिष्य रहे हैं। बड़े भक्त किस्म के शिष्य रहे हैं। भक्ति मेरी भी कम नहीं थी पंडित जी के प्रति। लेकिन जब पंडित जी यहाँ रेक्टर हुए तो मैं पंडित जी को वाच कर रहा था। बराबर, तटस्थ होकर। पंडित जी ने मेरी रक्षा भी की। छात्र आन्दोलन से मेरा सम्बन्ध था। हमारे खिलाफ विश्वविद्यालय के कुछ लोगों के निकाले जाने के लिए दस-पन्द्रह लोगों की सूची बनाई थी। उसमें पहला नाम मेरा ही था। यह 67 की बात है। लड़कों की पूरी श्रद्धा थी पंडित जी के प्रति लेकिन लड़कों को सबसे बड़ी शिकायत थी कि बोलना चाहिए कि सच्चाई क्या है। लेकिन वो बोल नहीं रहे हैं। खैर पंडित जी ने बुलवाया मुझे। मैं गया तो कहा कि तब नामवर जी को कोई नौकरी कहीं मिली नहीं थी। उन्होंने कहा, नामवर को तो देख रहे हो, तुम्हें भी वही होना है क्या? हमने समझा नहीं कि पंडित जी क्या कह रहे हैं? पंडित जी से मुझे ये मालूम हुआ तो उन्होंने कहा कि इतनी सावधानी बरतो कि नौकरी बची रहे। बाकी ठीक है हम देखेंगे। लेकिन पंडित जी ने फिर हँसते हुए कहा जाओ।

प्रेम भारद्वाज : जब आपने द्विवेदी जी पर लिखा था तब नामवर जी नाराज नहीं हुए थे?
काशीनाथ सिंह : नामवर जी का थोड़ा दूसरा मामला है। जब 'गरबीली गरीबी' लिखा तब कुछ इस तरह टिप्पणियाँ उसमें आई थीं। केदार जी को पढ़ने को मैंने दिया था। और केदार जी ने सुझाव दिया कि कुछ बदलाव कर दीजिए। मैं कुछ बोला नहीं। कहा ठीक है।

प्रेम भारद्वाज : क्या प्रसंग था?
काशीनाथ सिंह : अब मुझे यह याद नहीं। लेकिन इतना है कि संस्मरण लिखते समय नामवर जी के प्रति कमजोरी हो सकती है। लेकिन संस्मरण लिखते समय मैं भरसक कोशिश करता हूँ, कि जितना डिटैच रहूँ उतना अच्छा है।

प्रेम भारद्वाज : हाँ, वह दिखता भी है।
काशीनाथ सिंह : सच है कि श्रद्धा में कोई कमी नहीं मेरी पंडित जी के प्रति। जब पंडित जी चंडीगढ़ में थे और बनारस आते थे। रेक्टर होने के पहले तक।

यह मेरा दायित्व था कि पोस्ट ऑफिस के सारे काम मैं करता था। यह नामवर जी उनके सुपुर्द कर गए थे कि इतना करना कि मैं तो नहीं रहूँगा। मैंने देखा शिवप्रसाद झाँकते तक नहीं जो पंडित जी के दूसरे नम्बर के शिष्य माने जाते हैं। पंडित जी के यहाँ कोई नहीं जाता था। जब वह चंडीगढ़ से यहाँ आते थे। पंडित जी तब संघ के ज्यादा करीब थे।

अल्पना मिश्र : ऐसा नहीं है, मेरी स्मृति है, मेरे खयाल से कांग्रेस के नजदीक ज्यादा थे। जो मुझे घर से पता चला।

काशीनाथ सिंह : वह इन्दिरा जी कारण। जोशी चंडीगढ़ में वाइस चांसलर थे और वहीं से लाए गए थे। वाइस चांसलर बनाकर। पंडित जी जोशी के प्रति बेहद वफादार थे। जोशी का झुकाव संघ की ओर था। और पंडित जी जोशी के प्रति लायल थे। रिटायर होने के बाद पंडित जी को बुला लिया यहाँ। पर हिन्दी विभाग के अध्यक्ष के रूप में चुनाव हुआ। पंडित जी और विश्वनाथ प्रसाद को लेकर विवाद हो गया। विश्वविद्यालय के संरक्षक या चांसलर काशी नरेश थे और काशी नरेश के रामचरितमानस का विश्वनाथ प्रसाद मिश्र ने उन्हीं के पैसे पर वहाँ रहते हुए सम्पादन किया था। तो चांसलर का कहना था कि अगर करना हो तो क्यों नहीं विश्वनाथ प्रसाद मिश्र रिटायर कर गए हैं उन्हें बनाया जाए हिन्दी विभाग का अध्यक्ष। हजारीप्रसाद द्विवेदी को क्यों। तो चाहते हुए भी जोशी नहीं कर सके द्विवेदी जी का। क्योंकि मामला सीधे कोर्ट में चला जाता। जब जोशी ने देखा कि बुलाया था मैंने और नहीं हुआ तब उन्होंने रेक्टरशिप पंडित जी को दी।

प्रेम भारद्वाज : पोस्ट क्रिएट करके?

काशीनाथ सिंह : हाँ, पोस्ट क्रिएट करके दिया जोशी ने। यह पंडित जी कृतघ्नता थी। जो जानते हुए कि आरएसएस के साथ है। उन्होंने साथ दिया था जोशी का। क्योंकि उनके संस्कारों में नमक हरामी नहीं था। अब मैं बहुत थक गया हूँ और अब बोल नहीं पाऊँगा।

(*पाखी,* नवम्बर-दिसम्बर 2017 अंक में : सृजन के घर संवाद)

यह तलाश एक लेखक जीवन भर करता है

प्रियंका कुमारी : साठोत्तरी हिन्दी कहानी के बाद कथा-साहित्य में आए अब तक के बदलावों को आप किस तरह देखते हैं?

काशीनाथ सिंह : देखो, मैं जिस उम्र में हूँ उसमें अमूमन लोग कहते हैं कि बड़ा ह्रास हो रहा है। यानी अस्सी के दशक में जब हम लिखते थे तो एक उत्साह था, जोश था और लगता था, साहित्य ही साहित्य लिखा जा रहा है। इन चीजों को देखते हैं तो आज के युग में ऐसा लगता है कि साहित्य हाशिए पर है। साहित्य लिखनेवाले लोग बहुत कम हो रहे हैं। ज्यादातर लोग जो एक बदली हुई दुनिया है, जो अर्थ-केन्द्रित दुनिया है, उसमें मसरूफ हैं। अब साहित्य वगैरह के बारे में सोचने के लिए किसी के पास वक्त नहीं है। अमूमन हमारे उम्र के लोग ऐसा सोचते हैं। लेकिन मैं ऐसा नहीं सोचता। मैं जब से लिख रहा हूँ तब से लेकर अब तक देखें तो जो बदलाव साहित्य लेखन में हो रहे हैं, वे पॉजिटिव हो रहे हैं। यानी हमारे समय में एक भी पत्रिका नहीं थीं, इतने प्रकाशक नहीं थे, इतनी बड़ी तादाद में लेखक नहीं थे। वे अच्छा लिख रहे हैं, खराब लिख रहे हैं, महत्त्वपूर्ण यह नहीं है। महत्त्वपूर्ण यह है कि पत्रिकाएँ निकल रही हैं। कोई ऐसा शहर नहीं है जहाँ से ज्यादा-से-ज्यादा पत्रिकाएँ न निकल रही हों या एकाध पत्रिकाएँ न निकल रही हों। दिल्ली प्रकाशनों से भरा पड़ा है। पहले गिने-चुने प्रकाशन थे। इसके सिवाय जब पत्रिकाएँ निकल रही हैं तब बिक भी रही हैं। पत्रिकाओं के बिकने का मतलब है कि पाठक ज्यादा हो रहे हैं और पत्रिकाओं के निकलने का मतलब है कि उसमें लिखनेवाले लेखक भी ज्यादा हैं तभी इतनी पत्रिकाएँ निकल रही हैं। इन सारी चीजों को देखते हुए मुझे लगता है कि पहले से आज साहित्य विकास की स्थिति में है, पीछे नहीं गया है। अब इक्के-दुक्के बड़े लेखक अपने-अपने दौर में पैदा हो जाते हैं। यह अलग बात है कि अब तक दिखाई नहीं पड़ रहे हैं पर इन्हीं में से कल कोई बड़ा लेखक हो सकता है।

प्रियंका कुमारी : लेकिन सिक्के का दूसरा पहलू भी है कि संख्या में भले ही ज्यादा साहित्य लिखा जा रहा हो, पत्रिकाएँ निकल रही हों, प्रकाशकों की संख्या भी बढ़ रही हो। परन्तु जैसा कि आपने अभी ऊपर संकेत किया है कि ज्यादातर लोग बाजार की होड़ में शामिल होने के लिए लिख रहे हैं। और ऐसे में वे अपने मूल उद्देश्य से भटक भी रहे हैं। इस पर आप क्या कहना चाहेंगे?

काशीनाथ सिंह : ये तो देखो होता है। जब मैंने लिखना शुरू किया था, 1960 से लगभग 1975 तक, तब इन आरम्भिक वर्षों में मेरी गणना चर्चित लेखकों में नहीं होती थी। मैंने जो भी बेहतर लिखा वो अस्सी के बाद लिखा। यानी लगभग 20 वर्षों तक मैं एक तरह से वर्जिश करता रहा, मेहनत करता रहा, लिखता रहा। लेकिन लिखने का अपना छंद मुझे बाद में मिला। कौन सी ऐसी विधा है जिसमें मैं अच्छा लिख सकता हूँ। मैं क्या अच्छा कर सकता हूँ? यानी कि अपनी तलाश मैंने निरन्तर जारी रखी। मैं अपने को ढूँढ़ता रहा कि मैं क्या अच्छे से अच्छा कर सकता हूँ। यह हर लेखक के साथ होता है और एक तरह से कहा जाए तो अधिकांश लेखकों के साथ होता है। इसमें दो राय नहीं है कि आज के लेखकों के लिए बाजार सबसे बड़ा प्रलोभन है। लेकिन वे यह भी जानते हैं कि केवल लेखन के भरोसे जीवित नहीं रह सकते। कुछ ही लेखक रहे हैं जिनकी जीविका साहित्य रही है। बाकी कोई-न-कोई नौकरी करते हुए साहित्य रचना करते रहे हैं। कोई आई.ए.एस. रहा है, कोई आई.पी.एस. रहा है, कोई प्रोफेसर रहा है तो कोई अन्य छोटी-मोटी नौकरी करता रहा है। साहित्यकारों में यह धारणा अब तक बनी हुई है कि जीविका के लिए साहित्य नहीं है।

प्रियंका कुमारी : अर्थात् बाजार की चुनौतियों का सामना करते हुए साहित्यकारों को प्रयास करते रहना चाहिए?

काशीनाथ सिंह : प्रयास करते रहना चाहिए, लेकिन आँखें मूँदकर नहीं; आत्मान्वेषण करते हुए, अपने को ढूँढ़ते हुए कि हमारी सही विधा क्या है? हम कविता अच्छी लिख सकते हैं, उपन्यास अच्छा लिख सकते हैं, कहानियाँ अच्छी लिख सकते हैं या संस्मरण अच्छा लिख सकते हैं? क्योंकि इधर विधाओं का विस्तार हुआ है। पहले केवल कविता, कहानी, उपन्यास इन्हीं विधाओं को लोग जानते थे। अब ट्रैवेलाग लिखे जा रहे हैं, डायरियाँ छप रही हैं, रिपोर्ताज लिखे जा रहे हैं। उपन्यास भी अब पारम्परिक ढंग से नहीं लिखे जा रहे हैं। उनका भी रूप बदला है। हर लेखक अपने को ढूँढ़ता रहे कि कहाँ वह सही ढंग से और किस विधा में अपने को व्यक्त कर पा रहा है, तब उसे लिखना चाहिए। कोई भी लेखक लिखने के लिए तो सब कुछ लिख सकता है लेकिन कौन सी ऐसी

विधा है जिसमें वह समूचा व्यक्त हो सकता है, यह तलाश बराबर एक लेखक जीवन भर करता रहता है।

प्रियंका कुमारी : इस सन्दर्भ में आपके लेखन कर्म की बात की जाए तो आपने अपनी रचनाओं के माध्यम से निरन्तर कुछ-न-कुछ नया एवं भिन्न तलाश करने की कोशिश की है। आपके अभी हाल में छपे उपन्यास 'उपसंहार' की बात की जाए तो उसमें आप विषय-वस्तु और भाषा-शिल्प की अपनी पूर्व छवि के स्थापित विधान को त्याग कर, अचानक नये रूप में सामने आए हैं। 'उपसंहार' लिखने के बाद, अब तक आपकी कोई रचना नहीं आई है। मेरा सवाल यह है कि फिलहाल आप क्या नया तलाश रहे हैं?

काशीनाथ सिंह : (हँसते हुए) देखो! यह तो बड़ा मुश्किल सवाल है। हाँ, क्योंकि मेरी कमजोरी है कि मैं अगर बता देता हूँ तो मैं लिख नहीं पाता हूँ। मेरे भीतर जो चल रहा होता है उसके बारे में बोलता नहीं हूँ। ऐसे मोटे तौर पर मैं बताऊँ कि मैं आगे क्या करूँगा यह चिन्ता मेरी जरूर है कि जो कर चुका हूँ उससे भिन्न हो और बेहतर हो। अगर मैं अच्छा कर सकूँगा तभी लिखूँगा वरना नहीं लिखूँगा। यह मैंने बनारस के लेखकों से ही सीखा है। मुंशी प्रेमचन्द और जयशंकर प्रसाद से सीखा है। प्रेमचन्द ने अपने आखिरी दिनों में 'गोदान' लिखा था और जयशंकर प्रसाद ने अपने आखिरी दिनों में 'कामायनी' लिखी थी। प्रेमचन्द ने अपने जीवन का सबसे अच्छा उपन्यास और प्रसाद ने अपने जीवन का सबसे अच्छा काव्य। मैं भी कोशिश यही करता हूँ कि जो मैं सबसे बाद में लिखूँ वह पहले से बेहतर हो।

प्रियंका कुमारी : सत्तर से अस्सी के दशक में नक्सलबाड़ी आन्दोलन का प्रभाव हिन्दी साहित्य पर रहा और आपकी रचनाओं पर भी, विशेष रूप से 'आदमीनामा' संग्रह की लगभग सभी कहानियों पर। वर्तमान सन्दर्भ में यदि साहित्यकारों के यहाँ नक्सलबाड़ी आन्दोलन का प्रभाव देखा जाए तो इसे आप कितना प्रासंगिक मानेंगे?

काशीनाथ सिंह : यह मुझे व्यर्थ लगता है, पता नहीं क्यों? इसका एहसास मुझे तभी हो गया था जब मैं खुद जुड़ा हुआ था। नक्सलबाड़ी आन्दोलन के कई ग्रुप हैं और हर ग्रुप अलग-अलग ढंग से इसके बारे में सोचता है। मार्क्सवाद, लेनिनवाद के बारे में सोचता है। सबकी अलग फिलॉसफी है। उनकी बुनियादी चिन्ता यह है कि क्रान्ति कैसे हो? हथियारबन्द होना चाहिए या कैसे होना चाहिए? देश छोटा होता है तब तो क्रान्ति आप कर सकते हैं, हथियारबन्द क्रान्ति कर सकते हैं। लेकिन इतना बड़ा देश और उसकी 'डेमोक्रेसी'। सत्ता का परिवर्तन मतों से होता है और कई बार मैंने महसूस किया है कि जो मतदान है वह लोकतंत्र का

सबसे बड़ा हथियार है। उससे आप लोकतंत्र की सत्ता को बदलिए। इस मामले में बराबर बदलाव होता रहा है। यानी क्या वजह है कि सी.पी.आई. और सी.पी.एम. जो मार्क्सवादी सिद्धान्तों में विश्वास करनेवाली पार्टियाँ रही हैं, आज उनका कोई नामलेवा नहीं है और ये जो हथियारबन्द क्रान्ति कर रहे हैं, वस्तुतः यह नक्सलवाद नहीं है। यह मूलतः उनकी बेरोजगारी है। उनकी अपनी समस्याएँ हैं, जल की, जंगल की, जमीन की, जीविका की, रोजगार की, गरीबी की। मेरे खयाल से थोड़े से नक्सलाइट सोच के लोग हैं जो उन जनजातियों, आदिवासियों को बरगला करके यह करने के लिए बाध्य कर रहे हैं। वरना समस्याएँ उनकी दूसरी हैं। इसे उन्हें समझाना चाहिए। इसकी प्रतिक्रियास्वरूप बी.जे.पी. आ गई। बंगाल जो पच्चीस वर्षों तक सी.पी.एम. का केन्द्र था आज वहाँ उसका क्या हश्र इस चुनाव में हुआ है? सी.पी.आई. के लोग उत्तर प्रदेश से हुआ करते थे। शुरुआती दिनों में इनकी बहुत अच्छी संख्या थी। केन्द्र में मुख्य विपक्ष के रूप में सी.पी.एम. रह चुका है। आज वे कहाँ हैं? मेरे खयाल से इस आईने में नक्सलबाड़ी आन्दोलन को देखा जाना चाहिए। हमने जब छोड़ा तो मुझे खुद लगा कि इस लोकतंत्र में क्रान्ति के लिए कोई गुंजाइश नहीं है। अनेक मुद्दे लड़ने के लिए हैं, जिसे इशू बनाकर लड़ा जा सकता है। जैसे अभिव्यक्ति की आजादी का दमन किया जा रहा है। यह फिलहाल तुम्हारे 'हैदराबाद केन्द्रीय विश्वविद्यालय' में ही हुआ है। 'जवाहरलाल नेहरू विश्वविद्यालय' में हुआ है और हो रहा है। दूसरे विश्वविद्यालयों में जहाँ छात्रसंघ नहीं हैं, वहाँ हो रहा है। यह संविधान जो हिन्दू-मुस्लिम दोनों राष्ट्रों को स्वीकार करता है, धर्मनिरपेक्षता को स्वीकार करता है, इस पर आँच न आए। ये सारे मुद्दे हैं जिन पर लड़ा जा सकता है लेकिन वो भी हथियार के साथ नहीं लोकतांत्रिक तरीके से। हड़ताल करें, भूख हड़ताल करें, धरने पर बैठें, जुलूस निकालें, आन्दोलन का ये तरीका चलेगा। हमारी इतनी बड़ी सीमा है, विकसित फौज है उसके आगे गिने-चुने लोग हथियारबन्द क्रान्ति कर क्या कुछ कर पाएँगे? इस मायने में मुझे लगता है कि नक्सलबाड़ी आन्दोलन की एक ऐतिहासिक भूमिका थी। उस समय में नक्सलबाड़ी आन्दोलन ने तेलुगु, उड़िया, बंगला, हिन्दी, पंजाबी, मराठी, कन्नड़ इन सारे साहित्यों को प्रभावित किया था। मेरे खयाल से इसकी वह भूमिका दस-पन्द्रह वर्षों तक ही थी जो खत्म हो गई। नक्सलबाड़ी के जितने ग्रुप थे वो टुकड़े-टुकड़े हो चुके हैं। अब संगठित स्तर पर प्रयास की कोई उम्मीद मुझे दिखाई नहीं देती। अपने लेखन के आरम्भिक दौर में मैं इस आन्दोलन से प्रभावित हुआ था। 'आदमीनामा' कहानी-संग्रह की कहानियों पर इस आन्दोलन का प्रभाव है। 'सुधीर घोषाल', 'जंगल जातकम्', 'मुसईचा' आदि कहानियाँ इसी

स्तर की थीं। लेकिन बाद में मुझे खुद ही लगने लगा कि अब इस तरह की सोच रखना व्यर्थ है। इस आन्दोलन की एक भूमिका थी जो खत्म हो चुकी है। बाद में जिन लोगों ने इस आन्दोलन को अपने साहित्य के माध्यम से जारी रखा और क्रान्ति कराते रहे, वह मैं समझता हूँ, बहुत सब्जेक्टिव किस्म का लिटरेचर है। वह आत्ममुग्धता का साहित्य है। यानी हम जो सोचते हैं उसे ही हम मान लेंगे कि सारे लोग ऐसे सोचते हैं। जबकि हर आदमी अलग-अलग ढंग से सोचता है। अब सन् दो हजार के बाद का जो नया लेखक आया है उसके लिए तो मार्क्सवाद एक तरह से बेकार हो चुका है जो बुनियाद थी क्रान्ति की या नक्सल आन्दोलन की।

प्रियंका कुमारी : आपातकाल के बाद या अस्सी के दशक के शुरुआती वर्षों से हिन्दी साहित्य में समकालीन साहित्य का आरम्भ माना जाता है। समकालीनता से आपका क्या तात्पर्य है? और समकालीन साहित्य की वर्तमान चुनौतियाँ कौन-कौन सी हैं?

काशीनाथ सिंह : देखो! समकालीन तो मुझे कभी-कभी ऐसा लगता है कि हर युग में जो लिखा जाएगा उस दौर के लेखक के लिए वह समकालीन ही होगा। अस्सी के दशक के बाद के साहित्य को तुम समकालीन कहती हो जबकि समकालीन कहानी पर लेख साठ के दशक के आसपास ही लिखे गए थे। इस तरह से जो लिखनेवाला था उसके समय का जो लेखन था वह उसका समकालीन है या हमारे समय का लेखन हमारे लिए समकालीन है। जो बाद के लोग लिख रहे हैं वे अपने लेखन को समकालीन कहेंगे। उनके बाद जो लिखेंगे वे भी अपने को समकालीन लेखक कहते रहेंगे। इस मायने में समकालीन बहुत व्यापक अर्थ रखता है। इसे तुम सीमित नहीं कर सकतीं। यानी ऐसे भी लेखक हैं जो कबीर को अपना समकालीन कहते हैं। क्योंकि कबीर ने लगभग वही मूल्य स्थापित किए हैं जो अपने यहाँ संविधान में हैं। वे हिन्दू और मुस्लिम दोनों को फटकारते हैं, और ये चीजें आज भी चल रही हैं। इस तरह से जो सदियों पुराना लेखक है, वह भी हमारा समकालीन हो सकता है। ऐसा मुझे लगता है। अब यह है कि उसके भीतर वे क्षमताएँ होनी चाहिए, जो अपने समय में लिखते हुए भी सौ साल बाद के भारत को देख सके। तो समकालीन का कोई सीमित अर्थ मेरे दिमाग में नहीं है। अब रही बात इसकी चुनौतियों की तो इसकी चुनौतियाँ ग्लोबलाइजेशन, उदारीकरण, निजीकरण की हैं, जो पूँजीवादी देशों की खासियत रही है। जैसे विदेशों में, अब तो यहाँ भी है, हवाई जहाज बहुतों के निजी चलते हैं। विदेशों में तो रेलवे तक निजी हैं जिनके लिए अपने यहाँ अलग से कैबिनेट हैं, मंत्रालय हैं। पब्लिक सेक्टर का निरन्तर सिकुड़ते जाना और निजी पूँजी का विस्तार होते जाना, ये जो

समस्याएँ पैदा हुई हैं, यह ग्लोबलाइजेशन और उदारीकरण के कारण हुई हैं। इस पूरी दुनिया के बदले जाने का प्रमुख कारण रूसी समाजवाद का विघटन और वहाँ समाजवाद का असफल होना है जिससे पूरी दुनिया को धक्का लगा है। पहले देखो तीन दुनिया मानते थे; एक रूस है, एक अमेरिका है, बाकी विकास करनेवाली दुनिया है। अब एकमात्र अमेरिका रह गया है बाकी उसके पिछलग्गू हैं। कोई भी देश किसी भी नीति पर, बगैर अमेरिका के अपना अलग निर्णय नहीं ले सकता। हमारी सबसे बड़ी समस्या यह है कि हम विकास की सारी बातें करते हैं, विकास करना चाहते हैं लेकिन हम, हम रह जाते हैं कि नहीं, यह देखनेवाली बात है। हमारी सबसे बड़ी आवश्यकता अपनी स्वायत्तता बनाए रखते हुए विकास करने की है। हमारे प्रधानमंत्री हर देश में घूम रहे हैं। लोग कहते हैं कि कटोरा लेकर घूम रहे हैं। हर देश के पूँजीपतियों से वे मिल रहे हैं और कह रहे हैं हमारे देश में निवेश करो। अब स्थिति यह है कि जो आदमी निवेश करेगा वह मुफ्त में धर्मार्थ करने के लिए तो नहीं करेगा। यानी वो आपकी भलाई के लिए आएगा? सबसे पहले कोई भी अपने लाभ और हानि के बारे में सोचता है कि वहाँ निवेश करने से हमें क्या मिलेगा? तब वो निवेश करेगा। तात्कालिक तौर पर यह आम जनता को या जनसाधारण को लगता है कि बड़ा फायदेमन्द है। देखिए! हमारे प्रधानमंत्री हमारे देश के लिए कितना कर रहे हैं। हर जगह लोगों से निवेश करने के लिए निवेदन कर रहे हैं। ऐसी ट्रेन चलाई जाएगी, ऐसा हवाई जहाज उड़ाया जाएगा, ये होगा, वो होगा। चुनौती सबसे बड़ी यह है कि विदेश की गति के साथ अपनी गति को हम बनाए रखें। लेकिन अपने को भी हम बनाए रखें, अपनी स्वायत्तता, निजी व्यक्तित्व, अहमियत और अस्मिता के साथ। इसीलिए जब वैश्वीकरण की बात आई तब साहित्य में आँचलिकता की बातें चलने लगीं। इसी वैश्वीकरण की देन है जनजातियों की चिन्ता, आदिवासियों की चिन्ता। यानी वे स्वयं अपने लिए सतर्क हो उठे। अस्मिता का सवाल था, अपनी पहचान का सवाल था, हमारी भाषा मिट रही है हमारा खान-पान, कपड़े-लत्ते मिट रहे हैं। हमारे तीज-त्योहार मिट रहे हैं। झारखंड में, छत्तीसगढ़ में, मध्य प्रदेश में, आंध्र प्रदेश में जहाँ कहीं भी जनजातियाँ रह रही हैं उनके अन्दर खलबली मची हुई है। एक लोकेलिटी की, अस्मिता की, आँचलिकता की चिन्ता इनके भीतर जगी है। कुछ ऐसे ही जैसे मान लो हमारा बेटा अमेरिका चला गया। हमारा अपना गाँव, जमीन, रिश्ते-नाते जो कुछ भी अपना था सब कुछ छूट गया। तुमने 'रेहन पर रग्घू' पढ़ा होगा, उसमें यह सब है। मोहल्ले में कोई बूढ़ा मर जाता है और उसके बेटों को खबर तक नहीं होती। पड़ोसी मिलकर उसे फूँकते हैं। उसके बाद अगर बेटा आता भी है

तो श्राद्ध के समय और फिर लौटकर चला जाता है। उसके भीतर कोई भी इस तरह की फीलिंग नहीं होती कि यह हमारा बाप था जिसने मुझे पढ़ाया-लिखाया था, पाल-पोसकर बड़ा किया था। इस तरह से संवेदनाओं का निरन्तर समाप्त होते जाना और संवेदनहीन होते जाना, ये चुनौतियाँ हैं।

प्रियंका कुमारी : बतौर लेखक क्या आपकी सारी चिन्ताएँ अभिव्यक्त हो पाती हैं?
काशीनाथ सिंह : ना, जो कुछ मुझे कहना चाहिए वो सोचता हूँ कहने के लिए लेकिन नहीं कह पाता हूँ। इसके कुछ और कारण हैं। जैसे कायदे से बार-बार मेरे दिमाग में यह आ रहा है कि मुझे प्रेम को डिफाइन करना चाहिए। मेरी रचनाओं में कहीं सच्चे अर्थों में स्त्री नहीं है। मैं क्या सोचता हूँ एक स्त्री के बारे में, सेक्स के बारे में या स्त्री सम्बन्धित अन्य सभी बातों के बारे में। यह लिखना चाहिए लेकिन नहीं लिख पाता हूँ। अभी तक मेरे पास वो भाषा नहीं आ पाई है।

प्रियंका कुमारी : आपकी रचना 'महुआचरित' की महुआ के चरित्र के माध्यम से स्त्री जीवन का ही उल्लेख हुआ है?
काशीनाथ सिंह : कोशिश मैंने की है, लेकिन उसे पर्याप्त नहीं मानता।

प्रियंका कुमारी : आपने 'गपोड़ी से गपशप' पुस्तक में कहा है 'प्रेम पर मैं मैच्योर होकर लिखूँगा' तो क्या अब मान लिया जाए कि वह समय आ गया जब आप प्रेम पर लिखेंगे?
काशीनाथ सिंह : (हँसते हुए) मुझे ध्यान था कि टॉलस्टॉय ने बुढ़ापे में प्रेम पर लिखा था। मेरे मन में भी यही बात थी। लेकिन फिलहाल मैं नहीं लिख पा रहा हूँ। मेरे पास वो हिम्मत नहीं है। साहस की कमी है क्योंकि एक तो अपनी छवि खराब होने की आशंका है, दूसरे परिवार पर भी इसका असर पड़ता है। परिवार में पैदा हुए हैं, परिवार में रहे हैं, परिवार के लोग हैं, बच्चे-बच्चियाँ, नाती-पोता दुनिया भर के लोग हैं तो इन सब वजहों से सम्भव नहीं हो पा रहा है।

प्रियंका कुमारी : आपने हमेशा से वही किया है जो लीक से हटकर रहा है। वह विवादित भी रहा है। वह चाहे 'काशी का अस्सी' हो या 'महुआचरित' हो या अभी हाल में छपा उपन्यास 'उपसंहार' हो। ऐसे में आपको अपनी छवि खराब होने की चिन्ता है या कोई और बात है?
काशीनाथ सिंह : मुझमें वो क्षमता नहीं है। देखो! आचार्य हजारीप्रसाद द्विवेदी ने 'बाणभट्ट की आत्मकथा' लिखी। भट्टिनी को बहुत लोग आचार्य हजारीप्रसाद द्विवेदी जी से जोड़कर देखते हैं। बात चाहे जो भी हो लेकिन द्विवेदी जी में वो साहस था कि शान्तिनिकेतन में रहते हुए उन्होंने वो उपन्यास लिखा। कहीं-न-कहीं

मेरे भीतर वो हिम्मत नहीं है। जब तक मैं अकुंठ नहीं हो जाता हूँ तब तक नहीं लिख पाता हूँ। क्योंकि देखो! लेखक के बारे में एक चीज मैं तुम्हें बताता हूँ, लेखक जब यह भूल जाए कि वह परिवार में है। उसका कोई दोस्त है। उसका कोई दुश्मन है। यानी एक ऐसी स्थिति है जहाँ वो अपने को हर चीज से निरपेक्ष मान ले। वो साधू-संत की तरह दुनिया को देखे। जिसका दुनिया से इतना राग हो कि उसे उस राग का पता ही न चले। अब मैं इसे कैसे व्यक्त करूँ? लेकिन वो हर दुनियावी चीज से ऊपर उठकर के उसे देखे। कोई उसे गाली दे, धमकी दे, मारे-पीटे चाहे जो कुछ भी करे, उसे उसकी परवाह न रहे। मैंने 'काशी का अस्सी' लिखने के बाद गालियाँ सुनीं, धमकियाँ सुनीं। 'उपसंहार' के साथ भी ऐसा ही हुआ। 'उपसंहार' जब छप के आया तो करीब तीन-चार महीने के बाद जब बी.जे.पी. की सरकार सत्ता में आई तब मेरे पास करीब सौ-डेढ़ सौ फोन आए कि साले! तुम्हें लिखना है तो तुमने ईसा पर क्यों नहीं लिखा, मोहम्मद पर क्यों नहीं लिखा। ये 'बजरंग दल' या 'विश्व हिन्दू परिषद', इस तरह के लोग थे। उनका कहना था कि उनके ईश्वर को मैं साधारण आदमी बना रहा हूँ। इस तरह से लिखना जोखिम का भी काम है। इस मामले में मैं अब तक तो कायर रहा हूँ। मुझमें अभी तक प्रेम के बारे में, सेक्स के बारे में लिखने की हिम्मत नहीं आई है।

प्रियंका कुमारी : चूँकि आप बनारस से हैं। बनारस प्रारम्भ से ही भारत का सांस्कृतिक केन्द्र रहा है और यह सामासिक संस्कृति का भी महत्त्वपूर्ण केन्द्र है। ऐसे में मेरा सवाल यह है कि मुसलमान-जीवन आपकी रचनाओं से क्यों उपेक्षित रहा?

काशीनाथ सिंह : देखो! दरअसल उस जीवन से मेरा कोई परिचय ही नहीं है। कोई ऐसा मुस्लिम परिवार नहीं मिला जिस परिवार में मेरा आना-जाना, उठना-बैठना, घुलना-मिलना रहा हो। उनकी समस्याओं एवं मुश्किलों को जानने का मौका मिला हो। और लेखन में किसी भी विषय-वस्तु को उतारने से पहले उससे केवल एक-दो बार रूबरू होने से नहीं होता है। हम उनके घर ईद या मुहर्रम जैसे त्योहारों पर जाते हैं। उनसे मिलते हैं। यहाँ मशहूर शायर नजीर बनारसी हैं। उनके बेटे जहीर साहब हैं। मैं उनके घर त्योहारों पर जाता हूँ। उनसे मिलता हूँ। बचपन में मेरे कुछ मुसलमान मित्र भी थे। मैं उनके यहाँ आता-जाता रहता था। उनके यहाँ बुर्का प्रथा इतनी ज्यादा है कि आपको खिला-पिला देंगे, आपके साथ खा-पी लेंगे। आप उनके घर जाएँगे, बैठेंगे बातचीत कर लेंगे लेकिन उनके घर-आँगन में आपका प्रवेश वर्जित है। आप उनके घर-आँगन में जा नहीं सकते हैं। हाँ, दोस्त हमारे मुसलमान जरूर हैं लेकिन मैं उस घर को, उस परिवार को,

उसकी जिन्दगी को जान नहीं पाया। ऐसे में लिखता तो झूठ होता या कल्पित होता। यह मुझसे नहीं होता है।

प्रियंका कुमारी : अगला सवाल बनारस से ही सम्बन्धित है। बनारस शुरू से ही साहित्यिक केन्द्र रहा है। जबकि आज बनारस में गिने-चुने साहित्यकार बचे हैं जिसमें आप और ज्ञानेन्द्रपति जी आदि हैं। आज जब सारे साहित्यकारों का रुख दिल्ली की ओर है, तब वह कौन-सा मोह है जो आपको बनारस में घेरे हुए है? छोटे शहरों जैसे—इलाहाबाद, बनारस, कानपुर, भोपाल, पटना आदि से साहित्यकारों के पलायन को आप किस रूप में देखते हैं?

काशीनाथ सिंह : बनारस से बाहर जितने भी लेखक गए वो पलायन साठ के आसपास शुरू हुआ। साठ के बाद ही कवि केदारनाथ सिंह पडरौना गए। विष्णुचन्द्र शर्मा एवं त्रिलोचन जी दिल्ली गए। नामवर जी सन् 65 में दिल्ली गए। विद्यासागर नौटियाल देहरादून में प्रैक्टिस करने लगे। ये सारे लोग गए और काम की तलाश में गए। रोजगार के लिए गए। क्योंकि बनारस में सम्भावनाएँ नहीं थीं। पटना, इलाहाबाद और कानपुर आदि इन छोटे शहरों के लेखक यदि दिल्ली, मुम्बई, कलकत्ता गए तो रोजगार के लिए गए। पचास के आसपास के लेखक कलकत्ता जाते थे क्योंकि तब रोजगार कलकत्ते में ही सम्भव था। आजादी के बाद जब दिल्ली का विकास शुरू हुआ तो सम्भावनाएँ दिल्ली की तरफ गईं। फिर सन् साठ के आसपास मुम्बई का विकास दिखाई पड़ा तो लोग मुम्बई की तरफ गए। वस्तुतः रोजी-रोटी की समस्याएँ लोगों को छोटे शहरों से बड़े शहरों की तरफ ले गईं। जहाँ नौकरी और काम-धाम के लिए ज्यादा गुंजाइश थी। मैं भी गया होता लेकिन मुझे सन् 64-65 में 'काशी हिन्दू विश्वविद्यालय' में नौकरी मिल गई। मेरे साथ मेरे पिताजी थे, माँ थीं, बड़ी भाभी थीं, मेरे अपने बच्चे थे, भाभी के बच्चे थे। गाँव बगल में था जहाँ खेतीबारी होती थी। दरअसल जब यहाँ नौकरी नहीं मिल रही थी और लगा कि सम्भावना यहाँ नहीं है तो मैं जानेवाला था। हमारे गुरु आचार्य हजारीप्रसाद द्विवेदी जब 'काशी हिन्दू विश्वविद्यालय' से निकाल दिए गए और चंडीगढ़ जा रहे थे तब उनके साथ उनके कुछ शिष्य भी जा रहे थे। मैंने द्विवेदी जी से कहा कि मैं भी आपके साथ चलना चाहता हूँ। द्विवेदी जी ने कुछ सोचते हुए कहा, देखो! नामवर को तो नौकरी मिलेगी नहीं क्योंकि वे बनारस से निकाले गए हैं दूसरे, सागर से भी निकाले गए हैं। अब उन्हें आगे नौकरी मिलेगी या नहीं, मैं नहीं कह सकता। तुम्हारे पिताजी की क्या उम्र है? माँ जीवित हैं कि नहीं? मैंने उनको अपने बारे में सब बताया। उन्होंने कहा कि यदि आप चले जाएँगे, तब घर कौन देखेगा? क्योंकि नामवर जी बेकार हैं और आपके पिताजी भी रिटायर हो गए

हैं। उन्होंने कहा कि तुम यहीं रहो और स्ट्रगल करो। तुम्हारा जैसा कैरिअर रहा है देखो! क्या होता है। संयोग से मुझे सन् 64 में ही नौकरी मिल गई। एम.ए. करने के बाद सौ रुपये स्कॉलरशिप मिलती थी और जब स्कॉलरशिप बन्द हुई तो उसी के तत्काल दो-तीन महीने बाद बनारस में ही एक व्याकरण कार्यालय खुला था। मेरा पीएच.डी. में व्याकरण पर काम था इसलिए वहाँ मुझे दो सौ रुपये पर काम मिल गया। अभी वहाँ काम कर ही रहा था तभी हिन्दी विभाग में रिक्ति निकली और मेरी नियुक्ति वहाँ हो गई। इसके बाद लगा कि लेक्चरर्स ग्रेड दिल्ली में भी वही है जो बनारस में है तो फिर दिल्ली क्यों जाएँ? रह गई बात उसके बाद की तो धीरे-धीरे जिम्मेदारियाँ बढ़ती गईं। माँ मेरे ही पास रहती थी। सन् 1972 में माँ की मृत्यु हुई। सन् 1985 में पिताजी गुजरे। भइया की बेटी हमारे ही साथ रहकर पढ़ती थी। इंटरमीडिएट के बाद वह दिल्ली चली गई। तब मैं जिसे परिवार कहते हैं, पत्नी और पाँच बच्चों के साथ जीवन में पहली बार सन् 1985 में रहा।

प्रियंका कुमारी : 'मोहल्ला अस्सी' से क्या अनुभव रहा?

काशीनाथ सिंह : देखो! जब मैंने 'मोहल्ला अस्सी' बनाने के लिए चन्द्रप्रकाश जी को हाँ की थी तो उस समय मेरे मन में दो-तीन बातें थीं। एक तो जो ग़ालिब की पंक्ति है न 'जो तेरे बज़्म से निकला वो परेशाँ निकला'। मैंने उनसे कहा कि मुम्बई जो भी गया चाहे वो प्रेमचन्द गए हों, भगवतीचरण वर्मा गए हों, अमृतलाल नागर गए हों सब वहाँ से पिट-पिटाकर अपमानित होकर लौटे हैं। इस पर चन्द्रप्रकाश जी का कहना था कि वे लोग गए थे और मैं यहाँ आया हूँ। बहरहाल! मैंने कहा कि एक बात का ध्यान रखिएगा कि लेखक का सम्मान बचा रहना चाहिए। क्योंकि और सभी लोगों के बड़े बुरे अनुभव रहे हैं। मैं वह अनुभव बर्दाश्त नहीं कर सकता। आप हमारे उपन्यास पर फिल्म बनाएँ और हम अपमानित भी होते रहें। उन्होंने कहा, आप निश्चिन्त रहिए। मैं जब शूटिंग शुरू होनेवाली थी तब मुम्बई गया था। फिल्म सिटी में पूरे मोहल्ले का लोकेशन बनाया गया था। उस समय मैंने देखा कि चन्द्रप्रकाश जी समेत अन्य सभी कलाकार वह चाहे साक्षी तँवर हों, रवि किशन हों, मल्लाहिन की एक्टिंग करनेवाली आजमगढ़ की लड़की हो या बाकी के जितने कलाकार हों इवेन सन्नी देओल भी यह जानने के बाद कि जिस उपन्यास की विषयवस्तु पर फिल्म बन रही है, उसका लेखक आया है, जितना सम्मान मिलना चाहिए एक लेखक को उतना उन्होंने मुझे दिया। मेरे जाने पर खड़े हो जाते थे। उठने पर उठ जाते थे। चन्द्रप्रकाश जी स्वयं बहुत आदर करते थे। मैंने देखा ऐसी कोई भी चीज नहीं है जिससे अपमानित होने का भाव महसूस हो सके। इन कारणों में से एक कारण

यह भी था कि चन्द्रप्रकाश जी ने मेडिकल में एम.बी.बी.एस. किया था। उन्होंने महीने भर का इंटर्नशिप भी किया था। इसके बाद भी वे उसे छोड़कर फिल्मों में आ गए। शुरू से ही उनका ध्यान फिल्मों की तरफ था। वे बहुत पढ़े-लिखे और इतिहास के, वेदों के, पुराणों के, नाट्यशास्त्र के पंडित आदमी हैं। उन्होंने 'चाणक्य' सीरियल बनाया था जो अपने जमाने में बहुत पॉपुलर हुआ था। उन्होंने अमृता प्रीतम के उपन्यास पर 'पिंजर' फिल्म भी बनाई थी। इसी को ध्यान में रखकर मैंने फिल्म बनाने के लिए उन्हें 'हाँ' बोला था। चन्द्रप्रकाश जी ने जैसे चाहा वैसे फिल्म बनाई। फिल्म बनने के बाद दूसरी समस्या यह आई कि फिल्म का जो प्रोड्यूसर था वह दूसरे दिमाग का था। वह फिल्मी दुनिया का आदमी नहीं था। पहले वह दूसरा धन्धा करता था। उसके पास पैसा हुआ तो सोचा कि इसे फिल्मों में लगाना चाहिए और पैसा पैदा करना चाहिए। जिससे एक तरह से देखा जाए तो प्रोड्यूसर और डायरेक्टर के बीच की वैचारिक टकराहट होने की वजह से फिल्म आज तक रुकी हुई है। हालाँकि हफ्ते भर पहले सनी देओल का 'द टाइम्स ऑफ इंडिया' में बयान आया था कि फिल्म तो आएगी भले ही थोड़ी देर हो रही है। लेकिन फिल्म रिलीज होगी। चन्द्रप्रकाश द्विवेदी भी इस बात से आश्वस्त हैं कि देर-सबेर ही सही फिल्म रिलीज होगी। 'उड़ता पंजाब' फिल्म को भी सेंसर बोर्ड ने रिजेक्ट कर दिया था, फिर पास किया। इसी तरह से इन लोगों की भी लड़ाई चल रही है।

प्रियंका कुमारी : अब 'उपसंहार' पर आते हैं। प्रस्तुत उपन्यास में एक तरफ तो आप राधा को अत्यंत प्रासंगिक दिखाते हैं वहीं दूसरी तरफ रुक्मिणी को नंगा करवाकर उससे हल जुतवाते हैं, इस पर आप क्या कहना चाहेंगे?

काशीनाथ सिंह : वस्तुतः राधा के बारे में लिखने के दौरान मुझे लगा कि मुझे राधा के चरित्र को इस रूप में दिखाना है जैसा वह पहले किसी दूसरे की नजर में न आया हो। परन्तु उपन्यास में राधा का चरित्र पूरी तरह से उभर नहीं पाया है। वह सिर्फ एक झलक भर है। मैं अपने से इसकी आलोचना करता हूँ। हमारे यहाँ जितने भी चित्र मिलते हैं वह राधा और कृष्ण के ही मिलते हैं। कृष्ण और रुक्मिणी के नहीं मिलते हैं। इन बातों से जाहिर होता है कि प्रेम को ज्यादा महत्त्व उस समय दिया गया था। मेरे दिमाग में तब सिर्फ यही था कि बरसाने के बाद राधा कृष्ण से मिली थीं या नहीं? पर कहीं उसका उल्लेख नहीं मिलता है। उद्धवशतक में ऐसा जिक्र आता है कि वृद्धावस्था में कृष्ण को मेले में राधा दिखाई दी थीं। वे दूर से देखते हुए कहते हैं कि देखो! राधा कितनी बूढ़ी हो गई है। और मथुरा बरसाने से दूर ही कितना था आसपास ही हैं दोनों। ऐसे में यह कैसे हो सकता

है कि इतने वर्षों तक कृष्ण मथुरा में रहे हों और वे दोनों न मिले हों। कृष्ण को भले ही मौका न मिला हो पर राधा तो मिल सकती थी। इस सम्भावना को ध्यान में रखते हुए मैंने कल्पना की थी कि वो मालिन के रूप में कृष्ण से मिलने आती है। जब कृष्ण राजा हो गए साधारण लोगों से उन्हें नहीं मिलने दिया जा रहा था तब तो वह नहीं जा सकी। परन्तु जब कृष्ण संकट के दिनों में जेल में थे तो वह उनसे मिलने जाती है। उन्मुक्त प्रेम का यह रूप हमें याद हो आता है। वह कृष्ण से मिलने के दौरान यह कहती है कि अब जब तुम्हें मिलना होगा तो मैं तुम्हें यहाँ नहीं मिलूँगी। वह कृष्ण से जमुना के कछारों में मिलने के लिए कहती है, जहाँ उनका प्रेम फला-फूला था। यहाँ उसके भीतर का अहम् पैदा होता है कि चाहे भले ही कृष्ण राजा हो गए हों या भले जो कुछ भी हो गए हों पर है तो वह मेरा कन्हैया ही। वह कृष्ण के लिए दही लेकर जाती है। यहाँ मैंने यह दृश्य भर दिखाया है और इस दृश्य के माध्यम से मैंने राधा के पूरे व्यक्तित्व को प्रोजेक्ट करने की कोशिश की है कि असल में राधा है क्या? समग्र उपन्यास में वह एक ध्वनि की तरह आती है। ऐसी ध्वनि जो छा जाती है। दूसरे रुक्मिणी, द्वारका के जो द्वारिकाधीश कृष्ण हैं उनकी पत्नी है। इसलिए उसका जो रूप दिखाई देता है वह परम्परागत है। आज भी लोग पशु की तरह या मवेशी की तरह औरत को ट्रीट करते हैं। यह ट्रीट कोई और नहीं वर्णव्यवस्था करती है जिसने ब्राह्मणवादी व्यवस्था या मनुवादी सोच का निर्माण किया है। मनुस्मृति में स्त्री, पशु से या मवेशी से भिन्न नहीं है। इस व्यवस्था में औरत से जैसा चाहो वैसा करवा लो, वह करने के लिए मजबूर है। यहाँ राधा तो मुक्त है लेकिन जो पत्नी है समग्र राजमहल की रानी है, वह हल में जोती जाती है। यह प्रसंग मैंने ऐसे ही नहीं ले लिया है। यह महाभारत के अनुशासन पर्व में आता है। एक नारी की समाज में जो हैसियत है उसको दिखाने के लिए मैंने रुक्मिणी का चरित्र गढ़ा है। रुक्मिणी को जो जोतता है वह ब्राह्मणवादी मानसिकता का परिचायक दुर्वासा है। इस पर लोगों ने काफी हो-हल्ला मचाया था। मेरे पास तो बाद में फोन आया परन्तु इसके प्रकाशक अशोक महेश्वरी जी के पास पहले फोन आया था कि यह प्रसंग लेखक ने कहाँ से लिया है? इस प्रसंग को मैंने तो दूसरी जगह से लिया था। बाद में मथुरा के किसी महंत से इस प्रसंग के बारे में अशोक महेश्वरी जी ने पूछा था। उसी ने बताया था कि महाभारत के अनुशासन पर्व में यह प्रसंग आता है। फिर मैंने उस किताब को पूरा पढ़ा तो देखा कि रुक्मिणी के साथ दुर्वासा ने यही किया था। कृष्ण से दुर्वासा ने कहा था कि तुम अपने शरीर पर खीर पोतो तो उन्होंने स्वयं खीर पोती थी। जबकि रुक्मिणी के शरीर पर दुर्वासा ऋषि ने अपने खुद के

हाथों से खीर पोती थी। फिर उन्होंने छकड़ा मँगवाया और उस छकड़े में रुक्मिणी को जोता। वे स्वयं चाबुक लेकर छकड़े पर बैठे और बीच शहर से उसे घोड़े की तरह मारते हुए ले गए थे। जब वे द्वारका के बाहर जंगल में आ गए तब उन्होंने कहा था, कृष्ण की मृत्यु तो एक साधारण आदमी की तरह होगी। लेकिन तुम्हारा सौन्दर्य या तुम्हारा जो कुछ भी है वह अक्षुण्ण बना रहेगा। मैंने रुक्मिणी के चरित्र के माध्यम से नारी के 'ट्रेडिशनल फॉर्म' को उतारा है। यानी जो एक नारी की परम्परागत छवि इस देश में रही है उस रूप में उतारा है। यहाँ राधा आधुनिक नारी है और रुक्मिणी परम्परागत नारी है।

प्रियंका कुमारी : मौजूदा दौर विमर्शों का दौर है। इससे कोई भी लेखक अछूता नहीं रह सकता। 'उपसंहार' के पात्र जरा के माध्यम से आपने आदिवासी-विमर्श का उल्लेख करना चाहा है या कुछ और?

काशीनाथ सिंह : जरा के चरित्र के माध्यम से मैंने एक नया काम किया है जो मुझे अध्ययन के दौरान पता चला कि जरा जिसने कृष्ण को मारा था वह बहेलिया था। मैं ढूँढ़ता रहा कि कृष्ण को मारनेवाला कोई साधारण व्यक्ति नहीं रहा होगा। महाभारत में केवल जरा नाम आता है जिसने कृष्ण को मारा था। मेरे दिमाग में गांधारी का कृष्ण को दिया गया वह शाप याद आ रहा था कि 'जिस तरह से तुमने कौरव वंश को आपस में लड़ाकर समाप्त किया उसी तरह से यादव वंश भी एक दिन आपस में लड़कर समाप्त हो जाएगा।' तब मुझे लगा कि जब कृष्ण यादव थे तो उनको मारनेवाला भी कोई यादव ही होगा। कृष्ण को कोई दूसरा क्यों मारे। पढ़ने के दौरान मुझे पता चला कि वासुदेव की चार बीवियाँ थीं। इनमें से दो देवकी और रोहिणी का तो उल्लेख मिलता है। देवकी के पुत्र कृष्ण और रोहिणी के पुत्र बलराम थे। परन्तु बाकी की दो बीवियों का उल्लेख नहीं मिलता। इसका प्रसंग मुझे हित हरिवंश में मिला जिसमें यह बताया गया है कि वासुदेव की अन्य दो पत्नियों में से तीसरी का नाम सुतनु और चौथी का नाम सुतारा था। इनमें से एक जनजाति समुदाय से थी। जनजाति समुदाय की स्त्री, वासुदेव की पत्नी कैसे थी? यह मेरे दिमाग में घूम रहा था। तब मुझे लगा कि जब वासुदेव कृष्ण के साथ द्वारका गए थे तब वे आज की तरह केवल गद्दी पर बैठे नहीं रहे होंगे। वे जंगलों में शिकार के लिए जाया करते रहे होंगे। जब वे जंगलों में जाया करते होंगे तो वे वहीं खाते-पीते होंगे, ठहरते होंगे तो वहीं सुतनु या सुतारा जो भी उन्हें मिली होंगी। फिर सम्बन्ध हुआ होगा। उसके बाद फिर गर्भ रहा होगा और तब जरा पैदा हुआ होगा। यह उस समय के राजाओं की परम्परा में था। चूँकि यह मामला आदिवासी का था इसलिए वासुदेव उन्हें लेकर के द्वारका अपने राजभवन

में नहीं गए होंगे। वह और उसका बच्चा दोनों जंगल में ही रह गए होंगे। इसीलिए वह अपने को वासुदेव का बेटा बताता है। ऐसा मैंने अनुमान लगाया है।

प्रियंका कुमारी : बलराम और कृष्ण के बीच जो संवाद है, वह आपकी कल्पना है या उसे आपने कहीं से लिया है?

काशीनाथ सिंह : बलराम का पूरा प्रसंग लिखते समय मुझे गाँव का पूरा प्रसंग याद आ रहा था। गाँव में जब हम लोग दुआर पर सोते थे। तब रात भर बातें किया करते थे। इसी पारिवारिक प्रसंग को मैंने कृष्ण और बलराम के बीच संवाद के परिप्रेक्ष्य में दिखाया है। जहाँ कृष्ण और बलराम खुलकर बातें किया करते हैं। क्योंकि कोई दूसरा नहीं है जो कृष्ण से इस तरह से बात कर सके। वह बड़ा भाई ही कर सकता है। बलराम कृष्ण पर दोषारोपण भी करते हैं। मैंने एक तरह से बलराम के चरित्र को खड़ा किया है क्योंकि बलराम का ये रूप न कहीं पुराणों में है और न महाभारत में है। यह मैंने कल्पना की है। बलराम युद्ध के पहले बिना बताए नाराज होकर चले गए थे। वे इस पक्ष में नहीं थे कि उनके प्रिय शिष्य दुर्योधन और भीम के बीच युद्ध हो। परन्तु कृष्ण इस युद्ध के पक्ष में थे और भीम का भरपूर साथ दे रहे थे। इस पर बलराम नाराज हो हिमालय पर चले गए थे। बताया यह जाता है कि वे पुनः उसी दिन लौटकर आए थे जिस दिन दुर्योधन और भीम के बीच युद्ध होना था। यह तो पुराणों में मिलता है। लेकिन बाकी की जो कल्पनाएँ हैं वे हमारी हैं। मतलब कि यह सिर्फ पुराणों का अनुवाद नहीं है। इसमें कल्पनाएँ ढेर सारी हैं। जैसे उपन्यास जहाँ से आरम्भ होता है वहाँ एक प्रसंग आता है मछुआरों और मगर का पुल बनाना। समुद्र में मगर नहीं होता है। ऐसे ही द्वारका में बारिश के दिनों में सड़कों पर मगर तब घूमते हैं जब नदी घूमती है। नदी द्वारका में होगी। इस तरह से बहुत सी ऐसी चीजें हैं जिनकी कल्पना मैंने की है।

प्रियंका कुमारी : 'उपसंहार' में एक प्रसंग चुड़ैल का आता है, वह कुछ स्वाभाविक नहीं लगता है?

काशीनाथ सिंह : यह जो पूरा दृश्य है इसका कुछ अंश महाभारत में आता है और कुछ नहीं आता है। जो नहीं आता है वह लोक-कथाओं में आता है। कृष्ण के सन्दर्भ में तो लोक-कथाओं में भी चीजें नहीं आती हैं। लेकिन लोक में चुड़ैल आदि का प्रसंग आता रहता है। इसे मैंने वहाँ से जोड़ा है। जब सब है तो चुड़ैल क्यों नहीं? गिद्ध का भी प्रसंग आता है। जब कुरुक्षेत्र में लाशें बिछी होती हैं तो बड़े-बड़े आकार के गिद्ध आते हैं और उन्हें खाते हैं। एक और सूत्र मुझे मिलता है कि गरुड़ रथ पर चढ़कर कृष्ण युद्ध किया करते थे, वह सूर्य का दिया हुआ

था। कर्ण सूर्य का बेटा था। अपने बेटे को मारने के लिए कोई भला उसके शत्रु को रथ कैसे दे सकता है? इसलिए मैंने दिखाया है कि कृष्ण का रथ जो है वह कुरुक्षेत्र की सीमा पर ही रुक गया आगे नहीं गया। इसके बाद जिस रथ पर सवार होकर कृष्ण ने युद्ध किया था वह रथ अग्नि ने अर्जुन को दिया था। और जैसे ही युद्ध समाप्त हुआ उस रथ में अपने आप आग लग गई और वह रथ जल गया। यह भी एक प्रतीक है। इतिहास अपना रोल प्ले करता है। आजादी मिली महात्मा गांधी मारे गए। क्योंकि उनकी भूमिका खत्म हो गई थी। भारत चीन के बीच में युद्ध हुआ जिसमें भारत अपमानित हुआ और नेहरू सन् चौंसठ में चल बसे। इतिहास की सबके साथ बराबर अपनी एक भूमिका रही है। ऐसे ही कृष्ण की भूमिका महाभारत तक थी। महाभारत के बाद कृष्ण की जो ईश्वरीय शक्तियाँ थीं वो समाप्त हो गईं। यह इतिहास में संकेत में मौजूद था। लेकिन उन शक्तियों के जाने का विवरण जो है वो मेरा है। जैसे समुद्र का पूरा घास का मैदान बन जाना और वहीं चारों घोड़े जो रथ में जोते जाते हैं उनका दौड़ते हुए जाना। यानी अपनी सारी शक्तियों का जो महाभारत के युद्ध के दौरान कृष्ण को मिला था धीरे-धीरे समाप्त होना वे देखते रहे। दूसरे, वे बताते हैं कि कुछ क्षणों के लिए हर मनुष्य ईश्वर हुआ करता है। मैं कुछ ज्यादा देर के लिए था और फिर एक सामान्य आदमी की तरह जीवन बसर करने के लिए मजबूर हो गया।

प्रियंका कुमारी : आखिरी सवाल! चूँकि आप एक अच्छे विद्यार्थी, शोधार्थी एवं प्राध्यापक रहे हैं और उच्चकोटि के साहित्यकार भी हैं। आपका अपना एक व्यापक अनुभव संसार है। ऐसे में हमारे जैसे शोधार्थियों के लिए आप क्या कहना चाहेंगे?

काशीनाथ सिंह : देखो! मेरा एक अनुभव है। शोध के काम को बहुत महत्त्वपूर्ण मान लेना या यह मान लेना कि यह बहुत बड़ा काम होगा और इसी के सहारे मैं जीवित रहूँगी या हम जीवित रहेंगे या यह हमेशा याद रखा जाएगा, यह सारी बातें एक भ्रम है, मिथ्या है। शोध डिग्री के लिए की जाती हैं और शोधार्थी इसे डिग्री के लिए ही करें। सृजनात्मक लेखन इससे एकदम भिन्न चीज है। कविता लिखना, कहानी लिखना, उपन्यास लिखना, आलोचना करना, यह एकदम अलग चीज है। इसमें शोध की कोई भूमिका नहीं होती। शोध तुम्हें केवल एक अच्छा काम करने के लिए मानसिक रूप से तैयार करता है। लेखक बनने में उसकी भूमिका खाद-मिट्टी की तरह होती है। जैसे खाद काम करता है मिट्टी को उपजाऊ बनाने के लिए, वैसे ही शोध जो है खाद की तरह है। मेरा खयाल है कि नामवर सिंह के आलोचना कर्म में उनके शोध की कोई भूमिका नहीं है। और यदि है भी तो एम.फिल. में जो डिस्सर्टेशन लिखा था 'हिन्दी के विकास में अपभ्रंश का योगदान'

उसकी है। पीएच.डी. को तो कोई जानता भी नहीं है। हमारे ही पीएच.डी. को कोई नहीं जानता। डिस्सर्टेशन मैंने लिखी है उसे भी कोई नहीं जानता। लेकिन जो कहानी, उपन्यास और संस्मरण मैं लिखता रहा हूँ उसे लोग जानते हैं। मेरे साथ सिर्फ इतना है कि मैंने जो व्याकरण के क्षेत्र में काम किया था, नामधातुओं पर, संयुक्त क्रियाओं पर उससे मैंने भाषा के महत्त्व एवं उचित शब्दों के चयन को जाना। शब्दों की क्या भूमिका होती है, एक विशेषण को कहाँ लगाना चाहिए, क्रिया में कौन-सी क्रिया कहाँ लगेगी या संयुक्त बनाई जाएगी उसकी क्या भूमिका होती है? इसकी एक समझ मेरे भीतर पैदा हुई जिसका उपयोग मैंने साहित्य लिखने के क्रम में किया। मुझे लगा कि कोई भी आदमी पढ़े तो उसे लगे कि वह उसकी अपनी भाषा है। उसके सोचने का ढंग भी इसी भाषा में है। मेरी इच्छा थी कि मेरी जबान पाठक की जबान हो जाए। काशीनाथ सिंह की नहीं। यह मैंने व्याकरण पर काम न किया होता तो शायद नहीं कर पाता। तो ऐसे ही तुम एम.फिल. में 'उपसंहार' पर काम कर रही हो। आगे पीएच.डी. करोगी। विषय चाहे जो भी हो, डिग्री मिल जाएगी। मुझे यह विषय आचार्य हजारीप्रसाद द्विवेदी ने दिया था जिस पर मैंने पीएच.डी. की थी। उस समय हमने कहा था कि पंडित जी यह विषय हमारे किसी काम का नहीं है। मेरी दिलचस्पी तो लिखने-पढ़ने में है। मैं तो उपन्यास और कहानी पर काम करना चाह रहा था। पंडित जी ने कहा, तुम वह सब भी करते रहना और तुम यह भी काम कर लोगे। शोध तुम्हें तुम्हारे काम के प्रति उद्भूत करता रहे, जगाता रहे यह ज्यादा जरूरी है। बाकी ये तो सर्विस के लिए काम आनेवाली चीज है। पीएच.डी. या एम.फिल. की डिग्री सिर्फ खाद की तरह है। इसे कर तुम महान काम कर जाओ यह जरूरी नहीं है।

(यह साक्षात्कार 23 जून, 2016 को बनारस स्थित काशीनाथ सिंह जी के निवास पर रिकॉर्ड किया गया।)

(*अक्षरपर्व*, सितम्बर 2017)

मैं नामवर से कम नहीं समझता

कृष्णमोहन सिंह : आपको गढ़ने में किन-किन संघर्ष, झंझावातों, लोगों का योगदान रहा?

काशीनाथ सिंह : बनारस में रहते हुए विद्यार्थी जीवन में ही एक नसीहत मिली थी कि अपने दुख को देखने से पहले दूसरों के दुख व संघर्ष को देखो। पाओगे कि उनके दुखों व संघर्ष के आगे तुम्हारा दुख कुछ नहीं है। मुझे याद नहीं कि यह मेरे बड़े भाई ने मुझे बताया था या किसी पुस्तक ने। इसका परिणाम यह हुआ कि यह मेरे सम्पूर्ण जीवन का सूत्र बन गया। जाने कितने दुख आए, संघर्ष किया, विपन्नता के दिन भी देखे, लेकिन दूसरों को देखने पर मुझे बराबर यह लगता रहा कि इनमें से अधिसंख्य के मुकाबले में ज्यादा सुखी व सम्पन्न हूँ। बहुत छोटे किसान थे हम। हम तीन भाइयों के पीछे नौ एकड़ खेत। कभी-कभी भैंस हो जाया करती थी यानी पाल ली जाती थी। गेहूँ की फसल होती नहीं थी। पिता प्राइमरी स्कूल में मास्टर थे। खेती कर नहीं पाते थे। फसल के नाम पर साल में एक फसल होती थी। घर चलाना मुश्किल।

लेकिन आज लगता है कि वे हमारे बहुत अच्छे दिन थे। एम.ए. करने के बाद जब मैं शोध (पीएच.डी.) में आया तो साल भर तक मेरे गुरु आचार्य हजारीप्रसाद द्विवेदी थे जो बीएचयू (काशी हिन्दू विश्वविद्यालय) से निकाल दिए गए थे। बड़े भाई नामवर सिंह बेकारी झेल रहे थे। माँ व मझले भाई घर पर थे। कोई सुपरवाइजर (गाइड) होता और मेरे शोध के प्रगति विवरण पर हस्ताक्षर करता तो मुझे छात्रवृत्ति मिलती। विभाग में कोई मुझे अपने निर्देशन में लेने को तैयार नहीं था।

द्विवेदी जी के शिष्य व अन्तरंग लोग भी नहीं। उन्हें डर था कि विभागाध्यक्ष नाराज हो जाएँगे। मैं डॉ. बच्चन सिंह, डॉ. शिवप्रसाद सिंह, डॉ. त्रिभुवन सिंह के यहाँ दौड़ता रह गया। सबने इनकार कर दिया। ये वे लोग थे जिनके साथ मेरा अक्सर उठना-बैठना होता था। मैं विभाग के ही एक कम लोकप्रिय और मितभाषी

अध्यापक करुणापति त्रिपाठी के यहाँ गया। वे मुझे लोगों के यहाँ दौड़ते हुए देख चुके थे। उन्होंने बगैर किसी भूमिका के मुझसे आवेदन माँगा और उस पर हस्ताक्षर कर दिया। यह पहला अनुभव था।

मेरा जहाँ जातिवाद से मोहभंग हुआ। त्रिपाठी जी तीन साल तक मेरे गुरु रहे और मैंने उनसे बहुत कुछ सीखा। करुणापति जी उस दौर के दिग्गज कांग्रेसी नेता कमलापति त्रिपाठी के भाई थे। बनारस में उनके आवास को औरंगाबाद हाउस कहा जाता था। हाउस क्या था, पूरी हवेली थी जो चारों दिशाओं में खुलती थी। चारों दिशाओं में चार भाई रहते थे। बीच में बड़ा सा आँगन जिसमें एक शिव मन्दिर था। सवेरे-शाम वहाँ घंटा-घड़ियाल बजता और सभी दिशाओं से परिवार के लोग आकर आरती करते। यह आरती 10 से 15 मिनट तक चलती। मैं जब शोध के सिलसिले में पंडित जी के घर बैठा होता था, जैसे ही आरती के लिए घंटी बजती थी, पंडित जी मुझे छोड़कर चल देते थे और कहते—काशीनाथ जी, 15 मिनट इन्तजार कीजिए। उन्होंने कभी मुझसे यह नहीं कहा कि आप भी हिन्दू हैं, मेरे साथ पूजा और आरती के लिए क्यों नहीं चल रहे हैं। उन्हें पता था कि मूर्तिपूजा में मेरा कतई विश्वास नहीं है। उन्होंने अपनी आस्था मुझ पर थोपने की कभी कोशिश भी नहीं की। भारतीय संस्कृति का पहला पाठ मैंने यहीं और उन्हीं से पढ़ा। उनकी आस्था अपनी जगह, मेरी प्रतिबद्धता अपनी जगह। उन्होंने कभी दखल देने की कोशिश नहीं की। एक दूसरी चीज मैंने उनमें देखी, सम्भवतः साल भर बाद। मैं उनका शोध छात्र था और चन्दौली में विधानसभा का चुनाव हो रहा था। कांग्रेस की ओर से उनके भाई कमलापति त्रिपाठी वहाँ से चुनाव लड़ रहे थे। उनके विरुद्ध समाजवादी पार्टी के प्रत्याशी चन्द्रशेखर सिंह खड़े थे। कांग्रेस के खिलाफ लहर थी। मैं समाजवादी पार्टी के प्रचार के लिए जीप में बैठा था और दूसरी तरफ से कांग्रेस की कार आई जो चन्दौली कस्बे के चौराहे पर रुकी। उससे पंडित करुणापति त्रिपाठी उतरे। वे अपने भाई का प्रचार कर रहे थे। शोध छात्र के नाते मैं घबरा गया कि कहीं उनके सामने न पड़ जाऊँ। मेरे हाथ में समाजवादी पार्टी का झंडा था। उनकी नजर मुझ पर पड़ ही गई। मुझे तो जैसे काठ मार गया। उन्होंने आवाज देकर बुलाया। मैं शर्मिन्दगी से उनके पास गया और सोचा कि वे कहेंगे—ये तुम्हारा क्षेत्र है, मेरे भाई का प्रचार क्यों नहीं कर रहे हो? लेकिन उन्होंने ऐसा कुछ नहीं कहा। बड़े प्यार से मुझे पान देते हुए बोले—सुबह से कुछ खाया-पिया है या नहीं? मेरे उत्तर की प्रतीक्षा किए बिना वे कार की तरफ गए और वहाँ से दो सेब और दो संतरे ले आए। कहा—इन्हें रख लें। काम आएँगे। यह मेरे गुरु की दूसरी शिक्षा थी कि विचारों के मतभेद के बावजूद सम्बन्ध बने रह सकते हैं। इन बातों का विस्तार से उल्लेख मैंने इसलिए

किया कि इन्हीं से मेरे अध्यापक के संस्कार बने और लेखक के भी। मैं मानता रहा हूँ कि सिद्धान्त सूखे होते हैं और जिन्दगी हरी होती है। मैंने किताबों से कम, व्यक्तियों के उदाहरणों से ज्यादा सीखा। मैंने किताबें कम पढ़ीं, आदमी ज्यादा पढ़े।

कृष्णमोहन सिंह : प्रेमचन्द, सुमित्रा नंदन पंत जैसे कई दिग्गज साहित्यकारों ने मायानगरी मुम्बई का भी रुख किया था। आप क्यों नहीं गए? यह खयाल क्यों नहीं आया?

काशीनाथ सिंह : मैं एक जाने-माने विश्वविद्यालय में प्राध्यापक था। जीवन चल रहा था। पत्नी थी, बच्चे थे, भाई थे, माता-पिता थे लेकिन बार-बार दिमाग में आ रहा था कि यह तो जीविका है, जीवन कहाँ है? जीवन के अर्थ की यही तलाश मुझे लेखन की ओर ले गई। मैं 7-8 साल बिना यह सोचे-समझे लिखता रहा कि यह किनके लिए लिख रहा हूँ। इसका बोध मुझे तब हुआ जब 68 के बाद मैं बनारस के ही एक छोटे से मार्क्सवादी-लेनिनवादी ग्रुप के साथ जुड़ा। मुझे लगा कि साहित्य सामाजिक परिवर्तन का हथियार है। इसलिए, हमें समाज को बदलने के लिए लिखना चाहिए। लेकिन काम करते हुए या लिखते हुए या उस ग्रुप के साथ काम करते हुए कुछ वर्षों बाद मुझे अहसास हुआ कि समाज बदलने का दायित्व राजनीति पर है, साहित्य पर नहीं। साहित्य का काम पाठकों की चेतना का संस्कार करना है। उसे समाज की वस्तुस्थिति से परिचित कराना है, सचेत कराना है। यह काम तभी सम्भव है जब हमारा साहित्य अधिक से अधिक लोगों के हाथ तक पहुँचे। यहाँ से मेरे लेखकीय जीवन में परिवर्तन आया जिसके चलते काशी में काशीनाथ धूनी रमाये लिखने में लगे रहे, जुटे रहे, जमे रहे।

रही बात मुम्बई की, तो ऑफर तो बहुत मिले फिल्म इंडस्ट्री से। लेकिन कहीं जाने की बजाय लोग ढूँढ़ते हुए मेरे पास आएँ, यह मेरे लिए ज्यादा सम्मानजनक लगा। जो भी मुम्बई गया, वह अपमानित होकर या निराश होकर लौटा। प्रेमचन्द खुद प्रतिष्ठित होने या बड़ा लेखक होने के लिए मुम्बई नहीं गए थे। वह गए थे सरस्वती प्रेस का कर्ज पटाने के लिए। वहाँ तो अमृतलाल नागर भी गए थे, भगवती चरण वर्मा भी गए लेकिन मुम्बई किसी को रास नहीं आई। दूसरी बात कि मैं मुख्यतः साहित्यकार हूँ, मैं अपने फील्ड में नामवर से कमतर नहीं हूँ। मैं फिल्मी कहानी लेखक या पटकथा लेखक नहीं। मुझे जीना-मरना साहित्य में ही है, यह मैं जानता हूँ। जिस 'काशी का अस्सी' पर फिल्म बनी, वह उपन्यास मैंने फिल्मों के लिए नहीं लिखा। फिल्म खुद उस उपन्यास के पास आई। मुम्बई या दिल्ली का मुझे कभी आकर्षण नहीं रहा। 'काशी का अस्सी' के एक पात्र हैं सन्नी गुरु। जब सन्नी गुरु पान की दुकान पर बैठे हुए पान घुला रहे हैं, तब उनसे

एक आदमी कहता है कि गुरु तुम यहाँ पान दुकान पर बैठे हुए हो और अमेरिका रोज-रोज आदमी चाँद पर भेज रहा है। सन्नी जवाब देते हैं—सूरज हो या चाँद, जिसको गरज होगी, खुदै यहाँ आएगा। लगभग यही स्थिति मेरी रही है। जिसको गरज होगी, वह खुद मेरे पास आएगा।

कृष्णमोहन सिंह : बनारस और इलाहाबाद पहले हिन्दी साहित्यकारों का गढ़ हुआ करते थे। अब खाली होते जा रहे हैं। वजह?

काशीनाथ सिंह : यह परिवर्तन आया 1960 में। जब रोजगार की तलाश में बनारस व इलाहाबाद से लोग दिल्ली व मुम्बई जाने लगे क्योंकि उन शहरों में रोजगार की सम्भावना ज्यादा थी। जानेवालों में मध्य वर्ग के युवक ज्यादा थे। पत्रिकाएँ, प्रकाशन संस्थान भी वहीं थे। उन महानगरों में नया वर्ग विकसित हो रहा था। वहाँ सुविधाएँ व संसाधन भी ज्यादा थे। इसके चलते साहित्य के पुराने गढ़ धीरे-धीरे खँडहर होते गए और नये गढ़ विकसित होते गए।

कृष्णमोहन सिंह : आप आज जो हैं, उसमें आपके बड़े भाई और हिन्दी साहित्य के कद्दावर आलोचक नामवर सिंह का कितना योगदान है?

काशीनाथ सिंह : यह बात ध्यान रखनी चाहिए कि नामवर जी मेरे बड़े भाई ही नहीं, मेरे संरक्षक भी रहे हैं और गुरु भी। साहित्य की मेरी समझ उनके सम्पर्क से विकसित हुई है। लेकिन मेरे सामने वह चुनौती की तरह खड़े रहे। लम्बे समय तक मेरी पहचान नामवर के भाई के रूप में ही रही। यह बात मेरी पीठ पर बराबर कोड़े की तरह पड़ती रही और अहसास कराती रही कि मैं इसे कलंक की तरह नहीं बल्कि वरदान की तरह लूँ। यह शिक्षा उन्हीं की (नामवर सिंह की) दी हुई थी कि हम घर में तो भाई हैं लेकिन साहित्य में नहीं। मेरे भीतर एक जिद थी कि मैं अपने लेखन से अपना होना साबित करूँगा। आज मेरी अपनी अलग पहचान है और अपने (कथा साहित्य के) क्षेत्र में खुद को नामवर जी से कम नहीं समझता। ऐसा न समझता तो लिख नहीं पाता।

कृष्णमोहन सिंह : आपकी पुस्तक 'काशी का अस्सी' पर चन्द्रप्रकाश द्विवेदी ने फिल्म बनाई है—मोहल्ला अस्सी। उस पर विवाद क्यों है?

काशीनाथ सिंह : विवाद गालियों को लेकर हुआ है। धर्मनाथ शास्त्री जो मुख्य चरित्र हैं, उनके सपने में शिव आए हैं और सपने में आनेवाले शिव गाली देते हैं। आपत्ति इस बात पर है कि शिव के मुख से गाली क्यों दिलवाई गई है। बाकी बहुत सारी फिल्में इसके पहले भी आ चुकी हैं जिनमें गालियों का उपयोग हुआ है। मैं मानता हूँ कि फिल्म एक निर्देशक की अपनी रचना है। कुछ बेहतर

करने के लिए वे कुछ बदलाव करते हैं। कुछ सुधार करना या न करना उनकी स्वतंत्रता है।

कृष्णमोहन सिंह : आपकी सबसे पढ़ी गई व प्रसिद्ध पुस्तक होने के बाद भी 'काशी का अस्सी' पर कोई पुरस्कार?
काशीनाथ सिंह : अब तक कोई पुरस्कार नहीं मिला जबकि यह मेरी सबसे अधिक पढ़ी जानेवाली व प्रिय पुस्तक है।

कृष्णमोहन सिंह : क्या हिन्दी साहित्य में जो विचारधारा की लड़ाई थी, उसने बहुत से लेखकों को आगे बढ़ने का मौका नहीं दिया?
काशीनाथ सिंह : वैचारिकता का मतलब है दुनिया को देखने की दृष्टि। बगैर दृष्टि के लेखन सम्भव नहीं है। नजरिया का होना, विचार का होना बहुत जरूरी है।

कृष्णमोहन सिंह : क्या भोपाल में हुए विश्व हिन्दी सम्मेलन में सब ठीक रहा?
काशीनाथ सिंह : विश्व हिन्दी सम्मेलन में भाषा व साहित्य पर बात नहीं हो, उससे जुड़ा कोई व्यक्ति नहीं हो तो वह सम्मेलन व्यर्थ है। भोपाल में हुए 10वें विश्व हिन्दी सम्मेलन में यह हुआ।

कृष्णमोहन सिंह : आपको अपनी कौन सी कृति बेहद पसन्द है?
काशीनाथ सिंह : अपनी लिखी कहानियों में 'कविता की नई तारीख'। उपन्यासों में 'काशी का अस्सी'।

कृष्णमोहन सिंह : आपके अनुसार हिन्दी के तीन सार्वकालिक सर्वश्रेष्ठ साहित्यकार कौन हैं और अच्छा कार्य कर रहे तीन युवा साहित्यकार कौन?
काशीनाथ सिंह : सार्वकालिक सर्वश्रेष्ठ साहित्यकार हैं—तुलसीदास, प्रेमचन्द और निराला। अच्छा कार्य कर रहे युवा साहित्यकार हैं—चन्दन पांडेय, उमाशंकर चौधरी (दोनों कथाकार) और अनुज लुगुन (कवि)।

कृष्णमोहन सिंह : आपको हाल ही में उत्तर प्रदेश सरकार का साहित्य का सबसे बड़ा पुरस्कार भारत भारती मिला है। कुछ साहित्यकारों का कहना है कि यह बड़ा विवादास्पद पुरस्कार है जो सत्ता प्रतिष्ठान के करीबियों को ही मिलता है।
काशीनाथ सिंह : इतना जानता हूँ कि राज्य में भाजपा की सरकार होती तो मुझे यह पुरस्कार नहीं मिलता। मैं सपाई नहीं हूँ। मुलायम या मायावती की जातिवादी सरकार के विरुद्ध भी मैंने काफी कुछ लिखा है 'काशी का अस्सी' में कहनेवालों का क्या।

(*ओपिनियन पोस्ट,* अक्टूबर 2015)

लेखक को समाजशास्त्री नहीं कह सकते

विजेत्री विक्रम सिंह : 'काशी का अस्सी' उपन्यास में कैथरीन आपको समाजशास्त्री लेखक बताती है। आपके अनुसार किसी भी साहित्यकार को समाजशास्त्री होना चाहिए अथवा नहीं?

काशीनाथ सिंह : जो भी साहित्यकार हैं उन्हें समाजशास्त्री तो नहीं कहा जा सकता क्योंकि साहित्यकार प्रायः शास्त्रों के विरुद्ध रहता है शास्त्रीयता को तोड़ता है वह। किन्तु वह समाज की समझ रखता है। सम्भव है कि संवेदनात्मक धरातल पर वह समाजशास्त्री की अपेक्षा समाज को अधिक जानता-समझता हो। 'समाजशास्त्र' और 'शास्त्र' एक तरह का बन्धन है, जो बाँधता है इसलिए लेखक समाजशास्त्री तो नहीं हो सकता। उसे समाज की समझ अवश्य होती है। चूँकि वह देखता है—रहन-सहन, व्यवहार, जातियाँ, वर्ण वगैरह उनकी टकराहट, संघर्ष, आपस में जो कुछ समाज में हो रहा है, उसके परिवर्तन में, उनके अन्तःसम्बन्धों में वह पैठ बनाने की कोशिश करता है कि ये क्या हैं? क्यों हैं? साहित्यकार जो लिखता है उसका समाजशास्त्रीय अध्ययन जरूर हो सकता है। जैसे 1920 से लेकर 1936 तक के समाज को प्रेमचन्द ने जितना समझा है उतना कोई समाजशास्त्री नहीं समझ सका है। जैसे 'काशी का अस्सी' पर एक टिप्पणी-पत्र मेरे पास आया था, जो कहीं छपा है। उसमें लिखा था कि इस उपन्यास के जरिए पूरे समाज में बदलाव का अध्ययन किया जा सकता है कि जन की सोच जनतंत्र को लेकर, बेरोजगारी को लेकर, लोकतंत्र को लेकर, चुनावों को लेकर, राजनीति को लेकर, लोगों के आपसी सम्बन्धों को लेकर क्या है? यह विश्लेषण करना कि 1990 से 2000 तक के भारतीय समाज को 'काशी का अस्सी' के माध्यम से समझा जा सकता है अथवा नहीं, यह समाजशास्त्री का काम होता है लेखक अथवा साहित्यकार का नहीं। इसलिए लेखक को समाजशास्त्री नहीं कह सकते अगर वह समाजशास्त्री होगा तो लेखक नहीं होगा।

विजेत्री विक्रम सिंह : आज के समय में शोध के क्षेत्र में कृति के समाजशास्त्रीय अध्ययन की परम्परा चल रही है। इसे आप किस दृष्टि से देखते हैं?

काशीनाथ सिंह : मेरी जानकारी में समाजशास्त्रीय अध्ययन की परम्परा की शुरुआत जे.एन.यू. में नामवर जी ने की। उन्होंने जे.एन.यू. के पाठ्यक्रम में 'साहित्य का समाजशास्त्र' विषयक एक प्रश्न पत्र रखा था, उसके बाद से हिन्दी में साहित्य के समाजशास्त्रीय अध्ययन की परम्परा शुरू हुई। इसके पहले प्राय: साहित्य और समाज को अलग-अलग करके देखा जाता था। तब लोगों का साहित्य और समाज के प्रति 'एस्थेटिक्स' भिन्न-भिन्न था। फिर धीरे-धीरे राग दरबारी, अलग-अलग वैतरणी, आधा गाँव, धरती धन न अपना जैसे उपन्यास आने प्रारम्भ हुए। इन उपन्यासों ने भी काफी हद तक लोगों का ध्यान विदेशों में हो रहे साहित्य के समाजशास्त्रीय अध्ययन की ओर आकर्षित किया। फिर धीरे-धीरे इस समाजशास्त्रीय अध्ययन की परम्परा इतनी रूढ़ हो गई कि ज्यादातर आलोचक साहित्य को साहित्य की दृष्टि से न देखकर समाजशास्त्रीय नजर से देखने लगे। इससे साहित्य के सौन्दर्य को समझने में बाधा पैदा होती है। अब धीरे-धीरे लोग इस समाजशास्त्रीय अध्ययन से हटने की कोशिश कर रहे हैं, वे साहित्य में समाज के अतिरिक्त भी कुछ देखना-समझना चाहते हैं जिससे उनकी चेतना तृप्त हो सके। यानी साहित्य में मात्र समाज ही नहीं होता, समाज के सिवा भी साहित्य में बहुत कुछ होता है। साहित्य में समाजेतर चीजें भी होती हैं जैसे—सौन्दर्य-बोध, शिल्प-विधान, वाक्य-विन्यास, शब्दों के प्रयोग आदि। कहने का तात्पर्य यह है कि साहित्य में समाज के सिवा भी बहुत कुछ है जो समाजशास्त्रीय अध्ययन के दौरान अनदेखा रह जाता है। साहित्यकार का उद्देश्य रचना में समाज को प्रस्तुत करना नहीं होता। उसका उद्देश्य है पाठक की संवेदनाओं को झंकृत करना, उसे जगाना। इसी झंकृत और जगाने के प्रयास के क्रम में रचना में समाज उपस्थित होता है। कहानी या उपन्यास सब कुछ मिलाकर एक 'फार्म ऑफ आर्ट' है। एक कला रूप है वह। समाज पर लिखी गई किताब नहीं है। इस कला रूप को समाजशास्त्रीय अध्ययन करनेवाला लगभग छोड़ देता है। कला के रूप को वह नहीं देखता, वह तो समाज को ही देखता है। इस दृष्टि से देखा जाए तो विनोद कुमार शुक्ल का उपन्यास 'दीवार में एक खिड़की रहती थी' दो कौड़ी का उपन्यास हो जाएगा। इसलिए समाजशास्त्रीय अध्ययन को मैं काफी हद तक अपूर्ण मानता हूँ।

विजेत्री विक्रम सिंह : 'काशी का अस्सी' में कन्नी गुरु की माता के रहने का स्थान मुख्य घर न होकर 'सर्वेंट्स क्वार्टर' है, आपके अनुसार पारिवारिक सम्बन्धों के ह्रास के मुख्य कारण क्या हैं?

काशीनाथ सिंह : कई कारण हैं जिनमें एक तो यही कि भूमंडलीकरण के बाद एकल परिवार की प्रवृत्ति अधिक विकसित हुई है। जैसे यदि किसी के दो बेटे हैं तो दोनों बेटे अलग-अलग रहना चाहते हैं, अपने विद्यार्थी जीवन में भले साथ रह लें लेकिन जैसे ही उन्हें काम-धन्धा मिलता है, विवाह होता है वे चाहने लगते हैं कि हम अलग रहें, अपने भाई के साथ न रहें। इस साथ रहने में सबसे बड़ी समस्या बनते हैं—माँ-बाप। यदि माँ-बाप हैं तो उन्होंने आपस में बाँट रखा है कि पन्द्रह दिन इनके घर खाएँगे, पन्द्रह दिन हमारे घर खाएँगे। इसी तरह से जब तक कन्नी गुरु के पिता कन्नी के साथ थे, तब तक तो ठीक था लेकिन जैसे ही कन्नी गुरु को छोड़ के तन्नी गुरु के घर चले जाते हैं और केवल माँ रह जाती है, तब वह माँ कन्नी और उसकी पत्नी दोनों के लिए स्वतंत्रता में खलल की तरह है, बाधा की तरह है। जाहिर है कि इसे लक्ष्मी जो कन्नी की पत्नी है, वह कन्नी से कहती रही होगी—अगर इनकी अलग व्यवस्था कर दी जाए तो ज्यादा अच्छा हो।

महानगरों में ऐसे बहुत से परिवार हैं जहाँ ग्रामीण परिवेश में अपनी आधी से अधिक जिन्दगी गजारे हुए माँ-बाप अपने बेटे के घर में रहते हैं। लेकिन माँ-बाप वहाँ जिस जहालत को झेल रहे हैं उसकी कल्पना नहीं की जा सकती। 'काशी का अस्सी' में कन्नी की माँ के साथ भी कुछ ऐसा ही है। अब जो अपर मिडिल क्लास के लोग हैं, खाते-पीते लोग, उनके जो मकान बन रहे हैं उसमें एक तो पोर्च हुआ करता है, जिसमें गाड़ी-वाड़ी रहे, उसी से जुड़ा हुआ एक बनाते हैं 'सर्वेंट्स क्वार्टर' जिसमें झाड़ू-बुहारू के लिए, कार ड्राइविंग के लिए, नौकर-चाकर के लिए एक कोठरी बनवा देते हैं। कन्नी का मकान भी इसी 'फार्म' में बना हुआ है। लक्ष्मी के कहने पर—माँ को कहाँ रखा जाए? यह समस्या कन्नी के सामने स्पष्ट होती है। और वे इसका हल निकालते हैं—माँ को 'सर्वेंट्स क्वार्टर' में ठहराकर। वे वहीं गैस का चूल्हा वगैरह भी रख देते हैं।

यह विडम्बना प्राय: मध्यवर्गीय परिवारों के उन वृद्धों अथवा माँ-बाप की है जिन्होंने बच्चों के भविष्य सँवारने के फेर में कभी अपना स्थायी निवास बनाने की चिन्ता नहीं की, और अब बच्चों के साथ रहने को मजबूर हैं। दूसरी स्थिति एक यह भी है कि मान लीजिए, लड़के बड़े हो गए और दुर्भाग्य से लड़के को वहीं नौकरी मिल गई, उसी शहर में जिसमें माँ-बाप हैं तो धीरे-धीरे माँ-बाप पाते हैं कि उनके लिए कमरा रह गया है और घर बेटे-बहू का हो गया है—इशारा इसी ओर है लिखते हुए।

विजेत्री विक्रम सिंह : आपके अनुसार किसी भी रचना के सम्यक् मूल्यांकन का आधार मात्र रचना होनी चाहिए या रचनाकार का व्यक्तित्व भी?

काशीनाथ सिंह : ज्यादातर जितने कथाकार हैं या कवि हैं उन सबका कहना है कि मूल्यांकन का आधार तो रचना ही होती है, रचनाकार नहीं। चेखव से कभी किसी ने पूछा था तो उन्होंने कहा—रचना देखो, मुझे नहीं। मैंने क्या लिखा है उसको देखो, हमको मत देखो। यानी एक भ्रष्ट लेखक भी बहुत अच्छा, यानी व्यक्तित्व में जो निहायत भ्रष्ट हो वह भी बहुत अच्छी रचना कर सकता है। क्योंकि रचना का सम्बन्ध उसकी अन्तरात्मा से है, भीतर से वह एक मनुष्य है। हालाँकि मेरा मानना इससे भिन्न रहा है। मैं मानता रहा हूँ कि जो मैं लिखता हूँ, अपने जीवन से उसे जस्टिफाई करूँ। यानी अगर मैं रचना में ईमानदारी, न्याय, प्रेम जैसे मूल्यों की बात करता हूँ तो मुझे भी जीवन में न्यायप्रिय होना चाहिए, ईमानदार होना चाहिए क्योंकि पाठक मेरी रचना ही नहीं देखता मेरे व्यवहार को भी देखता है। पाठक रचनाकार से मिलता-जुलता है, उसके व्यवहार को देखता है इसलिए रचना और लेखक के व्यक्तित्व के बीच में कहीं विरोध नहीं दिखना चाहिए—मेरा मानना यही है। किन्तु यदि आरम्भ से लेकर अब तक देखा जाए तो दो तरह के मत हैं। एक तो यह कि मूल्यांकन का आधार सिर्फ रचना हो और दूसरा यह कि अपनी रचना को लेखक अपने व्यक्तित्व से जस्टिफाई करे, क्योंकि लेखक एक सामाजिक प्राणी है, लोग देखते हैं उसे, उसके व्यवहार को देखते हैं इसलिए वह व्यक्तित्व में भ्रष्ट हो और रचना में न हो यह रचना का अवमूल्यन है। मैं दूसरे मत को ही सही मानता हूँ। मैं वह काम नहीं करना चाहता जो हमारी रचना न कहती हो। अपनी रचना को अपने जीवन से मैं जोड़े रखना चाहता हूँ, जिससे दोनों में फाँक न दिखाई पड़े, लगे कि रचना मेरी वही है, जो मैं हूँ। इसी में एक तीसरी बात भी पैदा होती है कि वस्तुत: जो रचना है वह किसी भी रचनाकार के व्यक्तित्व का 'एक्सप्रेशन' है, 'अभिव्यक्ति' है। ये कैसे हो सकता है कि में भ्रष्ट होऊँ और मेरी रचना में भ्रष्टाचार न आ पाए; वह चला आएगा, हम नहीं चाहेंगे तब भी वह चला आएगा।

लेखक चरित्रों में बँटा होता है, यानी प्रेमचन्द केवल 'होरी' नहीं हैं वह 'राय साहब' भी हैं और 'मेहता' भी हैं। रचना में रचनाकार हर कैरेक्टर्स में विभाजित हो जाता है; लिखने के दौरान बाँट देता है वह अपने को। जैसे लिखते हुए मैं 'रघुनाथ' भी हूँ और 'छब्बू' भी हूँ, दूसरे-दूसरे जो पात्र आते हैं, वह भी मैं ही हूँ, लेकिन बँटा हुआ हूँ। रचनाकार की सम्पैथी किस पात्र के साथ है, यह देख-समझकर रचनाकार के व्यक्तित्व को जाना-समझा जा सकता है। लेखक एक

अर्थ में अभिन्न रहता है अपनी रचना से। रचनाकार को और उसकी रचना-दृष्टि अथवा प्रतिबद्धता को जानने के क्रम में रचनाकार के प्रिय लेखक को जानना भी महत्त्वपूर्ण स्थान रखता है। इससे लेखक की अन्तरात्मा को पकड़ा जा सकता है।

विजेत्री विक्रम सिंह : आपने अभी कहा कि किसी भी रचनाकार को जानने-समझने के दो मुख्य माध्यम हैं—एक स्वयं उसकी रचना, दूसरा उसका प्रिय लेखक। आपके साक्षात्कारों में मैंने पढ़ा है कि टॉलस्टॉय आपके सबसे प्रिय लेखक हैं। उनकी कौन सी चीज ने आपको सबसे ज्यादा प्रभावित किया, उनके व्यक्तित्व ने अथवा कृतित्व ने?

काशीनाथ सिंह : उनकी रचना ने मुझे बहुत प्रभावित किया। जैसे—'अन्ना कैरेनिना' है या 'वार एंड पीस' है; यहाँ तक कि उनकी जो लम्बी-लम्बी कहानियाँ हैं, उसमें उनका 'विजन' बहुत अद्‌भुत है। टॉलस्टॉय दुनिया को या दुनिया की हर चीज को इस तरह देखता है जैसे—इस धरती पर उस चीज को देखनेवाला वह अकेला आदमी हो या पहला आदमी हो। लियो टॉलस्टॉय का लेखन—'माइन्यूट आब्जर्वेशन' है यानी वह बहुत ही सूक्ष्म निरीक्षण करता चलता है। उसके बारे में पढ़ते हैं तो ऐसा लगता है कि कोई अपने को छिपाना भी चाहे तो उस आदमी से अपने को नहीं छिपा सकता। यानी किसी भी चीज को उसकी समग्रता में देखनेवाला—वह प्रथम और अन्तिम आदमी है।

विजेत्री विक्रम सिंह : आज का साहित्य मात्र रचनाकारों को प्रभावित कर रहा है या उस समाज को भी जिससे वह सम्बद्ध है?

काशीनाथ सिंह : विडम्बना यह है कि हर साहित्यकार लिखता तो समाज के लिए है लेकिन समाज के लोग उसे पढ़ नहीं रहे हैं, पढ़ रहे हैं रचनाकार या शोधार्थी या विद्यार्थी। समाज तक वह रचना पहुँच नहीं रही है। ज्यादातर इसी तरह का लेखन हो रहा है। यानी जो साहित्य के रीडर्स थे एक जमाने में, साहित्य पढ़नेवाले लोग थे, उन तक रचनाएँ पहुँच नहीं रही हैं। उन तक न पहुँच पाने के कारण हैं—पुस्तकों का महँगा होना, दुकानों पर सुलभ न होना, दूसरे उनकी अपनी प्राथमिकताएँ भी कारण हैं—पैसे कम हैं, तो उस कम पैसे में वे राशन खरीदेंगे या किताब खरीदेंगे? बच्चों को पढ़ाना है, घर की जिम्मेदारियाँ हैं, समाज में एक अलग होड़ है, सम्पन्न से सम्पन्नतर होते जाने की, अपने पड़ोसी को अपने से पीछे छोड़ जाने की। ढेर सारी इस तरह की होड़ और छोड़ के बीच इस बदली हुई दुनिया में, साहित्य धीरे-धीरे हाशिए पर चला जा रहा है। एक तो यह कारण है, दूसरा प्रमुख कारण यह है कि जो लिखा जा रहा है—वह ऐसा नहीं है कि जिसे लोग पढ़कर तुरन्त

समझ लें—ऐसा जिसे लोग पढ़ें तो उसे लोगों को समझने में दिक्कत न हो। यानी लेखकों की भी कमजोरी है—वह आम जबान में नहीं लिखते, वह उस भाषा में नहीं लिखते जो आम लोगों की समझ में आए। अधिकांश लेखक अपनी किताबी भाषा में उपन्यास लिखा करते हैं, कविताएँ लिखा करते हैं। कविताएँ तो और अधिक अमूर्त होती हैं उपन्यास तो फिर भी मूर्त होते हैं। वह भाषा लेखक कहीं से अर्जित नहीं कर पा रहा है, जो सड़क की, आम आदमी की है, इसलिए लेखक पाठक से आत्मीयता नहीं बना पाता। इस तरह की समस्याएँ पैदा हो रही हैं।

विजेत्री विक्रम सिंह : हिन्दी साहित्य के इतिहास में यह प्रथम बार है कि किन्हीं दो सगे भाइयों को साहित्य अकादेमी पुरस्कार प्राप्त हुआ है। अब आप भी अपने गुरु और बड़े भाई की कोटि में आ गए हैं। इस प्रसन्नता को आप किस भाव से देखते हैं?

काशीनाथ सिंह : अच्छा तो लगता ही है भई, (हँसते हुए) कि एक घर में दो भाई साहित्य अकादेमी पुरस्कार प्राप्त हैं और वर्तमान समय में साथ हैं। अच्छा ये लगता है कि बड़े भाई को जो सम्मान मिला वह आलोचना के क्षेत्र में मिला और हमें जो मिला, उपन्यास के क्षेत्र में मिला। नामवर जी मेरे लिए प्रकाश स्तम्भ की तरह थे और ढेर सारी अपेक्षाएँ हमसे रखते रहे होंगे, पता नहीं मैं उन अपेक्षाओं पर खरा उतरा कि नहीं उतरा, लेकिन ये जरूर है कि मैंने जो कुछ किया या कर रहा हूँ, उससे मैं सन्तुष्ट हूँ।

विजेत्री विक्रम सिंह : वर्तमान में साहित्य की केन्द्रीय विधा कौन-सी है जो समाज को सबसे ज्यादा प्रभावित कर रही है और सबसे ज्यादा उससे सम्बद्ध है?

काशीनाथ सिंह : मैं अलग-अलग बोलकर अगर न बताऊँ यानी कहानी, उपन्यास को यदि अलग-अलग कर न कहूँ तो 'फिक्शन', 'कथा' यह विधा ज्यादा 'अपीलिंग' है, 'अपील' करती है जिसमें कहानी भी है और उपन्यास भी है।

विजेत्री विक्रम सिंह : आज के समाज, राजनीति और साहित्य की दुनिया के प्रति आपकी प्रमुख चिन्ताएँ क्या हैं?

काशीनाथ सिंह : मेरी सबसे बड़ी चिन्ता ये है कि इस भूमंडलीकरण के दौर में भौतिक विकास तो बहुत हो रहा है, मॉल बन रहे हैं, बाँध बन रहे हैं लेकिन जो विकास मनुष्य के लिए होना चाहिए था, मनुष्य की बेहतरी के लिए होना चाहिए था, मनुष्यता के विकास के लिए होना चाहिए था—वह नहीं हो रहा है बल्कि उलटा हो रहा है, यही इस विकास का सबसे खराब पहलू है। हमारा पर्यावरण लगातार बिगड़ता जा रहा है। पानी की समस्याएँ बढ़ती जा रही हैं, हवा दूषित हो

रही है, नदियाँ दूषित हो रही हैं, यानी भविष्य कैसा होगा यह सोचकर हम काँप उठते हैं। वही सोया-पालक, बथुआ का साग हमारे घर बनता है, सब्जियाँ बनती हैं, वही फूलगोभी, पातगोभी और मूली हम खाते हैं, लेकिन ऐसा क्यों हो रहा है कि उसमें स्वाद और गंध खत्म है? हम उसे भी नहीं बचा सके हैं। वास्तविकता यह है कि विकास और मनुष्यता के बीच खाई, दिन पर दिन चौड़ी होती चली जा रही है। हम जितना अधिक विकास कर रहे हैं, हमारी मानवीय संवेदनाओं का ग्राफ उतना ही नीचे गिरता जा रहा है। हम इस प्रकार के विकास के पक्ष में नहीं हैं, डर लगता है, ऐसे विकास से।

विजेत्री विक्रम सिंह : साहित्यकारों की नई पीढ़ी से आप क्या अपेक्षा करते हैं?

काशीनाथ सिंह : नई पीढ़ी के लोग हमसे ज्यादा पढ़े-लिखे हैं, ज्यादा जानकारियाँ हैं, टेक्नोलॉजी हमसे बहुत ज्यादा जानते हैं। लेकिन वे मध्यवर्ग को ही अपने लेखन का विषय बना रहे हैं। एक साधारण आदमी, किसान, मजदूर, जिनके लिए हम लोगों के दादा-परदादा यानी प्रेमचन्द यह कह गए थे कि साहित्य का सम्बन्ध आम आदमी से होना चाहिए, वह आम आदमी पीछे छूटता जा रहा है। यदि वे साहित्य नहीं पढ़ते हैं तो उसकी एक वजह यह भी है कि वे रचनाओं के केन्द्र में नहीं हैं, उनकी समस्याओं से भी रचना सम्बद्ध नहीं है। इसलिए भी साहित्य निरन्तर समाज से कटता चला जा रहा है।

कभी-कभी मैं नये रचनाकारों पर आक्रामक भी हो जाता हूँ, वे भी कभी-कभी हमारे खिलाफ बोलने लगते हैं कि ऐसा कहते हैं, वैसा कहते हैं। लेकिन यह प्यार का आक्रोश है क्योंकि मैं चाहता हूँ कि वे हमसे बेहतर हों। वे हमसे बेहतर होंगे, यह मैं जानता हूँ लेकिन वह साहित्य के विस्तार को सिमटने न दें तो, सिकुड़ने न दें तो। इसलिए नई पीढ़ी को उस जन-चेतना को फैलाए रखने की आवश्यकता है। लेकिन उन्हें यह चिन्ता नहीं कि साहित्य सिमटता और सिकुड़ता जा रहा है।

लेखकों के पास प्रतिभाएँ हैं लेकिन वे अपनी प्रतिभा का अपव्यय 'फेसबुक' या 'ट्विटर' पर ही ज्यादा कर रहे हैं।

(*आजकल*, जुलाई 2014)

जैसा जीते हैं, वैसा ही लिखते हैं...

प्रोफेसर काशीनाथ सिंह की लेखनी में जो झलकता है, कमोबेश हावभाव, जीवन शैली भी उसी के इर्द-गिर्द घूमती है, तभी तो 'काशी का अस्सी' पर साहित्य अकादेमी पुरस्कार न मिलने का मलाल, पुरस्कार पाने के बाद भी बयान कर दिया। बोले, निश्चित तौर पर 'काशी का अस्सी', 'रेहन पर रग्घू' से बेहतर रचना है। साहित्य तो जीवन का दर्शन है, जिस साहित्य में जन की भाषा न हो, वह साहित्य नहीं। रचना में बनावटीपन पाठक और स्वयं के साथ धोखा है।

सवाल उठा 'काशी का अस्सी' में गालियाँ हैं, बात को बीच में काटते हुए बोले, देखो अभिजात्य वर्ग के लेखक और इसी वर्ग के पाठक इस पूरे उपन्यास पर यह टिप्पणी कर रहे हैं। ऐसे लोग भी हैं जो सनातनी परम्परा के हैं और हमेशा शालीन साहित्य को ही स्वीकारते हैं, लेकिन सामान्य पाठक तो कभी भी ऐसा नहीं कहता। यदि ऐसा होता तो भारत में सबसे ज्यादा यह उपन्यास न बिकता। इस उपन्यास में लोग अपने आपको, अपने इर्द-गिर्द के माहौल को और अपनी बन्द जुबान की वाणी पा रहे हैं। फिर बोले, 'अगर 'काशी का अस्सी' मेरा नगर था तो 'रेहन पर रग्घू' मेरा घर है, और शायद आपका भी।'

'पांडे कौन कुमति तोहे लागी' पर चर्चित नाट्यकर्मी उषा गांगुली ने 125 से ज्यादा मंचन किए। हाँ, जल्द ही चन्द्रप्रकाश द्विवेदी की फिल्म 'मोहल्ला अस्सी' के जरिए मेरा उपन्यास जन-जन तक पहुँचेगा। पुरस्कार मिलने से चन्द्रप्रकाश तो मुझसे ज्यादा खुश हैं, बोले, मैं बनारस आऊँगा तो दावत मेरी ओर से होगी। फिर कहा, मोहल्ला अस्सी के सिक्वल के रूप में 'कौन ठगवा नगरिया लूटल हो' होगी। चन्द्रप्रकाश ने तो 'रेहन पर रग्घू' पर फिल्म बनाने के लिए वादा भी ले लिया।

अगले सवाल पर बोले बड़ा जटिल है कुछ कहना। बड़े भइया (समीक्षक नामवर सिंह) के किस मायने में बेहतर हूँ। अरे भाई, फिर कुछ देर सोचते

रहे। दबाव पड़ा तो कहा, उनसे बेहतर सरलता, सादगी में मैं हो सकता हूँ, और तो कुछ नहीं दिखाई देता मुझे। बोलने के बाद राहत की साँस ली। अपने बड़े भाई और स्वयं में क्या अन्तर या समानता पाते हैं। हँसते हुए कहा, वह विद्वान् हैं, ज्ञानी हैं मैं लिखता हूँ तो लेखक हूँ। फिर कहा वह किताब पढ़ते हैं, मैं आदमी पढ़ता हूँ। थोड़ी देर सोचने के बाद कहा, वह मुस्कुराते हैं और मैं हँसता हूँ। बोले, तीन तो पर्याप्त हैं न...? वहाँ मौजूद उनके एक मित्र ने जोड़ा—वह (नामवर सिंह) दुश्मनों की फौज इकट्ठा करते हैं और ये दोस्तों की फौज खड़ी करते हैं।

भाई से तुलना का कुछ हद तक विनोदपूर्ण माहौल खत्म हुआ तो फिर साहित्य पर चर्चा शुरू हुई। 40 से 50 वर्ष बीत गए, मैं खुद को भी साहित्य का पका हुआ फल नहीं मानता हूँ, फिर आज का युवा कब तक साहित्य में स्वादभरा फल देगा, पता नहीं। लेखक तो ताजिन्दगी विद्यार्थी होता है। लेखक का विश्वविद्यालय जीवन होता है। सड़क, फुटपाथ, बाजार यही तो लेखक के विश्वविद्यालय हैं। जो समय के साथ बदलता रहे, समय की समझ हो और उस समझ को लेखनी में उतारता रहे, समझो वही लेखक, नहीं तो...। आज के युवा में कुछ नया करने की, लिखने की ललक है, लेकिन साहित्य के प्रति समर्पण नहीं है। कम समय में बहुत कुछ पाने की लालसा से घिरे हैं। एक बात अच्छी यह है कि पहले, लेखक, शिक्षक, हिन्दी के छात्र, शोधार्थी हुआ करते थे। अब मैनेजमेंट, इंजीनियरिंग, डॉक्टर भी लिख रहे हैं। अच्छा लिख रहे हैं।

आज के युवा रचनाकार पिज्जा, बर्गर, नारी मुक्ति, दलित विमर्श, एक प्रकार से नई संस्कृति के प्रोडक्ट हैं। कारपोरेट, दुनियावी संस्कृति के प्रोडक्ट हैं। नारी मुक्ति और दलित विमर्श को केन्द्र में रखकर लिख रहे हैं लेकिन अभी मुकम्मल छवि नहीं बनी है। साहित्य को परिभाषित करते हुए बोले, मेरे नजरिये से साहित्य जीवन का अंग है, जैसा जीते हैं, वैसा ही लिखते हैं? बहुत लोग ऐसा नहीं लिख पाते, लिखते हैं तो उस क्षेत्र की भाषा को संवाद में, बोलियाँ लिख देते हैं। इससे रचना में दरार, फाँक दिखाई देता है। जनभाषा को छोड़कर साहित्य जिन्दा नहीं रह सकता है।

पत्नी कुसुम सिंह से बात हुई, बोली अब सुकून मिलता है। पहले तो इनके पास घर और बच्चों के लिए फुरसत ही नहीं थी। बच्चे क्या कर रहे हैं पता नहीं, बस साहित्य और साहित्य। बड़ा कठिन जीवन बिताया है। बेटी नीना ठाकुर, संभलपुर विश्वविद्यालय में प्राचीन भारतीय कला एवं पुरातत्त्व विभाग में रीडर हैं। उनका

भी मानना है कि यह पुरस्कार वर्षों पूर्व मिल जाना चाहिए था, बोली—पिता को सम्मान मिले तो बेटी के लिए इससे ज्यादा खुशी की बात क्या हो सकती है। बातचीत में एक खुलासा भी किया, पिताजी, आत्मकथा लिखना चाहते हैं। सच तो यह है आत्मकथा तो व्यक्ति के जीवन का आईना होती है। मुझे डर लगता है कि बहुत लोगों से दूरी बढ़ सकती है।

चलते-चलते एक सवाल और हुआ, अब आप अस्सी के अड़ी पर नहीं जाते, जबकि इसी अड़ी पर 'काशी का अस्सी' को आधार मिला। हँसते हुए बोले, अब अड़ी पर क्या बचा है, जितना दुहना था दूह लिया, अब जाने पर खाली बाल्टी लेकर ही लौटना होगा। फिर, थोड़ा संजीदा हुए और कहा, अड़ी पर अब वह बात नहीं रही।

बृजेश यादव से बातचीत

(*सम्बोधन,* जनवरी 2013)

सड़क-बाजार से लड़कपन में जो रिश्ता बना वह आज भी जारी है

वन्दना चौबे : आपकी कहानियों-संस्मरणों में प्रायः आपका बचपन दिखाई पड़ता है; सिर्फ झाँकता है पूरा नहीं दिखाई पड़ता। कुछ उसके बारे में बताएँ।
काशीनाथ सिंह : कहानियों में तो नहीं, संस्मरणों में जरूर कुछ मिल जाएगा। वह भी मेरा नहीं, लेखक का। यानी नमक-मिर्च के साथ।...देखो, मेरे जन्म के सोलह-सत्रह साल गाँव में गुजरे हैं। बचपन ही नहीं, कैशोर्य भी। वहीं रहते हुए मैंने प्राइमरी, मिडल, हाई स्कूल किया।

मेरा संयुक्त परिवार था। औरतें, मर्द, बच्चे-बच्चियाँ मिलाकर लगभग 25 सदस्यों का परिवार। सबके जीने का सहारा खेती। 30 बीघे खेती, छह बैल, एक भैंस। गन्ना पेरनेवाली मशीन कोल्हू और चारा काटनेवाली मशीन अलग। औरतों को छोड़कर हम सभी खेती में एक साथ काम करते। रोपनी, जोताई, बुआई, निराई, कटाई, दवाँई, सब करते। नहर नहीं थी तब, इसलिए खेतों में पानी दिया जाता था तो मोट-पुर से या पोखर और गड़ही में दोन लगाकर। हलों के लिए बनिहार थे लेकिन सभी काम हमीं करते थे। छोटा-सा गाँव। गाँव के खाते-पीते सुखी घरानों में हमारी गिनती होती थी, जबकि दूध-दही क्या है—हमने कभी जाना ही नहीं। गेहूँ की पूड़ियाँ या तो हमें श्राद्ध में खाने को मिलती थीं या शादी-ब्याह में। जूते (चमरौधा) तब बनवाए जाते थे जब घर में किसी का ब्याह पड़ता था। हमारा खाना-पीना मौसमी फसलों पर निर्भर करता था—जैसे बारिश में सावाँ या बाजरे का भात और सनई के फूलों और करेम का साग, जाड़े में मटर की घुघनी और गन्ने का रस, गर्मी में पाल में पके आम और सत्तू। भैंस जब ब्यायी होती थी तो कभी-कभार मट्ठा मिल जाता था—पनियल, वह भी आधी-पौन गिलास।

पिताजी प्राइमरी स्कूल के मास्टर थे। गाँव में अकेले नौकरी करनेवाले। यह इज्जत की बात थी गाँव के लिए भी। उनकी तनख्वाह क्या थी, हमें नहीं मालूम।

माँ को भी नहीं मालूम। वह उनकी नहीं थी, सरकार (उनके बड़े भाई घर के मालिक) के हाथ में जाती। उनका सारा समय स्कूल पर बीतता। फिर उनके हिस्से की खेती के काम कौन करे? इनके लिए उनके दो बेटे थे—रामजी और काशी। उनके बदले में हमसे काम लिया जाता और हम करते भी। हमसे जमकर काम लिए जाने की दूसरी वजह हमारे बड़े भाई भी थे जो खेती के कामों के लिए उपलब्ध नहीं थे।

जब परिवार संयुक्त हो तो यह सब होता है। उस समय बुरी लगनेवाली ये बातें आज अच्छी लग रही हैं। सच कहो तो संयुक्त परिवार सामाजिकता, साहचर्य और सह-अस्तित्व की आरम्भिक पाठशाला होता था। इसका अहसास हमें धीरे-धीरे हुआ सन् 53 में जब परिवार तीन टुकड़ों में बँट गया!

वन्दना चौबे : यह तो आपके बचपन का एक पहलू है। मेरी रुचि उस दूसरे पहलू में है जिसके लिए गाँव आपको 'हांट' करता है और अपनी कहानियों में आप बार-बार जीयनपुर लौट-लौट जाते हैं।

काशीनाथ सिंह : हाँ, हांट तो करता है उस जीयनपुर का बचपन जो अम्बेडकर गाँव नहीं था, जहाँ न बिजली थी, न सड़कें थीं, न अस्पताल था, न प्राइमरी स्कूल था, न पक्के मकान थे। मैं जब 53 में लोलार्क कुंड आया तो अक्सर गंगा किनारे तुलसी घाट की सीढ़ियों पर बैठकर अकेले उसी जीयनपुर के लिए रोया करता था—चुपचाप। उन्हीं दिनों एक फिल्म देखी थी—'अन्दाज।' उसमें एक गाना था—"बचपन के दिन भुला न देना, आज हँसे कल रुला न देना।" इस फिल्म को जब-जब देखा और गाना सुना तब-तब रोया। ऐसे तुम्हें बता दूँ कि आज भी कोई फिल्म देखता हूँ—वह चाहे जैसी हो—कई ऐसे दृश्य आते हैं, जब मेरी आँखें छलछला जाती हैं और गला भर आता है। यह शायद भावुक प्रकृति होने के कारण होता है।...तो बचपन के दिन।...गाँव के उत्तर एक बड़ी लम्बी-चौड़ी पोखर थी। इसे महदेवा बोलते थे। पोखर के इस किनारे बाँसों की कतार थी और पार के किनारे पेड़ों की। इनके आगे बहुत बड़ा आमों का बगीचा था। गाँव के छोटे-बड़े हम सभी बच्चों के दिन इसी बगीचे में बीतते थे। हम सब अपनी गायें-भैंसें चरने के लिए सिवान में छोड़ देते थे और टीमें बनाकर खेलते थे। जात-पाँत, छोटे-बड़े, ऊँच-नीच, छूत-अछूत की भावना बड़ों में थी, हममें नहीं। टीम के साथ ये भावनाएँ नहीं चल सकती थीं। कभी हम पोखर से, कभी बरसाती नालों या धान के खेतों से मछलियाँ पकड़कर लाते थे और बगीचे में भूनकर खाते थे। इसी बगीचे में मटर और चना के होरहा भूनते थे। साल में दो-तीन बार जाने कहाँ से बनजारे और नट आकर कुछ दिनों के लिए डेरा डालते थे, हम उनके

करतब देखते थे। वे कभी कठपुतली के नाच दिखाते थे, कभी फड़कता और रोंगटे खड़ा कर देनेवाला।

इस बगीचे में अखाड़ा भी था। हम परीक्षा खत्म होने के बाद से ही नागपंचमी के दिन होनेवाली कुश्ती की तैयारियों में लग जाते थे। भोर अखाड़े पर बीतती थी—कसरत करते हुए, कुश्ती लड़ते हुए। दूसरे गाँवों के हमउम्र लड़के हमारी चुनौती हुआ करते थे।...यही समय होता था जब आमों के टिकोरे चटनी, अचार और दाल के काम के हो रहे थे। हमारी व्यस्तताएँ बढ़ जाती थीं। भोर में ही महुआ भी बीनते और आम भी।

दोपहर को महदेवा में भैंसों को नहलाते, खुद नहाते और जी भर तैरते। फिर खा-पीकर किसी की दालान में सो जाते क्योंकि रात भर जगने की योजना पहले से तै रहती। ये लगन (ब्याह) के दिन होते थे और पास-पड़ोस से गाँवों में भाँड मंडली आनेवाली होती थी। हम चार-पाँच कोस दूर गाँवों से भाँडों का नाच देखने जाते थे। गर्मी भर प्राय: हर रात ऐसे ही बीतती थी!

वन्दना चौबे : बचपन की कुछ स्मृतियाँ जो आपके दिमाग में अमिट हों।

काशीनाथ सिंह : अनंत स्मृतियाँ हैं—कुछ छोटी, कुछ बड़ी। जैसे,

हम खड़ान गाँव में तेरही पर खाने गए थे। हमारे घराने के 15-20 लोग। शाम ढल गई थी। अँधेरा था। नीम की डाल में पेट्रोमैक्स लटक रही थी। उसकी रोशनी में नीचे चार टाट बिछे थे। एक-एक टाट पर 15-20 आदमियों के बैठने का हिसाब। जब संख्या उतनी जुट गई तो हम बैठे। पत्तल पर पूड़ी, कचौड़ी, सब्जियाँ, चटनी, रायता और कुल्हड़ में पानी परोस दिया गया।

'शुरू करो।' मेरे बगल में बैठे बड़का बाबू ने कहा और पूड़ी तोड़ने लगे। मैंने धीरे-से कहा—'बाबू पेशाब लगी है।' उन्होंने डाँटा और एक कुहनी मारी—चुपचाप खा। मेरा ध्यान खाने की ओर था ही नहीं—फिर कहा—'पेशाब।' उन्होंने अगल-बगल और सामने खाते हुए लोगों को देखा—'मुँह पीछे करके बैठे-बैठे कर ले—धीरे-से।' जब पानी टाट के नीचे—से पत्तलों से होता हुआ सामने की पाँत तक पहुँचा तो परोसनेवालों पर चिल्लाए—'अरे भाई, पानी देने से पहले कुल्हड़ तो देख लिया करो कि फूटा है कि ठीक? उन्होंने मेरे कुल्हड़ का पानी गिराकर कहा—"देखो चू रहा है, बदलो इसे।"

हमारे बाबाजी थे—नरवन परगने में बरहनी के। मेरे गाँव से एक किलोमीटर दूर! खलिहान उठ जाने के बाद जजमानी के मेरे गाँव से 'अँगऊ' लेने के लिए जेठ में आते थे—घोड़ी पर चढ़कर। तीन-चार बोरियाँ उसकी पीठ पर रख लेते थे और उस पर बैठ जाते थे। घोड़ी को पता चल गया था कि उसे बरहनी से चलना

है तो किस गाँव में कहाँ रुकना है। वे जेठ की दुपहरिया में—घाम और लू में ही निकलते थे। घोड़ी हमारे दुआर के आगे नीम के पेड़ के नीचे आकर खड़ी हो जाती थी और हम बाबाजी को ठोंककर जगाते थे।

वे घोड़ी की पीठ पर बैठे-बैठे एक नींद मार लेते थे।

—भग्गू राजभर, ठिंगना, काला-कलूटा! भाँडों का नाच देखने हम लोगों के साथ जाता था—बोरा लेकर। कि पंडाल में बिछी चाँदनी भर गई हो तो उसी पर बैठकर नाच देखें! अन्तिम आइटम नाटक होता था जो भोर से पहले खत्म हो जाता था। लौटानी में भग्गू की नजर बगीचे के किसी न किसी पेड़ पर होती थी—पहले से ही, जिसके आम तैयार हो गए हों! वे एक पेड़ पर चढ़ गए, वे जैसे ही डाल की तरफ बढ़े कि कई पके आम भद-भद टपक पड़े। माली की झोंपड़ी दूर नहीं थी। वह चोरबत्ती (टार्च) लेकर उसी पेड़ के नीचे आया। गिरे हुए आम देखे। शक हुआ और रोशनी ऊपर फेंकी। हर डाल देर तक देखता रहा, भग्गू का पता नहीं चला। डालों का रंग भग्गू के रंग था, क्या पता चलता।

—बगीचे में एक बार बंजारों ने कठपुतली का नाच दिखाया था, पेट्रोमैक्स की रोशनी में। पूरा गाँव जुटा था। औरत, मर्द, बच्चे सब! उन्हीं नाचों में एक प्रसंग था जिसमें दूल्हा-दुल्हन को डोली में विदा करा के ले जा रहा है। पर्दे के पीछे एक लड़की गा रही थी—'सैंया मोर लियवले जाला घन बदरी में।' नाच में कोई खास दम नहीं था, दम था तो उस सुरीली जादूभरी आवाज में जो बादल, बिजली, और घटाओं का वातावरण मेरे भीतर पैदा कर रही थी। मेरे भीतर की हलचल को इसी से समझा जा सकता है कि मैं उस लड़की की खोज में बगीचे में तब तक जाता रहा जब तक बंजारे वहाँ रहे। मैं अन्त तक उनकी लड़कियों के झुंड में उसे पहचान नहीं सका। शायद यह मेरे जीवन का प्रथम आकर्षण रहा हो किसी लड़की के प्रति!

—इसके सिवा 10-10, 15-15 दिन चलनेवाले मेरे बचपन के दो ऐसे अवसर हैं जो जीयनपुर से तो खत्म हो गए लेकिन मेरे जीवन से नहीं जा सके! इनमें एक है बाजरा जोन्हरी अगोरने के दिन और दूसरा है होलिका-दहन के पहले होलिका को अधिक से अधिक बड़ा-ऊँचा करने का उत्साह/कंपटीशन। (कंपटीशन) दूसरे गाँव के होलिका से चलता था। हम कुल्हाड़े लेकर खाने-पीने के बाद रात में निकलते थे और दूर-दूर से सूखी डाल काटकर लाते थे।

—हम जीयनपुर के 7-8 लड़के थे। बस्ता लेकर घर से स्कूल के लिए निकलते और दूर जाने पर दूसरे गाँव के गन्ने के खेत में घुस जाते। शुरू के हफ्ते भर गन्ने उखाड़कर चूसते और खेलने लायक मैदान बनाते और फिर

खेला करते! छुट्टी होने पर स्कूल से लड़कों को लौटते देखते तो हम भी लौट पड़ते। घर के लोग समझते कि हम पढ़ाई करके आ रहे हैं। पोल तब खुलती जब गन्ने कटने शुरू होते या स्कूल में हमारी जो पिटाई होती, उसे न याद करना ही अच्छा है।

वन्दना चौबे : विद्यार्थी के रूप में आप कैसे थे? तेज, कमजोर या मद्धिम?

काशीनाथ सिंह : इन तीन के सिवा एक चौथा शब्द भी है—'गदहा।' मैं प्राइमरी ही नहीं, मिडल तक यही था। उस जमाने में जिसे गणित आती थी, वह लड़का बुद्धिमान और तेजू खाँ समझा जाता था—उसके और विषय चाहे जैसे हों। मुझे मेरे अध्यापक 'कम्बल बुद्धि' का बालक कहते थे। मैं स्कूल न जाने के दस बहाने बनाता था मार खाने के डर से! बहाने ऐसे जो पकड़ में न आएँ—कि पेट में भयानक दर्द है, सिर फटा जा रहा है, चला नहीं जा रहा है।...जाने कैसे कक्षा चार में दो रुपये माहवार वजीफा मिल गया था मुझे। उसी रुपये में माँ ने एक बकरी खरीदी थी। लेकिन मिडिल में फिर वही हाल! मेरे समय ही उर्दू मिडिल खत्म हुआ था और दर्जा सात आठ हो गया था। मिडिल में मेरे स्कूल आवाजापुर में सिर्फ दो लड़के फेल हुए थे, जिसमें एक मैं था और दूसरा गणित में मुझे नकल करानेवाला राम कीरत। वह गणित में सबसे तेज माना जाता था।

फेल होने के बावजूद अमर शहीद विद्यामन्दिर शहीद गाँव में दर्जा नौ में नाम लिख गया। वे दो साल मेरे छात्र जीवन के सबसे अच्छे साल थे। गणित ने पिंड नहीं छोड़ा लेकिन वहीं पता चला कि मैं 'गदहा' नहीं हूँ। गणित में फेल रहने के बावजूद टोटल मेरा सबसे अधिक आता। मैं साहित्य समिति का मंत्री चुना गया। तहसील के कॉलेजों की निबन्ध प्रतियोगिता में पुरस्कार मिला। अपने कॉलेज से आदर्श विद्यार्थी का प्रमाण-पत्र मिला। पहला विद्यार्थी था जो वहाँ से प्रथम श्रेणी आया था। हाँ, यहाँ भी गणित में नकल की व्यवस्था की गई थी।

वन्दना चौबे : बचपन में 'नामवर जी' अपने बड़े भाई की स्मृति किस रूप में है?

काशीनाथ सिंह : 'नामवर जी!' हम उन्हें भैया बोलते हैं बचपन से ही। मैं भी और मझले भाई रामजी भी। हममें 5-5 साल का फर्क है। जब भी मुझे 'नामवर' या 'नामवर जी' कहना पड़ता है, खुद को बहुत असहज और अटपटा महसूस करता हूँ। यह हमारा संस्कार है—क्या करें? मेरे होश सँभालने के पहले ही नामवर जी शहर चले गए थे। भाई के रूप में मैं सिर्फ अपने मझले भाई को ही जानता था। जुड़ाव उन्हीं से था। वे मेरे हीरो थे। पढ़ने में जितने अच्छे खेल-कूद में भी उतने ही अच्छे। गाँव के लड़कों के लीडर। उनके बगैर किसी खेल या कार्यक्रम की कल्पना नहीं की जा सकती थी। वे मुझे बेहद प्यार करते थे और हर तरह

की चिन्ता से मुक्त रखते थे। घर का कोई भारी काम अगर मुझे दे दिया जाता था तो वे उसे अपने सिर ले लेते थे, मुझ पर नहीं आने देते थे। यह सिलसिला आज तक चल रहा है। भैया साल में एक-दो बार आते थे और आते थे तो मेरे खेलने के लिए कभी गेंद, कभी चाकू ले आते थे—इतना ही याद है घर पर कम रहते थे—कभी आवाजापुर, कभी कादिराबाद, कभी खड़ान, कभी हेतमपुर। उनसे जुड़ाव नहीं के बराबर था! जब शहर लौटने लगते थे तो रामजी भैया छिपकर रोते थे। रोता था मैं भी लेकिन रामजी भैया के लिए, उनके लिए नहीं। मुझे उनके भाई होने का अहसास दो अवसरों पर हुआ।

—दर्जा नौ में पढ़ रहा था। उन्हीं दिनों मुझे खसरा हुआ। नाभि के नीचे से लेकर पट्टों तक फैल गया। किसी से बता भी नहीं सकता था। देखते-देखते वीभत्स और भयानक हो गया। रहा नहीं गया तो माँ और मझले भैया से कहा। भैया ने देखा तो उनकी रूह काँप गई। त्वचा मांस से ऐसे अलग हो रही थी जैसे संतरे से छिलका अलग होता है। देसी दवा से कोई फायदा नहीं। मैं बगीचे में दिन भर पेड़ की आड़ में अधनंगा पड़ा रहता था और रोता रहता था। थक-हारकर खबर बनारस दी गई—भैया को। उन्होंने वहाँ से पीने के लिए काढ़ा और लगाने के लिए मलहम भिजवाया। तीसरे-चौथे दिन से घाव सूखने लगा।

—दूसरी घटना है हाई स्कूल। इम्तहान की तैयारियों की छुट्टियाँ हो गई थीं और मैं किताब-कॉपी लेकर बगीचे में चला आता था और वहीं पढ़ता था। उस दिन मैं हिन्दी में कवियों की जीवनी और छंद-अलंकार पढ़ रहा था। भैया होली की छुट्टियों में आए हुए थे और शहीद गाँव के विद्यार्थी जी से मिलने जा रहे थे। उनकी नजर मुझ पर पड़ी तो चले आए। बैठ गए। किताबें देखीं। फिर उपमा, यमक, श्लेष, रूपक, अनुप्रास समझाया। चार-पाँच छंद थे, उसके बारे में भी बताया। जाने के लिए खड़े हुए और कहा—'अगर बनारस में पढ़ना है तो फर्स्ट क्लास लाओ। नहीं तो एडमिशन नहीं होगा। फिर इंटर यहीं से करना।'

वन्दना चौबे : प्रायः भाइयों में ऐसा लगाव नहीं मिलता है जैसा आप और नामवर जी में है। उनके प्रति आपके इस लगाव का कारण क्या रहा है?

काशीनाथ सिंह : बहुत सी बातें अकारण और अहेतुक भी होती हैं। जरूरी नहीं कि हर चीज के पीछे कारण हो ही। लेकिन कारण बताना ही हो तो मैं कहूँगा—किसी के लिए कुछ भी त्याग करने का जज्बा, एक-दूसरे की सीमाओं की समझ, कोई उम्मीद न करना, जितना हो जाए उसे बहुत मानना।...और नामवर जी ही क्यों, मझले भाई रामजी क्यों नहीं? मुझे अपने दोनों बड़े भाइयों का जो और जितना प्यार मिला, उतना किसी भाई को क्या मिलेगा?

मैं कैसे भूल सकता हूँ कि अपने छोटे भाई काशी की खातिर मझले भैया ने अपना भविष्य ताक पर रखकर मुझे पढ़ने के लिए—आगे बढ़ने के लिए भैया के साथ शहर भेजा। नतीजा यह हुआ कि वे इंटरमीडिएट ही रह गए। यही नहीं, जब पिताजी रिटायर कर गए और नामवर-काशी बेरोजगार, उन्होंने 70 रु. मासिक पर चकबन्दी कानूनगो की मामूली नौकरी ज्वाइन की। उन्हीं दिनों की एक घटना है। वे इलाहाबाद के पास एक तहसील भरवारी में कानूनगो थे। कथाकार मार्कंडेय ने उनके पास सूचना भिजवाई कि नामवर भैया के पास कुर्ते नहीं हैं क्या, वे फटा कुर्ता पहनकर भाषण दे रहे थे। उसी दिन स्टेशन पर पहुँचते ही भैया ने देखा कि रामजी हाँफते हुए खद्दर का थान लिये दौड़े आ रहे हैं।

ऐसे एक नहीं अनेक किस्से हैं रामजी भैया के प्यार के—मेरे लिए, भैया के लिए, विजय के लिए। तब से लेकर आज तक।

यह हमारा मोटो ही रहा है—भाई पहले, बीवी-बच्चे बाद में। इसे इस तीनों के बीवी-बच्चे भी जानते हैं और उनकी इस जानकारी का खमियाजा भी हम भुगतते रहे हैं। हम भाइयों में वे सबसे अधिक मानवीय और भावप्रवण हैं।

तुम कह सकती हो कि आजादी के बाद हमारे क्षेत्र में परिवार के टूटने या एकल बनने की शुरुआत के दिन थे ये। जिस भी बन्दे को बाहर शहर में नौकरी मिलती, वह बीवी-बच्चों को साथ लेता और निकल जाता। साल में दो बार—दीवाली और होली के अवसरों पर माँ-बाप से मिलने के बहाने घर आता और अपने हिस्से का राशन-पानी ले जाता। यू.पी. कॉलेज और बी.एच.यू. में नामवर के साथ पढ़नेवाले आसपास के उनके सभी मित्र यही कर रहे थे।

नामवर जी को जब सन् 53 में बी.एच.यू. में नौकरी मिली तो वे माँ और भाई को लेकर आए, बीवी-बच्चे को नहीं। बनारस आने के बाद मैंने जाना अपने भाई को, प्राध्यापक को, गुरु को, लेखक को, मनुष्य नामवर को। जानने की शुरुआत छोटी-छोटी बातों से हुईं। उनमें से उदाहरण के लिए एक-भौजी गाँव से आई तीन-चार महीने बाद। उनके संस्कार वही थे जो उनके मायके और मेरे गाँव की बहुओं के थे। जैसे पति को प्रसन्न रखना है तो उसे तरह-तरह के पकवान-हलवा, पकौड़ी, घुघनी, पूआ आदि बना के खिलाया करो। भैया पहली मंजिल पर ऊपर रहते थे, मैं नीचे। मैंने गौर किया कि जब भी कोई चीज पकती, भैया अपनी प्लेट लिये हुए नीचे आते और किताबें ढूँढ़ने के बहाने मेरी प्लेट या कटोरी देखते और अपने में से निकालकर उसमें जबरन डाल देते। थोड़े ही दिनों के बाद उन्होंने भौजी से कहा—'कल से हम दोनों नाश्ता और

रात का खाना साथ खाएँगे—अपने कमरे में। यह कड़की के दिनों की बात है और बहुत छोटी है लेकिन ऐसी ही मामूली बातें लगाव या अ-लगाव को निर्धारित करती हैं।'

वन्दना चौबे : माता-पिता की कौन-सी खूबियाँ या खामियाँ जो उत्तराधिकार में आपको मिली हैं?

काशीनाथ सिंह : भाग्यशाली हूँ कि माँ-पिता के सबसे अधिक दिन मेरे साथ गुजरे। हम माँ को 'माई' बोलते थे और पिताजी को 'बाबू।' माँ 22 जून, 72 को लोलार्क कुंड पर दिवंगत हुई और पिताजी उसके तेरह साल बाद 11 फरवरी, 85 को मेरे अरविन्द कॉलोनी वाले आवास में 85 वर्ष पूरा करके।

पिताजी अनुशासित व्यक्तित्व के स्वाभिमानी आदमी थे। अपने आगे न तो किसी को गिनते थे, न कुछ समझते थे। हमेशा चुप। हुक्का पीते थे। तभी बोलते थे जब कोई पूछता था। चुप तो चुप। अपने भाइयों से भी बोलते नहीं सुना। नाच-गाने में भी कोई रुचि नहीं। प्रतिदिन शाम को हाथ-पैर धोकर संध्या करते थे। हनुमान को छोड़कर और किसी देवी-देवता में उनकी आस्था नहीं देखी। मन्दिरों में कोई दिलचस्पी नहीं। कभी हँस दें, तो बड़ी बात समझिए। उन्होंने अपने भीतर ही कोई दुनिया बसा ली थी, उसी में रमे रहते थे। माँ के देहान्त के बाद उन्होंने हुक्का छोड़ दिया तो छोड़ दिया। इतना निस्पृह, निस्संग और अकेला आदमी मैंने नहीं देखा। और देखा भी तो दिल्ली में भैया को।

माँ पिताजी के एकदम उलट स्वभाव की थी। हर वक्त उल्लास और उमंग से भरी हुई। हर मौसम और हर मौके के लिए उसके पास गीत थे, लोकोक्तियाँ थीं, कहावतें थीं। इनका इस्तेमाल वह रोजमर्रा के हर क्षण में ऐसे करती थी जैसे लोग तुलसीदास की चौपाइयों-दोहों का करते हैं। उसके पास कहने को इतनी कहानियाँ थीं कि कहना कठिन है कि कितनी उसकी अपनी हैं और कितनी लोक परम्परा से मिली हैं। उसकी दयालुता और उदारता के गुण गाँव और लोलार्क कुंड के लोग बताते नहीं थकते थे।

और तो नहीं कह सकता, कहानी की विरासत मुझे अपनी माँ से मिली हैं।

वन्दना चौबे : आपके संस्मरणों में बचपन के दोस्तों की भी चर्चा आई है। वे किस रूप में याद आते हैं?

काशीनाथ सिंह : हाँ, बचपन में मेरे दो दोस्त थे—मुन्ना और रामधर! मुन्ना का नाम नर्मदेश्वर था। उसके पिता बक्सर में वकील थे। उनके देहान्त के बाद अमर शहीद विद्यामन्दिर के संस्थापक कामता प्रसाद विद्यार्थी उसे अपने यहाँ पढ़ने के

लिए ले आए थे। मुन्ना उनका भतीजा था। बड़ी-बड़ी आँखें, घने बाल सुन्दर लेकिन गाढ़ा साँवला जिसे काला भी कह सकते हैं। विद्यार्थी जी के घर के पीछे एक छोटा-सा बगीचा था जिसके कोने का एक पेड़ आँधी में गिरकर सूख गया था। मैं स्कूल से लौटते हुए उसकी एक डाल पर मुन्ना को रोते हुए बैठा देख रहा था तीन दिनों से! मैं उसके पास गया! यहीं से हमारी दोस्ती शुरू हुई! उसे पढ़ाना विद्यार्थी जी के लिए बहाना था। वे उसे अपने घर के काम-काज के लिए लाए थे! वह झाड़ू-बुहारू करता, बर्तन माँजता, खाना बनाता, गाय को सानी-पानी करता और स्कूल भी जाता। जब भी मौका मिलता, इसी डाल पर आकर बैठता और रोता। उसे अपनी माँ और छोटा भाई याद आते।

बाद में विद्यार्थी जी ने हेतमपुर वाला पुराना घर उसकी माँ को दे दिया था। जिसमें वह दोनों बेटों के साथ रहने लगी थीं। हेतमपुर मेरे गाँव से एक-डेढ़ किलोमीटर की दूरी पर था। छुट्टियों में अक्सर उसके घर चला जाया करता था। उसी दिन अपने गाँव पसाई से रामधार भी आ जाता था। मुन्ना की माँ हम दोनों की भी माँ थी। मेरी रामधार की दोस्ती मुन्ना के कारण हुई थी। वे दोनों कमालपुर पढ़ रहे थे। हेतमपुर गाँव के बाहर किलेनुमा एक बहुत पुराना कोट था दो-ढाई सौ साल पुराना। मुगलों के जमाने का। उसमें गायें-भैंसें चरा करतीं। फुटबाल मैच होते। दूर-दूर से लोग देखने आते उसे। वह लखौरी ईंटों वाला कोट खँडहर हो चुका था। हम घर से खाने-पीने का सामान लेकर कोट में आ जाते और सुनसान जगह देखकर बैठ जाते।

मुन्ना का गायन शहीद गाँव के बगीचे में सूखी डाल पर सुन चुका था। वह गाते-गाते रोने लगा था—'गम दिये मुस्तकिल, कितना नाजुक है दिल ये न जाना, हाये हाये ये जालिम जमाना।' मैं भी उसके साथ ही रो रहा था और सुन रहा था। अब तक लोकगीत और भँड़ऊ गाने सुने थे, यह पहला फिल्मी गीत।

तो, उस किले में मेरी या रामाधार की जाँघों पर लेटकर या अलग से बैठकर वह गाता—सहगल, रफी, मन्ना-डे, मुकेश, किशोर कुमार, लता, हेमंत कुमार, गीता दत्त के गाने! आश्चर्य होता था कि उसे कितने गाने याद हैं। शाम हो जाती थी और न वह थकता था, न गाने खत्म होने का नाम लेते थे। मुझे उन्हीं दिनों नहीं, आज भी लगता है कि उसकी नकल असल से बेहतर होती थी। उसके गले की मिठास और दर्द का सानी नहीं था। नौकरी में आने के बाद हम तीनों को अलग होना था, हम हो गए। रामाधार कलकत्ता और फिर मैसूर चला गया, मुन्ना मध्य प्रदेश में चिरीमिरी-वेलफेयर अफसर होकर। वहीं जबलपुर जाते हुए एक जीप दुर्घटना में उसकी मृत्यु हो गई।

यही मुन्ना मेरे उपन्यासों और कहानियों में अलग-अलग मुस्लिम-हिन्दू नामों के साथ आता रहा है। किसी न किसी गाने के साथ।

रहा रामाधार तो उस पर मैंने 'कलकत्ता में बाँकेलाल' संस्मरण ही लिखा है। इतना हँसोड़, इतना दिलचस्प, इतना खुशमिजाज—साथ ही इतना सुपठित, प्रबुद्ध, दुनिया भर की जानकारियों से लैस मैंने कम ही आदमी देखे हैं। उसके संग-साथ ने मेरी कहानियों को हँसी, रंजकता और व्यंग्य दिए हैं।...यह रामाधार भी '97, मई में मेरे रिटायर होने के महीने भर पहले चल बसा।'

वन्दना चौबे : जैसा कि कहीं नामवर जी ने कहा है कि काशी पर बनारस आते ही घर की सारी जिम्मेदारियाँ आन पड़ीं। उसने बचपन जाना ही नहीं। वे कौन-सी जिम्मेदारियाँ थीं जो आपको उठानी पड़ीं?

काशीनाथ सिंह : हाँ, कहीं कहा तो है भैया ने लेकिन अधिक दिन हो गए हैं कि मुझे कुछ खास याद नहीं। और ऐसे भी परेशानियों और दु:ख के दिनों को भूल जाना ही बेहतर! इतना ही याद रह गया है कि भैया के लोलार्क कुंड पर बस जाने के बाद गाँव और रिश्तों-नातों से आनेवालों का ऐसा सिलसिला शुरू हुआ था कि मुझे अक्सर छोटे-से रसोईघर में सोना पड़ता था। मेरा अपना कोई कमरा नहीं था। बैठक खाली हो तो दिन में वहाँ पढ़ो, और रात में रसोईघर में। रसोईघर इतना छोटा था कि चूल्हे-बर्तनों के सिवा एक चटाई ही आ सकती थी। जीरो पावर का बल्ब जलता रहता था।

पहली तनख्वाह मिलने के बाद ही भैया ने घर चलाने की जिम्मेदारी मुझे सौंप दी। उन्होंने डेस्क की दराज में रुपये रखते हुए कहा—'ये हैं महीने खर्च के पैसे। जैसे चले, चलाओ। बीच में मत माँगना।' ये रुपये बीसवें दिन चुक जाते फिर, उधार शुरू हो जाता। मैंने पाया कि उतने में बनारस तो चल जाता लेकिन आधे से ज्यादा परिवार गाँव पर पड़ा हुआ था। उसे भी तेल, साबुन, मसाले, दाल, चावल, चीनी यहीं से भेजने पड़ते थे समय-समय पर। यह मेरी ट्रेनिंग थी गृहस्थी चलाने की। उस समय से फुटपाथ, सड़क और बाजार से जो मेरा वास्ता बना, वह तभी खत्म हुआ—खत्म तो क्या, कम हुआ जब मेरे बच्चे बड़े हो गए।

हाँ, एक बात जरूर हुई। मैं गाँव से खाली हाथ आया था। कोई सपना नहीं था मेरी आँखों में। था तो बस यही कि शहर में रहकर लिखने-पढ़ने के बाद शहीद गाँव में हाईस्कूल इंटर में मास्टर होऊँगा। पढ़ाऊँगा भी और गाँव भी सँभालूँगा। हम भाइयों में अगर एक भाई कुछ बन रहा है और आगे बढ़ रहा है तो उसके लिए जो कुछ करते बने, करूँ।

मैं भैया के बारे में काफी कुछ गाँव पर रहते हुए ही सुन चुका था। विश्वविद्यालय में उनकी प्रतिष्ठा और लोकप्रियता से परिचित हो चला था। नगर के आयोजनों में उन्हें सुन और देख रहा था। बाहर से जो भी कवि-लेखक आते थे, अगर वे मेरे यहाँ नहीं भी रुकते थे, तो मिलने जरूर आते थे। पत्र-पत्रिकाओं में कभी उनके लेख—देखता, कभी चर्चे पढ़ता। घर में उन्हें पढ़ते-लिखते हुए देख ही रहा था। इससे यह नतीजा निकाला कि घर के झमेलों और झंझटों से उन्हें जितना निश्चिन्त और मुक्त रख सकूँ, उतना ही अच्छा। और मैं जब तक विद्यार्थी रहा, मेरा एकमात्र लक्ष्य यही रहा।

उन्हीं को देखते-सुनते हुए मेरे भीतर भी कुछ 'होने' का सपना पैदा हुआ।

मैं कमच्छा पर इंटरमीडिएट में था। सोचा, मैं भी लिखूँगा लेकिन वह रास्ता छोड़ दूँगा जिस पर भैया चल रहे हैं और हुआ यह कि मैंने रास्ता छोड़ने के बजाय बस्ती ही छोड़ दी। मैंने अंग्रेजी में पाँच कविताएँ लिखीं—अपने कोर्स की किताब 'गोल्डन ट्रेजरी' की कविताओं की तर्ज पर! अपने अंग्रेजी के अध्यापक चक्रवर्ती साहब को दिखाया। दूसरे दिन उन्होंने तारीफ की और उत्साह बढ़ाया। उसी उत्साह के साथ वे कविताएँ मैंने भैया को दीं। वे चौंके और कहा—'बैठो' उन्होंने माइकल मधुसूदन दत्त का हवाला देते हुए कहा—'अंग्रेजी अंग्रेजों के लिए छोड़िए! अगर कुछ कर सकते हैं तो अपनी भाषा में कीजिए।'

दो साल बाद—यानी बी.ए. में आने पर एक बार फिर मैंने हिम्मत जुटाई और अबकी हिन्दी में कुछ कविताएँ लिखीं। अब नामवर जो मेरे भाई ही नहीं प्राध्यापक और गुरु भी हो चुके थे। मैंने चुनी हुई दो-चार कविताएँ उन्हें दीं। उन्होंने एक सरसरी नजर उन पर डाली और कहा—'देखिए, साहित्य-सेवा के लिए सारी जिन्दगी पड़ी है। मेरी तो नेक सलाह यही है कि पहले आप अपनी पढ़ाई पूरी करें आगे आपकी जैसी मर्जी!'

फिर तो मैंने कभी कविता न लिखने की कसम ही खा ली।

वन्दना चौबे : इन सारी घरेलू जिम्मेदारियों के बावजूद आप कैसे लिखते रहे? लिखना स्थगित नहीं किया, बराबर जारी रखा। कैसे?

काशीनाथ सिंह : अगर मैं लिखता रह गया, लेखन कभी स्थगित नहीं किया तो इसका श्रेय मुझे कम, मेरी पत्नी कुसुम को ज्यादा है। मैं अपने वैवाहिक जीवन के आरम्भिक दिनों के बारे में सोचता हूँ तो लगता है लेखन एक निहायत हिंसक, नृशंस और क्रूर कर्म भी है—बहुत कुछ जलते हुए रोम में अपने महल में बैठकर नीरो के बंशी बजाने जैसा।

कुसुम जमींदार परिवार से थीं। माँ नहीं थी लेकिन चार भाई, तीन बहनें, दो भाभियाँ और उनके बच्चे थे। पिता जाने-माने मुख्तार। वे राबर्ट्सगंज की पहली

ग्रेजुएट लड़की। उनके सपने थे। पढ़े-लिखों के घर आ रही थीं। सोचा था, एम.ए., बी.एड. या पीएच.डी. करके तीन साल में नौकरी शुरू कर देंगी। इन्हीं इरादों के साथ मेरे घर आई थीं मई, 62 ई. में। लेकिन 'होना भी कहाँ था। वो जो हम समझे थे।' नौ साल बाद किसी तरह 71 में एम.ए. प्रीवियस किया। फिर एक साल की परेशानी। 73 में फाइनल किया। फिर तीन साल इन्तजार करना पड़ा बी.एड. करने के लिए। 80 में लोलार्क कुंड छोड़ा तो थोड़ी राहत मिली लेकिन पति किसी काम का नहीं। उनकी नौकरी के लिए किसी का एहसान लेने को तैयार नहीं। खुद दौड़-धूप करके एक निजी स्कूल के प्राइमरी सेक्शन में 200/—रु. प्रतिमाह पर मास्टरी शुरू की। उसमें भी सौ बार सोचा कि इससे ज्यादा तो रिक्शा-भाड़े में चले जाएँगे फिर फायदा क्या? उनकी जिन्दगी के अट्ठारह सालों को नारकीय बनाए रखने का अपराधी मैं था। मुझे लेखन का नशा और आवारगी का चस्का था। मैंने उनके आते ही अपनी और घर की सारी जिम्मेदारियाँ और झमेले उनके सिर डाल दिए थे। उन्हें शिकायतें मेरे माँ-बाप से नहीं थीं जो उन्हें बेटी की तरह मानते थे, मेरे भाइयों से भी नहीं थी, जो उन्हें बहन का प्यार देते थे, शिकायतें थीं तो जब-तब कुछ दिनों या महीनों के लिए आनेवाली भाभियों से जिन्हें खुश रखने के वे लाख जतन करतीं लेकिन कभी खुश न कर पाईं।

उनके आने के दिनों में सबको खिला-पिला लेने के बाद रात के दस-साढ़े दस बजे थकी-माँदी कुसुम को अक्सर बिस्तरे पर पड़े सिसकते-रोते हुए देखता था—असहाय की तरह।

उनकी शिकायतें सबसे ज्यादा मुझसे थीं जिसे यह चिन्ता नहीं कि बच्चे-बच्चियों को कब और किस स्कूल में दाखिला कराया जाए, वे क्या पढ़ें? पढ़ भी रहे हैं या नहीं, दिन भर से घर में नहीं तो कहाँ हैं?...मेरी यह गैर-जिम्मेदाराना हरकत कभी खत्म नहीं हुई। पहली बार हम पति-पत्नी साथ निकले 1986 में; विवाह के तेईस साल बाद—ऐसे जैसे 'हनीमून' पर निकले हों। चित्रकूट लेखक शिविर के लिए।

वन्दना चौबे : आपके संस्मरणों और परिचय में 'व्याकरण कार्यालय' का उल्लेख मिलता है। शोध-सहायक के रूप में वहाँ आपने क्या किया?

काशीनाथ सिंह : मैं नहीं भूल सकता 'व्याकरण कार्यालय।' जब मेरे आगे अँधेरा था तो इसी ने पनाह दी थी। शोधछात्र के रूप में मुझे 100 रु. का वजीफा मिलता था विश्वविद्यालय से, जो जून में खत्म होनेवाला था। उस समय जे.आर. एफ. नहीं थी। एकमात्र यही स्कॉलरशिप थी जो शोध के लिए एम.ए. के टॉपर

को दी जाती थी। दो साल हो रहे थे मेरे। मई, 62 में मेरी शादी हुई और जून में स्कॉलरशिप खत्म। अभी थीसिस भी जमा नहीं हुई थी और रहना था बनारस में ही। घर चलाने की समस्या सामने थी। ऐसे ही समय अगस्त में 'व्याकरण कार्यालय' में मेरी नियुक्ति हुई शोध-सहायक के रूप में। 200 रु. महीने पर। 'हिन्दी भाषा का ऐतिहासिक व्याकरण कार्यालय रूइया छात्रावास की छत पर था।' यह 'हिन्दी विभाग' का ही एक प्रोजेक्ट था जिसे यू.जी.सी. ने स्वीकृति दी थी। इसके दो धड़े थे—एक ऐतिहासिक व्याकरण के लेखन का, दूसरा साहित्य के इतिहास के पुनर्लेखन का। दोनों धड़ों में काम करनेवाले चार-चार शोध सहायक! उप-निदेशक विभाग के ही विद्वान् होते थे जो बताते थे कि हमें क्या करना है। हम चार-चार शोध सहायक दो कमरों में बैठते थे।

यह मेरी रुचि का काम था। एम.ए. में जब आचार्य द्विवेदी ने 'नामधातु' पर लघुशोध प्रबन्ध लिखने के लिए कहा था, उसी समय संकेत कर दिया था कि पीएच.डी. 'संयुक्त क्रियाओं' पर करना और उसके आगे का काम प्रेरणार्थक क्रियाओं पर। इस तरह 'क्रिया प्रकरण' तुम्हारे जिम्मे। हमने दो साल काम किया कि मेरी अस्थायी नियुक्ति लेक्चरर के रूप में 'हिन्दी विभाग' में हो गई सन् 64 की जुलाई में। मैं अभी पढ़ ही रहा था कि 6 महीने बाद फिर 'व्याकरण कार्यालय' में भेज दिया गया विभागीय राजनीति के कारण लेकिन जुलाई, 65 में फिर हिन्दी विभाग। अबकी बार अक्टूबर में वहीं स्थायी लेक्चररशिप मिल गई—बाकायदे 'साक्षात्कार' के जरिये।

व्याकरण का काम करते हुए मैंने बहुत कुछ सीखा जो मेरे कथाकार के काम आया भाषा का मर्म क्या है? वाक्य में संज्ञा, सर्वनाम, विशेषण, क्रिया की क्या भूमिका होती है? भाषा छिपाने का भी काम करती है और उघाड़ने का भी! वह रात का अँधेरा भी हो सकती है और दिन का उजाला भी! कोई शब्द फालतू नहीं होता, अगर उसकी सही जगह तैनाती हो! कैसी भाषा की उम्र लम्बी होती है—आदि-आदि। वहीं मुझे अपनी 'संतरा' कहानी के सीताराम शुक्ल भी मिले थे जो कार्यालय में चपरासी थे! वहाँ जानी हुई बहुत-सी चीजें मेरी कहानियों और उपन्यासों में आई हैं।

वन्दना चौबे : छात्र-छात्राओं के बीच प्राध्यापक के रूप में आपकी छवि कैसी थी?
काशीनाथ सिंह : कायदे से तो यह प्रश्न किया जाना चाहिए उस जमाने के छात्र-छात्राओं से जो मुझसे पढ़ चुके हैं फिर भी...देखो, मैं उसी विभाग का विद्यार्थी था, अधिकांश मेरे गुरु थे, मेरे सबसे अच्छे अध्यापक आचार्य द्विवेदी, विश्वनाथ प्रसाद मिश्र और नामवर सिंह विभाग छोड़ चुके थे। मैंने अनुभव किया कि इनकी

छाया भी छू सकूँ तो मेरे लिए गुंजाइश है। विभाग में मेरी उम्र सबसे कम थी। मैंने कुछ नियम बनाए अपने लिए—

1. उपदेश और प्रवचन छात्रों को वही देता है जो अध्यापन में कमजोर होता है। ये अपनी कमजोरी को ढँकने के उपाय हैं।
2. कक्षा में अपना पांडित्य और ज्ञान प्रकट करो लेकिन उसका आतंक मत पैदा करो। इससे कक्षा बोझिल और नीरस होती है।
3. पुराना साहित्य भी पढ़ाओ तो उसे छात्रों के वर्तमान यथार्थ से जोड़ने की कोशिश करो। वे महसूस करें कि लाश नहीं ढोनी पड़ रही है।
4. लात-जूता खाए, विपत के मारे मुर्दा चेहरे के साथ कभी क्लास में न जाओ।
5. अधिकांश-अगर सभी नहीं तो गाँव-गिरावँ और खेत-खलिहान से आए विद्यार्थी हैं। उनसे उन्हीं की भाषा में बात करने की तरह पढ़ाओ। तो ऐसी ही बातें मेरे दिमाग में थीं। ये सही रही हों या गलत, यह तकनीक मैंने अपनाई।

यह मैं नहीं बता सकता कि अध्यापक कैसा था लेकिन छात्र-छात्राओं में लोकप्रिय जरूर था। कक्षाएँ नीरस नहीं होती थीं। किसी को कभी सोते हुए नहीं देखा—न जूता घिसते हुए, न क्लास से भागते हुए। हाँ, मेरा लिबास दूसरे अध्यापकों से भिन्न था। पैंट-शर्ट लेटेस्ट डिजाइन के हुआ करते थे। ऐसे कि लड़के भी मेरी नकल करते थे। इस मायने में मेरी छवि 'ट्रेंडसेटर' की थी। तब धोती-कुर्ता नहीं पहनता था। विभाग में जो अध्यापक पैंट-शर्ट पहनते थे वे 1947 के सिले थे। मेरी स्थिति इसी से समझ सकती हो कि एक दिन अध्यक्ष ने मुझे बुलाकर डाँटा—'अब अध्यापक हो गए हो। लौंडे-लपाड़ियों की तरह कपड़े पहनना बन्द करो। गम्भीर रहना सीखो।' उनका काम था कहना, मेरा काम था सुनना—इससे कोई खास फर्क नहीं पड़ा। मैं छात्र-छात्राओं के बीच्च आधुनिकता का प्रतीक बना रहा।

वन्दना चौबे : आपने लिखने की शुरुआत कहानियों से ही की या इनके पहले भी कुछ लिखा था?

काशीनाथ सिंह : शुरुआत कहानी से नहीं की, की थी कविताओं से। वह भी बी.ए. में लेकिन बात बनी नहीं। बाद में भी लगा कि कविता मेरे वश की चीज नहीं। घर का माहौल और साहित्यिक वातावरण भी असर डालता है आपके कुछ बनने-बिगड़ने पर। उन दिनों नई कविता की नहीं 'नई कहानी' की धूम थी। यहाँ तक कि कभी कविताओं पर लिखनेवाले आलोचक मेरे भाई नामवर जी कहानी पर लिखने लगे थे। 'कहानी' मासिक मेरे घर आती थी। कहानियाँ पढ़ता भी था।

इसके बावजूद जो पहली चीज मैंने लिखी, वह थी 'आलोचना।' शीर्षक था 'हिन्दी कहानी के साठ वर्ष।' यह लेख 'बासंती' में जनवरी, 61 में आया था। यह लेख कहानियाँ पढ़कर नहीं, कहानी की आलोचनाएँ और पुस्तकें पढ़कर लिखा गया था सम्पादक के कहने पर। साठ सालों की कहानियाँ कोई कब तक पढ़े। लेख का यह खोखलापन मुझे खल गया था। ऐसे भी एक आलोचक की रात-दिन की मुसीबत अपने ही घर में देखकर मैं दहल गया था। ऐसे ही में मैंने फैसला किया कि यह दुस्साहस मुझे नहीं करना। तो इस तरह कविता नहीं, आलोचना नहीं तो क्या? कहानी। ऐसे भी मैं इतनी बहुमुखी प्रतिभा का धनी नहीं कि एक जैसी क्षमता के साथ सब कुछ लिख सकूँ। मेरी समझ से नया लिखनेवाले मेरे जैसे हर लेखक को चाहिए कि वह हर विधा में हाथ आजमा के देखे कि उसकी अपनी विधा कौन-सी है? किस विधा में उसका समूचा व्यक्तित्व व्यक्त हो रहा है। यह है अपने भीतर ही अपने 'खुद' की खोज।...'कहानी' मुझे अपने मनमाफिक लगी। न रात-दिन पढ़ने की झंझट, न फालतू की माथा-पच्ची। देखते जाओ और लिखते जाओ—बस। और मैंने एक कहानी लिखी—'जोतसी ने कहा था।' यह प्रकाशित हुई थी फरवरी, 1961 की 'कल्पना' में। यह रेणु के 'मैला आँचल' के प्रभाव में लिखी गई थी। यह कहानी मेरे किसी भी संग्रह में नहीं है। देने की हिम्मत ही नहीं पड़ी।

यह 'कहानी' का 'क' 'ख' 'ग' सीखने की शुरुआत थी। शायद पहली लिखी कहानी।

(*सम्बोधन,* जनवरी 2013)

बहुत विस्तृत है 'रेहन पर रग्घू' का कैनवस

विज्ञान भूषण : आमतौर पर ऐसा क्यों होता है कि लेखक की जिस कृति को पाठकीय और आलोचकीय दृष्टि से श्रेष्ठ माना जाता है, पुरस्कार उसके बजाय उस लेखक की किसी दूसरी पुस्तक को मिलता है?
काशीनाथ सिंह : दरअसल, पुरस्कार के चयन के जो मानक होते हैं, उनके जो नियम होते हैं, संस्थाएँ उसी अनुसार निर्णय करती हैं। एक निश्चित अवधि में प्रकाशित कृति का अगर वो चयन करते हैं तो ऐसा हो जाता है कि जिस पुस्तक को पाठक-आलोचक अधिक पसन्द करते हैं, वो पुरस्कार से वंचित रह जाती है। जहाँ तक मेरे उपन्यासों को लेकर ऐसी चर्चा है तो मैं कहना चाहूँगा कि भले ही 'काशी का अस्सी' अधिक पसन्द किया गया, मैं भी उसे अपने ज्यादा करीब मानता हूँ। पर 'रेहन पर रग्घू' का कैनवस भी बहुत विस्तृत है। इसमें भी ग्लोबलाइजेशन के प्रभावों को व्यापक रूप में विश्लेषित किया गया है।

विज्ञान भूषण : आपके विचार से किसी लेखक की रचनाशीलता पर पुरस्कारों या सम्मानों का क्या प्रभाव पड़ता है?
काशीनाथ सिंह : मेरा मानना है कि पुरस्कार या सम्मान का किसी लेखक की रचनाशीलता पर कोई प्रभाव नहीं पड़ता है। कम से कम हमारी पीढ़ी के लेखक तो ऐसा ही सोचते हैं और लिखते समय केवल रचना ही उनके सामने होती है।

विज्ञान भूषण : लेकिन आज के दौर में बहुत से युवा लेखक आलोचकों, पुरस्कारों को ध्यान में रखकर ही लिखते हैं। शायद इसीलिए भाषा-शिल्प की करामातें और प्रयोग तो उनकी रचनाओं में खूब मिलते हैं लेकिन आम आदमी के जीवन की मूल समस्याएँ और संघर्ष पूरी गहनता से नजर नहीं आते हैं। क्या इससे आप सहमत हैं?
काशीनाथ सिंह : हाँ, आपकी बात काफी हद तक सही है। बहुत से युवा लेखक आम आदमी के जीवन और पाठकों को ध्यान में रखकर नहीं लिख रहे हैं। उनकी दृष्टि में आलोचक और सम्मान ही प्रायः रहते हैं। यहाँ मैं कहना चाहूँगा कि जब

तक किसी रचना में जन साधारण की जद्दोजहद, उनकी आशाएँ, उनकी आशंकाएँ और उनकी विवशताएँ शामिल नहीं होंगी, तब तक पाठक उसे पसन्द नहीं करेगा। जब तक लेखक की संवेदनाओं में पाठक को अपनी संवेदनाएँ महसूस नहीं होतीं, तब तक कोई भी रचना बड़ी नहीं बन सकती है। मैं पाठक और आम आदमी के निरपेक्ष लेखन को उचित नहीं मानता। मुझे लगता है कि युवा लेखकों में यह एक खतरनाक प्रवृत्ति पनप रही है।

विज्ञान भूषण : 'रेहन पर रग्घू' और 'काशी का अस्सी' उपन्यासों में आपने एक ही परिवर्तन के दो अलग-अलग प्रभावों को व्यक्त किया है। फिर 'काशी का अस्सी' को लोकप्रियता अधिक क्यों मिली?

काशीनाथ सिंह : ग्लोबलाइजेशन का प्रभाव गाँवों पर, वहाँ के जन-जीवन पर क्या और कितना पड़ा, इस भाव भूमि पर 'रेहन पर रग्घू' रचा गया है। इसके प्रभाव से गाँव की बदलती तस्वीर का चित्रण किया गया है। भयानक अकेलेपन में रहनेवाले चरित्र के अवसाद को इसमें व्यक्त किया गया है। जबकि 'काशी का अस्सी' एक मोहल्ले को केन्द्र में रखकर लिखा गया है, जहाँ रहनेवाले अपनी मस्ती, जीवंतता, हँसी-ठहाके के संग जीते हैं। महानगरों जैसी आपा-धापी वहाँ नहीं है। इसमें ऐसे पात्रों की भरमार है, जो सामाजिक और रोजमर्रा के जीवन पर बेलौस टिप्पणियाँ करते हैं। मैं ही नहीं पाठक भी उन पात्रों, उन स्थानों के करीब स्वयं को पाते हैं। यही वजह है कि पाठकों के बीच वो अधिक लोकप्रिय हुई।

विज्ञान भूषण : हिन्दी के शिखर आलोचक (डॉ. नामवर सिंह) के छोटे भाई होने की वजह से आपकी रचनाशीलता कितनी प्रभावित हुई, क्या इस वजह से आपकी लेखनी को नई दिशा भी मिली?

काशीनाथ सिंह : मैं उनका छोटा भाई ही नहीं बल्कि विद्यार्थी भी रहा हूँ। उनकी वजह से बहुत से विद्वानों का सत्संग करने का अवसर मुझे मिला। मैं यह भी बताना चाहूँगा कि मैंने पढ़ने की बजाय सत्संग से ही अधिक सीखा है। मैं शुरुआत से ही विद्वानों को और भाईसाहब को खूब सुनता था। उनकी बातों को सुनते हुए ही मैंने कई बार अपने लिए विषयों का निर्धारण किया है। जहाँ तक उनकी वजह से मेरी रचनाशीलता पर पड़नेवाले प्रभाव का प्रश्न है तो बताना चाहूँगा कि वो मेरी किसी भी रचना से पूरी तरह सन्तुष्ट कभी नहीं दिखे। उनकी यही असन्तुष्टि ही मेरी रचनाशीलता की ताकत बनी। मैं हर बार नये उत्साह और परिश्रम से रचना करता आ रहा हूँ। इस तरह मेरी रचनाओं के सबसे बड़े आलोचक वे रहे हैं। और इस बात ने मेरी रचनात्मकता को हमेशा कुछ नया जोड़ने के लिए प्रेरित किया है।

विज्ञान भूषण : पिछले कई वर्षों से आप देश की सांस्कृतिक नगरी काशी (वाराणसी) में रह रहे हैं। पिछले बीस वर्षों के दौरान हुए बदलावों को आप वहाँ के लोगों, वहाँ की जीवनशैली को किस रूप में देखते हैं?

काशीनाथ सिंह : पहले का बनारस मोहल्ले का हुआ करता था, अब कॉलोनियों और अपार्टमेंट्स का हो गया है। यहाँ पहले लोगों में जो आत्मीयता, लगाव, सामाजिकता, दूसरों के दर्द में भागीदार होने की प्रवृत्ति थी, अब वो मिट रही है। अब तो यहाँ मॉल्स बन गए हैं। जहाँ जाने के लिए बच्चे और युवा बेचैन दिखते हैं। सब्जियाँ भी वहाँ मिलती हैं। पहले उत्पादकों और किसानों से सीधा सम्बन्ध होता था, हमारा। अब बीच में चमक-दमक वाले ये बिचौलिए आ गए हैं। अपने विकास के लिए इस नगरी को भी दिल्ली और महानगरों की तरफ देखना पड़ रहा है। शिव की नगरी काशी में अब तो धार्मिक आस्था, कर्मकांड भी प्रदर्शन में बदलते जा रहे हैं। यानी, कुल मिलाकर बनारस में अब वो बनारसीपन नहीं रहा।

विज्ञान भूषण : वर्तमान समय में उपन्यास की तुलना में दूसरी विधाओं में कम लिखा जा रहा है। कुछ विधाएँ तो पूरी तरह उपेक्षित हो गई हैं। क्या साहित्य की दूसरी विधाओं के लिए यह एक बड़ा संकट नहीं है?

काशीनाथ सिंह : ऐसा हर युग में होता रहा है कि कोई एक विधा केन्द्रीय रहती है और दूसरी कई विधाएँ हाशिए पर चली जाती हैं। इसमें विधाओं के लिए खतरे जैसी कोई बात नहीं है। हो सकता है, आगे जो विधाएँ हाशिए पर हैं, वो केन्द्र में आ जाएँ इस तरह की आवा-जाही होती रहती है। रचना के नये फॉर्मेट बनते रहते हैं।

विज्ञान भूषण : इन दिनों आप क्या लिख रहे हैं?

काशीनाथ सिंह : अभी कुछ समय पूर्व ही तद्भव पत्रिका में मेरी 'महुआचरित' कहानी प्रकाशित हुई है। कविता के फॉर्म में लिखी गई यह एक अलग तरह की रचना है। फिलहाल, मैं एक लम्बी कहानी पर भी काम कर रहा हूँ। इन दिनों मैं लगातार इस कोशिश में रचना कर रहा हूँ, जो विधाओं के बने-बनाए फॉर्मेट का उल्लंघन करे। कह सकते हैं, मैं विधाओं के साथ इन दिनों अपनी रचना के माध्यम से प्रयोग कर रहा हूँ।

(*सम्बोधन,* जनवरी 2013)

चाय की दुकान पर धड़कती है जिन्दगी!

अरविन्द मिश्र : 'रेहन पर रग्घू' को साहित्य अकादेमी पुरस्कार मिलना, क्या 'काशी का अस्सी' जो आपकी सर्वाधिक चर्चित कृति है, की अवहेलना नहीं है?
काशीनाथ सिंह : नहीं, इसे अवहेलना तो नहीं कहा जा सकता है किन्तु यह अवश्य कहूँगा कि 'काशी का अस्सी' मेरी सबसे महत्त्वपूर्ण कृति है। आज मेरी जो पहचान है, उसमें 'काशी का अस्सी' का योगदान सबसे अधिक है। मेरे ज्यादातर पाठक मानते हैं कि साहित्य अकादेमी पुरस्कार तो 'काशी का अस्सी' को ही मिलना चाहिए था। 'रेहन पर रग्घू' उस कृति की तुलना में मेरी पहचान से जुड़ी किताब नहीं है।

अरविन्द मिश्र : 'काशी का अस्सी' में आपने ग्लोबलाइजेशन और बाजारीकरण के शहर में पड़नेवाले दुष्प्रभाव को अंशतः उकेरा है, लेकिन 'रेहन पर रग्घू' में गाँवों पर बाजारीकरण के दुष्प्रभाव को चित्रित किया है। यह आपने कैसे किया?
काशीनाथ सिंह : जब मैं 'काशी का अस्सी' लिख रहा था, उसी वक्त मेरे जेहन में यह प्रश्न उठा था कि बाजारीकरण के ग्रामीण दुष्प्रभावों को मैं कैसे लिख सकता हूँ। उसके अगले चरण के रूप में मैंने गाँव का चुनाव किया। उसके बहुत सारे बिन्दु मैंने अपने गाँव से भी लिये। मुझे याद है बचपन में मेरे गाँव को ऊसर गाँव कहा जाता था। मक्का, बाजरा, जोन्हरी यही चीजें पैदा हुआ करती थीं। अब लोगों के पास खेत हैं, लेकिन उन्हें जोतने के लिए बैल और हल नहीं बल्कि ट्रैक्टर है। गाँवों से बैल गायब हो गए। 21वीं सदी की शुरुआत में जब मैंने अपने गाँव को देखा तो बहुत बदला दिखा। दुनिया विश्वग्राम में बदल रही है। अब हमारे गाँव की लड़कियाँ जींस और टी-शर्ट पहनती हैं। अमेरिका यही तो चाहता है कि पूरी दुनिया के लोग एक जैसा खाएँ और पहनें। वह हो रहा है, लेकिन भारत की पहचान बहुलतावादी संस्कृति सिमट रही है।

अरविन्द मिश्र : क्या वजह है कि आज के दौर के लेखकों की कृतियाँ पाठकों को उस तरह नहीं बाँधतीं जैसे आपकी कृतियाँ?

मेरी दृष्टि में इसका एक प्रमुख कारण यह है कि आज के दौर के अधिकतर लेखक जनसाधारण से कटे हुए हैं। वे मध्यमवर्ग, मॉल तक ही सिमटकर रह गए हैं। उनके लेखन में जीवन की धड़कन नहीं है। यह सुनी जा सकती है फुटपाथ पर, चाय की दुकान पर जहाँ आम लोग होते हैं। इस धड़कन को पकड़नेवाले रचनाकार इस दौर में भी हैं। मैं मानता हूँ सिद्धान्त सूखा और जीवन हरा होता है। जीवन को समझने के लिए अपनी लोकसंस्कृति, लोक साहित्य यानी जड़ों से जुड़ना होगा।

अरविन्द मिश्र : जब आपने लेखन शुरू किया था, तब और अब के हालात में कितना परिवर्तन महसूस करते हैं?

काशीनाथ सिंह : मुझे याद है 1962 का वह दौर जब हम युवाओं का कांग्रेसी हुकूमत से मोहभंग हो गया था। हमें लगता था पंचवर्षीय योजनाओं से कुछ नहीं होनेवाला। उस माहौल में भी उस दौर के लेखन की दिशा गैरराजनीतिक थी। उसी दौरान नेहरू के समानान्तर लोहिया की विचारधारा आई थी। मार्क्सवादियों का नक्सलबाड़ी की ओर झुकाव बढ़ने लगा था। आज भी 60 के दशक जैसे हालात बन रहे हैं। आज के युवा में भी मोहभंग जैसी स्थिति दिख रही है।

अरविन्द मिश्र : तो क्या आप मानते हैं कि बाजारीकरण दुनिया के इतिहास और मौलिक विचारों पर परमाणु बम की तरह अपना दुष्प्रभाव दिखा रहा है?

काशीनाथ सिंह : बिलकुल मानता हूँ। जहाँ तक मैं समझ सका हूँ। एक वक्त ऐसा था, जब अमेरिका और रूस दो दुनिया थे, शेष सभी देश तीसरी दुनिया का हिस्सा थे। सोवियत संघ के विघटन के बाद अब अमेरिका ही रह गया है। दूसरी और तीसरी दुनिया अब है ही नहीं। जो कुछ है अमेरिका है। वही तमाम देशों की शासन विधि तक तय कर रहा है। बाजारीकरण का मूलमंत्र ही यही है कि इतिहास का अन्त और विचारों का अन्त। इसका सीधा असर हमारे साहित्य पर दिख रहा है। मुझे महसूस होता है कि नई पीढ़ी के लेखकों की दृष्टि में पूँजी ही विचार है। उनके लिए व्यवसाय और विचार में कोई अन्तर नहीं रह गया है।

अरविन्द मिश्र : क्या आप अपनी लेखन प्रक्रिया के विषय में कुछ बताना पसन्द करेंगे?

काशीनाथ सिंह : मेरी सोचने की प्रक्रिया सड़क से शुरू होती है। मैं एक घुमक्कड़ लेखक की भाँति घूमता रहता हूँ। मुझे याद है जब मैं 'काशी का अस्सी' लिख रहा था। अस्सी पर पप्पू की दुकान पर अड़ीबाजी के दौरान हर बात को बहुत

ध्यान से सुनता था। जब मुझे अपने मतलब की बातें मिल जाती थीं, तब उन्हें कलमबन्द करने के लिए मैं बेचैन हो जाता था। जब तक सारी बातें कलमबन्द नहीं हो जाती थीं, तब तक मेरा दूसरे किसी काम में मन नहीं लगता था। यहाँ तक कि मैं कक्षा में पढ़ा रहा होता, तो भी मेरे अन्तरमन में कहानी ही घूमा करती थी।

अरविन्द मिश्र : आपके लेखन को किसी ने परिमार्जित किया?

काशीनाथ सिंह : डॉ. नामवर सिंह मेरे भाई ही नहीं गुरु भी हैं। एक बार एक कहानी में मैंने लिखा, '...सिगरेट बुझ गई।' कहानी पूरी होने पर मैंने उनको पढ़ने को दी। उस वक्त मैं लोलार्क कुंड के पास रहता था। कहानी पढ़ने के बाद नामवर जी मुझसे दो सिगरेट लाने को बोले। हालाँकि न तो मैं सिगरेट पीता था और न वे। फिर भी उन्होंने सिगरेट सुलगाने को कहा। उन्होंने कहा, 'पीते नहीं हो, तो भी कोई बात नहीं, कश लेकर धुआँ छोड़ते रहो।' हम दोनों ने सिगरेट सुलगाई। पूरी सिगरेट जल गई, सिर्फ टोटे बचे। तब उन्होंने बताया कि सिगरेट नहीं, बीड़ी बुझती है। अपनी अनुभूति को शब्द दो। दूसरों के अनुभव को भी अपनी रचना में शामिल कर सकते हैं, बशर्ते जब वह अपना-सा लगने लगे।

(*सम्बोधन,* जनवरी 2013)

जिन्दादिली का दस्तावेज है 'काशी का अस्सी'

महेश सिंह : आपके 'काशी का अस्सी' पर डॉ. चन्द्रप्रकाश द्विवेदी (चाणक्य सीरियल निर्माता) फिल्म बना रहे हैं, अक्सर हिन्दी की श्रेष्ठ कहानियों का फिल्मांकन अच्छा नहीं हुआ। हिन्दी की हिट कहानियाँ फिल्मों में फ्लाप हुईं। आपकी कहानी का फिल्मांकन क्या कहानी से बेहतर बनेगा?

काशीनाथ सिंह : हिन्दी के उपन्यासों पर अच्छी फिल्में नहीं बन सकीं यह सच है। हिन्दी के प्रमुख उपन्यासों पर फिल्म बनाते समय व्यवसाय के लिए मसाले ठूँस दिए गए हैं, यदि फिल्म सीधे टेक्स्ट पर आधारित होती तो बोरिंग होती ऐसा कहते हैं। कुछ एक फिल्में जरूर रही हैं जो अच्छी बनी जैसे 'तीसरी कसम।' अमृता प्रीतम के उपन्यास 'पिंजर' पर फिल्म बनी चली नहीं इसलिए कि उन्होंने उपन्यास के साथ न्याय करने का सोचा था। जहाँ तक मेरे उपन्यास का सवाल है तो चन्द्रप्रकाश जी ने 'पिंजर' की गलतियों से सबक सीखा है। मेरा उपन्यास बनारस की जिन्दादिली, मस्ती, फक्कड़ी का दस्तावेज है। बहुत कुछ इन्हीं चीजों ने आकर्षित किया था। एक लेखक और निर्देशक में फर्क है, लेखक लिखता है तो उसके आगे पाठक व श्रोता होते हैं। फिल्म जब बनती है तो सामने दर्शक होते हैं। चन्द्रप्रकाश के दिमाग में यह बात चल रही है कि इस मिथक को तोड़ना चाहिए कि उपन्यास या कहानी पर बनी फिल्म सफल नहीं होती। मेरी भी यही राय है कि उपन्यास की आत्मा नहीं मरनी चाहिए, बाकी आप जो छूट ले सकें लें। परिणाम क्या होता है सामने आएगा।

महेश सिंह : डॉ. चन्द्रप्रकाश दक्षिणपंथी निर्देशक हैं, क्या आपकी कहानी में उन्होंने अपनी छवि तोड़ी है?

काशीनाथ सिंह : मैंने स्क्रिप्ट नहीं देखी है, न तो मैंने जिद की और न ही उन्होंने दिखाने के लिए कहा। बीच में दखल देकर मैं बाधा नहीं पैदा करना चाहता था। वे भलीभाँति इससे परिचित हैं कि लोगों के बीच उनकी छवि कैसी है। वे बार-बार

कह चुके हैं कि उपन्यास की आत्मा सुरक्षित है। एक मार्क्सवादी लेखक को उनके दक्षिणपंथी होने के बावजूद निश्चिन्त रहना चाहिए।

महेश सिंह : आपकी कहानियों के पात्र काशी के ही या आसपास के आमतौर पर रहे हैं। क्या इसे आप बनारस का मोह नहीं कहेंगे?

काशीनाथ सिंह : वे मेरे घर के पास के एक मोहल्ले के हैं और वे पात्र हैं जिनसे रात-दिन का साथ है, जो उपन्यास के पहले जब कहानी के रूप में छपते थे तो गालियाँ देते थे मुझे। दरअसल 'अस्सी' मेरे लिए ग्लोबलाइजेशन के बाद का भारत था, वह मोहल्ला या बनारस या काशी नहीं रह गया था। इसलिए कि विदेशी यात्रियों की संख्या बनारस में बढ़ गई थी और अब वो होटलों में न ठहरकर लोगों के घरों में ठहरने लगे थे। इसलिए मैं 'अस्सी' को एक मोहल्ला नहीं भारत ही मानता हूँ।

महेश सिंह : आपकी कहानियों की भाषा पर लोग आरोप लगाते हैं कि उसमें गालियों का खुलकर प्रयोग है, जिसे लोग अच्छा नहीं मानते। इन आरोपों के बारे में आप क्या कहेंगे?

काशीनाथ सिंह : इनके बारे में जो ऐसी टिप्पणी करते हैं वे मात्र संस्कृति को ही संस्कृति और सुसंस्कृत भाषा को ही साहित्य मानते हैं। उनके लिए लोक और लोक भाषा की दुनिया साहित्य के बाहर की चीज है। मैंने जिस भाषा का इस्तेमाल किया है यह भाषा फुटपाथ, सड़क और बाजार की भाषा है और यह भाषा लोगों को पसन्द है अन्यथा जिस बड़े पैमाने पर 'काशी के अस्सी' का स्वागत किया गया वह न होता। गालियों से परहेज होता तो किताब पढ़ी नहीं जाती। अब तो गालियाँ फिल्मों के पर्दे पर आने लगी हैं वह भी सेंसर बोर्ड की अनुमति से। दरअसल गालियों के पीछे सैकड़ों वर्षों की लोक संस्कृति रही है। उसे लिखने और व्यक्त करने में हमें कोई एतराज नहीं।

महेश सिंह : क्या आप इससे सहमत हैं कि दलितों पर केवल दलित लिख सकते हैं? क्योंकि वे कहते हैं कि स्वानुभूति के आधार पर ही लिखा जा सकता है?

काशीनाथ सिंह : दलितों को अपनी अस्मिता के लिए आरम्भिक दिनों में यह जरूरी लगा था लेकिन आज वे खुद ही मानते हैं कि दलित लेखन कोई भी कर सकता है। दलित विमर्श के दिनों में इस तरह की धारणा उनके आन्दोलन का हिस्सा थी आज नहीं रह गई है। बल्कि इस तरह की सोच रखनेवालों में उनमें कई लेखक हैं।

महेश सिंह : हिन्दी साहित्य में कविता हमेशा चर्चित विधा रही है, आज की समकालीन कविता और कवियों पर कुछ टिप्पणी करना चाहेंगे?
काशीनाथ सिंह : मैं इतना ही कह सकता हूँ कि बहस के केन्द्र में आज कविता नहीं है, या तो विमर्श है या फिर कहानी है। पिछले बीस वर्षों से कविता के क्षेत्र में कोई परिवर्तन या आन्दोलन नहीं हुआ। कविताएँ सिर्फ वही पढ़ते हैं जो कविता लिखते हैं या शोध करनेवाले। स्वयं कवि इस बात को लेकर चिन्तित हैं कि वे जिस जनता के बारे में लिख रहे हैं वह न तो पढ़ती है और न उन्हें खबर है कि उनके कवि हैं। उनके बीच शमशेर भले पढ़े जाएँ लेकिन केदार और नागार्जुन नहीं जिनका जन से सरोकार है। कविता में कोई चेंज नहीं आया। मुक्त छंद के दुष्परिणाम दिखाई दे रहे हैं कि आपकी स्मृतियों में पंक्तियाँ नहीं रह जातीं।

महेश सिंह : आज देश में बढ़ रहे भ्रष्टाचार व अन्य विसंगतियों के विरोध में साहित्य की भूमिका के बारे में बताएँ?
काशीनाथ सिंह : साहित्य भ्रष्टाचार के विरोध से शुरू हुआ, जिसके बारे में प्रेमचन्द ने सबसे ज्यादा लिखा। स्वाधीनता संग्राम भी सत्ता के खिलाफ था। आजादी के बाद का साहित्य विरोध का साहित्य है। लोकतंत्र के दोनों सदनों में सत्तापक्ष और विपक्ष के मतभेद का पता नहीं चलता, दोनों एक हैं। अकेला साहित्य और संस्कृति ही भ्रष्टाचार और उससे जुड़े मुद्दे के खिलाफ खड़ा है। भ्रष्टाचार से पूरी जनता त्रस्त है। अब तो इसके बारे में नवयुवकों को सोचना चाहिए और इस विश्वास के साथ सोचना चाहिए कि निर्माण के पीछे विचार की अहम भूमिका होती है। बिना विचार के, दर्शन के कोई नया निर्माण सम्भव नहीं है। भविष्य युवाओं के हाथ में है।

महेश सिंह : बाबा रामदेव और अन्ना हजारे के आन्दोलन के बारे में आपकी क्या राय है?
काशीनाथ सिंह : बाबा रामदेव के बारे में मुझे नहीं लगता कि कुछ कहने की जरूरत है। योग सिखाने के साथ जड़ी-बूटियाँ बेच रहे थे इसलिए प्रिय थे। उन्होंने अपनी सीमाएँ नहीं समझीं और सत्ता की महत्त्वाकांक्षा में बीजेपी के मोहरा बन गए। अन्ना हजारे की स्थिति भिन्न है, उनकी ईमानदारी पर कोई शक नहीं। उन्हें मालूम है कि सभी राजनैतिक पार्टियाँ भ्रष्ट हैं। हमारी और जनता की उनके साथ सहानुभूति है। वे सफल होंगे या नहीं हम नहीं कह सकते।

महेश सिंह : आपने अद्भुत संस्मरण लिखे हैं। बड़े भाई नामवर सिंह पर 'घर का जोगी जोगड़ा' लिखा, कमला प्रसाद पर 'प्राण पियारे उर्फ तीसरे भाई की खोज'

लिखा। आज कमला प्रसाद नहीं हैं, उन्होंने रीवा को लेखकों का तीर्थ बनाया था। आप क्या सोचते हैं उनके बारे में?

काशीनाथ सिंह : कमला प्रसाद, सज्जाद जहीर के बाद ऐसे लेखक थे जिनमें संगठन की अद्‍भुत क्षमता थी। मेरे जैसे तमाम लेखक कमला प्रसाद के सम्पर्क में आने के बाद प्रगतिशील लेखक संघ के सदस्य बने। उन्होंने संगठन के पीछे अपने समीक्षा कर्म की बहुत कुछ बलि दी है। आज प्रलेस निर्जीव दिखाई पड़ रहा है ऐसे में उनकी बहुत याद आती है। निकट भविष्य में ऐसा कोई व्यक्ति नजर नहीं आ रहा है जो उनकी भरपाई कर सके। 'रेहन पर रग्घू' और 'काशी का अस्सी' को संस्मरणों का ही अगला कदम मानता हूँ। संस्मरण लिखने के दौरान मेरे दिमाग में आया कि व्यक्ति पर संस्मरण लिखे जा सकते हैं तो स्थान पर क्यों नहीं? और जो पहला कथा रिपोर्ताज 'देख तमाशा लकड़ी का' छपा था वह संस्मरण के ही रूप में आया था।

महेश सिंह : आप इस समय क्या लिख रहे हैं? आपकी योजना क्या है?

काशीनाथ सिंह : मैं चोर किस्म का लेखक हूँ, जो यह नहीं बतलाता कि अगली सेंध कहाँ मारनी है। लेकिन जो भी होगा अच्छा ही होगा।

(*सम्बोधन,* जनवरी 2013)

कहानी का प्राण उसकी संवेदना है, विचार नहीं

डॉ. अभिज्ञात : आपकी कहानियों की संख्या बहुत कम है। 50-55 साल में मुश्किल से उतनी ही कहानियाँ लिखी होंगी। औसत बैठता है साल में एक कहानी का। उसके क्या कारण हैं।

काशीनाथ सिंह : यह कहना आपका सही है कि मेरी कहानियों की संख्या औसत एक कहानी प्रतिवर्ष है। उसके जो कारण हैं उसमें से एक तो ये कि मैं लिखने के लिए नहीं लिखता। भीतरी दबाव से लिखता हूँ। जब कभी अपने को मजबूर पाता तो लिखता हूँ। दूसरी बात यह कि मैं वह नहीं लिखना चाहता जो लिखा जा चुका है या जैसा लिखा जा रहा है। मैं कुछ अलग लिखना चाहता हूँ। और इसी अलग लिखने की कोशिश में मेरी कहानियों की तादाद कम है। उसका मुझे अफसोस नहीं है।

डॉ. अभिज्ञात : कहते हैं युवावस्था कविताओं और प्रौढ़ावस्था कहानियों के लिए मुफीद होती है। क्या आपने भी कविता से शुरुआत की थी? अनुभव के बढ़ते जाने से कहानी के मेच्योर होने का कोई सीधा सम्बन्ध होता है या नहीं।

काशीनाथ सिंह : शुरुआत तो मैंने कविताओं से की थी लेकिन वे बेदम थीं, कमजोर...फिर आगे लिखने की कोशिश नहीं की और लगा कि वह क्षेत्र मेरे लिए उचित नहीं है। मैं उसके लिए नहीं बना हूँ। यह काम मैंने विद्यार्थी जीवन में किया था। उसके बाद कहानियाँ लिखने के दौरान मैंने कविता नहीं लिखी। बल्कि कुछ आलोचक-पाठक कहते यह हैं कि मेरी कुछ कहानियाँ कविताओं जैसी हैं। जैसे 'सुख' कहानी, उसे बहुत से लोग कविता ही मानते हैं। उसके प्रभाव को देखते हुए। कुछ आलोचकों का कहना है मेरी कहानियाँ एक प्रगीत की तरह हैं। जैसा प्रभाव और लयात्मकता कविता में होती है, उस तरह का प्रभाव या लयात्मकता मेरी कहानियों में है।

...और रही बात उम्र बढ़ते जाने से कहानी के मैच्योर होने की, इसमें दोनों बातें हैं। प्रसाद की एक पंक्ति है कि 'समझदारी आने पर यौवन चला जाता है।'

और कहते हैं उसका उलटा भी होता है। तो कहानियों में, कहानियों के लेखन में फर्क पड़ता है। उम्र बढ़ने के बाद प्राय: यह एहसास होता है कि वह कहानी के लिए बने हैं या नहीं बने हैं। लेखक खुद का आत्मनिरीक्षण या आत्मपरीक्षण करते हैं। इसलिए देखा होगा बहुत से लोग कहानी लिखते-लिखते उपन्यास लिखने लगते हैं। उन्हें लगता है कि वे उपन्यास ज्यादा बेहतर लिख सकते हैं। कुछ होते हैं जो उपन्यास लिखते हैं और अनुभव करते हैं कि जीवन का यह अनुभव उपन्यास में समाहित नहीं हो सकता, कहानी अधिक उपयुक्त है तो वे कहानी भी लिखते हैं। जैसे...जिन दिनों प्रेमचन्द 'गोदान' उपन्यास लिख रहे थे, उन्हीं दिनों उन्होंने 'कफन' जैसी कहानी भी लिखी थी।

डॉ. अभिज्ञात : कैनवस के आधार पर यह तय होता है कि वह कथ्य उपन्यास में समाएगा या कहानी उसके लिए ठीक होगी।

काशीनाथ सिंह : पीनेवाले गोदान में भी हैं लेकिन वह जिन्दगी उपन्यास में आ नहीं सकती थी। उम्र बढ़ने के साथ-साथ विजन बढ़ता है, दुनिया को, जीवन को, देश को देखने का विजन बदलता है आदमी का। जैसे-जैसे उम्र बढ़ती जाती है बहुत से लेखक हैं जो मृत्यु के बारे में, जीवन की सार्थकता और निरर्थकता के बारे में लिखना उचित समझते हैं।...

डॉ. अभिज्ञात : जैसे कि निर्मल वर्मा...अपने बाद के दौर के उपन्यास 'अन्तिम अरण्य' में उन्होंने मृत्यु के प्रश्न को उठाया है।

काशीनाथ सिंह : हाँ, कई और दूसरे लेखक भी हैं।

डॉ. अभिज्ञात : कौन सी विधा ऐसी है जो किसी के विजन को व्यक्त करने के लिए उपयुक्त होती है। आप अपने सम्बन्ध में भी बताएँ।

काशीनाथ सिंह : कहानियाँ तो पचीस साल तक लिखता रहा। मुझे लगा कि कहानियों में दूसरे तो व्यक्त हो रहे हैं, मैं नहीं व्यक्त हो पा रहा हूँ। मैं छूटा जा रहा हूँ बार-बार, मैंने अपने को चेंज किया। मुझे लगा कि मैं यदि संस्मरण विधा अपनाऊँ तो उसमें मैं अपने बारे में भी कह सकता हूँ। दूसरों पर कहने के साथ-साथ। संस्मरण लिखना मैंने शुरू किया। फिर लगा कि एक दूसरी जिन्दगी... ग्लोबलाइजेशन के बाद का हिन्दुस्तान, यह संस्मरणों में नहीं आ पा रहा है।

डॉ. अभिज्ञात : जैसे 'रेहन पर रग्घू'।

काशीनाथ सिंह : वह तो है लेकिन बाद में। उससे भी पहले 1990 के आसपास मुझे लगा कि जो बदला हुआ देश है या दुनिया है वह संस्मरणों में सम्भव

नहीं है। यदि संस्मरणों में सम्भव है तब भी उसका रूप बदलना पड़ेगा। इसके लिए अस्सी के एक मोहल्ले यानी बनारस को मैंने चुना। और फिर 'काशी का अस्सी' लिखा मैंने। लगा कि एक लोकेल है, जहाँ समाज के हर तबके का आदमी बैठता है, पढ़ा-बेपढ़ा, शिक्षित-अशिक्षित, बेरोजगार, प्रोफेसर, विद्यार्थी, दूधवाले, खोमचेवाले, सब्जी बेचनेवाले सब लोग बैठते हैं और जो बदलाव हुआ है उस पर कैसे रिएक्ट करते हैं यह अलग चीज है, जो संस्मरणों में नहीं आ पाती। और मैंने देखना चाहा कि किसी लोकेल का भी संस्मरण होता है क्या। अस्सी पर भी संस्मरण लिखा जा सकता है, क्यों नहीं लिखा जा सकता और फिर वह कई एपीसोड में 'संतों घर में झगड़ा भारी' या 'संतों असंतों और घोंघाबसंतों का अस्सी' या 'कौन ठगवा नगरिया लूटल हो' या 'काशीनामा' जिस पर नाटक किया है उषा गांगुली ने। 'पांडे कौन कुमति तोहें लागी' यह तब मैंने लिखा और ये लिखने के बाद भी मुझे लगा कि गाँव छूट गया है, तब मैंने 'रेहन पर रग्घू' उपन्यास लिखा।

डॉ. अभिज्ञात : अपने को व्यक्त करने के लिए अलग-अलग विधाओं, अलग-अलग शैलियों का आपने सहारा लिया।

काशीनाथ सिंह : यह एक तरह से सामाजिक यथार्थ से मनुष्य के भीतर उसके रिश्तों व सम्बन्धों में घुसपैठ करने की हिम्मत मैंने की।

डॉ. अभिज्ञात : कहानी अनुभव से लिखी जाती है, कल्पना से लिखी जाती है या विचार से। तीनों में किसका योगदान अधिक मानते हैं।

काशीनाथ सिंह : एक बात तो यह कि कहानी यथार्थ का भाषान्तर नहीं है, उसका अनुवाद नहीं है। वह एक रचना है। आर्टफार्म है, कला रूप है और कलात्मकता तब आती है उस यथार्थ में जब रंग भरते हैं, रूप भरते हैं, काटते-छाँटते हैं। रचना के रूप में तैयार करते हैं। यथार्थ में कल्पना का मेल। कल्पना के बगैर यथार्थ रचना नहीं बन सकता। जहाँ तक विचार का सवाल है। नक्सल आन्दोलन के दिनों में मैंने 1970 के आसपास से लेकर 78 तक प्राय: वैसी ही कहानियाँ लिखीं, जिनमें विचार प्रमुख था। मैंने देखा कि एक खास तरह के पाठकों को यह कहानियाँ प्रभावित करती हैं। मैंने यह भी पाया कि उन पाठकों को जो विचारों से वामपंथी हैं या दूसरे विचारों के हैं लेकिन वे उस विचार से असहमत हैं, जो मैं कहानी में व्यक्त करता हूँ। तो मैं मानता हूँ कहानी का प्राण उसकी संवेदना है विचार नहीं। वैचारिक कहानियाँ या विचार पर आधारित कहानियाँ सामयिक होती हैं, उनका प्रभाव तात्कालिक होता है, देर तक उनका सत्य नहीं रहता।

डॉ. अभिज्ञात : क्या हम यह कह सकते हैं कि विचारों के बोझिल होने से कहानी के मर जाने का खतरा रहता है।

काशीनाथ सिंह : बोझिल होने से और जिस कहानी का सूत्र कोई न कोई विचार हो।

डॉ. अभिज्ञात : जैसे यशपाल की बहुत सी कहानियाँ, या शुरुआत में प्रेमचन्द की वह कहानियाँ जिनमें गांधीवाद का प्रचार था।

काशीनाथ सिंह : ऐसी कहानियाँ फार्मूलाबद्ध होती हैं। इस बात को बराबर मानता हूँ कि सिद्धान्त सूखे होते हैं जीवन हरा होता है। और इस हरियाली को छोड़कर कुछ भी पैदा नहीं किया जा सकता है।

डॉ. अभिज्ञात : तो आप मानते हैं कि साहित्य में भी हरियाली बहुत जरूरी है।

काशीनाथ सिंह : हाँ, बिलकुल। इसके बिना बात नहीं बनेगी।

डॉ. अभिज्ञात : क्या कोई व्यक्ति, कोई समाज या कोई ऐसी स्थिति है जिसको आदर्श मानकर आप सृजन करते रहे हैं? एक जमाने में अप्रत्यक्ष रूप से मुक्तिबोध के नायक नेहरू थे, रूस या चीन जैसे देशों की व्यवस्था कुछ स्वप्नदृश्यों का मॉडल थी...

काशीनाथ सिंह : मॉडल तो रचना के लिए आपको प्रेरित कर सकता है लेकिन यदि वह मिल जाए तो वह रचना नहीं कर सकता। चीजें अधूरेपन में ही पैदा होती हैं। सपना ही रचना को जन्म देता है...सपना पूरा होना सपने का टूट जाना है। मॉडल मिल जाने का मतलब है मौन हो जाना, कुछ न करना। एक ऐसे लोकतंत्र के लिए हम लिख रहे हैं, मॉडल के रूप में तो समाजवाद है जिसको ध्वस्त होते हुए हमने देखा है। हम उस व्यवस्था की कल्पना कर रहे हैं या सपना देख रहे हैं। एक ऐसा लोकतंत्र हो—जिसमें झूठ न हो, मक्कारी न हो, भ्रष्टाचार और बेईमानी व घटियापन न हो, न जाति हो न हो वर्ग हो, बराबरी हो, एक जैसा सोचें—चाहें यह हमारा सपना है, जो कभी पूरा होनेवाला नहीं है यह हम जानते हैं लेकिन यह सपना है जो हमें चला रहा है। तो एक लेखक की अतृप्ति, असन्तुष्टि उसे चलाती है। विद्यापति, कबीर, तुलसी से लेकर आज तक का लेखन हमेशा सत्ता के विपक्ष में होता रहा है। विरोध ही हमारी ताकत है। हमारी ताकत है असहमति। जो आप कर रहे हैं उससे हम असहमत हैं।

डॉ. अभिज्ञात : लिखकर क्या पाया जा सकता है और आपने क्या पाया है?

काशीनाथ सिंह : सुकून। जैसे एक रचना पूरी होती है तो एक राहत की साँस हम लेते हैं...वैसी ही लिखते हैं लिखना पूरा करते हैं तो एक संतोष मिलता है उससे। जहाँ तक पूरे लेखन का सवाल है जो अब तक लिखा है तो वह उससे अभी असन्तुष्ट हूँ।

डॉ. अभिज्ञात : कैसा लगता है जब लेखक यह पाता है कि लिखने से कोई बदलाव नहीं हो रहा है, क्या इससे किसी तरह का व्यर्थताबोध आपने महसूस किया है?

काशीनाथ सिंह : हम चाहते तो हैं कि हम लिखकर बदलें लेकिन हम अपनी सीमाएँ जानते हैं। बदलना हमारे हाथ में नहीं है। बदलना सत्ता के हाथ में है। यह काम हम चाहते हैं लेकिन वह नहीं करेगी। एक विश्वास रहता है कि हम जो लिख रहे हैं उससे उसके पाठक के भीतर एक हलचल होगी...उनका मन सोचने को विवश होगा...एक प्रश्न पैदा करेगा। एक निराश, टूटे हुए दुखी या हताश व्यक्ति के मन में प्रश्न का उठना ही बड़ी बात है। लेखन की सार्थकता इसी में है कि उससे सवाल पैदा हो।

डॉ. अभिज्ञात : आप यदि लेखक नहीं होते तो क्या होते?

काशीनाथ सिंह : लेखक न होते तो गाँव पर खेती-बारी करते। कभी बचपन में सपना देखा करता था कि नदी के किनारे बैठकर बाँसुरी बजाऊँगा। बाँसुरी मुझे बहुत अच्छी लगती थी। मेरे गाँव में पोखर थी और बँसवार थी। प्राय: घूमते-घामते हम चले जाते थे वहाँ। उन दिनों मेले में पिपीहरी जैसी चीज मिलती थी। खरीद कर लाते थे और बजाते थे। और सपना देखते थे कि बड़े होकर किसी पोखर या नदी या जहाँ कहीं भी पानी हो उसके किनारे बैठकर पिपीहरी या बाँसुरी बजायँगे।

डॉ. अभिज्ञात : प्रारम्भ में आप किसकी रचना से प्रभावित थे क्या अब भी उनकी रचनाएँ प्रभावित करती हैं?

काशीनाथ सिंह : प्रारम्भ में प्रभावित थे प्रेमचन्द, शरत्चन्द्र और चेखव से।

डॉ. अभिज्ञात : क्या अब भी उन्हें पढ़ने का मन करता है, क्या अब भी वे प्रभावित करते हैं?

काशीनाथ सिंह : बाद में मुझे जो लेखक अच्छे लगे वह टॉलस्टॉय थे। तुर्गनेव की एक किताब है 'एक शिकारी के शब्दचित्र'—हंटर्स स्पीचेज। वो मुझे बहुत

अच्छी लगी। इस प्रकार से रुचियाँ स्थिर नहीं होतीं, बदलती रहती हैं। और यह उम्र में मेच्योरिटी के साथ चेंज आता रहता है।

डॉ. अभिज्ञात : कथा आलोचना की स्थिति से आप कहाँ तक सन्तुष्ट हैं और आलोचना का सृजनात्मकता के विकास में कहाँ तक योगदान महसूस करते हैं?

काशीनाथ सिंह : कथा आलोचना तो नामवर सिंह के बाद बन्द हो गई लगभग। आलोचनाएँ अब भी लोग कर रहे हैं लेकिन वह आलोचनाएँ नहीं हैं। वे कहानी पर बातें कम लेखक पर बातें ज्यादा करते हैं उसके इर्द-गिर्द ही बातें करते हैं। आलोचना व्यक्ति केन्द्रित हो गई है।

डॉ. अभिज्ञात : आप नामवर सिंह के बाद क्यों कह रहे हैं वे तो हैं कम से कम वाचिक तौर पर उनकी उपस्थिति बराबर रही है।

काशीनाथ सिंह : वे अब कथा आलोचना नहीं कर रहे हैं। देखिए, आलोचक हैं आलोचना नहीं है। ऐसा नहीं है कि आलोचक नहीं हैं ढेर सारे आलोचक हैं। अब भी अगर कहानी की आलोचना की बात कही जाए तो नामवर सिंह अब भी शीर्ष पर हैं और मॉडल हैं। कहानी, नई कहानी के दिन की आलोचना...उसके बाद उन्होंने जब भी कहानियों पर टिप्पणियाँ की हैं या साक्षात्कार दिये हैं, कहानी पर कोई बात कही है। आज भी ज्यादा विश्वसनीय हैं। कहानी की आलोचना की बात कर रहे हैं आप तो विश्वसनीयता को भी ध्यान में रखिए। हो सकता है कि किसी एक-एक व्यक्ति के किसी संग्रह की किसी आलोचक की आलोचना कुछ लोगों को पसन्द आए लेकिन वह भरोसेमन्द या विश्वसनीय हो यह विश्वसनीयता हिन्दी कथा आलोचना ने खो दी है।

डॉ. अभिज्ञात : हर दौर की कहानियों का अपना एक मुहावरा और ढाँचा होता है जिसकी अनदेखी नहीं की जा सकती। आज की कहानियाँ उस दौर की कहानियों से किस मामले में अलग हैं जब आपने लिखना शुरू किया था, यानी 1960 के आसपास। आज के कथाकारों की भाषा, मुहावरा या सपने के सम्बन्ध में आप क्या कहना चाहेंगे?

काशीनाथ सिंह : आज परम्परा से कटा हुआ लेखन कर रहे हैं नये कथाकार। या तो परम्परा से अपरिचित हैं या परम्परा उन्हें पसन्द नहीं है। उनके सामने जो मॉडल्स हैं वे यूरोपीय लेखक ज्यादा हैं। विदेशी भाषाओं के। उनकी भाषा जाने क्यों पठनीय नहीं है। बेजान है। जीवंतता या जान नहीं है उनकी भाषा में। जो भाषा का एक रस होता है, भाषा का रिद्म या लय होती है वह नहीं है। लोगों के बीच से भाषा नहीं आ रही है।

डॉ. अभिज्ञात : मतलब यह कि आज के कथाकारों की कहानियों में सिर्फ यह प्रयास है कि अपनी बात को कनवे कर दिया जाए। उनमें मुहावरे व छंद नहीं हैं। वे भाषा का सृजन नहीं कर रहे हैं और उनकी भाषा सृजनात्मक नहीं है।
काशीनाथ सिंह : भाषा का गद्य से बड़ा ही अभिन्न सम्बन्ध है। गद्य की जान शब्दों का चयन, मुहावरा, व लोक सम्पृक्ति है। लोग कैसे उठते हैं, चलते हैं, बोलते हैं, उनकी बातचीत में कौन से शब्द ज्यादा आते हैं, बोलनेवाले का लहजा क्या होता है। इन सारी चीजों को देखने की जैसे उनके पास फुरसत नहीं है। कहानी लोक-परम्परा से हटकर आज तक लिखी ही नहीं गई। सड़क से, फुटपाथ से, बाजार से, जीवन से कहानी की भाषा का जुड़ा होना जरूरी है। उनकी भाषा को पत्रकारिता की भाषा से अलग करना मुश्किल हो गया है। जबकि एक वह दौर था कि पत्रकारिता की भाषा भी रचनात्मक हुआ करती थी 'दिनमान' व 'रविवार' के दिनों की भाषा बड़ी क्रिएटिव हुआ करती थी, जिसका इस्तेमाल रघुवीर सहाय ने अपनी कविताओं में किया। ढेर सारे कवियों ने किया। कभी-कभी मुझे तो यह लगता है कि पत्रकारिता की भाषा रचनात्मक है उनकी तुलना में। कम से कम शब्दों को ढूँढ़ा जा रहा है और वे शब्द बोलचाल के हैं।

डॉ. अभिज्ञात : हिन्दी के प्रकाशकों के बारे में आपकी क्या राय है। हिन्दी लेखकों के शोषण के क्या कारण हैं। अंग्रेजी लेखकों की स्थिति सम्मानजनक व उनमें एक स्टारडम है। हिन्दी के लेखक पार्टटाइमर हैं।
काशीनाथ सिंह : शोषण हो रहा है हिन्दी लेखक का। इसे आप यूँ समझ सकते हैं कि अपना रोना रोते हुए एक प्रकाशक अपना बिजनेस खड़ा करता है, मकान खड़ा करता है, कई-कई गाड़ियाँ रखता है, कई फ्लैट्स लेता है और जिस लेखक के भरोसे वह यह कर रहा है, वह लेखक वहीं है जहाँ से उसने शुरू किया था। उसके जीवन में कोई फर्क नहीं आया। प्रकाशक के जीवन पर नजर डालिए तब पता चलता है कि वह लेखक का कितना शोषण कर रहा है। अंग्रेजी लेखक के बारे में प्रत्यक्ष कोई अनुभव नहीं है फिर भी इधर पढ़ा कि मलाला की जीवनी अभी लिखी नहीं गई पता नहीं कितने करोड़ उसे मिलने जा रहे हैं जीवनी लिखवाने के।

डॉ. अभिज्ञात : आपकी रचना पर हिन्दी फिल्म भी बन रही है आपको आर्थिक मुनाफा हुआ कि नहीं?
काशीनाथ सिंह : मुनाफा जैसी बात वहाँ उठती है जहाँ लेखक बिकाऊ हो तो। मैंने तो फिल्म वालों से शर्त रखी थी आत्मसम्मान को लेकर। प्रेमचन्द और अमृतलाल नागर अपमानित होकर लौटे हैं मुम्बई से। कमलेश्वर को छोड़कर। कमलेश्वर ने

फिल्मी दुनिया में अपना शोषण होने से अपने को बचाया। कमलेश्वर ने वहाँ के मायाजाल को समझ लिया था इसलिए वे अपने को बचा पाए, वरना हिन्दी का कोई ऐसा लेखक नहीं है, जो मुम्बई गया हो और वहाँ से अपमानित होकर न लौटा हो। मेरे साथ दो चीजें रहीं। एक तो मैं मुम्बई नहीं गया मुम्बई खुद मेरे पास आई। मैं जहाँ था वहीं रहा। दूसरी मेरी शर्त यह रही कि आप पैसा दें न दें लेकिन एक लेखक का सम्मान जरूर रहना चाहिए। इसलिए कि प्रेमचन्द से लेकर सारे लेखकों के अपमान के बारे में सुन चुका हूँ। और वह मुझे नहीं चाहिए। दरअसल जो पैसा लेता है अपमानित वही होता है। यह मैंने देखा है। मैं मुम्बई सिर्फ तीन दिन के लिए गया था फिल्म की शूटिंग के दौरान। आरम्भिक दिनों में जब शूटिंग शुरू हुई थी। वहाँ मैंने देखा, जो लोग भी थे टीम के लगभग तीन सौ लोग, फिल्म निर्देशक चन्द्रप्रकाश द्विवेदी से लेकर प्रोड्यूसर तक सबने भरपूर सम्मान दिया। वहाँ मेरे सम्मान में कोई कमी नहीं थी।

डॉ. अभिज्ञात : क्या आपकी रचना के साथ कोई छेड़छाड़ नहीं की गई?

काशीनाथ सिंह : यह भी मेरी शर्त में शामिल था। देखिए, इसके लिए बहुत कुछ लेखक भी दोषी होता है। लेखक लिखते हैं लेकिन अपनी सीमाएँ नहीं जानते। हम जो लिखते हैं चाहते हैं कि उसमें कोई रद्दोबदल नहीं किया जाए, कोई चेंज न हो। जाहिर है लिखित भाषा की अपनी सीमा है उसका पाठक वर्ग। पाठक वर्ग कितना है यह हम जानते हैं लेकिन एक साधारण आदमी, एक अपढ़ आदमी, एक रिक्शा-ठेला चलानेवाला भी देख सकता है फिल्म। फिल्म माध्यम साहित्य का सीधे अनुवाद नहीं है। वह दृश्य में ज्यों का त्यों नहीं आता। बहुत चीजें रचनाओं में सोच्य हो सकती हैं लेकिन वह तो दृश्य माध्यम है और उसे देखनेवाला है वह किसी भी तबके का हो सकता है। फिल्म जो बनाता है वह चाहता है कि वह जो लगाता है कम से कम वह लौट आए। आपको चाहिए कि आप जो कहना चाहते हैं उसे डिस्टार्ट न किया जाए। और ज्यादा इफेक्टिव तरीके से दिखाया जाए। हर कदम पर दखल न दें कि मैंने तो ऐसा नहीं लिखा था ऐसा क्यों कर रहे हैं। ऐसा करके आप डायरेक्टर पर अविश्वास करेंगे। कैमरे की नजर से डायरेक्टर देखता है दृश्य माध्यम के चलते वह छूट चाहता है, वह मिलना चाहिए। हाल ही में वर्धा में कमलेश पांडे मिले थे जोबेताब और रंग बसंती फिल्मों के कहानीकार हैं। वहाँ सबने हमसे पूछा था कि रेणु के बाद आपकी सबसे अधिक माँग क्यों हो रही है, क्योंकि 'मोहल्ला अस्सी' फिल्म आ रही है। एक टीवी सीरियल की भी स्क्रिप्ट तैयार हुई है—'कौन ठगवा नगरिया लूटल हो' पर टीवी सीरियल चन्द्रप्रकाश द्विवेदी बनाएँगे। 'रेहन पर रग्घू' की भी वहाँ डिमांड काफी है। कई लोग चाहते

हैं उन्हें दिया जाए वे बनाएँगे। हिन्दी के लेखकों ने अपनी छवि बना रखी है वहाँ कि वे अपनी रचना के बारे में कहते हैं कि हमने जो लिखा है, वही बनाई जाए। फिल्म वाले उदासीन हैं हिन्दी के लेखकों से, कहते हैं, उनसे बात करना ही बेकार है इस बारे में। खुद कमलेश पांडेय बता रहे थे इसके बारे में। मैं खुद भोग चुका हूँ इसके बारे मे, 'अपना मोर्चा' उपन्यास जिस समय मैंने लिखा था सुधीर मिश्रा चाहते थे कि उस पर फिल्म बनाएँ। वे इसमें परिवर्तन चाहते थे, मैंने कहा था—नहीं, यह छूट मैं नहीं दूँगा। यह गलती मैं कर चुका था। दूसरे चन्द्रप्रकाश द्विवेदी के बारे में माना जाता है कि उन्होंने हिन्दी व दूसरी भाषा के नाटकों को पढ़ा है, जो भी उपन्यास चर्चा में आते हैं, उन्हें पढ़ा है। साहित्य से गहरा ताल्लुक रखनेवाले हैं। मुझसे मुलाकात के पहले वे मुम्बई में साल-छह माह पहले 'काशी का अस्सी' पढ़ चुके थे और सौ-पचास प्रतियाँ खरीदकर दोस्तों में बाँट चुके थे और प्रतिक्रिया देख ली थी तब मुझसे बात की थी। काफी ठोक-बजाकर फिल्मी दुनिया के लोग हिन्दी के लोगों से बात करते हैं क्योंकि वे जानते हैं कि हिन्दी के लोग अँधेरे में रहते हैं। हिन्दी साहित्य के लोगों का फिल्मी दुनिया के लोगों से ताल्लुक बन नहीं सका है।

डॉ. अभिज्ञात : उर्दू वाले छाए रहते हैं। वे बेइज्जत होकर फिल्मी दुनिया से नहीं लौटे।

काशीनाथ सिंह : हाँ। उन्होंने अपने आपको फिल्मी दुनिया के हिसाब से ढाल लिया। वे यह समझ लेना चाहते हैं कि प्रोड्यूसर क्या चाहता है, डॉयरेक्टर क्या चाहता है, नाटक करनेवाले क्या चाहते हैं। मोहन राकेश के 'आधे-अधूरे' नाटक के मंचन के दिनों में अल्का जी ने उनसे कहा कि तुम तो नाटक जानते नहीं हो। तुम यहाँ आओ और जानो कि हमें क्या चाहिए। रंगकर्मी और नाटककार एक-दूसरे के साथ मिलकर काम करते हैं और स्टेज पर जब नाटक जाता तो उस समय भी उसमें डायलॉग बदलते हैं भाषा बदलती है। बाद का क्या रूप होगा, सीन किस रूप में जाएगा यह लेखक नहीं जानता। गिरीश कारनाड का 'तुगलक' अच्छा माना जाता है क्योंकि वे रंगमंच को जानते हैं, विजय तेन्दुलकर नाटक को जानते थे मोहन राकेश ने जाना। उर्दू में मंटो थे, कृशन चन्दर थे फिल्मी दुनिया व उनके बीच एक समझदारी थी। उनकी क्या डिमांड है, हमें क्या करना है। वे साहित्य को एक तरफ रखते थे कि हमें साहित्य के लिए लिखना है तो इस तरह लिखना है। फिल्म के लिए लिखेंगे तो ऐसा लिखना होगा। यह फर्क वे जानते हैं, यह हम नहीं जानते हैं। हम यह नहीं जानते, पटकथा क्या होती है यह मीडियम क्या है इससे अनभिज्ञ हैं। जब चन्द्रप्रकाश द्विवेदी ने पटकथा

लिखने की बात की तो हमने कहा हमें काफी वक्त लगेगा। आप लिख लें। आपने 'चाणक्य' की पटकथा लिखी है। उपन्यास का टेक्स्ट, उसकी आत्मा सुरक्षित रहनी चाहिए।

डॉ. अभिज्ञात : फिल्मी दुनिया से सम्पर्क के बाद अब आपकी रचनाशीलता में भी परिवर्तन आना स्वाभाविक माना जाना चाहिए। आपके लेखन में क्या परिवर्तन आया है?

काशीनाथ सिंह : फिल्मों के लिए तो मैंने कभी लिखा नहीं, लिखूँगा भी नहीं। मैं जो लिख रहा हूँ उस पर फिल्म बन रही है यह अच्छी बात है। शुरू में जिन चीजों ने मुझे अट्रैक्ट किया और फिर रंगकर्मियों और फिल्म वालों को मेरी जिस खूबी ने अट्रैक्ट किया उसी खूबी को जारी रखना है। मेरे दौर के लेखकों में सबसे अधिक मंचन मेरी रचनाओं के हुए हैं। उषा गांगुली के 'काशीनामा' के अलावा, एनएसडी ने कई नाटक किए। 'अपना रास्ता लो बाबा' देवेन्द्र राज अंकुर ने किया। 'कविता की नई तारीख', 'कौन ठगवा नगरिया लूटल' का मंचन किया था एनएसडी ने। प्रेमचन्द के बाद मेरी कहानियों के साथ सबसे ज्यादा मंचन हुए हैं। फिल्म वाले मेरी तरफ आए तो उसका क्या कारण है। मैं चीजों को दृश्यों में, बिम्बों में देखा करता हूँ। मेरी जो अपनी पहचान व शख्सियत है वह यह है कि मैं जो लिखता हूँ चाहता हूँ कि केवल पढ़ा न जाए, पाठक उसे सुनता हुआ भी महसूस करे, देखता हुआ भी महसूस करे। पाठ्य पाठ्य तक सीमित न रहे दिखाई पड़े लोगों को। यह हमारी कहानियों और उपन्यासों में है, संस्मरणों तक में है। त्रिलोचन पर मेरे संस्मरण को यदि किसी ने पढ़ा है तो उन्हें त्रिलोचन दिखाई पड़ते हैं।

डॉ. अभिज्ञात : हिन्दी की वाचिक परम्परा और लिखित परम्परा अलग रही है। भदेस शब्दों का इस्तेमाल आप लिखित साहित्य में कर रहे हैं क्या इससे भाषा का सौन्दर्य नष्ट नहीं होता?

काशीनाथ सिंह : कई बातें हो सकती हैं इसमें। गालियों के लिए लोग डाट्स छोड़ा करते थे। बिन्दु बिन्दु...मुझे वही अश्लील लगता था। जब आपमें साहस नहीं होगा तो आप क्यों कर रहे हैं ऐसा काम। एक लेखक को माना जाता है कि वह खतरा उठानेवाला है। यदि आप खतरा उठाने से डर रहे हैं तो पाठक से क्या उम्मीद करते हैं। ऐसा वे लोग कर रहे हैं जो ड्राइंगरूम से बाहर नहीं जाते। ये अभिजात तब के भद्र व शरीफ लोग दुनिया भर के सारे गंदे काम करेंगे लेकिन उसे ड्राइंगरूम तक सीमित रखेंगे। सड़क पर निकलिए तो जरा। हर किसान को

अपने बेटे-बेटी को माँ-बहन की गाली देते हुए सुना है। खूँटा को, ठोकर लग गई तो पत्थर को गरिया रहे हैं, बैल को गरिया रहे हैं, भैंस को गरिया रहे हैं। वे उसे गाली समझकर नहीं गरियाते। यह उनकी जुबान का अंग है, गाली अपने आप निकलती है। मैं जिस नगर में रहता हूँ बनारस, मैं जिस मोहल्ले में रहता हूँ वह पंडों का मोहल्ला है, वहाँ मैंने कभी किसी को नहीं देखा कि उसने अपने घर में अपने बच्चों, औरत और साँड़, गाय, फलाने, ढमाके को गाली दी हो और उसने उसे गाली समझा हो। यौनांगों से सम्बन्धित दुनिया की हर भाषा में गाली दी जाती है। विदेशी उपन्यास पढ़नेवालों ने बताया। हॉलैंड में किसी ने मेरे ऊपर एक पेपर पढ़ा, उसने बताया। इतालवी में मेरी रचनाओं का अनुवाद कर रही एक लड़की ने मुझे बताया कि हमारी भाषा में यह गालियाँ हैं। नारी-पुरुष के अंगों को लेकर गाली दी जाती हैं और बड़े सहज ढंग से दी जाती हैं। मुझे लगा कि अपनी रचनाओं में इस नगर के जीवन को दिखाने के लिए यह जरूरी है। यह उत्तर प्रदेश का गाँव हो सकता है, मध्य प्रदेश और हरियाणा का भी गाँव हो सकता है। यह दिल्ली नहीं है। जो उस गाँव की जिन्दगी को जी रहे हैं, उनके लिए गालियाँ स्वाभाविक हैं। उपन्यास में उस यथार्थ को दिखाने से मुझे गुरेज नहीं करना चाहिए, हिम्मत से काम लेना चाहिए। बनारस में गालियों को लेकर किसी ने आपत्ति नहीं की। महानगरों या तथाकथित संभ्रांत किस्म के साहित्यकारों द्वारा की गई। अब तो खैर स्वीकृत हो गई हैं। इतना ही नहीं, इस उपन्यास जिसमें गालियाँ थीं और हिम्मत करके पहले चन्द्रप्रकाश द्विवेदी फिल्म बना रहे हैं लेकिन उनकी फिल्म से पहले प्रदर्शित हुई 'गैंग ऑफ वासेपुर' में भी हैं। मैंने द्विवेदी से कहा अनुराग कश्यप बाजी मार ले गए। अनुराग ने भी पहले मुझसे अप्रोच किया था, उनसे बात बनी नहीं।

डॉ. अभिज्ञात : हिन्दी के शीर्ष आलोचक का भाई होने के फायदे और नुकसान दोनों क्या रहे?

काशीनाथ सिंह : मैं सिर्फ फायदे के बारे में बोल सकता हूँ, नुकसान के बारे में नहीं बोल सकता। लोग कहते हैं कि बड़ा नुकसान हुआ है पर उसके बारे में सोचा नहीं है। फायदा यह हुआ कि वे हमारे गुरु रहे हैं। उन्होंने हमें पढ़ाया है बीए में। उनका जब कभी बनारस आना-जाना होता है तो मैं जो कहानी लिखता रहा हूँ उन्हें पढ़ने के लिए देता हूँ, उसके बारे में बातें करते रहते हैं। मैं सिर्फ एक बात कहना चाहता हूँ जिससे अनुमान लगा सकते हैं कि फायदा क्या हुआ। छपने से पहले 'देख तमाशा लकड़ी का' मैंने 1991 में डरते-डरते उन्हें दिया था पढ़ने के लिए। कभी किसी रचना में उनके कहे अनुसार मैंने बदलाव किया

नहीं है, कम से कम उस रचना में नहीं। लेकिन मैंने ये जरूर उनसे जानना चाहा कि इसकी क्या प्रतिक्रिया होगी। वे साहित्यिक टेंपरेचर के बैरोमीटर हैं। उनकी प्रतिक्रिया से अनुमान लगा सकता हूँ। वे देश भर में घूमनेवाले आदमी हैं, मैं एक जगह बनारस में बैठकर लिखता हूँ। तो लोग क्या सोच सकते हैं इसके बारे में वे बता सकते हैं। दुनिया भर के लोगों ने नाक-भौं सिकोड़ा। 'काशी का अस्सी' पर। गालियों से शुरुआत वहीं से की थी, जिसे आज भी लोग मानते हैं कि सबसे अच्छा वही है। नामवर सिंह पहले आदमी थे जिसने उसका स्वागत किया था। जिससे समझा जा सकता है कि वे इतने पुराने आदमी होने के बावजूद कितने आधुनिक आदमी हैं। और यह कि वे लेखक के काम में कोई हस्तक्षेप नहीं करते।

(*सन्मार्ग,* अप्रैल 2013)

लेखक जीवन के लिए प्रतिबद्ध है मर्यादाओं के लिए नहीं

ओम निश्चल : 'जिन्दगी से यही गिला है मुझे/ तू बहुत देर से मिली है मुझे।' जो पुरस्कार 'काशी का अस्सी' को बहुत पहले मिल जाना चाहिए था, वह अब 'रेहन पर रग्घू' को मिला है। देर से मिले इस पुरस्कार पर आपकी क्या प्रतिक्रिया है?

काशीनाथ सिंह : इसके पहले कि मैं आपके इस सवाल का उत्तर दूँ, जरा साहित्य अकादेमी से मेरे रिश्तों को समझ लें। मैं अब तक केवल तीन बार साहित्य अकादेमी गया हूँ। एक बार भैया के साथ। दूसरी बार केदार नाथ सिंह के साथ तथा तीसरी और अन्तिम बार 2002 में साहित्य अकादेमी के एक छोटे से मीटिंग रूम में—'पांडे कौन कुमति तोहें लागी' कहानी के पाठ के लिए। तब विश्व पुस्तक मेला लगा था और मेले में पुस्तकों का लोकार्पण चल रहा था। राजकमल प्रकाशन ने निर्णय लिया कि 'काशी का अस्सी' का लोकार्पण अकादमी के इसी मीटिंग रूम में होगा। राजेन्द्र यादव ने अध्यक्षता की थी। इस गोष्ठी में दिल्ली के बाहर के भी कवि, कथाकार, आलोचक इकट्ठे हुए जिनकी संख्या 25 से 30 की थी। यह बात 2002 की है। इसके बाद कभी जाना नहीं हुआ। ये साहित्य अकादेमी और मेरा रिश्ता है। लेकिन मेरी पुस्तकों से साहित्य अकादेमी का पुराना याराना है। जब 1994 में 'याद हो कि न याद हो'—संस्मरणों की किताब आई थी, उसी समय अकादमी से जुड़े मित्र ने बताया कि पुरस्कार के लिए प्रस्तावित पुस्तकों में इस पुस्तक का नाम भी है। संस्मरण की यह पहली किताब थी जिसने इस विधा को गरिमा दी थी। इसे नहीं मिला—अच्छा लगा। इसलिए कि शर्मिंदगी होती। मेरे से बड़े लेखक जीवित थे। इसे मिलना उनका अपमान होता। सो अच्छा हुआ। फिर 'काशी का अस्सी' प्रकाशन के बाद दो बार मेरी जानकारी में शामिल हुआ। उस समय जाने क्यों मेरे मन में साहित्य अकादेमी पुरस्कार पाने की इच्छा थी। लेकिन दो बार खारिज होने के बाद मेरी

इच्छा मर गई। यह पुरस्कार मेरे चित्त से उतर गया। यह भी कि साहित्य अकादेमी जैसी कोई चीज है। अचानक इसी 21 दिसम्बर को जब मुझे साहित्य अकादेमी से ही सूचना दी गई और बधाई दी गई तो थोड़ी देर तो चौंका कि ये क्या हो गया। आपसे यह भी बता दूँ कि 'काशी का अस्सी' पर न मिलने के बाद मैंने तय कर लिया था कि अब मिलेगा तब भी स्वीकार नहीं करूँगा। क्योंकि मुझे बुरा क्या लगा था, मुझे लगा कि हिन्दी के पाठकों, आलोचकों के मानदंड दूसरे हैं और अकादमी के दूसरे। जिस पुस्तक को पाठक सिर-माथे ले रहे हैं, जिसकी स्वःस्फूर्ति रिव्यू इतनी अधिक आ रही है, वह पुस्तक साहित्य अकादेमी को क्यों पसन्द नहीं है। वह पाठकों का अपमान जैसा लगा था मुझे। तो उसके बाद से साहित्य अकादेमी मेरे लिए अस्तित्व में लगभग था ही नहीं। लेकिन जिस तरह दो-तीन वर्षों से पुरस्कार मिल रहे थे, उसे देखते हुए मुझे लगा कि अपने पाठकों के हित में इसे स्वीकार करना चाहिए और जैसे-जैसे पाठकों और लेखकों की प्रतिक्रिया आती गईं, मुझे खुशी हुई और मैंने इसके लिए अपने निर्णायक मंडल और अकादमी को धन्यवाद देता हूँ। हालाँकि अब भी मानता हूँ कि अब तक आए लगभग सभी चार-पाँच सौ फोन में देर से मिलने के साथ-साथ लोगों ने यही कहा कि वे तो उसी किताब पर पुरस्कार की आशा कर रहे थे।

ओम निश्चल : 'रेहन पर रग्घू' अपनों के बेगानेपन, टुच्चेपन के साथ-साथ सवर्णों के लदते दिनों, उनके चारित्रिक स्खलन और निचली जातियों के ध्रुवीकरण की ओर भी इशारा करता है। इन व्याधियों के मद्देनजर जिस तरह के हालात आज सामने हैं, गाँवों के भावी परिदृश्य को आप किस रूप में देखते हैं?

काशीनाथ सिंह : मैं फिर कहना चाहूँगा कि 1990 के बाद मेरी दृष्टि बराबर भूमंडलीकरण, उदारीकरण और बाजारवाद की ओर रही है। इसका प्रभाव शहर में क्या पड़ा, इसके लिए मैंने अस्सी को चुना। फिर मेरी दृष्टि गई कि गाँव पर इसका क्या असर पड़ा है और इसके लिए मैंने 'रेहन पर रग्घू' के पहाड़पुर गाँव को चुना है।

ओम निश्चल : यह तो तय है कि भले ही पुरस्कार 'रेहन पर रग्घू' को दिया गया है, पर आपकी अब तक की शिखर कृति 'काशी का अस्सी' ही है। इसलिए कहा जाए कि यह पुरस्कार किसी कृति के बहाने काशीनाथ सिंह को उनके मूल्यवान अवदान पर दिया गया है तो आप क्या कहना चाहेंगे?

काशीनाथ सिंह : मूल्यवान तो है। इसलिए कहता हूँ कि बहुत से मेरे पाठक हैं, जिन्हें 'रेहन पर रग्घू' 'काशी का अस्सी' से बेहतर कृति लगती है। बल्कि

मैं आलोचक नामवर सिंह का उदाहरण दूँ तो उन्हें 'काशी का अस्सी' से ज्यादा 'रेहन पर रग्घू' पसन्द है। वस्तुत: उपन्यास की परम्परा के क्रम में ही 'रेहन पर रग्घू' आता है। क्योंकि इसमें एक कथा चलती है जो 'काशी का अस्सी' में नहीं है। दूसरे, इसका फैलाव गाँव, शहर की एक कॉलोनी से लेकर नोएडा और अमेरिका तक है। 'काशी का अस्सी' की तरह यह भी ग्लोबलाइजेशन और बाजारवाद का प्रतिरोध ही है।

ओम निश्चल : 'रेहन पर रग्घू' के लिए साहित्य अकादेमी पुरस्कार दिए जाने की घोषणा को आपने 'साहित्य अकादेमी का भूल सुधार' माना है। 'काशी का अस्सी' निर्णायकों को पुरस्कार के लिए भले नहीं जँची, पर यह आपके महत्त्व की अनदेखी नहीं कही जाएगी। आखिर, आपकी दूसरी कृति को पुरस्कृत कर अकादमी ने कृति केन्द्रित मूल्यांकन को ही तो वरीयता दी है?

काशीनाथ सिंह : शायद साहित्य अकादेमी के अपने कुछ मानदंड होते होंगे जिसमें 'काशी का अस्सी' फिट नहीं हुआ। मेरी जानकारी में उनकी आपत्ति गालियों से थी लेकिन मुझे आपत्ति इस बात पर है कि फिल्मी दर्शकों को जब गालियों से एतराज नहीं है; यही नहीं, हिन्दी के पाठकों को भी गालियों से एतराज नहीं है तो हमारी साहित्य अकादेमी को क्यों है? उसने यह समझने की कोशिश क्यों नहीं की कि गालियाँ मैं नहीं दे रहा हूँ बल्कि जिन्हें गालियाँ समझा जा रहा है, वे हमारे नगर और पात्रों की जबान हैं। उन्हें गालियों से रोकने का मतलब है, उनकी जबान खींच लेना।

ओम निश्चल : 'काशी का अस्सी' पर चन्द्रप्रकाश द्विवेदी जी फिल्म बना रहे हैं, 'मोहल्ला अस्सी' नाम से। यह नाम क्या आपने सुझाया है? कब तक यह फिल्म प्रदर्शित होने के लिए रिलीज हो जाएगी।

काशीनाथ सिंह : यह नाम मैंने नहीं सुझाया है। चन्द्रप्रकाश जी के सामने कई नाम आए जिनके बारे में उन्होंने हमसे बात की। 'काशीनामा' अच्छा नाम था लेकिन ऊषा गांगुली इसे चुन चुकी हैं और सवा सौ के आसपास मंचन कर चुकी हैं। तो ऐसा नाम होना चाहिए जो लोगों की जबान पर चढ़ सके। काफी जद्दोजहद के बाद अन्त में उन्होंने 'मोहल्ला अस्सी' नाम चुना। फिल्म लगभग पूरी हो चुकी है। गुलजार का कोई गाना है जिसे बनारस में शूट किया जाना है। उम्मीद की जा रही है कि मार्च में यह फिल्म रिलीज जो जाएगी। चन्द्रप्रकाश जी की इच्छा है कि इसका प्रीमियर बनारस में हो और अस्सी घाट पर। क्योंकि पप्पू की दुकान काफी कंजेस्टेड है, वहाँ सम्भव नहीं है।

ओम निश्चल : सुना है, इसमें सनी देओल जैसे नामचीन बालीवुड कलाकार और भोजपुरी फिल्मों के अमिताभ बच्चन कहे जानेवाले रविकिशन रोल अदा कर रहे हैं। फिल्म में धोती, कुर्ता, गमछा, कोल्हापुरी चप्पल और पंडित बने सनी देओल की चोटी अभी से चर्चा में है। फिल्म के शाट्स को लेकर आपका क्या कहना है?

काशीनाथ सिंह : मैंने शाट्स मुम्बई में फिल्म सिटी में भी देखे और बनारस में भी। मैं फरवरी में फिल्म सिटी में लोकेशन देखने के लिए बुलाया गया था। पप्पू की दुकान के साथ ही पूरा अस्सी मोहल्ला बसाया था चन्द्रप्रकाश द्विवेदी ने। नालियाँ, काई लगे मकान, टूटे हुए डाउन पाइप, टपकते हुए नल, गलियाँ, साँड़, रिक्शे, सब्जी से भरे हुए ठेले और पान की दुकान...सब देखकर मुझे लगा ही नहीं कि अस्सी पर नहीं हूँ। वहाँ के शाट्स देखे, कलाकारों से मिले, उनसे बातें कीं। खुद रविकिशन ने मुझसे कहा कि जीवन में पहली बार मुझे वही डायलॉग बोलने पड़ रहे हैं जो डायरेक्टर ने दिए हैं। इस तरह की बात सौरभ शुक्ल, मुकेश तिवारी, सनी देओल इन सारे कलाकारों ने हमसे कही और फिल्म के प्रति सभी लोग आश्वस्त दिखे। उन्हें लग रहा था कि वे कुछ नया कर रहे हैं जो नहीं हुआ है। चन्द्रप्रकाश जी ने बताया कि इसके संवाद ज्यादातर वही हैं जो आपकी पुस्तक में हैं। मैंने सिर्फ आपके संवादों के बीच कड़ियाँ जोड़ी हैं। उन्होंने यह भी आश्वासन दिया कि काशी की आत्मा 'मोहल्ला अस्सी' में सुरक्षित है, निश्चिन्त रहें। शेष कुछ शाट्स मैंने वाराणसी में देखे। पच्चीस दिन शूटिंग हुई थी और डायरेक्टर का श्रम देखकर मैं सचमुच निश्चिन्त हुआ।

ओम निश्चल : साहित्यिक कृतियों पर बने धारावाहिकों और फिल्मों के हश्र से आप परिचित हैं। ऐसी स्थिति में 'मोहल्ला अस्सी' को लेकर आपकी क्या उम्मीदें हैं?

काशीनाथ सिंह : जहाँ तक मुझे मालूम है कि साहित्यिक कृति पर बननेवाली ज्यादातर फिल्में फ्लाप हुई हैं। सिर्फ 'तीसरी कसम' है जो अच्छी और सफल रही है। बाकी कृतियाँ या तो चली नहीं या डिब्बे में बन्द रह गईं। अमृता प्रीतम की कहानी 'पिंजर' पर फिल्म बना चुके चन्द्रप्रकाश द्विवेदी ने खुद आत्मसमीक्षा करके उसके न चल पाने के कारणों पर सोचा और सबक सीखा और उन्होंने यह फैसला किया कि फिल्म ऐसी होनी चाहिए जो व्यावसायिक भले न हो लेकिन व्यवसाय करे। दरअसल लेखक का बेजा दखल फिल्म को सफल

नहीं होने देता है। जबकि साहित्य का रचनाकार और होता है और फिल्म का रचनाकार और। यह उसका मीडियम है जिसके बारे में लेखक नहीं जानता।

ओम निश्चल : 'बनास' ने 'काशी का अस्सी' पर अंक निकालकर यह सिद्ध किया है कि आपकी शख्सियत के केन्द्र में यही रचना है। जबकि उसे गालियों का पुलिंदा कहकर उसे नकारने की कोशिशें कम नहीं हुईं। इस बारे में आपका क्या कहना है?

काशीनाथ सिंह : केन्द्र में तो अस्सी है लेकिन परिधि पूरा भारत है। रही गालियों की बात तो दुनिया की कोई ऐसी भाषा और बोली नहीं है जिसमें गालियाँ नहीं हैं। दरअसल काशी की गालियों को पाठकों ने गालियाँ नहीं समझा। अगर वे गालियाँ समझी गईं तो अभिजात मानसिकता या खास तबके के लोगों द्वारा। ऐसे लोग साहित्य को शिष्ट और विशिष्ट समाज की संरचना मानते हैं। शायद कालिदास को अनदेखा कर देते हैं जिसने अपने पात्रों द्वारा उस समय बोली जानेवाली प्राकृत का उपयोग किया है। मुझे लगता है कि जिस तरह हमारे गाँव में लोग अपनी बेटी, बेटे, बैल, गाय, भैंस यहाँ तक कि खूँटा और ठोकर लगनेवाले पत्थर तक को गालियाँ देते हैं बगैर यह समझे कि यह गालियाँ हैं, वैसा ही भारत के दूसरे नगरों में भी होता होगा। वरना 'काशी का अस्सी' अपने समय की बेस्ट सेलर न होती।

ओम निश्चल : आपकी कहानियों का फलक 60 से लेकर अब तक फैला है। यानी 'आखिरी रात' से 'महुआचरित' तक। किन कहानियों को लेकर मन में यह लगा कि आपने 'पोयटिक जस्टिस' उसके हर पहलू के प्रति न्याय किया है?

काशीनाथ सिंह : सारी कहानियों के बारे में तो कहना मुश्किल है लेकिन 'सुख', 'कविता की नई तारीख', 'अपना रास्ता लो बाबा', 'कहानी सराय मोहन की' और 'महुआचरित' के बारे में तो मैं कह ही सकता हूँ। पोयटिक जस्टिस क्या है यह तो मैं नहीं जानता लेकिन ये वे कहानियाँ हैं जिन्हें लिखने के बाद मेरे मन में कोई दुविधा नहीं रही।

ओम निश्चल : यह कहा जाता रहा है कि आलोचना के नाम पर सिर्फ काव्यालोचन है, कहानी, उपन्यास और दीगर विधाओं के आलोचक बहुत कम हैं, हैं भी तो उन्होंने इन विधाओं के साथ न्याय नहीं किया है। इसलिए ऐसे लेखकों का भरोसा आलोचकों से उठकर पाठकों पर चला गया है। अपने बारे में आपका क्या खयाल है?

काशीनाथ सिंह : सच कहिए तो मैं अपने को पाठकों का ही लेखक या कथाकार मानता हूँ आलोचकों का नहीं। मैंने अगर विधाएँ बदलीं तो पाठकों की

आवश्यकता को समझते हुए बदलीं। मैंने स्वयं लिखा था कि कहानी से मेरी बोलचाल बन्द हो गई थी। यह मैंने तब कहा था जब नामवर जी, त्रिलोचन, आचार्य हजारीप्रसाद द्विवेदी, धूमिल जैसे लोगों पर संस्मरण लिख रहा था। मैंने देखा कि जो कहानी पाठकों के सीमित दायरे तक ही पहुँच पा रही है, वे संस्मरण उस दायरे को तोड़कर बाहर अन्य पाठकों तक जा रहे हैं और वे उन्हें कहानियों से ज्यादा पसन्द कर रहे हैं। और फिर उसके बाद संस्मरण या कहानी की चिन्ता छोड़ दी मैंने और रिपोर्ताज लिखा। पहला रिपोर्ताज 'देख तमाशा लकड़ी का' था जिसने साहित्यिक हल्के में तहलका मचाया था। उसे पढ़नेवाले और नाक-भौं सिकोड़नेवाले हिन्दी के पाठक और लेखक थे। लेकिन इसके बाहर के पाठकों ने जैसा स्वागत किया वह मेरे लिए घटना की तरह था। फिर मैंने उसी फार्म में 'संतो घर में झगरा भारी' और दूसरे रिपोर्ताज लिखे। पाँच रिपोर्ताज या कथा? लिख जाने के बाद मैंने देखा कि यह उपन्यास के बन्द को तोड़ते हुए भी उपन्यास है। क्योंकि इसमें लोकेशन एक है और पात्र वही हैं और सबके निशाने पर ग्लोबलाइजेशन, बाबरी मस्जिद विध्वंस, आरक्षण और नब्बे के बाद की भारत की अर्थव्यवस्था है। यह स्वयं में मुझे उपन्यास का एक नया फार्म लगा। तो इस तरह मैं कह सकता हूँ कि मेरे पूरे लेखन ने हिन्द पाठक वर्ग का क्षेत्र-विस्तार किया है। क्योंकि दूसरे अनुशासनों से या कामों से जुड़े लोग जब-जब मिले हैं तब-तब उन्होंने, साहित्य के प्रति उनके भीतर आकर्षण क्यों हुआ, उसकी चर्चा की।

ओम निश्चल : कहानियों और उपन्यासों में इधर अश्लीलता का बोलबाला बढ़ा है। आपकी कहानियाँ या उपन्यास भी इससे अछूते नहीं हैं। इन प्रसंगों में आप पूरी तौर पर रुचि लेते जान पड़ते हैं। जैसे 'रेहन पर रग्घू' में मीनू और माइकल प्रसंग, जहाँ अमर्यादित ढंग से छातियों और निप्पल्स तक आपकी भाषा खिसक आई है। इसके औचित्य पर क्या कहेंगे?

काशीनाथ सिंह : बहुत पहले मैंने कहीं पढ़ा था कि टॉलस्टॉय से किसी ने एक रूसी लेखक को पढ़कर यह शिकायत की थी कि उसने ऐसा गंदा लिखा है तो टॉलस्टॉय ने जवाब दिया था कि लेखक को हर चीज के बारे में लिखना चाहिए चाहे वह गंदगी हो या अश्लीलता हो। अगर वह जीवन में अश्लील नहीं है तो साहित्य में क्यों अश्लील हो? लेखक जीवन के लिए प्रतिबद्ध है, मर्यादाओं के लिए नहीं।

ओम निश्चल : 'काशी का अस्सी' काशी की संस्कृति के एक खास हिस्से की नुमाइंदगी करने के साथ-साथ बाजार, भौतिकता, लफंगई और धर्म के कारोबारी

स्वरूप के उत्तरोत्तर प्रभावी होने की कथा भी है। पर कुल मिलाकर है यह बनारस के सांस्कृतिक अंचल का एक कोना-भर ही। जैसे किसी साड़ी का पल्लू। पंडे-पुरोहितों, तथाकथित 'गुरुओं' और घंट-घड़ियाल की कवायद से अलग बनारस के समग्र सांस्कृतिक-बोध और परिवर्तनशील स्वरूप पर कुछ नया लिखने का खयाल मन में आता है?

काशीनाथ सिंह : फिलहाल तो ऐसी कोई योजना मेरे दिमाग में नहीं है...और बनारस पर लिखकर मैं काशीनाथ सिंह बनारसी नहीं होना चाहता।

ओम निश्चल : बनारस के घाटों पर सांस्कृतिक-धार्मिक कर्मकांड को संस्थानिक स्वरूप देने और व्यावसायिकता के कुटिल प्रयत्नों को देखते हुए 'काशी का अस्सी' में आपने एक ऐसे अक्खड़ बूढ़े की कल्पना की है जो शिवाला घाट पर देखता है कि चेतसिंह का किला किसी फाइव स्टार होटल में बदल चुका है और गंगा स्वीमिंग पुल में। वह तमाम तब्दीलियाँ देख भ्रम में है कि कहीं दूर से आती शहनाई, ठुमरी की धुन में अचानक वह खो गया है। आपने लिखा है प्रार्थना कीजिए कि ये धुनें घाट के फाइव स्टार होटल के डाइनिंग हॉल से नहीं आ रही हैं। आते हुए दिनों में बनारस की सांस्कृतिक छवियाँ क्या अक्षुण्ण रहनेवाली हैं?

काशीनाथ सिंह : मेरा कहना यह है कि मैं 1981 में जापान गया था। सात दिन के आयोजन में एक दिन निश्चित किया गया था कि जापान का गाँव इन लेखकों को दिखाया जाए। देखनेवालों में अकेला मैं नहीं था, बांग्ला के सुभाष मुखोपाध्याय भी थे, फ़ैज़ अहमद फ़ैज़ भी थे। इसी तरह से अपने-अपने मुल्कों के ज्यादातर बड़े लेखक थे। मुझे आश्चर्य हुआ जब गाँव में पहुँचा। उस गाँव में लकड़ी की बनी हुई सिर्फ इमारतें थीं, सड़कें और गलियाँ थीं। प्राणी कोई नहीं था। हम यह तो चाहते हैं कि बनारस म्यूजियम न बने, इसका विकास हो लेकिन विकास किसी महानगर के ढर्रे पर न हो जो कि हो रहा है। इसकी अपनी अस्मिता सुरक्षित रहे। शख्सियत पहचान में आती रहे। यह मेरी सिर्फ इच्छा है बाकी सत्ता है और जनता है। इसकी फिक्र यहाँ की जनता को ज्यादा होनी चाहिए।

ओम निश्चल : कहा जाता है कि किस्सागोई हो, रिपोर्ताज या संस्मरण, काशी के भीतर एक खल-भाव या जिसे श्रीलाल शुक्ल 'मुरहपन' कहते हैं, कहीं-न-कहीं मौजूद रहता है। वह इसी व्यवस्था में साँस लेता है, इसमें शिरकत करता है और यदा-कदा उसका उपहास उड़ाता हुआ भी लगता है। क्या किसी

बेहतरीन, उम्दा रचना के निर्माण में लेखक में इन तत्त्वों की मौजूदगी आप भी जरूरी मानते हैं?

काशीनाथ सिंह : मैं अपने लेखन के बारे में बात कर सकता हूँ, लेखन मात्र के बारे में नहीं। क्योंकि लेखन के पीछे लेखक के अपने संस्कार और उसकी निर्मिति होती है, उसका निर्माण कैसे हुआ है, इन चीजों की भूमिका होती है। जैसे कोई निर्मल वर्मा से कहता कि आप हरिशंकर परसाई की तरह लिखें तो यह कैसे सम्भव है?

ओम निश्चल : एक कविता में धूमिल ने लिखा है, 'हाँ, हाँ, मैं कवि हूँ, यानी भाषा में भदेस हूँ।' क्या धूमिल से मैत्री के चलते भदेस की इसी ताकत को आपने आगे चलकर अपनी कथा-भाषा को भी आयुध बनाया है?

काशीनाथ सिंह : ऐसा नहीं है। यह भाषा मेरी जन्मजात है। धूमिल से मैत्री के कारणों में से हम दोनों का स्वभाव भी कहीं जुड़ता था। धूमिल में एक बोल्डनेस थी, अक्खड़ता थी जो बहुत कुछ आक्रामक और हिंसक थी। किसी शालीन व्यक्ति को अपनी आक्रामक मुद्रा में आहत होते देखकर उसे संतोष होता था कि यह इसी लायक है। मेरा स्वभाव इससे उलट था। शायद संस्कारों के कारण। मैं आक्रामक कभी नहीं रहा। उस चीज को अपनी रचनाओं में डायल्यूट करने की आदत रही है। एक बात हम दोनों में कॉमन रही है—भाषा को अधिक से अधिक धारदार और पैना बनाना। ये बातें हम दोनों एक-दूसरे से सीखते-से रहे हैं। धूमिल अपनी कविताओं में यह आरम्भ से ही सम्भव कर सके जो मुझसे नहीं हुआ।

ओम निश्चल : काशीनाथ सिंह की कथा शैली में वह क्या है जिसे कोई और रच-बुन नहीं सकता। क्या यह खाँटी बनारसी हुए बिना सम्भव नहीं है?

काशीनाथ सिंह : इसके लिए बनारसी होना जरूरी नहीं है। अपनी शैली दो जगहों से, दो स्थानों से मैंने सीखी है। एक तो गाँव की लोककथाओं से जो अब नहीं सुनी जातीं। मुझे अच्छा लगता था जाड़े की रातों में दालान में बिछे हुए पुआल पर सोकर कहानियाँ सुनना, या कोल्हुआड़ और अलाव के पास बैठकर रात-रात भर कहानियाँ सुनना। दूसरा संस्कार मेरा बना पंचतंत्र, कथा सरित्सागर, जातक और पौराणिक कथाओं को पढ़कर। एक चीज मेरे दिमाग में बराबर थी कि महाभारत के रचनाकार वेदव्यास अपनी ही संतानों के बारे में लिखते हुए बहुत आब्जेक्टिव हुआ करते थे। जैसे वे उनकी संतानें न हों, पात्र हों और वे दूर से खड़े होकर उन्हें देख रहे हों। इन सारी चीजों ने कहीं-न-कहीं मेरी कथा शैली को प्रभावित किया है।

ओम निश्चल : ये कहानियाँ कौन सुनाता था?
काशीनाथ सिंह : मेरा अनुभव है निश्चल जी कि सवर्णों की अपनी कोई संस्कृति नहीं रही है। वे केवल संस्कृति के पोषक रहे हैं। इससे ज्यादा कुछ नहीं। संस्कृतियाँ प्रायः उनकी हैं जिन्हें हम प्रजा कहते रहे हैं। तो इस तरह कहानियाँ सुनानेवाले हमें वे होते थे, जो या तो हलवाहे हों, या बहँगी लेकर आया हुआ कोई कहार हो, या नाई हो, या धोबी हो जिन्हें हम आज अनुसूचित या आरक्षित जाति वाले कहते हैं, संस्कृतियों की परम्परा उन्हीं से चली आ रही है। कहानियाँ मैं ऐसे लोगों से ही सुना करता था या फिर घर में अपनी माँ से जिसके पास कहानियों का भंडार था। मेरे कथाकार का निर्माण लगभग ऐसे ही लोगों के बीच हुआ है।

ओम निश्चल : कहा जाता है, आरती, घंट-घड़ियाल, पंडे-पुरोहितों और छतरियों और तिरती नौकाओं से सजे-धजे दिखते बनारस का रस सूख रहा है, उसकी सामाजिक, सांस्कृतिक जमीन दरक रही है। बाजार के दबावों से बनारस की घुटती चीख और उसकी दरकन को पहचानने का चुनौती भरा काम आपने अपने कथा रिपोर्ताजों में किया है, पूरब के गाँवों के छिन्न-भिन्न होते सहअस्तित्व को 'रेहन का रग्घू' के जरिए चित्रित किया है। पर यह तो सफर का पड़ाव है अभी। आगे की मंजिल क्या है?
काशीनाथ सिंह : फिलहाल मेरे दिमाग में दो बातें हैं, एक तो कहानी की जिस मोनोटनी से मैं भाग खड़ा हुआ था, वहाँ फिर लौटना चाहता हूँ। कोशिश कर रहा हूँ कि उसका रंग-रूप कुछ बदल सकूँ तो बहुत अच्छा हो। इसी बात को ध्यान में रखकर 'खरोंच', 'पायल पुरोहित' और 'महुआचरित' जैसी कहानियाँ मैंने लिखीं। दूसरा मेरे दिमाग में एक नाटक लिखने का विचार है। क्योंकि मेरे बहुत ऐसे पाठक हैं जिन्हें कहानी या उपन्यास में आए मेरे संवाद बहुत अच्छे लगते हैं। स्वयं मेरे आदरणीय मित्र देवेन्द्रराज अंकुर जो राष्ट्रीय नाट्य विद्यालय से जुड़े रहे हैं, और उनसे पहले ब.व. कारन्त ने कई बार मुझसे कहा कि तुममें अच्छा नाटक लिखने की क्षमता है। तुम्हें नाटक लिखना चाहिए। मैं अपने भीतर इस सम्भावना को एक्सप्लोर कर रहा हूँ। फिलहाल एक ऐसा विषय या रंगमंच का रूप मेरे दिमाग में है जिसके बारे में कभी मैंने धूमिल से चर्चा की थी।

ओम निश्चल : कभी कविताएँ भी पढ़ते हैं? कभी लगा कि कहानी, संस्मरण, रिपोर्ताज, उपन्यास सब तो हो चुका, नाटक भी एजेंडे पर है ही। अब कविता पर जोर-आजमाइश की जाए?
काशीनाथ सिंह : कविता लिखने के बारे में मैंने कभी नहीं सोचा था। इंटरमीडिएट में मैंने अंग्रेजी में तीन कविताएँ लिखी थीं और मेरे अध्यापक

चक्रवर्ती साहब ने उनकी तारीफ की थी। वे कविता उस समय की हमारे पाठयक्रम में पढ़ाई जानेवाली पाठ्यपुस्तकों गोल्डेन ट्रेजरी की कविताओं से प्रभावित थीं। फिर बी.ए. में मैंने हिन्दी की कुछ कविताएँ लिखी थीं। जिन्हें मैंने अपने आलोचक भाई नामवर सिंह को दिखाईं। उन्होंने सरसरी नजर डालते हुए उन्हें एक तरफ रख दिया और कहा, पहले पढ़ाई खत्म करो, यह सब बाद में भी हो सकता है। उसके बाद फिर पलटकर मैंने कविताओं की तरफ नहीं देखा। आलोचना लिखने की क्षमता नहीं थी। लेकिन लिखना पड़ा। पर मुझे लगा कि मैं कहानियों के सिवा कुछ नहीं लिख सकता और फिर कहानियाँ ही लिखता रहा। हाँ, जब इधर पन्द्रह-बीस वर्षों की कविताएँ देखीं तो पाया कि कवि कविताओं में कहानियाँ ही लिख रहे हैं। मुझे लगा कि अगर कविताओं में कहानियाँ हो सकती हैं तो कहानियों में कविताएँ क्यों नहीं? इससे कहानी के कथ्य में भी कसावट पैदा होगी और संवेदनाएँ भी काफी प्रभावशाली हो सकती हैं। इसी बात को ध्यान में रखकर मैंने गद्य और कविता के मिश्रित फार्म में कहानियाँ लिखनी शुरू की।

ओम निश्चल : आपको इन दिनों कबीरी ठाठ का लेखक कहा जा रहा है। शायद इसलिए भी कि कबीर के पदों को ही बहुधा अपने रिपोर्ताजों का शीर्षक बनाया है। सच बोलिएगा, क्या कबीरी फटकार के उस तेवर को आपने अपने भीतर महसूस किया है?

काशीनाथ सिंह : उत्तर प्रतीक्षित है।

ओम निश्चल : कई पुरस्कार तो आपको पहले ही मिल चुके हैं, मसलन, कथा सम्मान, समुच्चय सम्मान, शरद जोशी सम्मान, साहित्य भूषण सम्मान और अब बहुप्रतीक्षित साहित्य अकादेमी पुरस्कार भी और अब आप पचहत्तर पार भी हो गए। बड़े भाई के पचहत्तर पार करने पर आपने उनसे पूछा था, कालदेवता सहसा आपके आगे आएँ और पूछ बैठें—बोल नामवर, क्या चाहिए तुझे, जो माँगना हो माँग ले। तो क्यो माँगोगे आप? यही सवाल मैं आपसे कर रहा हूँ?

काशीनाथ सिंह : एक तो यह कि साहित्य अकादेमी पुरस्कार बहुप्रतीक्षित नहीं है। यह ऊपर से टपके पके आम की तरह है। जिसके बारे में मैंने नहीं सोचा था। दूसरा यह कि मैंने जीवन में लिखना कभी स्थगित नहीं किया था और यह भी है कि अपने को कभी दुहराया नहीं। मैं यही चाहता हूँ कि लिखता रहूँ और जो भी लिखूँ वह मेरे लिए भी नया और ताजा हो और पाठकों के लिए

भी। पुरस्कारों से इस लेखक का कोई लेना-देना नहीं है। वह अपनी जगह, मैं अपनी जगह।

ओम निश्चल : खुशी के इस मोड़ पर वे कौन लोग हैं जिनकी याद आती है?
काशीनाथ सिंह : बनारस में तो सिर्फ एक आदमी याद आता है—धूमिल। और मेरा एक दिवंगत दोस्त जो भाषा वैज्ञानिक था—प्रो. रामअधार सिंह—और जो व्यक्ति सबसे ज्यादा याद आता है इनके सिवा, वह मेरे बड़े भाई नामवर सिंह हैं, जिनसे मैंने कहानी लिखने की वर्णमाला सीखी। अफसोस कि वे दिल्ली में हैं। यहाँ होते तो हम भाई जरा अच्छा महसूस करते।

ओम निश्चल : यह सम्मान आपके कृतित्व का सम्मान ही नहीं, बनारस की औघड़ मस्ती, बोली-बानी, रहन-सहन, बात-विचार सबका सम्मान है। यह आपके लेखन पर एक बड़ी सांस्थानिक अकादेमिक मुहर है। यह सर्वस्वीकृति का प्रमाण है। क्या कहना चाहेंगे आप?
काशीनाथ सिंह : इस पर मैं क्या कहूँ। मैं तो पाठकों के प्रेम को ही सबसे बड़ा पुरस्कार मानता हूँ।

ओम निश्चल : 'रेहन पर रग्घू' जीयनपुर के जिए हुए यथार्थ का ही डाक्यूमेंटेशन लगता है। ठाकुरों और दलितों के बीच संघर्ष का जाएजा। वही चमटोल, वही ठकुरान, वही पंचैया का अखाड़ा, कुश्ती, दंगल, मन्दिर, अखाड़े के पहलवान ठाकुर के चमटोल की एक औरत से नाजायज रिश्ते। उनकी हत्या, पुलिस कचहरी, उपन्यास का सेट लगभग तैयार, एक नायक की कमी थी, रघुनाथ सिंह के रूप में, ऐसे लोग प्रोफेसर होने के नाते बहुधा आपके आसपास होते ही हैं। बस थोड़ी छौंक जरूरी, उसे आपने कुछ प्रणय प्रसंगों, रतिक्रियाओं और पारिवारिक कलह के वृत्तांतों से पूरा कर दिया है। फिर भी पूछने का मन होता है, इस यथार्थ को उपन्यास में पुनर्जीवित करते हुए आपको किन युक्तियों का सहारा लेना पड़ा?
काशीनाथ सिंह : उत्तर प्रतीक्षित है।

ओम निश्चल : किस्सागोई के क्षेत्र में नये लेखकों से आपकी क्या उम्मीदें हैं?
काशीनाथ सिंह : कठिनाई यह है कि नये लेखकों को एक ऐसे संक्रमण के दौर में लिखना पड़ रहा है। जिसका सामना हमें नहीं करना पड़ा था। उनके पास लोककथाओं का अतीत नहीं है क्योंकि लोककथाएँ अब घर में रह नहीं गई हैं। जहाँ से हम ऊर्जा लिया करते थे, मसलन प्रेमचन्द, जैनेन्द्र, यशपाल—वे उनकी

ऊर्जा के स्रोत नहीं रह गए हैं। वे निर्भर करते हैं ज्यादातर लैटिन अमरीकी-अफ्रीकी निर्भर लेखकों की रचनाओं पर। वे संघर्ष कर रहे हैं इन्हीं के माध्यम से अपने कथाकार व्यक्तित्व को खड़ा करने की। किसी कहानी में सफलता भी मिल रही है उन्हें। फिर भी वे इस अपरूटेड स्थिति में कितना कर पाएँगे, इसका हमें इन्तजार है सिर्फ। उन्हें ऐसे संघर्षों से जूझना पड़ रहा है जिनसे हमें नहीं जूझना पड़ा था। लेकिन उनकी क्षमता पर अविश्वास नहीं किया जा सकता। ज्ञान, जानकारी के स्तर पर वे हमसे बहुत आगे हैं। साहित्य के लिए उनके पास कितना समय है, मैं नहीं जानता?

(*जागरण पुनर्नवा,* 2012)

साठोत्तरी मेरा परिचय है, पहचान नहीं

विशाल विक्रम सिंह : 'तद्भव' पत्रिका में डॉ. नामवर सिंह के साथ आपकी बातचीत प्रकाशित हुई थी। उसमें एक अच्छी पत्रिका के गुणों का जिक्र नामवर जी ने किया था। इसी तरीके से यदि आपसे पूछूँ कि एक अच्छी रचना में कौन-कौन से गुण होते हैं तो उसे आप किस तरह रेखांकित करेंगे?

काशीनाथ सिंह : चार गुण होने चाहिए—प्रथम, उस रचना की धुरी संवेदना हो, विचार नहीं क्योंकि विचार केन्द्रित रचना की आयु छोटी हुआ करती है। दूसरा, रचना तो खड़ी हो मौजूदा यथार्थ में, लेकिन उसमें भविष्य की अनुगूँजें सुनाई पड़ें। तीसरी बात, वह रचना सामान्य का हृदय स्पर्श करे। सामान्य हृदय का मतलब जाति-वर्ग-धर्मनिरपेक्ष मनुष्य का हृदय और चौथी बात, वह कलात्मकता की दृष्टि से आकर्षक हो। ये चार बातें अच्छी रचना के लिए आवश्यक होनी चाहिए।

विशाल विक्रम सिंह : जब साठोत्तरी पीढ़ी के कथाकारों की बात होती है, तो उसमें आपका, ज्ञानरंजन, दूधनाथ सिंह का नाम मुख्य रूप से आता है। तब से लेकर आज तक कहानी लेखन में और हमारे समाज में बहुत परिवर्तन हो चुके हैं, परिस्थितियाँ बदल गई हैं। आज कथा लेखन की चार पीढ़ियाँ सक्रिय हैं। आप भी उसमें सक्रिय हैं। मैं जानना चाहूँगा कि जब आपने लिखना शुरू किया था तो उस समय वे कौन-सी मुख्य चुनौतियाँ व सवाल थे जिन्हें आपकी कथा पीढ़ी सम्बोधित करना चाहती थी? और उस सन्दर्भ में आज के समय को और आज के रचनाकारों को कहाँ पाते हैं?

काशीनाथ सिंह : पहली बात तो यह कहूँ कि पीढ़ियाँ चार नहीं हैं उस तरह से क्योंकि आजादी के बाद से प्रायः साहित्य के विकास या कहानी के विकास को दशकों में देखा जाने लगा। अगर इस दृष्टि से देखा जाए तो छह दशक हो गए। 50, 60, 70, 80, 90, और 2000 का दशक। इन छह दशकों में जितनी पीढ़ियाँ आई हैं यानी अगर मानते हैं कि हर दशक में एक नई पीढ़ी आई है, तो उन्होंने

कहानी की विकास परम्परा में कहीं-न-कहीं कुछ जोड़ा है क्योंकि उन्हें लगा होता कि जो हम लिखना चाह रहे हैं, वह लिखा जा चुका है तो क्यों लिखते? उन्हें लगा, कुछ ऐसा है जो कि हम लिखना चाहते हैं, नहीं लिखा गया है और उन्होंने लिखा। तो सुविधा के लिए भले ही पीढ़ी के हिसाब से देख लें लेकिन मुझे इस विकास प्रक्रिया में एक असंगति दिखाई देती है। हम यह मान लेते हैं कि लेखक एक जड़वस्तु है, ग्रो नहीं करता जबकि होता यह है कि कुछ लेखक जिस पीढ़ी के होते हैं, उनकी संवेदना उनकी पीढ़ी तक सिमटकर रह जाती है लेकिन वहीं कुछ दूसरे लेखक होते हैं जो ग्रो करते हैं। उदाहरण के लिए मैं बताऊँ अमरकान्त। पचास के दशक के लेखक हैं। 'नई कहानी' के कहानीकार हैं। आज भी लिख रहे हैं लेकिन उनकी संवेदनाएँ आज भी नई कहानी के दौर की रह गई हैं। ये ग्रो नहीं कर सके। दूसरी तरफ उसी पीढ़ी में दूसरे लेखक हैं—राजेन्द्र यादव। संवेदनाएँ उनकी भी ठिठक गईं। नई कहानी के बाद उन्होंने कहानियाँ लिखना बन्द कर दिया लेकिन विचार, विवेक, समझ के स्तर पर राजेन्द्र यादव 90 के दशक के बाद भी वैचारिक स्तर पर ज्यादा रिलेवेंट दिखते हैं यानी 90 के बाद ग्लोबलाइजेशन की जितनी चुनौतियाँ थीं, उन्हें किस तरह पेश किया जाना चाहिए या पेश किया जा रहा है, उस पर सबसे सचेत व जागरूक ढंग से प्रहार करनेवाला आदमी राजेन्द्र यादव है। वह नई कहानी के दौर के कहानीकार नहीं रह गए। एक तीसरा उदाहरण मैं देना चाहता हूँ, साठ के लेखक हैं दूधनाथ। हमारे दौर के लेखक। 90 के बाद बाबरी मस्जिद विध्वंस पर उन्होंने उपन्यास लिखा 'आखिरी कलाम'। नब्बे के बाद की पीढ़ी के कई कहानीकारों ने साम्प्रदायिकता पर बहुत सारा लिखा। बाबरी मस्जिद विध्वंस पर या अयोध्याकांड पर कविताएँ लिखी गई हैं। कहानियाँ भी लिखी गई हैं लेकिन जिस आदमी की सेंसिबिलिटी साठ के दशक की है, वह आदमी नब्बे के बाद एक उपन्यास लिखता है तो हमें महसूस होता है कि साम्प्रदायिकता पर, बाबरी मस्जिद विध्वंस पर नब्बे के बाद की पीढ़ी ने वैसा नहीं लिखा जैसा दूधनाथ ने लिखा है। अपना उदाहरण नहीं दे रहा हूँ, तो पीढ़ियों की बात में एक असंगति मुझे दिखाई पड़ती है। ये तीन उदाहरण हैं जो पीढ़ी के ढंग से सोचनेवालों के सामने प्रश्नचिह्न हैं।

विशाल विक्रम सिंह : लगातार इन लोगों ने अपने आपको अपडेट किया है और बदली हुई परिस्थितियों के साथ सामंजस्य स्थापित किया है। कहीं नहीं लगता कि ये पिछली संवेदनाओं के रचनाकार हैं।

काशीनाथ सिंह : यानी उनकी संवेदनाएँ समय के साथ, समय की रफ्तार से टकराते हुए, उनकी चुनौतियों का सामना करते हुए, बदलती गई हैं। उन्होंने अपने

आपको बदला है। उन्हें आप किस पीढ़ी का कहानीकार कहेंगे या चिन्तक कहेंगे या विचारक कहेंगे, यह एक समस्या है। तो पीढ़ियों के सन्दर्भ में बात करनेवालों को इस बारे में विचार कर लेना चाहिए।

विशाल विक्रम सिंह : आपकी पीढ़ी में आपके अलावा ज्ञानरंजन हैं, दूधनाथ हैं, रवीन्द्र कालिया हैं। आपको इनमें कौन ऐसा रचनाकार लगता है जिसका अभी ठीक मूल्यांकन किया जाना बाकी है?

काशीनाथ सिंह : जिन कथाकारों की बात आप कर रहे हैं—ज्ञानरंजन, दूधनाथ, कालिया इन्हीं का मूल्यांकन कहाँ ठीक से किया गया है? इनके साथ और हैं जैसे—हृदयेश हैं, इसराइल हैं, कामतानाथ हैं, ममता कालिया हैं, रवीन्द्र वर्मा हैं—इन्हीं लोगों का कौन-सा मूल्यांकन हो गया है? इस सन्दर्भ में कुछ बातें कहना चाहता हूँ। वस्तुतः आजादी के बाद दो बड़ी घटनाएँ हुईं। एक घटना का सम्बन्ध हमारी पीढ़ी से है, दूसरी का सम्बन्ध ग्लोबलाइजेशन से है। जिस समय हमने लिखना शुरू किया था, वह एक तरह से मेरे युग का अन्तिम दौर था। सम्भवतः वह आजादी के बाद का सबसे महत्त्वपूर्ण दौर था। भारत-चीन युद्ध हुआ जिसमें भारत की शर्मनाक पराजय हुई। यह वह समय था जब पहली बार भ्रष्टाचार का खुलासा भी हुआ था। मालूम हुआ कि कानपुर की गन फैक्ट्री में राइफल के बजाय जूते बन रहे हैं, चमड़े की अटैची बन रही है। ये भी उसी समय मालूम हुआ कि मोर्चे पर हमारे जो सैनिक लड़ रहे हैं, उनके पास राइफल नहीं है, ग्रेनेड नहीं है। चीनी सैनिकों से लड़ने के लिए उनके पास हथियार भी नहीं हैं। यही वो समय था जब पंचवर्षीय योजनाएँ फेल कर रही थीं। सोवियत रूस के जिस मॉडल पर अपनी योजनाएँ चल रही थीं और पंडित नेहरू विकास कर रहे थे, पाया गया कि ये योजनाएँ भ्रष्टाचार का शिकार हो गईं। यह वह समय था जब अमरीका भारत से सांस्कृतिक सम्बन्ध विकसित करने में लगा हुआ था यानी कई दृष्टियों से महत्त्वपूर्ण है यह समय। 1960 के बाद खुद पंडित नेहरू बहुत अकेले पड़ गए थे। निहायत अकेला आदमी, जिसे लकवा मारता है और वह मर जाता है, तो हम उसके अकेलेपन की कल्पना कर सकते हैं। यही वह दौर था जब कांग्रेस पर से जनता का विश्वास खत्म हुआ था और कम्युनिस्ट सरकारें बनी थीं। इसी दौर के अन्तिम दिनों में नक्सलबाड़ी आन्दोलन हुआ था, तो इसी तरह हमारा ही दौर था जिसमें कम्युनिस्ट पार्टी विभाजित हुई थी यानी ये सारी प्रक्रियाएँ साठ और सत्तर के बीच हमारे देश में हो रही थीं। ऐसा लगता है कि 1990 का ग्लोबलाइजेशन और रूस का विघटन उन प्रक्रियाओं का समापन है, तो इस देश में दो बड़ी घटनाएँ हुईंग्लोबलाइजेशन और उसके

पहले नेहरू युग का अन्त। पिछले साठ वर्षों में ये दो घटनाएँ मुझे महत्त्वपूर्ण लगती हैं। एक की शुरुआत हमारे समय में हुई और उसका समापन हुआ ग्लोबलाइजेशन के रूप में। मालूम पड़ा कि ये प्रक्रिया तीस साल पहले शुरू हो चुकी थी क्योंकि उसी समय सोवियत रूस का विघटन हुआ, ग्लोबलाइजेशन हुआ, दुनिया की अपनी नीतियाँ बदलीं। साठ जैसा ही महत्त्वपूर्ण वक्त नब्बे का भी है। बाबरी मस्जिद का विध्वंस हुआ, हिन्दुत्ववादी शक्तियाँ सत्ता में आईं। ये परिवर्तन हुआ। हमारे समय का जो लेखन था, जिसके बारे में मैंने कहा कि साठ के दशक के लेखन का सही ढंग से आज तक विश्लेषण नहीं हो पाया क्योंकि किन मुश्किल परिस्थितियों में साठ के लेखकों ने लेखन शुरू किया, इसे ध्यान में रखना जरूरी है। एक अकेलापन और लोनलीनेस या रिश्तों का टूटना सबके लेखन में था। चूँकि नया वर्ग उसी समय बनना शुरू हुआ था। ये भी ध्यान में रखें कि 1950 के जमाने में जो लड़के गाँव से शहर पढ़ने आ रहे थे, वही 1960 के बाद अपना शहर छोड़कर दिल्ली की ओर जाने लगे थे। महानगर का निर्माण शुरू हुआ था। नये मध्यवर्ग का उदय शुरू हुआ था। पूँजीपतियों का धनाढ्य से धनाढ्यतर होते जाना, ये प्रक्रिया पूरी हुई 1960 के बाद, तो कई दृष्टियों से 1960 बेहद महत्त्वपूर्ण था। इस सन्दर्भ में जो लेखन हो रहा था जिसमें ज्ञानरंजन लिख रहे थे, दूधनाथ लिख रहे थे, कालिया लिख रहे थे, इनके लेखन का सही ढंग से मूल्यांकन नहीं हुआ। वे सम्बन्धों के टूटने पर लिख रहे थे—बाप-बेटी के सम्बन्धों का टूटना, माँ-बेटे के सम्बन्धों का टूटना, पति-पत्नी के सम्बन्धों का टूटना। एक उदासी, जैसे सारा कुछ भीतर टूट गया हो। वह उदासी और अकेलापन उनके लेखन में दिखाई पड़ता है। आप यह भी ध्यान में रखें, यह वही दौर है जब साहित्य में सबसे ज्यादा आन्दोलन हुए। कविता के क्षेत्र में ढेर सारे आन्दोलन हुए, एक आन्दोलन बॉम्बे में हुआ सूर्योदयी कविता नाम से और अकविता, सीधी कविता, सपाट कविता, अमुक कविता, तमुक कविता वगैरह-वगैरह। ये आन्दोलन चल रहे थे। कहानी के क्षेत्र में अ-कहानी, सक्रिय कहानी, सचेतन कहानी। ये आन्दोलन चल रहे थे। एक बेचैनी, खलबलाहट, तो 1960 के बाद के पूरे लेखन का और खासतौर से कहानी का ठीक से मूल्यांकन आज तक नहीं हो सका। इसके दो कारण मुझे लगते हैं—एक तो नई कहानी का दौर खत्म नहीं हुआ था। उस समय सभी का ध्यान उस शोरगुल में नई कहानी की तरफ था। दूसरा, इसके बाद जो पीढ़ियाँ आईं, वे अपने लिए ज्यादा चिन्तित दिखाई पड़ीं। अपने बिछड़े हुए दिन के प्रति उस दौर के लेखन में उतनी चिन्ता उन्हें नहीं थी।

विशाल विक्रम सिंह : जब साठोत्तरी कहानी की प्रवृत्तियों की चर्चा हो रही थी, तो उससे आप कितने सन्तुष्ट थे और आपको ऐसी कौन-सी प्रवृत्ति लग रही थी, जो छूट रही हो? साथ ही यह भी बताएँ कि जब आपके कथा लेखन पर आज लगभग सभी प्रमुख विश्वविद्यालयों में शोध हो रहे हैं एवं परिचर्चा हो रही है, तब वो कौन-सी प्रमुख प्रवृत्ति है जो आपकी रचनाओं में है, किन्तु अभी रेखांकित नहीं की जा सकी है?

काशीनाथ सिंह : एक बात बता दूँ कि मैं साठ का कहानीकार नहीं हूँ। ये आज तक किसी ने नहीं कहा। साठ से सत्तर का दशक, जिसे सातवें दशक की कहानी कहा जाता है, उसमें लोग मुझे शामिल कर लेते हैं लेकिन मैं उस दशक की प्रवृत्तियों का कहानीकार नहीं हूँ। उसके प्रतिनिधि कहानीकार ज्ञानरंजन, दूधनाथ, रवीन्द्र कालिया और दूसरे-दूसरे लोग हैं। यह बात मैं इसलिए कह रहा हूँ कि ज्ञानरंजन, दूधनाथ 'परिमल' की कोख से पैदा हुए थे। आप जानते हैं, 'परिमल' समाजवादी, कलावादी संस्था थी। तो उनकी कोख से पैदा हुए थे ज्ञानरंजन, दूधनाथ सिंह, गिरिराज किशोर। मेरी स्थिति भिन्न थी। मैं आया था गाँव से, ठहरा था सरस्वती प्रेस में, जो प्रेमचन्द का था। प्रेमचन्द दिवंगत हो गए थे लेकिन उनका प्रेस था। मैं वहाँ तीन महीने रहा। उसके बाद मैं 1953 में काशी हिन्दू विश्वविद्यालय का छात्र हुआ। कमच्छा पर था। कमच्छा के लड़के भी छात्रसंघ में वोट देते थे। मैं फेडरेशन, जो सी.पी.आई. का छात्र-संगठन था, से खड़ा होनेवाले कैंडिडेटों का प्रचार करता था। नामवर सिंह के साथ लोलार्क कुंड पर रहता था। जहाँ उस जमाने में कम्युनिस्ट पार्टी के कॉमरेड सत्यनारायण सिंह, रुस्तम सैटिन, ऊदल, जवाहरलाल, ये लोग बराबर आया करते थे। ऐसा कोई दिन नहीं था जब विद्यासागर नौटियाल न आते रहे हों। छात्र-संगठन का कामकाज वही देखते थे। जब भी चुनाव होता था, उनके लिए मैं हर वर्ष काम करता था। घर पर बहुत किताबें थीं, पत्रिकाएँ थीं, चाइनीज लिटरेचर, सोवियत लिटरेचर था। विदेशी भाषा विभाग ने जितने रूसी लेखकों के अनुवाद किए थे, सब हमारे घर में था यानी तुर्गनेव, टॉलस्टॉय, चेखव, गोर्की, दोस्तोवस्की वगैरह-वगैरह। जिन पर नजर जाती थी, मैं देखता था। इसके अलावा सन् '59 में नामवर सिंह सी.पी.आई. से लोकसभा का चुनाव लड़े। उनके लिए मैंने साइकिल से काम किया था। कहीं-न-कहीं मेरे दिमाग में असर तो था कि कम्युनिज्म क्या चीज है, मार्क्सवाद क्या है? विधिवत् पढ़ा नहीं था, उनके स्टडी सर्किल अटेंड नहीं किए थे लेकिन इतना बोध तो था। 1960 में इन संस्कारों के साथ मैं लेखन में आया। मेरे यहाँ कहानी में सामाजिकता थी, जो इनके यहाँ नहीं थी। ज्ञानरंजन के यहाँ परिवार था, दूधनाथ के यहाँ व्यक्तिनिष्ठता थी। कालिया

अ-कहानी के साथ आया था। जालंधर से आया महानगर दिल्ली में और चला गया दूसरे महानगर मुम्बई में, तो आधुनिकता इन लोगों के यहाँ जैसी थी, वैसी मेरे यहाँ नहीं थी। दूसरे ये कि उन दिनों जो कहानियाँ मैं लिख रहा था, वो इसराइल की तरह सीधे प्रगतिवादी नहीं थी। उनमें आधुनिक होने की कहीं-न-कहीं कोशिश थी, लेकिन वैसी आधुनिक नहीं हो पाईं जैसी हमारे मित्रों के यहाँ थीं, इसीलिए पहली बात तो ये कि साठवें दशक की पीढ़ी के लेखकों से मुझे बाहर रखा जाए तो बेहतर होगा। मैं उनमें नहीं हूँ। ये प्रवृत्तियाँ मेरे भीतर झलक कहीं मारती हों तो हों लेकिन प्राय: नहीं हैं। वस्तुत: मेरी शुरुआत हुई 'अपना मोर्चा' से, जो छात्र आन्दोलन के दौरान 1970 से पहले लिखा गया। सत्तर के आसपास मेरे भीतर जो चेतना पैदा हुई, उससे सम्बन्धित कहानियाँ आनी शुरू हुईं। वहाँ से अपने लेखन में मेरा डिमार्केशन या अलगाव दिखाई पड़ता है, इसलिए मैं चाहता हूँ कि उनके साथ मुझे जोड़कर न देखा जाए तो बेहतर होगा। एक और बात बताएँ, 1960 की पीढ़ी की चर्चा जब की जाती है, उस समय मेरी चर्चा कम से कम होती है या नहीं के बराबर होती है क्योंकि मैं उनके मेल में नहीं था यानी मेरा संग्रह तो 1968 में आ गया था 'लोग बिस्तरों पर।' इसके बावजूद साठ की पीढ़ी के कहानीकारों में मैं लगभग हाशिए पर पड़ा हुआ आदमी था।

विशाल विक्रम सिंह : आपने अभी रेखांकित किया कि साठोत्तरी पीढ़ी के आने तक नई कहानी ही लोगों का ध्यान आकृष्ट कर रही थी और तब तक अपने उत्कर्ष पर पहुँच चुकी थी। इसके बाद साठ के दशक के रचनाकारों ने कहानी में एक आक्रामक शैली अपनाई। आज जबकि साठ का दशक बीते 40 से 50 साल हो गया, तब आक्रामकता के रुख पर पुनर्विचार करते हुए आप क्या कहेंगे?

काशीनाथ सिंह : देखिए, एक बात मैं यह कहना चाहता हूँ कि हमसे पहले और पचास के बाद जो पीढ़ी आई थी, उनमें बड़ी विविधता थी यानी गाँव से लोग आए थे। कस्बों से आए थे, शहरों के थे। पहाड़ों से आनेवाले लोग थे। जंगलों से आनेवाले लोग थे। इतने सारे लोगों ने मिलकर उस कहानी को साहित्य की मुख्य धारा में स्थापित किया, जो प्रेमचन्द के जमाने से लिखी जा रही थी और हाशिए पर पड़ी थी। इसके कारण थे। हमारा खयाल है कि यह कहानी की पहली पीढ़ी थी जिसे अपना एक आलोचक मिला था, उसके बाद फिर किसी पीढ़ी को नहीं मिला। वो नामवर सिंह थे। एक पत्रिका निकली थी 'कहानी'। भैरव प्रसाद गुप्त (सम्पादक थे। इलाहाबाद से निकलती थी यानी एक पत्रिका, एक आलोचक और जीवन के विभिन्न क्षेत्रों से आए कथाकारों की स्मृतियाँ। उनके गाँवों या क्षेत्रों की स्मृतियाँ थीं। इससे कहानी तैयार हुई थी। तब उसे आन्दोलन का श्रेय मिला,

लेकिन उसमें एक गड़बड़ी थी। उसने ऐसा रुख अख्तियार किया जैसे पहले के कहानीकार उनके दुश्मन हों। प्रेमचन्द का विरोध किया। कहा—प्रेमचन्द पुरानी कहानी लिखते थे। उन्होंने जैनेन्द्र का अपमान किया। यशपाल को कहानीकार नहीं माना, तो कहानी की परम्परा के निषेध के साथ शुरू किया। ये हम लोगों को गलत लगा था। एक गलती और की इन लोगों ने। इनमें से कुछ कहानीकारों ने पूरे आन्दोलन का नेतृत्व अपने हाथ में लेने की चेष्टा की। कमलेश्वर, राजेन्द्र यादव, मोहन राकेश वे लोग थे जिन्होंने पूरे आन्दोलन को हथिया लेने की कोशिश की। साथ ही और एक गड़बड़ी इन लोगों ने की। जैसा प्रेमचन्द वगैरह के साथ किया था, वैसा ही अपने बाद के लेखकों के साथ किया। कोशिश यह कि ज्ञानरंजन, दूधनाथ, कालिया वगैरह-वगैरह की पहचान न बने, यानी यह स्वीकार करने के लिए वे तैयार नहीं थे कि नई कहानी के दिन लद गए, जबकि इन लोगों के हाथ में नई कहानी का फार्मूला रह गया था, नई कहानी खिसक चुकी थी। आफत इस बात से शुरू हुई कि साठ के बाद की पीढ़ी को काफी दिनों तक इन्होंने अस्वीकार किया, जैसे वह अस्तित्व में ही न हो। दूसरे उसको पेट्रोनाइज करने की काशिश की। 'नई कहानियाँ' जिसके सम्पादक कुछ दिनों कमलेश्वर थे, के माध्यम से साठ के बाद की कहानियों को इन्होंने पेट्रोनाइज करना चाहा। इस तरह कोशिश की जैसे उनके संरक्षण में ये कहानीकार लिख रहे हों। विवाद वहाँ से शुरू हुआ जब ज्ञानरंजन, दूधनाथ, कालिया ने पेट्रोनाइज होने से इनकार कर दिया। जब इनकार कर दिया तो कमलेश्वर, जो उन दिनों 'सारिका' का सम्पादन कर रहे थे, ने दो लेख लिखे। शायद 'अय्याश प्रेतों का विद्रोह', जो साठ के लेखकों के खिलाफ था। दूसरा लेख लिखा, जो बचे रह गए थे, उनके बारे में। 'अय्याश प्रेतों का विद्रोह भाग-दो'। खुद लिखा और धर्मवीर भारती से लिखवाया, 'धर्मयुग' में। 'चिकनी सतहें बहता पानी' शीर्षक से। याद रखें, पेट्रोनाइज होने से इनकार करने पर इन्होंने हमारी पीढ़ी के खिलाफ लिखना शुरू किया। जब यहाँ सफलता नहीं मिली तो इसके बाद 'सारिका' के अंक आए, उसमें इनके खिलाफ दूसरी पीढ़ी को खड़ा किया। 'समानान्तर कहानी' के नाम से। जिसमें कई लोग थे। हमारा रुख इनके विरोध में नहीं था। हमारी पीढ़ी के साथ जैसा एक लेखक को एक लेखक के साथ व्यवहार करना चाहिए, वैसा इन्होंने नहीं किया। एक सिम्पैथटिक। एक पीढ़ी आ रही है, जो अच्छा या बुरा जैसा भी लिख रही है, तो आपके स्तर पर एक प्रोत्साहन होना चाहिए था। हमारी आपत्ति इस बात से थी। अगर बाद में देखें तो हम लोगों ने बाद की किसी कथा पीढ़ी के बारे में वैसा विरोधी रवैया नहीं अपनाया। हमारे बाद स्वयं प्रकाश आए, उदय प्रकाश आए, अखिलेश आए,

महेश कटारे आए, मैत्रेयी आईं, देवेन्द्र आदि और लोग आए। उनके खिलाफ हम लोगों ने कभी कुछ नहीं कहा, जबकि हमसे पहले की नई कहानी के कहानीकारों ने इस प्रकार का रुख अख्तियार किया।

विशाल विक्रम सिंह : जी बिलकुल। अगर प्रोत्साहित नहीं कर सकते थे, तो विरोध करने का भी औचित्य नहीं बनता था।

काशीनाथ सिंह : यही वजहें थीं। इसे चाहे जिस रूप में लो, लेकिन यह कहने में हर्ज नहीं है कि आज जो कहानी 30-40 साल से चर्चा में बनी हुई है, वह श्रेय 'नई कहानी' को जाता है।

विशाल विक्रम सिंह : साठ के दशक के कहानीकारों के बारे में हिन्दी में एक जुमला प्रसिद्ध है 'हिन्दी कहानी के चार यार'। इनमें ज्ञानरंजन, दूधनाथ, कालिया हैं और खुद आप भी। इन चारों महत्त्वपूर्ण कथाकारों के बारे में आज आप क्या कहना चाहेंगे?

काशीनाथ सिंह : ये जुमला मेरा दिया हुआ है। 'किस्सा साढ़े चार यार' नाम से 1991 का यह संस्मरण है। इसकी वजहें थीं। उन दिनों मैं संस्मरण लिख रहा था। मैंने संस्मरण आचार्य हजारीप्रसाद द्विवेदी पर लिखा, नामवर सिंह पर लिखा, धूमिल पर लिखा, त्रिलोचन पर लिखा, यहाँ तक कि नागानन्द पर लिखा। मुझे लगा कि अपने साथ के लोगों पर भी लिखना चाहिए। उर्दू में लेखकों ने एक-दूसरे पर कैसा लिखा है, ये मैं पढ़ चुका था। यह भी देख चुका था कि 'नई कहानी' के दिनों में राकेश, कमलेश्वर, राजेन्द्र यादव ने एक-दूसरे के बारे में क्या लिखा है, कैसे लिखा है। उर्दू के लेखकों को छोड़ दें तो हिन्दी के लेखकों ने एक-दूसरे की प्रशंसाएँ की थीं। उनकी छवि को उभारने की कोशिश की थी। एक तरह से उन लोगों का विज्ञापन किया था। ये सब मैं देख चुका था। सत्तर के पहले बनारस में हम और विजयमोहन रहते थे। ज्ञानरंजन जबलपुर में थे। कालिया मुम्बई से इलाहाबाद आ गए थे। दूधनाथ इलाहाबाद में ही थे। साल में एक या दो बार हम और विजयमोहन या कभी अकेले कार्यक्रम बनाते। इलाहाबाद जाते। कालिया के यहाँ ठहरते। ज्ञानरंजन को जबलपुर से बुला लिया जाता। दूधनाथ आ आते। हम, कालिया, विजयमोहन, ज्ञानरंजन, दूधनाथ काफी धूम-धड़ाम, गाना-बजाना, उछलना-कूदना, नाचना-गाना करते। पूरी मस्ती होती थी। यहाँ तक कि हम लोग रात में भी जगे रहते। प्लेटफॉर्म पर चले जाते। घूमते थे या कहीं बाहर निकल जाते थे। दिन होता था तो खुसरो बाग में चले जाते थे। हुआ कि खरीद के नहीं, अमरूद तोड़ के खाएँगे। सत्तर के दशक में हम लोगों ने एक मस्ती की जिन्दगी

जी थी और हम लोगों में एक याराना बना था। इसी इरादे से जब संस्मरण लिखना शुरू किया, तो मेरे मन में आया कि अपने दोस्तों के बारे में लिखना चाहिए। हमारा खयाल है कि जब मैंने संस्मरण पूरा किया, तब फरवरी या मार्च का महीना था। उसी समय ज्ञानरंजन ने एक पत्र लिखा कि अमरकंटक में एक आयोजन हो रहा है। उसमें चलना है। उन दिनों 'पहल' गोष्ठी हुआ करती थी। अमरकंटक में 'पहल' गोष्ठी हो रही थी। ज्ञानरंजन ने कहा कि गोष्ठी में आओ। उस समय तक 'किस्सा साढ़े चार यार' तैयार हो चुका था। मेरे मन में आया कि विजयमोहन हैं नहीं, कालिया भी नहीं है, दूधनाथ इलाहाबाद हैं। ज्ञानरंजन हैं, जिन्हें मैं सुनाऊँगा। इसी इरादे से 'किस्सा साढ़े चार यार' अमरकंटक लिये गया था। वहाँ कविता का आयोजन था। मुझे भी बुला लिया था, लेकिन मैंने कहा कि मैं गद्य पढ़ूँगा। मैंने बताया कि तुम लोगों के बारे में लिखा है, प्रियजनों के बारे में। योजना ये बनी कि यह अमरकंटक में न पढ़ा जाए। दोपहर को जंगल में हम लोगों को लंच करना है। इसके बाद वहीं पढ़ा जाए। वहाँ अच्छी-खासी संख्या थी। साठ-सत्तर लोग थे। मैंने आग्रह किया कि अध्यक्षता ज्ञानरंजन करेंगे। ज्ञानरंजन ने स्वीकार किया। उस समय उसमें, हम लोगों के मित्र एवं कवि स्व. कुबेरदत्त भी बैठे हुए थे। आयोजनकर्ताओं में कवि लीलाधर मंडलोई भी थे, जो इस समय महानिदेशक हैं। बाकी सब मध्य प्रदेश के लेखक थे। मुम्बई से कवि विजय कुमार आए थे। इस तरह ज्ञानरंजन की अध्यक्षता में मैंने पूरे लेख का पाठ किया। पाठ के बाद सारे लोग बड़े भावुक दिखे। ज्ञानरंजन उठे तो उनकी आँखों में आँसू थे। उन्होंने गले लगा लिया। हम लोग एक-दूसरे के साथ देर तक आलिंगनबद्ध रहे। कुबेरदत्त ने कहा कि जीवन में पहली बार एहसास हो रहा है कि कैमरा न लाकर मैंने गलती की। यह तो पूरा फिल्मी स्क्रिप्ट है जिसे फिल्माया जा सकता है। इधर राजेन्द्र यादव का तगादा पर तगादा आ रहा था। हर हफ्ते ही उनकी एक चिट्ठी चली आती थी कि संस्मरण भेजो। तुमने पाठकों की आदत खराब कर दी है। बहरहाल, मैंने भेजा। वह छपा। छपने के तीन-चार दिन बाद ही अचानक यादव का फोन आया कि कालिया हाईकोर्ट के वकील से बात कर रहा है। मुकदमा करने जा रहा है 'किस्सा साढ़े चार यार' पर। फिर मैंने विजयमोहन से बात की तो उन्होंने कहा कि तुमसे हमारी बीवी नाराज है और बच्चे भी। दूधनाथ रिश्तेदार हो चुके थे। वे बोले कुछ नहीं लेकिन इतना मुझे लगा कि निर्मला भाभी को भी अच्छा नहीं लगा। मेरा ध्यान ज्ञानरंजन पर था कि छपने से पहले जिस तरह का व्यवहार था, क्या उनमें भी बदलाव आया है और मालूम हुआ कि ज्ञानरंजन भी नाराज हैं। तो उसके पहले हम लोगों में चाहे जो दोस्ती या याराना रहा हो, उसके बाद मैंने देखा

कि याराना में कहीं-न-कहीं दरार आ गई। उधर राजेन्द्र चाहते थे कि मुकदमा हो जाए। वे अपनी तरफ से पूरी तरह तैयार थे। कहा, करने दो मुकदमा। हम इन्तजार कर रहे हैं। शायद उनके मन में रहा हो कि इसी बहाने 'हंस' का प्रसार बढ़ेगा, लेकिन हमने कहा कि पहले जान लें कि कालिया क्यों नाराज है? क्योंकि जो संस्मरण मैंने लिखा है पूरी ईमानदारी के साथ लिखा है, बल्कि मैं कहूँ कि बहुत ऑब्जेक्टिव ढंग से लिखा है। चूँकि 'नई कहानी' के कहानीकारों के एक-दूसरे पर संस्मरण मैं देख चुका था और उनका प्रशंसा भाव भी देख चुका था। मैं नहीं चाहता था कि उस तरह का संस्मरण मैं अपने दोस्तों के बारे में लिखूँ। कहीं भी मैंने फैक्ट्स को डिस्टार्ट नहीं किया। चाहे कालिया के बारे में, चाहे ज्ञान के बारे में। जिसके बारे में जो कुछ भी जानता था, देखा था, उसे लिखने में मैंने पूरी ऑब्जेक्टिविटी दिखाई। मेरे लेखन में किसी भी तरह का पक्षपात नहीं था, लेकिन बोलचाल कालिया से बन्द थी। मैं इलाहाबाद गया। कालिया के घर पर पंचायत हुई। मैं था, कालिया था, दूधनाथ थे, मार्कंडेय थे। मार्कंडेय को सरपंच मान लो। हमने जानना चाहा कि तुम नाराज क्यों हो। दो-तीन घटों तक हम लोग वहाँ रहे। कालिया हम लोगों में सबसे ज्यादा भावुक और सरल है। पेंच नहीं है उसमें। जो कुछ मन में होता है, कह देता है। अन्त तक वह नहीं बता सका कि नाराज क्यों है, लेकिन नाराज है। मैंने जैसा कहा कि ये जुमला-जुमला ही रह गया। हम लोगों की उस तरह की फिर परस्पर यारी कायम नहीं हुई, जैसी सत्तर के पहले थी। तो ये है किस्सा 'किस्सा साढ़े चार यार' का। साढ़े मैं था, चार तो वे थे। मैंने देखा था कि छायावाद के चार कवि हैं। 1980 में जबलपुर में प्रगतिशील लेखक संघ का जो पहला बड़ा, राष्ट्रीय अधिवेशन हुआ था, उसमें नागार्जुन, त्रिलोचन, शमशेर, केदारनाथ अग्रवाल चार लोगों को देखा था। उन लोगों की निकटता देखी थी। मेरे मन में ये कहीं-न-कहीं था, ये लोग चार-चार रहे हैं, और चार हम भी हैं। लेखक हैं। बड़े न सही, चाहे जैसे हों, तो हुआ कि लिखा जाना चाहिए। उस वक्त लिखा-पढ़ी भी हुई थी। दिल्ली से एक पत्रिका निकलती थी उसमें कालिया ने हमारे खिलाफ लिखना शुरू किया। फिर ज्ञानरंजन ने हमारे बारे में लिखा। भ्रम था कि राजेन्द्र यादव के कहने पर मैंने लिखा है, जबकि ऐसी कोई बात नहीं थी।

विशाल विक्रम सिंह : जबकि इससे पहले ज्ञानरंजन अमरकंटक में इस संस्मरण को सुन चुके थे।

काशीनाथ सिंह : पहले सुन चुके थे। उस समय उनका एकदम अलग भाव था। काफी भाव-विभोर थे। उनकी आँखों में आँसू तक आए थे। इसके बावजूद छपने

के बाद हम लोगों में कहीं-न-कहीं एक दूरी पैदा हो गई। हमारे मन में तो नहीं, लेकिन उन लोगों के मन में सहज रिश्ता नहीं हो पाता है हमारे लिए।

विशाल विक्रम सिंह : एक रचनाकार जब भी रचना करता है और लम्बा समय गुजरने के बाद महसूस करता है कि उसमें कुछ न कुछ छूट गया है और अगर वह दुबारा रचे तो रचना कुछ परिवर्तन करके आगे बढ़ जाएगी या और बेहतर हो जाएगी। इस सन्दर्भ में आपकी कौन-सी रचना है जिसको अगर आपको दुबारा लिखना हो तो उसमें आप जोड़ेंगे या कुछ सुधार करेंगे? खास तौर पर वैचारिक सन्दर्भों में यह बात मैं कह रहा हूँ।

काशीनाथ सिंह : दुबारा लिखने की बात तो दिमाग में नहीं आती लेकिन एक रचना जरूर है, जिसे लेकर मुझे तकलीफ होती है कि मैंने जल्दबाजी की। मुझे सब्र करना चाहिए था। और वो मैं नहीं कर सका। वह है 'अपना मोर्चा'। दरअसल 'अपना मोर्चा' उपन्यास की भूमिका है। उपन्यास नहीं लिख रहा था मैं। मुझे दूसरा उपन्यास लिखना था। काशी हिन्दू विश्वविद्यालय में अमरचन्द जोशी कुलपति बनकर आए थे जिन्हें हमारे गुरु हजारीप्रसाद द्विवेदी पंजाब विश्वविद्यालय का मदन मोहन मालवीय कहा करते थे। जोशी का रुझान कुछ आर.एस.एस. की तरफ था। वे बहुत कुछ दिमागी तौर पर भाजपाई थे। विद्यार्थी परिषद् के प्रति उनके मन में ज्यादा रुझान था। उनके आने पर काशी हिन्दू विश्वविद्यालय में चुनाव हुआ जिसमें एक तरफ तो समाजवादी युवजन सभा समर्थित प्रत्याशी नरेन्द्र प्रसाद सिन्हा, जो फेडरेशन के आदमी थे और विद्यार्थी परिषद् की तरफ से चुनाव लड़ रहे थे दामोदर सिंह। वे एग्रीकल्चर के विद्यार्थी थे। हालाँकि एक कैंडीडेट समाजवादी युवजन सभा का था, लेकिन मजूमदार जो चुनाव लड़ाया करते थे, सिन्हा के साथ थे। मजूमदार के साथ होने का मतलब था कि समाजवादी युवजन सभा का बड़ा धड़ा सिन्हा के साथ था। तो लड़ाई मुख्य दो के बीच थी—सिन्हा और दामोदर के बीच। चुनाव हुआ। चुनाव की गणना के समय कोशिश की गई कि परिणाम डिक्लेयर न किया जाए क्योंकि कुलपति की सहानुभूति थी दामोदर के साथ। कोशिश की गई कि वे जीतें लेकिन वे कुछ वोटों से हार गए। बम भी फोड़ा गया वहाँ। बड़ा हल्ला-गुल्ला हुआ। और ये हुआ कि परिणाम घोषित न किया जाए। इस परिणाम की घोषणा को लेकर दूसरे दिन से आन्दोलन शुरू हुआ और धीरे-धीरे वह विकराल रूप धारण करता गया। हर कॉलेज के लड़कों ने घोषणा की—कक्षा बहिष्कार करेंगे। उसके जवाब में आर.एस.एस. के लड़कों को लेकर एक शान्ति सेना बनाई गई, जिसमें तीस-चालीस लड़के थे। उनकी प्रतिदिन शाम को पाँच बजे मैत्री जलपान गृह में मीटिंग होती थी। उसके हॉल में पचासों लड़के

बैठा करते थे। वे हर कॉलेज के बारे में रिपोर्ट देते थे। हर लड़के के हाथ में डंडा हुआ करता था। कक्षा बहिष्कार का प्लान था कि लड़के कॉलेज आते थे लेकिन क्लास में नहीं जाते थे। विश्वविद्यालय बन्द नहीं। था। डंडा वाले लड़कों का काम था उन लड़कों को जबरदस्ती और डंडा मारकर क्लास में भेजना। वे जबरदस्ती क्लास में भेजा करते थे और लड़के भी डर के मारे जाया करते थे। यह भी देखा जाता था कि कौन अध्यापक क्लास ले रहा है और कौन नहीं। उसमें पन्द्रह-बीस काशी हिन्दू विश्वविद्यालय के भी अध्यापक शामिल थे। ये आर.एस.एस. से जुड़े थे। उनका एक नियंत्रक बनाया गया था, जो पचीसों-पचासों लोगों से रिपोर्ट लेता था और अगले दिन की कार्यवाही तय करता था। उसी में अध्यापकों की सूची तय की गई कि किसको सस्पेंड करना है। उसमें मेरा नाम पहला या दूसरा था। 'हिन्दी भवन' में तब हिन्दी विभाग नहीं हुआ करता था। पी.जी. बिल्डिंग में हुआ करता था जिसमें पालि विभाग है, संस्कृत विभाग है। उसमें ऊपर पहली मंजिल पर हिन्दी विभाग था। वहीं हम खिड़की के पास खड़े थे और देख रहे थे कि कैसे लड़कों को मारकर कमरे में भेजा जा रहा है। उसी समय किसी ने मुझे मारने के लिए पत्थर फेंका। मैं बच गया।

फिर मुझे मारने के लिए दूसरी कोशिश सिंहद्वार के पास हुई। ये सब हुआ था। तो मुझे ऐसा उपन्यास लिखना था, जिसमें बीस साल बाद आप गोधरा देख सकें। मेरी योजना वह लिखने की थी क्योंकि गोधरा में क्या हो सकता है, कैसे हो सकता है, यह अनुमान लगा सकता हूँ, जो कुछ विश्वविद्यालय में उन दिनों चल रहा था, उसे देखकर। तो मेरे दिमाग में वह उपन्यास लिखने की योजना थी। उसके पहले हुआ ये कि एक और आन्दोलन हुआ था भाषा पर। मन में था कि भूमिका के रूप में उसके बारे में लिख डालूँ और उपन्यास बाद में लिखूँ। धूमिल ने पढ़ा था। थोड़ा विषयान्तर हो जाएगा लेकिन ये भी बताएँ कि हम और धूमिल साइकिल से लोलार्क कुंड से बिरला हॉस्टल साथ आते थे। बिरला हॉस्टल से वे अपने आई.टी.आई. जाते थे जो करौंदी की तरफ पड़ता है और मैं हिन्दी विभाग जाता था। ये लगभग रोज का नियम था। उस दौरान हम लोग साहित्य के बारे में बातें करते थे जो कविताएँ लिख रहे होते थे, उसके बारे में बात करते थे। इसलिए कह रहा हूँ कि 'संसद से सड़क तक' जो नाम है, मेरा सुझाया हुआ है और 'अपना मोर्चा' जो नाम है धूमिल का सुझाया है। हम लोग यही करते थे कि जो लिखते थे, एक-दूसरे को सुनाते थे और उसके बाद तय होता था कि शीर्षक क्या हो? तो जैसे उपन्यास पूरा हुआ, मेरे पास एक प्रकाशक आए। उन्हें उपेन्द्रनाथ अश्क ने भेजा था। कहा—जाओ, काशी के यहाँ से कुछ लेकर आओ।

वो अपना प्रकाशन शुरू कर रहा था। वो मेरे यहाँ आया और मेरे सामने एडवांस के रूप में पाँच सौ रुपये रख दिया। और कहा कि अपनी कोई चीज दे दीजिए। कुछ भी दे दीजिए हम छाप देंगे। उस समय ढेर सारी जिम्मेदारियाँ थीं। मेरे पास रहकर भइया की बच्ची पढ़ती थी, उसे पढ़ाना था। मझले भइया की बच्चियाँ थीं। वे भी पढ़ती थीं। अपने परिवार की जिम्मेदारियाँ थीं। जितनी तनख्वाह मिलती थी, उतने में काम नहीं चलता था। दूसरा मुझे लगा कि 'लोग बिस्तरों पर' संग्रह की जो कहानियाँ हैं, उनसे मेरी कोई साफ-साफ आकृति नहीं बनती है, जबकि इस उपन्यास से छवि बन सकती है। उन दिनों मैं एम.एल. के एक ग्रुप से भी जुड़ा हुआ था। हम पाँच-छह लोग थे। वीर भारत तलवार से सम्बन्धित कुछ लोग थे जिनसे मिलना-जुलना होता था। उपन्यास में ज्वान नाम का कैरेक्टर आता है, जो खाँटी-गँवई आदमी है और विश्वविद्यालय के लड़कों को इसी नजर से देखता है। तो वही असर है उस कैरेक्टर पर। उन दिनों मैं लू शुन को, गोर्की को, आस्त्रोवस्की को यानी चीन और रूस के क्रान्तिकारी लेखकों को पढ़ा करता था। तो इस समय तक मेरे मन में एक दुविधा थी कि जब तक वो नहीं आता, तब तक इसे रोके रखें या छपने को दे दें। इस तरह कुछ दिनों तक मैं दुविधा में जीता रहा, लेकिन जैसा मैं बता चुका हूँ अपने दौर के कहानीकारों में मेरी स्थिति लगभग नगण्य थी तो मुझे लगा कि शायद 'अपना मोर्चा' से मेरी अलग छवि बन सकती है। मैं बेसब्र हो उठा और अपना मोर्चा उठाकर प्रकाशक को दे दिया वरना मेरी योजना में 'अपना मोर्चा' नहीं था। योजना में जो उपन्यास था, वह रह गया, फिर नहीं लिखा जा सका। अगर न छपा होता तो मैं लिखता, लेकिन मुझे लगा कि एक आन्दोलन पर लिख चुका हूँ, तो दूसरे पर क्यों लिखूँ या लिखने की जरूरत क्या रह गई है? जबकि अगर लिखना, तो वह शायद भावी गोधरा की झलक दे सकता था।

विशाल विक्रम सिंह : बाद में यानी नब्बे के बाद एक कट्टर साम्प्रदायिकता का उभार हुआ था। इस तरह की शक्तियों का राजनीतिक सत्ता में आने का सिलसिला शुरू हुआ था। उसकी एक झलक उस समय दिखाई दे रही थी। आप अनुमान कर सकते थे कि भविष्य में क्या कुछ होने जा रहा है।

काशीनाथ सिंह : हाँ, झलक दिखाई पड़ सकती थी क्योंकि जो कुछ मैंने देखा था या कुछ लड़कों से बातें की थी, आपसे कर रहा हूँ या मेरे साथ जो कुछ हो रहा था तो लगता है ऐसा। यह संयोग है कि सस्पेंशन का ऑर्डर देने से पहले अमरचन्द जोशी ऑस्ट्रेलिया चले गए। हजारीप्रसाद द्विवेदी रेक्टर थे। वही सारा चार्ज लेकर विश्वविद्यालय देख रहे थे। पंडित जी ने शिवप्रसाद जी को मेरे पास भेजा और कहा, काशी को भेज देना। उन्होंने बताया कि यह स्थिति है तुम्हारी

और तुम सब लोगों की, अगर वो सस्पेंड करते हैं तो मेरे पास कोई उपाय नहीं होगा, लेकिन नौबत ही नहीं आई। धीरे-धीरे फेड आउट हो गया, जाँच बैठी और जोशी को रिजाइन करके जाना पड़ा।

विशाल विक्रम सिंह : हिन्दी के बहुत से कथाकार किसी न किसी पत्रिका की उपज माने जाते हैं, लेकिन आपने अपना रचनाकार व्यक्तित्व किसी एक पत्रिका के सहारे नहीं, बल्कि कई पत्रिकाओं में लिखते हुए खड़ा किया है। यह थोड़ी अलग प्रक्रिया है। इस प्रक्रिया में आपने जो संघर्ष किया, उससे थोड़ा परिचित होना चाहते हैं हम लोग।

काशीनाथ सिंह : उस समय कहानी की दो पत्रिकाएँ थीं जिनमें छप जाना कहानीकार होने का प्रमाणपत्र था। एक तो इलाहाबाद से निकलती थी 'कहानी' नाम की पत्रिका। 1954 से निकलनी शुरू हुई थी, सम्पादक थे भैरव प्रसाद गुप्त। दूसरी 1960 के आसपास दिल्ली से कहानी की ही पत्रिका 'नई कहानियाँ' शुरू हुई। इसके भी सम्पादक भैरव प्रसाद गुप्त थे। बाद में भीष्म साहनी हुए, फिर कमलेश्वर हुए। कहानी की ये वो पत्रिकाएँ थीं जिनमें नामवर जी लेख लिखा करते थे। 'नई कहानियाँ' में 'हाशिए पर' नाम का स्तम्भ लिखा करते थे। भैरव प्रसाद गुप्त और उनके बाद आनेवाले सम्पादक कहीं-न-कहीं नामवर जी से सम्बद्ध थे। बाकी हिन्दी में निकलनेवाली जो और पत्रिकाएँ थीं, वे सारी विधाएँ एक साथ छापती थीं और एक तरह से दोयम दर्जे की मानी जाती थीं। 'कल्पना' बहुत अच्छी पत्रिका थी लेकिन वो 'कहानी' और 'नई कहानियाँ' के आगे फीकी पड़ रही थी। मैंने जब कहानियाँ लिखनी शुरू की तो नामवर जी को दी और उन्होंने देखा। मुझे याद नहीं लेकिन शायद मैंने उनसे कहा कि अगर आप एक पत्र दे दें या सम्पादक से कह दें तो मैं ये कहानी वहाँ भेज दूँ। नामवर जी की जो शैली है, उसमें उन्होंने कहा—बैठो। बैठ गया। कहा—देखो, एक बात नोट कर लो कि ये भाईचारा घर में तो चलता है, साहित्य में नहीं चलता और नहीं चलेगा। अपना रास्ता तुम्हें खुद तय करना पड़ेगा। वो उम्र बहुत टची होती है। बात मुझे चुभ गई। दुखी मन से मैं लौटा और उसी समय फैसला कर लिया कि उन पत्रिकाओं में कोई कहानी नहीं भेजूँगा जिनका सम्बन्ध नामवर जी से है। फिर मैंने 'कहानी' पत्रिका में कोई कहानी नहीं दी, भैरव प्रसाद गुप्त के माँगने के बावजूद। 'नई कहानियाँ' में भी कोई कहानी नहीं भेजी। मेरी कहानियाँ छपीं तो हैदराबाद से निकलनेवाली 'कल्पना' पत्रिका में या अजमेर से निकलनेवाली 'लहर' पत्रिका में या दिल्ली से नई-नई निकलनी शुरू हुई थी श्रीकान्त वर्मा के सम्पादन में 'कृति' पत्रिका में, या कलकत्ता से निकलनेवाली 'ज्ञानोदय' पत्रिका में।

कहानियाँ मैंने उनमें दीं, जो उन दिनों लगभग सारी विधाएँ छापती थीं और उनमें कहानियों को कोई खास तवज्जो नहीं दिया जाता था। इसका नतीजा ये हुआ कि अपनी पीढ़ी की मुख्य धारा की कहानी से मैं बाहर ही रहा। इसी बात को आगे बढ़ाकर मैं कहूँ तो कह सकता हूँ कि 65 में नामवर जी दिल्ली गए और सीधे ही राजकमल प्रकाशन से सम्बद्ध हुए। वहाँ से 'आलोचना' पत्रिका का सम्पादन शुरू किया। फिर जोधपुर गए और 74 में लौटे। 'आलोचना' निकलती रही उसी राजकमल से। आप देखेंगे कि उस दौरान मेरी पाँच-छह किताबें छपीं और सभी छोटे प्रकाशनों से। मेरी पहली किताब सम्भवतः 78 में राजकमल से छपी। वह तब छपी जब राजकमल प्रकाशन की प्रबन्ध निदेशक श्रीमती शीला संधू ने मुझे पत्र लिखा कि अपनी कोई एक किताब मुझे दीजिए। इस तरह मैं कह सकता हूँ कि मैं जो कुछ हूँ अच्छा या बुरा लेखक, अपने बूते हूँ। छोटी पत्रिकाओं में लिखते हुए मैं कहानीकार तो हुआ, लेकिन वक्त लगा। जिस आसानी से हमारे साथ के लोग कथाकार हो गए, मैं कहानी-संग्रह निकलने के बावजूद उस तरह से कथाकार नहीं हो सका था। समय लगा।

विशाल विक्रम सिंह : क्योंकि आप उन पत्रिकाओं से दूर रहे और उस तरह की ऐसी चीजों से आम तौर से दूर रहे। दूसरी बात आपने छोटी पत्रिकाओं से शुरुआत की। इसलिए आप पर चर्चा भी कम हुई।

काशीनाथ सिंह : हाँ। उस दौरान प्रायः लोग अनदेखा करते थे या तो पढ़ते ही नहीं थे क्योंकि ये पत्रिकाएँ लोग कहानी के लिए नहीं पढ़ते थे। पढ़ते थे आलोचना के लिए, कविताओं के लिए और दूसरी चीजों के लिए। तो हमें अच्छा नहीं लगता था, अटपटा लगता था लेकिन मेरे पास कोई और रास्ता नहीं था। यहाँ तक कि उस समय 'कथा' नाम की पत्रिका मार्कंडेय जी ने निकाली थी। उन्होंने कहानियाँ माँगी। काफी इन्तजार किया। लेकिन मैंने नहीं दीं।

विशाल विक्रम सिंह : बाकी आपके साथ के जो कथाकार थे ज्ञानरंजन, दूधनाथ...।

काशीनाथ सिंह : वे सब छपते थे 'कहानी' में, 'नई कहानियाँ' में।

विशाल विक्रम सिंह : मध्यवर्ग पर आपकी एक कहानी है 'सुख'। इसमें भोलाबाबू रिटायर्ड क्लर्क हैं और मध्यवर्गीय व्यक्तित्व हैं। कहानी में आपने उनका जैसा चरित्र खड़ा किया है, उसमें वे न तो बहुत भोले हैं और बहुत कुटिल भी नहीं हैं। किसी के बहुत प्रेमी नहीं हैं तो विरोधी भी नहीं हैं। कुल मिलाकर एक मध्यवर्गीय व्यक्तित्व है उनका। लेकिन ऐसे व्यक्ति को बार-बार अन्दर और बाहर दोनों जगह दुख का सामना करना पड़ता है जिसमें उन्हें लगता है कि वो जो बात कहना चाहते

हैं, उसे कोई समझ नहीं रहा है। इस समस्या से उनको बार-बार दुख होता है। ये हमारे समाज में सुखों का दुखों में आभ्यंतरीकरण है। आपने इसे विषय वस्तु बनाया और आपका नया उपन्यास 'रेहन पर रग्घू' है। इसमें भी रग्घू रेहन पर ही है। इस पूरे परिदृश्य पर आप पाठकों से क्या शेयर करना चाहेंगे।

काशीनाथ सिंह : भाई, ये तुम्हारी व्याख्या हो सकती है, मेरी नहीं। पहले मैं बता दूँ कि बहुत कम कहानियाँ ऐसी हैं जिन्हें एक फ्लैश, एक चमक के साथ मैंने लिखा है। जिस कहानी ने मुझसे कोई मेहनत नहीं करवाई, उनमें एक कहानी ये है। मुझे कोई मशक्कत नहीं करनी पड़ी। शायद दो-तीन दिन में मैंने ये कहानी लिख दी थी। लिखने के बाद लम्बे समय तक मेरे पास पड़ी रही। प्रयाग शुक्ल 'कल्पना' में गए थे। सहायक सम्पादक मंडल के सदस्य के रूप में शायद। वे हमारी उम्र के थे। परिचित थे। उन्होंने हमसे कहानी माँगी और मैंने भेजी। हमारा खयाल है कि मेरी सबसे अधिक कहानियाँ 'कल्पना' में ही छपीं। वो शायद प्रयाग शुक्ल के कारण छपीं। 'सुख' भी वहीं छपी। पहली कहानी 'जोतसी ने कहा था' भी वहीं छपी। 'एक बूढ़े की कहानी' भी शायद वहीं छपी। ज्यादातर कहानियाँ मेरी वहीं छपीं। प्रयाग शुक्ल के बारे में एक बात कहूँ, तब आगे बढ़ूँ क्योंकि हमारी पीढ़ी के कहानीकारों की जब चर्चा होती है, तब प्रयाग शुक्ल का नाम नहीं लिया जाता, जबकि हमारी पीढ़ी के कहानीकारों में सबसे पहले कहानी-संग्रह उन्हीं का आया था, जिसका नाम था 'अकेली आकृतियाँ।' वह कहानी-संग्रह नई कहानी से हमारी पीढ़ी को बाइफर्केट करता था। इस अर्थ में प्रयाग शुक्ल का वह संग्रह महत्त्वपूर्ण है। वहाँ से हमारी जनरेशन अलग होती है। टर्निंग प्वाइंट है वह। और उसका जिक्र कोई नहीं करता, तो प्रयाग शुक्ल ने वह कहानी छापी और यह भी बता दूँ कि वह शायद मेरी पहली कहानी है जिसके चार-पाँच वाक्य एडिट किए उन्होंने। उसके बाद आज तक मेरी कोई कहानी एडिट नहीं हुई। किसी सम्पादक ने नहीं किया। यहाँ तक कि राजेन्द्र यादव ने भी एक वाक्य या शब्द इधर-उधर नहीं किया। प्रयाग शुक्ल ने किया तो मैं बहुत दुखी हुआ था कि ऐसा उन्होंने क्यों किया। चार-पाँच वाक्य उसके निकाल दिए थे। क्या वाक्य थे अब याद नहीं। वह कहानी आई। आज तक उसकी चर्चा होती है। जब छपी थी वह कहानी, तब कुछ आलोचकों ने भी उस पर चर्चा की थी। सम्भवत: कलकत्ता में विमल वर्मा थे। आलोचक चन्द्रभूषण तिवारी ने भी उसकी चर्चा की थी। सुरेन्द्र चौधरी ने भी उसके बारे में कहीं कुछ लिखा था। इस कहानी ने लोगों का बहुत ध्यान आकृष्ट किया और बहुत सारे लोग मुझे इस कहानी के कारण जानते हैं। इस कहानी में महत्त्वपूर्ण आषाढ़ या सावन के

मौसम में डूबते सूरज का सौन्दर्य नहीं है। इस कहानी में जब हर जगह घूमकर आते हैं भोला बाबू, तब एक-दो वाक्य हैं उनके। जैसे एक वाक्य है 'लोगों को क्या होता जा रहा है।' ऐसे ही दूसरा वाक्य है—'हाय दुनिया कितनी बदल गई है।' पूरी कहानी का मर्म इसी में छिपा हुआ है कि 'हाय लोगों को क्या होता जा रहा है' या 'ये दुनिया कितनी बदल गई है।' सूर्य तो प्रतीक है। कोई भी चीज हो गुलाब का फूल हो, समन्दर हो, नदी हो, घाट हो आप देखेंगे आपको अच्छा लगेगा लेकिन आपके साथ बैठा जो रुपया गिन रहा है, उसे अच्छा नहीं लगेगा। वस्तुतः यह कहानी साठ के पूरे युग को रिफलेक्ट करती है जिस समय औद्योगीकरण हो रहा था। लोगों का सौन्दर्य बोध कुंठित हो रहा था। प्रकृति या सौन्दर्य जो बाहर है, उसे देखने की लोगों को फुर्सत नहीं थी। समय नहीं था। लोग स्वार्थ में, अपने काम-धन्धे में, रुपये-पैसे में, व्यवसाय में अपनी चीजों में लगे हुए थे। उस आदमी को पीड़ा यह नहीं है कि सूर्य को लोगों ने देखा या नहीं देख रहे हैं, उसका सौन्दर्य सब देख रहे हैं और सब कह रहे हैं कि ऐसा तो रोज होता है। इसका मतलब कि वह एस्थेटिक सेंस जो मनुष्य के भीतर रहा करता था, गायब हो रहा है। यह बदलाव कि पूरा हिन्दुस्तान हमारी आँखों के सामने खुल रहा था। हम हरियाली, छोटी-छोटी चीजें देख रहे थे, लेकिन जो औद्योगीकरण हो रहा था, वह हमारी सेंसिबिलिटी को किस तरह मार रहा है और मारता चला जा रहा है। हर कोई अपने में आत्मलीन या आत्मनिष्ठ होता जा रहा है। बाहरी दुनिया का स्मरण ही नहीं है। पीड़ा इस बात को लेकर है, जो आध्यात्मिक सुख उसने अनुभव किया है, वो दूसरे क्यों नहीं कर पा रहे हैं। बीवी आटा गूँध रही है। जो जिलेदार साहब हैं, वो मछली देख रहे हैं यानी जरूरत की चीजों ने लोगों को ऐसा कर दिया है कि जो एक व्यापक आध्यात्मिक सौन्दर्य नाम की चीज है, वह लोगों के भीतर से खत्म हो गई है। पीड़ा इस बात को लेकर है। पूरी कहानी की जो ब्यूटी है, वो इसमें है कि 'हाय दुनिया को क्या होता जा रहा है।' कहानी का मर्म वहाँ है। सूर्य के सौन्दर्य में मर्म नहीं है। हालाँकि कहानी के डाइमेंशन ढेर सारे हो सकते हैं। ये लोगों को पसन्द तो आती है लेकिन इसे समझते अपने-अपने ढंग से हैं।

विशाल विक्रम सिंह : आपकी कहानियों के शीर्षक चाहे बड़े हों या छोटे, किसी एक खास कोण की तरफ इशारा करते हैं। जैसे 'सुख' हो या 'आखिरी रात' हो या 'सदी का सबसे बड़ा आदमी' हो या 'कविता की नई तारीख' हो। इस सन्दर्भ में मैं जानना चाहूँगा कि आप कहानियों में किस तरह की यूटोपिया के बारे में सोचते हैं?

काशीनाथ सिंह : ठीक-ठीक समझाइए, कहना क्या चाहते हैं?

विशाल विक्रम सिंह : हर कहानीकार या रचनाकार अपनी कहानियों में यूटोपिया को लेकर चलता है, लेकिन आमतौर पर कहानियों के जो शीर्षक होते हैं। उनसे किसी खास एंगल का पता नहीं चलता, किन्तु आपके सन्दर्भ में ऐसा नहीं है। अगर कोई आदमी जिसने अभी-अभी कहानी पढ़ना शुरू किया हो वह आपकी कहानी 'सदी का सबसे बड़ा आदमी', 'कविता की नई तारीख' या 'आखिरी रात' पढ़े तो वह कंटेंट को समझेगा, ये बाद की बात है। प्रथम द्रष्ट्या उसके दिमाग में कहीं-न-कहीं यह होगा कि सदी का सबसे बड़ा आदमी कौन हो सकता है? वह क्या सोच सकता है? जिसे कथाकार कह रहा कि सदी का सबसे बड़ा आदमी है या कविता की नई तारीख क्या है? इन सब चीजों पर मैं जानना चाहूँगा कि कथाकार काशीनाथ सिंह किस यूटोपिया के बारे में सोचकर लिख रहे थे?

काशीनाथ सिंह : पात्रों के नाम और कहानी के शीर्षक चयन में लेखकों को प्रेमचन्द से सीखना चाहिए। इस मामले में प्रेमचन्द हमारे आदर्श हैं जैसे होरी के लड़के का नाम गोबर था। 'पूस की रात' में किसान का नाम हल्कू और कुत्ते का नाम जबरा है। हर घर में सब्जी बनती है तो धनिया की जरूरत पड़ती है तो होरी की पत्नी का नाम धनिया है। पात्रों के नाम और कहानियों के शीर्षक के मामले में हमारे लेखकों को प्रेमचन्द को देखना चाहिए कि उन्होंने कैसे रखा है। मैं अपनी एक कहानी के नाम के बारे में बता दूँ। 'सदी का सबसे बड़ा आदमी' कहानी लोक-कथा शैली में लिखी गई है। हमें लगा कि पाठकों के सामने सवाल होना चाहिए कि सदी का सबसे बड़ा आदमी कौन है? वह युवक जो तीसरी मुरातिम पर बैठे आदमी की थूक को चुनौती दे रहा है या ढहते सामंतवाद का प्रतीक वह जो आने-जानेवाले हर आदमी पर थूकता है, तो पाठकों से पूछना चाहिए कि बड़ा आदमी कौन है? वह युवक जो चुनौती देता है या वह बूढ़ा आदमी जो बैठा है। रही 'कविता की नई तारीख' की बात तो यह कहानी 1976-77 में लिखी गई है। लगभग आठ-नौ साल मेरे गुजरे थे एम.एल. से सहानुभूति रखनेवाले कार्यकर्ता के रूप में। उससे मेरा अपना मोहभंग हो गया था। इसके पहले मैं जो कहानियाँ लिखा करता था, प्राय: वह विचार केन्द्रित होती थीं। यहाँ से मैं बदल रहा था। 'कविता की नई तारीख' से। इसके पहले का बदलाव आपको 'लाल किले का बाज' में दिखाई पड़ेगा। चूँकि मैं बदल रहा था, वह नहीं रह गया था जो पहले था। इसलिए मेरे लिए वह एक नई तारीख थी। कविता की नई तारीख हो न हो, लेकिन मेरी थी। उसमें जो कैरेक्टर है शानू, वह कवियों का काफी मजाक उड़ाता है। जिन काव्य सम्मेलनों में आमंत्रित किया जाता है या काव्य गोष्ठियों में उससे सदारत कराई जाती है

और कवि क्या होते हैं समझता है वो। नई तारीख नामकरण मैंने अपने बदलाव के सन्दर्भ में किया है। यह सूचना है कि मैं बदल रहा हूँ।

विशाल विक्रम सिंह : यानी कहानीकार के अन्दर जो बदलाव हो रहा है, वो बदलाव कहानियों में भी देखा जा सकता है। आगे के दिनों में यह बदलाव पूरी तरह स्पष्ट है।

आपने थोड़ी देर पहले बताया कि 'अपना मोर्चा' एक बड़े उपन्यास की भूमिका के बतौर लिखा गया। वस्तुतः आप एक बड़ा उपन्यास लिखना चाहते थे। बावजूद इसके 'अपना मोर्चा' उपन्यास ने लोगों का खूब ध्यान आकर्षित किया और उस पर परिचर्चा हुई।

काशीनाथ सिंह : हाँ। जैसा मुझे मालूम है, लोग 'अपना मोर्चा' को शादी-विवाह पर प्रेजेंट करते थे। कुछ नहीं तो खरीद के बाँटते थे लोगों को पढ़ने के लिए।

विशाल विक्रम सिंह : हाँ, और मुझे लगता है कि छात्र-आन्दोलनों पर यह पहला उपन्यास था।

काशीनाथ सिंह : इस दृष्टि से यह हिन्दी का पहला उपन्यास था और यह भी बता दें कि इसका अनुवाद जो कोरियाई व जापानी भाषा में हुआ, वह इसलिए कि सिक्सटीज का जो दौर था, वह छात्र आन्दोलनों का था। फ्रांस में छात्रों ने बहुत बड़ा आन्दोलन किया था जिसमें सार्त्र ने भाग लिया था। उसी तरह से आन्दोलन जापान में हुआ था, कोरिया में हुआ था। आन्दोलन के मुद्दे दूसरे थे, लेकिन आन्दोलन हुए थे। यही वजह है कि इसका अनुवाद जापानी में भी हुआ और कोरियाई में भी।

विशाल विक्रम सिंह : 'अपना मोर्चा' उपन्यास तब तक नहीं लिखा जा सकता था जब तक आपके अन्दर एक प्रतिबद्ध छात्र मौजूद न हो। मुझे लगता है कि वह था। तभी इतने प्रामाणिक रूप से छात्र आन्दोलन पर उपन्यास आ सका। बहरहाल, अब जबकि एक लम्बा समय गुजर चुका है, काफी परिवर्तन हो चुका है तो आपका जो प्रतिबद्ध छात्र परिवर्तनकामी युवा था, उसे अब कहाँ पाते हैं।

काशीनाथ सिंह : मेरी जो उस समय प्रतिबद्धता थी, अध्यापक होते हुए भी, वह छात्रों के साथ थी। वे जो भी आन्दोलन करते थे, मैं उनके साथ था। उस परिवर्तनकामी युवा का जो हश्र हुआ, वही हश्र मेरा भी हुआ। एम.एल. के जिस ग्रुप से मैं जुड़ा हुआ था, उस ग्रुप में कैसे-कैसे लोग थे, इसकी तुम कल्पना नहीं कर सकते हो। उस ग्रुप में आई.आई.टी. के टॉपर लड़के थे जो इंजीनियरिंग का ऑफर ठुकरा के आए थे। मेडिकल के लड़के थे, जो एम.बी.बी.एस. कर चुके

थे। पता नहीं उस समय प्रबन्ध शास्त्र शुरू हुआ था या नहीं, लेकिन विभिन्न क्षेत्रों से आई.ए.एस. और पी.सी.एस. के मेन्स तक आनेवाले लड़के उस ग्रुप में थे। अलग-अलग प्रान्तों के लोग आते थे। कोई इंदौर से, कोई जमशेदपुर से, कोई बंगाल से आता था। मालूम हुआ कि इसने पढ़ाई पूरी करने के बाद सर्विस नहीं की। वे समाज को बदलेंगे। उस समय ये जोश-खरोश दिखाई पड़ता था। सबमें जुनून था, लेकिन 1980 के बाद कोई किसी फैक्ट्री में इंजीनियर हो गया, कोई प्रैक्टिस कर रहा है, कोई आई.ए.एस. हो गया, कोई जर्नलिज्म में चला गया है। ढेर सारे जुनूनी क्रान्तिकारियों ने शादी की, बच्चे पैदा किए, नौकरियाँ कीं। मेरी स्थिति उनसे भिन्न नहीं थी। मैं तो पहले से ही नौकरी में था और आज भी कर रहा हूँ लेकिन उस आग की राख कहीं-न-कहीं आज भी महसूस करता हूँ। काम मैंने लम्बे समय तक किया, लेकिन आज प्रतिबद्धता के आगे प्रश्नचिह्न लग चुका है। हमारे लिए प्रतिबद्धता का मतलब है किसी विचार से कमिटमेंट। वैचारिक प्रतिबद्धता। मार्क्सवाद में मेरा विश्वास रहा है और आज भी है अपनी जगह, लेकिन मार्क्सवाद उस रूप में अब नहीं रह गया है, जिस रूप में था, जब मैं सक्रिय था। और ये कहीं नहीं रह गया। पार्टियों में भी अब नहीं दिखाई देता। उस जमाने में आप कल्पना नहीं कर सकते थे कि एक कम्युनिस्ट होने का मतलब क्या होता था। आज कोई उसकी कल्पना नहीं कर सकता, जो मैंने देखा था।

चुनाव प्रचार करने जा रहे हैं, उनके पास फुर्सत नहीं है। दो रोटी एक जेब में रखा, टुर्रा नमक रखा, एक गाँठ प्याज रखा। रास्ते में खाते हुए जा रहे हैं और नारा लगाते जा रहे हैं। कोई वोट दे या न दे, अलग बात है। हमारे गाँव पर एक बगीचे में दिसम्बर की रात में बैठकर एक आदमी चिल्ला रहा है कम्युनिस्ट पार्टी जिन्दाबाद, हमको वोट दो, ये करो-वो करो। तो उस समय भूख-प्यास जैसी चीज नहीं थी। एक कम्युनिस्ट होने का मतलब ही कुछ और होता था। आज वो चीजें नहीं रह गई हैं। जाहिर है चूँकि कहीं नहीं रह गई हैं, पूरे देश में नहीं हैं और हम भी अब वो नहीं रह गए हैं। उस तरह से आन्दोलन भी नहीं हो रहे हैं, तो हमारी प्रतिबद्धता कॉमनमैन जिसे बोलते हैं, एक गरीब-दुखी, पीड़ित, वंचित जो भी आदमी है जहाँ कहीं भी है, के प्रति रह गई है। गाँव में, जंगल में, पहाड़ में, अखबारों के जरिए हम जाएँ न जाएँ, देखें न देखें, लेकिन उसके जरिए कहीं-न-कहीं मेरे भीतर एक सहानुभूति, हमदर्दी बराबर रहती है। पर उस तरह की प्रतिबद्धता जैसी थी, वह आज होने का सवाल ही नहीं क्योंकि हमने देखा था, जहाँ अपने गुट से मेरा मोहभंग हुआ था। दुर्गापुर में एम.एल. कोआर्डिनेशन कमेटी की मीटिंग थी। पूरे देशभर के लोग थे। हम लोग एक इंजीनियर के खाली घर में ठहरे हुए थे। स्टील फैक्ट्री का

इंजीनियर था वो। जाहिर है बहुत शानदार घर था। उसके बाथरूम में टाइल्स लगे थे। नहाने के लिए लम्बा टब बना था। दूसरे-दूसरे क्षेत्रों से भी कामरेड थे जो एक ही कमरे में तीन-तीन, चार-चार लोग रह रहे थे। मीटिंग के खाली समय में लोग आते थे, बैठते थे, क्रान्ति का गीत गाते थे। उन लोगों के दिमाग में क्रान्ति नशा की तरह छाई हुई थी, लेकिन यही लोग घर को देखते थे तो कहते थे कि आज नहीं तो कल अपना बँगला भी ऐसा होगा। नहाने के लिए कोई टब में जाता था तो निकलता नहीं था और तब मुझे लगा, ये सारी सुख-सुविधाएँ जिनके खिलाफ हम लड़ रहे हैं, वही अपने लिए भी चाहते हैं और वहाँ से लगा कि सारा कुछ जो कर रहे हैं, बेकार है। दूसरी मैंने अपनी जिन्दगी यहाँ काशी हिन्दू विश्वविद्यालय में देखी। मैं एम.एल. में अकेला था जो यूनिवर्सिटी का कर्मचारी था। विश्वविद्यालय में एक अध्यापक था, बाकी छात्र थे। हमारा नेता ऐसा था जिसका विश्वविद्यालय से कोई सम्बन्ध नहीं था। बाहर से आया था। कहीं कुछ करना होता था तो सबसे पहले मुझे भेजा जाता। वह इसलिए कि यह सन्देह किया जाता था कि यह आदमी भाग खड़ा होगा। सुविधाभोगी है। व्यवस्था से जुड़ा हुआ आदमी है, अच्छी-खासी सैलरी पाता है, स्वीकार नहीं करेगा यानी सात-आठ साल तक उनके सन्देह के घेरे में रहते हुए मैं एम.एल. में बना रहा। उनका विश्वास अर्जित नहीं कर सका। जैसे मान लो, वॉल पेंटिंग करना हो या घरों में पर्चा डालना हो तो होता था कि ये काम काशीनाथ को दे दो। भई और लोग हैं उनके लिए तो यह नहीं हुआ कि उनको टेस्ट किया जा रहा है, परीक्षा ली जा रही है। मेरे बारे में सन्देह है क्योंकि मैं सुविधाभोगी हूँ और इनकार कर दूँगा या नहीं जाऊँगा, जबकि सारी गोष्ठियाँ या सारी मीटिंग या गुट का जो कुछ होना होता था, मेरे घर पर होता था। उस जमाने के खुफिया विभाग को यह मालूम था कि घर कौन-सा है, उसके दरवाजे किधर से हैं, पीछे की खिड़कियाँ कितनी हैं, उसमें कितने लोग ठहरे हैं, मीटिंगें कब होती हैं। काफी कुछ उन्हें मालूम था। इसके बावजूद सेफ समझा जाता था क्योंकि अध्यापक का घर था। घर में कोई नहीं आएगा, इसलिए इसमें इसे करो। इसके बावजूद सात-आठ साल तक मुझे सन्देह से देखा जाता रहा। ढेर सारी चीजों ने मुझे उनसे अलग होने के लिए मजबूर किया जैसा हम हैं, वैसा ही आप होना चाहते हैं उसी के लिए आप लड़ रहे हैं। सब कुछ कर रहे हैं और वो सारा कुछ जो आप चाहते हैं, मैं कर रहा हूँ, फिर भी विश्वास नहीं। सन्देह इसलिए कि मैं अध्यापक हूँ, सुविधाभोगी हूँ, तनख्वाह मिलती है। मेरी तनख्वाह के पैसे से पर्चा निकलवाते हैं, फिर भी सन्देह करते हैं। इन सारी चीजों ने बाध्य कर दिया। भइया, आप अब देखिए मैं चला। लेकिन वे सारे अनुभव जिसे मैंने कहा, मेरे लेखन में

बहुत काम आए। जो जीवन मैंने जिया और जैसे लोगों के बीच मैं रहा, कृतज्ञ हूँ उनका। मैंने उनसे बहुत कुछ सीखा, जाना और वह बातें मेरे दिमाग में भरी रहीं। लिखते समय ये चीजें बराबर कहीं-न-कहीं मेरे भीतर काम करती रहीं। मेरे लिए वह दौर तमाम चीजों के बावजूद बहुत ही उपजाऊ रहा है। छात्र तो उस तरह से मैं तब भी नहीं था और शायद अब भी नहीं हूँ।

विशाल विक्रम सिंह : आपकी पीढ़ी के बाद कथाकारों की और भी पीढ़ियाँ आईं और निश्चित तौर पर आपने उनको गौर से देखा होगा। उसमें से कई लोगों को कई कारणों से चर्चा भी मिली तथा कई लोग दूसरी वजहों से कम चर्चित भी रहे। तो इस लिहाज से आपके बाद सक्रिय कथा पीढ़ी के बारे में हम कथाकार काशीनाथ सिंह से जानना चाहेंगे कि उनके बाद की पीढ़ी की क्या सीमाएँ व विशेषताएँ हैं?

काशीनाथ सिंह : देखो, सवाल काफी लम्बा है क्योंकि हमारे बाद भी ढेर सारी पीढ़ियाँ आईं यानी यूँ कहा जाए तो सत्तर के बाद लिखनेवालों में स्वयं प्रकाश आए। उनके बाद उदय प्रकाश आए, फिर अखिलेश आए, संजीव आए, मैत्रेयी पुष्पा आईं, फिर बिलकुल नई पीढ़ी आई। तो इतने सारे लोग आए। इनके बारे मैं क्या कहूँ, मैं समझ नहीं पा रहा हूँ। तुम जानना क्या चाहते हो, ये बताओ।

विशाल विक्रम सिंह : 21वीं सदी की कहानी पीढ़ी आई है, पिछले 10 सालों में। इनकी विशेषताओं और सीमाओं के बारे में खासतौर से हम जानना चाहते हैं।

काशीनाथ सिंह : जो एकदम नई पीढ़ी आई है, उसके साथ एक विडम्बना दिखाई पड़ती है। विडम्बना ये कि वो ग्लोबलाइजेशन के बाद देश में जो परिवर्तन हुआ है, संचार क्रान्ति हुई है और दुनिया भर के परिवर्तन हो रहे हैं, वह उससे लाभ भी उठाना चाहती है और उसके खिलाफ भी लिखना चाहती है। उनके अनुभव में ढेर सारे नये शब्द तो आए हैं, नई कार्य पद्धतियाँ आई हैं, सारा कुछ नया आया है, भाषा में बदलाव आया है यानी कभी-कभी पढ़ते हुए लगता है कि जैसे वह हिन्दी की कहानी न होकर हिंग्लिश हो। अंग्रेजी के भी ऐसे शब्द जो इंटरनेट की दुनिया में घुलमिल गए हैं, इन्हीं का प्रयोग मिलता है। मुझे लगता है कि कहीं कॉमनमैन छूट गया है यानी बेसिक कहानी की जो एक लाइफ हुआ करती थी, कहानीकार जिनके जीवन के बारे में लिखता है—सामान्य आदमी और उसके सुख-दुख के बारे में, कहानी ने उसे कहीं छोड़ दिया है। अगर वह पकड़ भी रही है, तो उस आम आदमी की जात को पकड़ रही है। मैं कहना चाहता हूँ कि सामान्य मनुष्य जो हुआ करता था और आज भी है वह कहीं-न-कहीं उसकी कहानी से गायब हो रहा है। यह जिन्दगी में होनेवाले बदलाव के कारण होता है। कुछ जो युवा लेखक

हैं, मैं उनमें से कुछ के नाम लेता चलता हूँ ये 'वागर्थ', 'नया ज्ञानोदय' और खुद यह पत्रिका जिसमें ये साक्षात्कार छपने जा रहा है 'परिकथा' ने नवलेखन अंक निकाले हैं। 'वसुधा' के निकले हैं। कुछ नाम कॉमन हैं जो सब पत्रिकाओं में हैं। कुछ नये हैं जो किसी पत्रिका में नहीं हैं। जिन लोगों की तरफ मेरा ध्यान गया जो अच्छा कर रहे हैं या कर सकते हैं। जैसे एक तो उमाशंकर चौधरी हैं, मुझे अच्छे लगते हैं। आवश्यक नहीं कि सबको अच्छे लगें, लेकिन जो मुझे अच्छे लगते हैं, वे चर्चित नामों के सिवाय हैं। विपिन कुमार शर्मा नाम का एक लड़का है। अनुज हैं, जिन्होंने अभी 'कथा' के अंक निकाले हैं। ऐसे ही कविता हैं, मनीषा कुलश्रेष्ठ हैं, वन्दना राग हैं, इसके सिवा भी ढेर सारे लोग हैं। हम लोग जो समझते थे कि संचार क्रान्ति के युग में साहित्य की तरफ घूमकर कोई आएगा नहीं। लोग इंटरनेट की दुनिया में ही रह जाएँगे। अच्छी बात यह हुई कि साहित्य पहले की तुलना में विस्तृत फलक पर है यानी किसी कॉरपोरेट जगत में रहते हुए या मल्टीनेशनल में काम करते हुए या सरकारी संस्थाओं में काम करते हुए भी लोग साहित्य को बचाए हुए हैं और लिख रहे हैं। हम आलोचना करना चाहें तो कर लें, लेकिन साहित्य पहले की तुलना में समृद्धतर है। बड़े पैमाने पर लेखन हो रहा है। इसका प्रमाण यह है कि पहले जहाँ पत्रिकाओं की सीमा थी, अब ऐसे कम ही शहर या कस्बे हैं जहाँ से पत्रिका नहीं निकलती हों। ये आँचलिक लेखन का दबाव है। हर अंचल से लेखक पैदा हो रहे हैं। उनके लिए पत्रिका चाहिए तो आ रहे हैं नये लोग। इन्हीं में से अच्छे भी निकलेंगे, यह मानकर हम चल रहे हैं।

विशाल विक्रम सिंह : पिछले दिनों मैं नाजिम हिकमत की कविता पढ़ रहा था और कविता पर उनका एक बयान था कि कवि को अलग भाषा का चुनाव नहीं करना चाहिए। अच्छी वही भाषा चुनता है जिसमें जीवन सम्पूर्ण रूप से परिलक्षित हो। उसकी पराजय, उसकी विजय और उसका सम्पूर्ण उसमें बिम्बित हो और जो कहीं से भी कृत्रिम व अस्वाभाविक न हो। यह बात यद्यपि कि कविता के बारे में कही गई है, किन्तु प्रत्येक विधा के लिए सच है। लेकिन आजकल के कहानीकारों की कहानियों को पढ़ते समय पाठक को एक मशक्कत करनी पड़ती है। सोचना पड़ता है कि वे कहना क्या चाहते हैं, वह एक कृत्रिम भाषा लगती है। ऐसा कभी नहीं लगता कि कोई भी आदमी या समाज इस तरह की भाषा का इस्तेमाल करता होगा। तो इन अर्थों में यह खास तरह का खिलंदड़ापन है। आज ग्लोबलाइजेशन के दौर में आम आदमी पर संकट और भी ज्यादा बढ़ गया है। आर्थिक नीतियों और उदारवादी नीतियों की वजह से सामाजिक खाई और चौड़ी हो गई है। हिन्दी में जनवादी साहित्य की एक पूरी परम्परा रही है और उस क्रम

में आनेवाले नये कथाकारों से कॉमनमैन छूटता जा रहा है, लेकिन कहानीकार चमकता जा रहा है। उनकी कहानियों की भाषा में एक खेल जैसा लगता है, जैसे वे खेल रहे हैं। पिछले दिनों एक बातचीत में हमारे एक साथी ने कहा कि ये सब ऐसी कहानियाँ लिखते हैं जैसे लगता है कि वे फिल्म के स्क्रिप्ट की तैयारी कर रहे हों। उनके ध्यान में उनका पाठक वर्ग नहीं है और बिलकुल नये सक्रिय युवा लेखक जिन्होंने अभी-अभी कहानियाँ लिखनी शुरू की हैं, वे भी इसी प्रवृत्ति से ग्रसित हैं, जबकि हमारे पास कहानी में एक पूरी की पूरी समृद्ध जनवादी परम्परा है। इस परिप्रेक्ष्य में यह एक विडम्बना लगती है। 21वीं सदी की पीढ़ी के चर्चित कथा लेखन में और समाज की सामान्य प्रवृत्तियों के बीच एक गहरी फाँक दिखाई पड़ती है। इसके क्या कारण हैं?

काशीनाथ सिंह : बातें कुछ साफ नहीं हो पा रही हैं। खिलंदड़ापन अलग चीज है और चमक वाली बात अलग चीज है। तुम्हारी बातों से मैंने यही समझा है कि इन कहानियों के पाठक नहीं हैं यानी इसके पहले जो कहानियाँ लिखी जाती थीं, उसके पाठक थे। इनके पाठक नहीं हैं। मैंने साहित्य अकादेमी के अपने वक्तव्य में कहा था कि मेरा पूरा लेखन पाठकों के खोज का लेखन रहा है और ऐसा करते समय जो मेरे दिमाग में रहा है, वह यह कि एक तो जो हम लिख रहे हैं, उसमें आकर्षण हो। कोई देखे तो पढ़ना छोड़ न दे, पूरा पढ़ जाए। भले बाद में गालियाँ दे, लेकिन छोड़े नहीं। हम बहुत कुछ दूसरी चीजों से सीखते हैं। जैसे एक-दो उदाहरण मैं दे सकता हूँ। मुझे हॉकी बहुत पसन्द है। मैं इसे जरूर देखता हूँ। चाहे ओलंपिक हो, वर्ल्ड कप हो, चैंपियंस ट्राफी हो। मैं उसके सब मैच देखता हूँ और जो मेरा प्रिय खिलाड़ी हुआ करता था, उस जमाने में वह है मोहम्मद शाहिद। इसी नगर का है, जो कैप्टन भी रह चुका है। जब मैं खेल देखता था तो हमसे किसी ने पूछा था, आप क्यों देखते हैं? हमारा खयाल है कि जितने लोगों को मैंने देखा, उनमें शाहिद व धनराज पिल्लै दो हैं, जो बहुत अच्छी ड्रिब्लिंग करते थे यानी सामनेवाले खिलाड़ी को डॉज देते हुए गेंद को स्टिक से गोलपोस्ट तक ले जाना। तो शाहिद का खेल मैं देखा करता था। मैंने मजाक में ही कहा कि मैं शाहिद से ड्रिब्लिंग करना सीख रहा हूँ कि कहानी में कैसे ड्रिब्लिंग की जा सकती है। जो पाठक एक्सपेक्ट कर रहा है कि ये कहानीकार या ये कहानी यहाँ से शुरू हो रही है और आ रही है, मेरे सामने तो पाठक के आकर्षण के लिए यह जरूरी है कि मैं वहाँ न जाऊँ, जहाँ वह उम्मीद कर रहा हो। मैं अगल-बगल हो जाऊँ। तो यह ड्रिब्लिग करना है। मैं इसलिए कह रहा हूँ कि हमारे सीखने के लिए ढेर सारी चीजें हैं जहाँ से हम सीख सकते हैं।

जैसे बहुत शुरू में 1960 के जमाने में मैंने ईजाडोरा डंकन की आत्मकथा 'माई लाइफ' पढ़ी थी। अब तो उसका हिन्दी अनुवाद आ गया है। वह 20वीं शताब्दी के आरम्भिक दशकों में वैसे ही लोकप्रिय थी जैसे आज मडोना है। दुनिया की सबसे पॉपुलर लड़की मानी जाती थी। यह तो गायिका, वह नर्तकी थी। डांस करती थी। उसका जिक्र स्तानिस्लावस्की ने भी किया है। रूस भी गई है वह। उसके बारे में कहा जाता था कि वह नाचते हुए न्यूड हो जाती थी, लेकिन जब नृत्य करती थी [उसे यह पता नहीं चलता था कि वह न्यूड हो गई या क्या हो गई। शायद झीने वस्त्रों के कारण ऐसा लगता हो।] वह कहाँ की थी मुझे याद नहीं लेकिन उसने यूरोप, रूस, अमेरिका हर जगह डांस किया था। उससे किसी ने पूछा कि आपने नृत्य कला कहाँ से सीखी। उसने अपनी ऑटोबायोग्रॉफी में लिखा था कि उसने डांस नदी के लहरों से सीखा है, तारों के टिमटिमाने से सीखा है, चाँद की चाँदनी से सीखा है, हवाओं से सीखा है। नेचर से सीखा है। पेड़ पर लहराते हुए पत्ते से सीखा है। फिर लेखक के सीखने के लिए तो सारी दुनिया पड़ी है संगीत भी, खेल भी, गायन भी, वादन भी। एक बार हम लोलार्क कुंड की छत पर सोए हुए थे। भोर में, यह किस सन् की बात है मुझे याद नहीं। शायद 1980 के आसपास की बात है। अचानक मुझे ऐसा लगा जैसे इस निचाट शहर में अकेला एक घोड़ा नाल मढ़ा हुआ दौड़ता जा रहा है। उसके टाप की आवाज सुनाई पड़ रही है। मैं छत से उठा और क्या हो रहा है? वही आवाज जो मेरे कान में गूँज रही थी, उसी से मैं चला गया संकटमोचन और देखा कि गुदई महाराज तबला बजा रहे थे। उस समय घोड़े की टाप बदल गई थी। उस समय वह बजा रहे थे कि रेलगाड़ी कैसे जाती है। घोड़ा जा चुका था। तो एक लेखक सिर्फ किताबों से नहीं सीख पाता, उसे सीखने के लिए पूरी दुनिया पड़ी है। जिन लोगों की बातें आप कर रहे थे, 21वीं सदी की जेनरेशन के लोग, वे इस दुनिया से अपने लेखन को कहाँ जोड़ रहे हैं, यह मेरी समझ में अभी नहीं आ रहा है यानी उन्हें मुझे पढ़ना पड़ता है। पढ़ता नहीं हूँ मैं, पढ़ना पड़ता है। ये जानने के लिए कि क्या लिख रहे हैं। उनकी जबान पाठक की जबान से अलग है। जैसे मान लीजिए, हम बाजार आते-जाते हैं, तो सुनते रहते हैं कि इस वाक्य में इस शब्द के बाद कौन शब्द आएगा, वाक्य कहाँ जा रहा है। उसकी अपनी जबान क्या है। ये मैं पकड़ने की कोशिश करता हूँ। एक कॉमनमैन की जबान में तत्सम शब्द नहीं आता। मैं अगर कहीं देखता हूँ कि कहीं तत्सम शब्द आ जाता है तो मैं रुक जाता हूँ। पहले मैं देख लूँ, यह कहाँ आया है डिसक्रिप्शन में आ रहा है कि बातचीत में आ रहा है। अगर डिस्क्रिप्शन में आ रहा है, तब

भी ये कहीं मेल खा रहा है कि नहीं यानी जिसे शब्द-मैत्री कहते हैं। फॉर्म के स्तर पर लड़के तो काफी प्रयोग कर रहे हैं, लेकिन उनके यहाँ शब्द-मैत्री उन्हीं के दायरे की है। सामान्य आदमी या पाठक के बीच बोले जानेवाले शब्द उनके बीच में नहीं आ रहे हैं। जिसे मैं कहूँ कि हिन्दी का स्वभाव नहीं आ रहा है। मैं ढेर सारी ऐसी रचनाएँ पढ़ता हूँ जिसके डॉयलेक्ट्स बोलचाल की जबान में बुंदेली, अवधी, छत्तीसगढ़ी, बघेली के वाक्यों का प्रयोग नहीं है। नये लड़के जो वाक्य लिखते हैं, तो वे नहीं सोचते कि कहानी के पर्सपेक्टिव से यह मेल खाता है कि नहीं। हालाँकि स्वाभाविकता लाने के लिए वे ऐसा करते हैं, लेकिन पूरी कहानी पर्सपेक्टिव में कहीं-न-कहीं अस्वाभाविक हो जाती है। प्यौना की तरह जोड़ा हुआ लगता है, लेकिन हमें मानकर चलना चाहिए कि यह उनके सीखने की उम्र है। जैसे हमने संग्रह आने के दस साल बाद लिखना जाना और लिखने का मतलब भी, तो अभी 10 साल गुजरे हैं। इतना वक्त उन्हें देना चाहिए क्योंकि हर नया लेखक कहीं-न-कहीं लिखने के साथ सीखता भी रहता है।

विशाल विक्रम सिंह : आपके बारे में यह है कि आपने उपन्यास भी लिखा है, कथाकार के रूप में आपकी ख्याति है, आपके संस्मरण हैं। लेकिन पिछले दिनों एक निजी बातचीत में युवा कवि एवं आलोचक तथा मेरे गुरु आशीष त्रिपाठी ने कहा कि आप अपनी सबसे मूल प्रवृत्ति में कहानी के रचनाकार हैं। ऐसे में कुछ लोगों का मानना है कि आप संस्मरण के लेखक हैं। आपने एक नाटक 'घोआस' भी लिखा है, लेकिन आपके बारे में एक और बात कही जाती है कि आप का लेखन विधाओं को अतिक्रमित भी करता है। उदाहरण के तौर पर 'काशी का अस्सी' ही है जिसे लेकर अभी तक बहस होती है कि वह उपन्यास है या संस्मरण है या कथा लेखन है या वो क्या है? आपके जो संस्मरण भी आए हैं, कई बार कहा जाता है कि वो संस्मरण के खाँचे में भी नहीं अट पा रहे हैं क्योंकि संस्मरण में कल्पना के लिए रचना के जितना स्पेस नहीं होता है। कुल मिलाकर ये कि विधाओं की आवाजाही आपके लेखन में रही है। इस पर क्या कहेंगे आप?

काशीनाथ सिंह : पहली बात तो ये बता दूँ कि हमारा काम लिखना है, वह कौन-सी विधा है, ये निर्णय करना आलोचक का काम है। लिखते समय मैंने कभी नहीं सोचा कि जो मैं लिख रहा हूँ, वह कौन-सी विधा है। दूसरी बात ये कि 'देख तमाशा लकड़ी का' को मैंने कहानी के रूप में भेजा था लेकिन यादव जी ने कहा कि मैं इसे कहानी नहीं मानता हूँ। इसे रिपोर्ताज मानता हूँ। मैंने कहा, रिपोर्ताज तो ये है नहीं। हमारे और राजेन्द्र यादव के बीच बातें हुईं। अन्त में ये

छपा और उसे नाम दे दिया गया कि ये संस्मरण है, क्योंकि उसमें हमारे संस्मरण छप रहे थे, तो उन्हीं संस्मरण की शृंखला में 'देख तमाशा लकड़ी का' छाप दिया गया। समस्या दूसरे में भी आई। जब मैंने 'संतो घर में झगरा भारी' भेजा। इसे मैंने कहानी के रूप में नहीं भेजा था, लेकिन ये हुआ कि ये संस्मरण भी नहीं है, तब इसे क्या माना जाए तो राजेन्द्र यादव ने कहा रिपोर्ताज है। मैंने कहा, इस तरह का तो कोई रिपोर्ताज नहीं लिखा गया है तो उन्होंने कहा—क्या चाहते हो? इसे मैं क्या कर दूँ। कहानी नहीं है, संस्मरण नहीं है, फिर क्या है? तो हमने कहा सम्पादक आप हैं, सोचना आपका काम है। तो उन्होंने कहा, कथा-रिपोर्ताज यदि कर दिया जाए तो कैसा रहेगा। मैंने कहा कि चल जाएगा। आप चाहें तो इसे कथा-रिपोर्ताज कर सकते हैं। यही स्थिति लगभग 'संतो, असंतो व घोंघा बसंतो का अस्सी' की भी थी। बाकी दो कहानी के रूप में छपी। जब यह तैयार हुई तो तुमको सही-सही बताएँ, इसी घर में नामवर जी वज्रासन पर बैठे हुए थे भोजन के बाद और राजकमल के अशोक महेश्वरी काफी दिनों से पीछे लगे हुए थे कि किताब जल्दी दीजिए समय कम रह गया है। पुस्तक मेला तक इसको आ जाना है। हमने नामवर जी से कहा कि जितना मैंने अस्सी से सम्बन्धित लिखा है, कैरेक्टर वही हैं, लोकेशन वही है, बातें ग्लोबलाइजेशन के बाद की हैं, हिन्दुस्तान, जनतंत्र, चुनाव, बाबरी मस्जिद, भाजपा, सपा, बसपा वगैरह के बारे में होती रही हैं तो इसको मैं क्या करूँ। यद्यपि यह मेरी मुश्किल नहीं है प्रकाशक की है। प्रकाशक कुछ भी छापता है तो बताना चाहता है कि अमुक रचना कहानी, यात्रा विवरण, कविता-संग्रह, उपन्यास है। नाम का संकट उसके सामने होता है कि इसे किस नाम से छापेगा, क्या बताएँ हम। हमारा खयाल है कि एक मिनट सोचा होगा, उन्होंने उसके बाद कहा यानी नामवर जी कह रहा हूँ जो आज का सबसे बड़ा समीक्षक, समीक्षाशास्त्री, आलोचक, तो उन्होंने कहा कि 'उपन्यास'। तब इसके बाद मेरे कहने के लिए कुछ रह नहीं जाता। जब आज के बड़े आलोचक ने कहा है कि वह उपन्यास है, तो लोग क्यों परेशान हो रहे हैं। मेरी समझ में नहीं आ रहा, लोग क्यों जानना चाहते हैं कि कथा-रिपोर्ताज है कि कहानियों का संग्रह है या संस्मरणों का संग्रह है, या क्या है। यानी उनका कथन तो प्रमाण मानना चाहिए। मुझे ही नहीं, दूसरों को भी। दूसरी बात एक चीज हम बताएँ कि लिखते समय मेरे दिमाग में कभी नहीं आया कि मैं क्या लिख रहा हूँ? संस्मरण लिख रहा हूँ, रिपोर्ताज लिख रहा हूँ या उपन्यास लिख रहा हूँ। मेरे दिमाग में ये था कि जो मैं लिखना चाहता हूँ, वह समूचा का समूचा आता है या नहीं आता है। मैं अपने को एक लेखक के नाते पूरी तरह से निचोड़कर व्यक्त कर दूँ,

सिर्फ मेरी इतनी ही लालसा थी। चाहे 'देख तमाशा लकड़ी का हो' या 'संतो घर में झगरा भारी' या चाहे कोई भी हो। विधाओं के बारे में मैंने सोचा ही नहीं। मेरे सामने सिर्फ इतना था, मैं जो लिखना चाहता हूँ, वह आ जाना चाहिए। इसी क्रम में मैंने आपको कहा कि मुझे कहानीकार न माना जाए, अगर मानना ही है तो कथाकार मानिए। मैं कथाएँ लिखता हूँ, कहानियाँ अलग हैं। इसी कथा में उपन्यास भी हैं। संस्मरण की जहाँ तक बात है, मैं आपको एक संस्मरण सुनाना चाहता हूँ। सन् 1970 के जमाने में एक फिल्म आई थी 'पैगाम'। उसमें उस युग के दो बड़े अभिनेता कलाकार दिलीप कुमार और राजकुमार ने काम मिया। 'पैगाम' में राजकुमार दर्शकों के लिए बहस का विषय था कि अभिनय किसका अच्छा है। ज्यादातर लोगों का कहना था कि राजकुमार ने अभिनय के मामले में दिलीप कुमार को पीछे छोड़ दिया है। दोनों छोटे-बड़े भाई बने थे। हमारा खयाल है कि उसमें बड़ा भाई बना है राजकुमार। ये मैं भी मानता हूँ कि उसने दिलीप कुमार से बेहतर काम किया है। उस राजकुमार का एक साक्षात्कार छपा था। उन दिनों मैं लोलार्क कुंड पर रहता था। तुलसी रोड के ठीक सामने मुकुन्द की चाय की दुकान थी। मुकुन्द यादव के साथ चाय की दुकान पर बैठा हुआ था और अखबार पढ़ रहा था। वहीं मैंने राजकुमार का साक्षात्कार पढ़ा। ये बात मेरे दिमाग में कितने गहरे धँसी होगी, इसका अनुमान आप इससे कर सकते हैं कि चालीस साल से ऊपर हो गए उस साक्षात्कार को पढ़े हुए, फिर भी मुझे याद है। उसका प्रिय सम्बोधन था 'जानी'। जानी बाद के दिनों में लत हो गई थी। दूसरों को जब जलील करना होता था तो जानी कहकर वह सम्बोधित करता था, लेकिन उस इंटरव्यू तक वह अच्छा नायक व कलाकार था। उससे किसी ने उसके अभिनय के बारे में पूछा। राजकुमार ने उत्तर दिया—जानी, ये तो सिनेमा की दुनिया है। अभिनय का मामला है, लेकिन अगर मैं इस मुम्बई में फुटपाथ पर बूट पॉलिश भी करता होता तो मेरै कोशिश यही होती कि जितनी अच्छी पॉलिश मैं कर रहा हूँ, पूरी मुम्बई में दूसरा ना करे। यह बात मेरे दिमाग में बैठी हुई थी कि मैं कहानी लिखूँ, संस्मरण लिखूँ, उपन्यास लिखूँ चाहे जो लिखूँ, कोशिश यही करूँ कि जैसा मैं लिख रहा हूँ, वैसा दूसरे ने न लिखा हो। इसलिए जब मैंने संस्मरण लिखना शुरू किया, तब मेरे दिमाग में था कि ये संस्मरण ऐसे हों जैसे अब तक न लिखे गए हों। इसी तरह जब मैं 'काशी का अस्सी' के एपिसोड्स लिख रहा था, तब भी मेरे दिमाग में ये बात थी। मैंने अपनी तरफ से पूरी कोशिश की, इसमें कितना कामयाब हुआ कितना नहीं, यह पाठक जाने। अभी हांगकांग से रश्मि शाही नाम की एक पत्रकार ने सवा घंटे तक मेरा इंटरव्यू लिया इसी

'काशी का अस्सी' पर। यह हफ्ते भर पहले की बात है जो इंटरव्यू लिया था वो यूनाइटेड किंगडम में भेजा है लंदन के किसी मैगजीन के लिए। उसने कहा कि मैंने भारत क्या बाहर के भी जितने उपन्यास पढ़े हैं, अब तक ऐसा उपन्यास नहीं पढ़ा। आपने कैसे लिखा वगैरह-वगैरह करके वो बात कर रही थी। तो इससे मुझे लगता है कि जो मैं चाहता था, कुछ न कुछ तो हुआ है।

विशाल विक्रम सिंह : आप शुरू से ही प्रगतिशील आन्दोलन से जुड़े रहे किन्तु आपने अपनी एक कहानी 'सुधीर घोषाल' में अतिवादी वामपंथ से जुड़े एक चरित्र को बहुत महिमामंडित किया है। इस असंगति को आप किस तरीके से व्याख्यायित करेंगे?

काशीनाथ सिंह : शुरू से नहीं जुड़ा रहा हूँ। जहाँ तक मुझे याद आ रहा है कि ये कहानी लिखी गई थी 1975-76 के आसपास। उस समय प्रगतिशील लेखक संघ से लेखक के रूप में जुड़ा नहीं था। प्रगतिशील लेखक संघ में मैं जबलपुर में भीष्म साहनी की बात के बाद शामिल हुआ 1980 में। जिन दिनों 'सुधीर घोषाल' कहानी लिखी गई, उन दिनों के बारे में तुम्हें कोई आइडिया नहीं है। सुधीर घोषाल नक्सलवादी आन्दोलन के बाद के दिनों की जो अतिक्रान्तिकारिता थी, उसका प्रतिनिधि चरित्र है। मैं खुद विश्वास करता था कि वर्ग शत्रुओं का सफाया होना चाहिए। व्यक्तिगत एनिहिलेशन में भी विश्वास करता था। संसदीय प्रणाली में एक अविश्वास था और अकेले मेरा नहीं था। उस दौर के बहुत से ऐसे लड़के थे जो ये विश्वास करते थे कि हम अपनी क्रियाओं और सोच से समाज को बदल सकते हैं। उस समय का जो युवा था, जिसे चरम वामपंथी कह सकते हैं, सुधीर घोषाल उसकी सोच को प्रतिनिधित्व देता है। क्योंकि अकेले यह घटना होती है आज के झारखंड में, जहाँ वो था। लेकिन उसका सम्बन्ध बंगाल के क्रान्तिकारियों से, आन्ध्र के क्रान्तिकारियों से, पंजाब के क्रान्तिकारियों से था। तो कहानी प्रगतिशील लेखक संघ के लेखक की नहीं है। यह उन दिनों के लेखक की है जो एक तरह से एम.एल. की राजनीति से जुड़ा था और यह छपी भी सी.पी.एम. की पत्रिका 'उत्तरार्द्ध' में। इस कहानी को ढेर सारी प्रशंसाएँ मिली थीं। जो सी.पी.एम. नक्सल आन्दोलन के खिलाफ था, इसको उसकी ही पत्रिका ने छापा था और प्रशंसा करनेवाले भी सी.पी.एम. के लोग थे। ये आश्चर्यजनक लगेगा आपको। मुझे याद है, सुधीश पचौरी ने इस पर कुछ टिप्पणी की थी। उन दिनों वे आज जैसे नहीं थे। वे सीधे सी.पी.एम. पार्टी के आदमी थे। उस समय तक जनवादी लेखक संघ भी नहीं बना था। 1980 में प्रलेस का अधिवेशन होता है। बाद में जलेस, फिर जसम। ये कहानी तब की है।

विशाल विक्रम सिंह : जब काशीनाथ सिंह का नाम आता है तो लोगों के जेहन में 'काशी का अस्सी' कौंध जाता है। 'काशी का अस्सी' जहाँ समाज विमर्श खड़ा करता है, वहीं कुछ व्यक्तिगत सम्बन्धों को सुलझाने में एक विनोदपूर्ण रवैया अपनाता रहा है। दुष्यंत कुमार का एक शेर है कि 'मत कहो आकाश में कोहरा घना है, यह किसी की व्यक्तिगत आलोचना है।' तो इस शेर के परिप्रेक्ष्य में व्यक्तिगत आलोचनाओं को आप किस तरह लेते हैं। खासतौर से तब 'काशी का अस्सी' के कुछ जीवित पात्रों ने कचहरी तक की स्थिति खड़ी कर दी थी। तो एक बड़ी रचना के भीतर इस तरह की कोशिश का क्या सन्दर्भ बनता है, ये जानना चाहते हैं लोग।

काशीनाथ सिंह : ऐसा है कि मैंने खास लोकेल चुना था। वहाँ बैठनेवालों को मैं जानता था, देखा था। जब हम कोई रचना करते हैं तो किसी काल्पनिक पात्र को दिमाग में रखते हैं, लेकिन उस वक्त मेरे दिमाग में आया कि अगर इन्हीं पात्रों को कल्पना में घोल दिया जाए तो ये काल्पनिक पात्रों की तुलना में ज्यादा जीवंत, यथार्थ और तेजस्वी दिखाई पड़ सकते हैं। उनकी बातों को ज्यों का त्यों लिखा जाए। उनमें धार दी जाए। उनकी बातों को पैना बनाया जाए। इसके पहले खिलंदडापन का जो जिक्र आपने किया है तो उनके साथ खिलंदडेपन या खेल किया जाए तो कैसा हो। हमें याद नहीं कि असल पात्र को ले के इसके पहले भी उपन्यास या कहानियाँ लिखे गए हैं या नहीं। हो सकता है कि पात्रों के नाम ज्यों का त्यों रहे हों। जैसे चतुरी चमार हो सकता है कि चतुरी रहा हो, बिल्लेसुर बकरिहा, हो सकता है बिल्लेसुर रहा हो। मुझे लगा कि वे नाराज होंगे, गालियाँ देंगे, धमकियाँ देंगे या चाहे जो कुछ करें हमारे साथ लेकिन उन्हें ज्यों का त्यों देने में भयभीत या कुंठित होने की जरूरत नहीं है। देखा जाए कि क्या करते हैं? जब पहला एपिसोड आया 'देख तमाशा लकड़ी का' तो उसके महीने भर तक लगभग अस्सी पर हंगामा होता रहा। ग़ाली-गलौज, मारपीट, धमकी। हमारे यहाँ कभी फोन आते थे कि साले अँगूठा काट लेंगे। साले दिखाई दिए तो गोली मार देंगे। महीने भर तक ये होता रहा। मैं पता नहीं क्यों अस्सी जाने से बचता रहा। संयोग से उन्हीं दिनों कर्फ्यू लग गया और कुछ दिनों के बाद विषय बदल गया। लोग कर्फ्यू और दूसरी चीजों के बारे में बातें करने लगे। धीरे-धीरे मामला ठंडा हुआ। इसी तरह का हंगामा खड़ा हुआ 'संतो घर में झगरा भारी' छपने के बाद। वो उतना पहले की तरह बड़ा नहीं हो सका लेकिन हुआ ये कि लोग कोर्ट-कचहरी की बातें कर रहे थे। साले को ये बताते हैं, वो करते हैं, वो करते हैं। लेकिन जब लोग उन्हें देखने आने लगे कि डॉ. गया सिंह कौन हैं, तन्नी गुरु कौन हैं, वीरेन्द्र

श्रीवास्तव कौन हैं, तो वहाँ से उनमें चेंज आया। उन्हें लगा कि वे बदनाम नहीं हुए हैं बल्कि प्रसिद्ध हो गए हैं। लोग पप्पू की चाय की दुकान देखना चाहते हैं। देखना चाहते हैं कि लोग कैसे-कैसे हैं। वहाँ से उनमें बदलाव आया। उसके बाद सब चीजें बदलने लगीं अपने आप। तब जो लोग गालियाँ देते थे, सम्मान के साथ मुझे देखने लगे। चूँकि उन दिनों मैं काशी हिन्दू विश्वविद्यालय में हिन्दी विभागाध्यक्ष था तो मालूम हुआ कि कुलपति को भी चिट्ठियाँ भेजी गई थीं कि ये अश्लील, गंदा आदमी, गाली-गलौज कर रहा है, हिन्दी विभाग में कैसे अब तक पड़ा हुआ है। ये सब हुआ था।

विशाल विक्रम सिंह : उन दिनों कुलपति कौन था?

काशीनाथ सिंह : रस्तोगी थे या सिम्हाद्रि थे, मुझे याद नहीं। वैसे 91 में आया था 'देख तमाशा लकड़ी का'। या हो सकता है कि गौतम रहे हों। यहाँ तक कि कुछ राजनीतिक पार्टियों को चिट्ठी भेजी गई थी। लेकिन एक दिलचस्प चीज जो दिखाई दी, वह यह कि जिन राजनेताओं को पढ़ने-लिखने से कोई मतलब नहीं था, उनके पास भी पर्चियाँ पहुँच गई। उन लोगों ने भी पढ़ा। पढ़ा ही नहीं, एंजॉय भी किया। कुछ ने गालियाँ देते हुए चिट्ठियाँ भी दीं। उनका जिक्र नहीं करना चाहता कि वो कौन लोग थे। लेकिन नेताओं ने भी दिलचस्पी दिखाई।

विशाल विक्रम सिंह : यानी जिन लोगों ने कभी साहित्य नहीं पढ़ा था, वे कम से कम इस बहाने साहित्य की ओर उन्मुख तो हुए।

काशीनाथ सिंह : और तो और, अभी हाल में नीतीश कुमार की पार्टी के नेता हैं कोई तिवारी जी, वे पहले आर.जे.डी. में थे, वे यात्रा पर निकले थे। उनका फोन आया था कि काशीनाथ जी मैं पढ़ रहा हूँ और मजा आ रहा है। तो मैंने देखा कि नेताओं की दिलचस्पी भी बढ़ गई है।

विशाल विक्रम सिंह : अच्छा, इससे ये है, साहित्य का प्रसार हुआ। बहुत से लोगों ने हिन्दी की तरफ बढ़ना शुरू किया। मुझे लगता है कि ऐसी घटना बहुत दिनों बाद हिन्दी साहित्य में हुई।

काशीनाथ सिंह : हाँ, मुझे जिक्र नहीं करना चाहिए, इस समय समाजवादी पार्टी के पदाधिकारी हैं, उनकी चिट्ठी आई थी 'भोसड़ी के काशीनाथ' करके। उसकी वजह थी। बी.जे.पी. के वीरेन्द्र सिंह थे जिनका जिक्र है, सी.पी.आई. के अतुल अनजान हैं। तो वीरेन्द्र सिंह चुनाव लड़ रहे थे जिसमें अटल बिहारी वाजपेयी के सभा में न आने पर किस तरह बुक्का फाड़ के रो रहे थे। तो इन लोगों पर और पार्टियों पर टिप्पणियाँ हैं इसमें। इसलिए इन लोगों ने दिलचस्पी ली। संघ के तो

बहुत सारे लोग हैं। मैंने सुना कि गृहमंत्री थे लालकृष्ण आडवाणी। उनके यहाँ भी इसकी फोटोकॉपी भेजी गई थी। तो ये सारा कुछ हो चुका है लेकिन दिलचस्प है सारा किस्सा। बहुत दिलचस्प।

विशाल विक्रम सिंह : नब्बे के बाद से भारत ने उदारीकरण की नीति को स्वीकार किया। उसके परिणामस्वरूप किसानों की आत्महत्या का सिलसिला शुरू हुआ। महत्त्वपूर्ण यह है कि किसान परेशान हमेशा रहा है लेकिन यह प्रवृत्ति कम देखने में आई। नब्बे के बाद इसमें इजाफा हुआ है। इसके बावजूद साहित्य में किसानों के ऊपर कोई गम्भीर विमर्श जो योजनाबद्ध रूप से चलाया जा रहा हो, उसका अभाव दिखता है। इस सन्दर्भ में आपका उपन्यास 'रेहन पर रग्घू' आया जो भारतीय किसानों की बदहाली पर एक आख्यान है। इसके बावजूद कोई योजनाबद्ध विमर्श नहीं चल रहा है जबकि किसानों की स्थिति बदतर होती जा रही है तो इसके लिए आप किन षड्यंत्रकारी प्रवृत्तियों को जिम्मेदार मानते हैं?

काशीनाथ सिंह : पहली बात तो यह बता दूँ कि 'रेहन पर रग्घू' उपन्यास वस्तुतः आज के गाँव पर नहीं लिखा गया है। गाँव में क्या बदलाव आया है, ये बताता है। लेकिन किसान के जीवन की क्या स्थिति है, इसके बारे में उपन्यास नहीं बताता। वस्तुतः इस बीच गाँव में परिवर्तन हुआ है और लोग शहर की ओर पलायन कर रहे हैं। लोगों का एक सामंती ढाँचा जो हुआ करता था, जिसमें एक चमटोल हुआ करती थी, हलवाहे होते थे, मजदूर होते थे, सब कुछ मिल जाता था लोगों को थोड़े से खेत पर मजदूरी में कुछ बिस्से खेत दे दिए जाते थे और उसके बाद हलवाही में देते थे। कटिया पर देते थे, दँवरी पर देते थे। तो ये सब चीजें हुआ करती थीं। ये सब बदलाव हुआ है कि किसान की मजूरी से बेहतर है शहर का काम। चमटोल के दलित, शहरों की ओर चले गए काम-धन्धा की खोज में। जो किसान हैं या तो हल जोतें अपने खेत में या पिछड़ी जाति के आदमी को अधिया पर दे दें। ये स्थिति हुई है अपनी तरफ। उसी में रघुनाथ नाम का जो आदमी है, वह दवा-दारू के लिए, कचहरी के लिए, बच्चों की लिखाई-पढ़ाई के लिए शहर की तरफ रुख करता है। वस्तुतः वह उपन्यास गाँव से शहर आनेवाले और फिर गाँव की स्थिति को देखकर गाँव में ठहरने का साहस न करनेवाले आदमी की कहानी है। गाँव की झलक है उसमें लेकिन गाँव पर आधारित उपन्यास मैं नहीं मानता। जिन किसानों की बात तुम कर रहे हो जो आज का लेखक है, उसे सूचनाएँ तो मिल जाती हैं कि आत्महत्या हो रही है लेकिन किस परिस्थिति में उस आदमी को आत्महत्या करनी पड़ी है, उससे वह अनजान है। लेखक कभी गाँव में रहता था, जाता था लेकिन आज गाँव से एकदम कटा हुआ है। प्रेमचन्द के

सामने किसी ने आत्महत्या नहीं की थी। प्रेमचन्द का गाँव शहर के करीब था। तो अब के लेखक का गाँव से कोई जीवंत सम्पर्क नहीं है। सबसे बड़ा कारण तो यही लगता है मुझे। फिर गाँव से उसका अपरिचित होना, जमीन से अलग हो जाना। इस पर किसी दूसरी भाषा में साहित्य लिखा गया है या नहीं, मैं नहीं जानता लेकिन हिन्दी के लेखकों में से जितनों को मैं जानता हूँ, उनमें से ज्यादातर का गाँव से जीवंत सम्पर्क नहीं रह गया है। लोग शहरों में हैं या तो नौकरियाँ कर रहे हैं या मेरी तरह रिटायर्ड जीवन बिता रहे हैं।

मैंने तो 'रेहन पर रग्घू' एक तरह से 'काशी का अस्सी' के सप्लिमेंट के रूप में लिखा है। शहर में ग्लोबलाइजेशन की क्या स्थिति है, इसके बाद मुझे लगा कि गाँव बच रहा है। गाँव में दिखाया जाना चाहिए कि गाँव को ग्लोबलाइजेशन ने क्या बना दिया है। ये बताने के लिए मैंने 'रेहन पर रग्घू' लिखा है। जमीन रहते हुए किसान के विस्थापित होते जाने की त्रासदी।

विशाल विक्रम सिंह : हिन्दी की कहानियों और उपन्यासों को लेकर शुरू से ही फिल्में बनती आ रही हैं लेकिन उनमें ज्यादातर फिल्मों से मूल कहानियों या उपन्यासों के लेखक असन्तुष्ट हैं कुछेक अपवादों को छोड़ दिया जाए तो। ये दोनों अलग-अलग विधाएँ हैं जिनका सन्दर्भ अलग-अलग है। आप इन दोनों के सम्बन्धों को कितना महत्त्वपूर्ण मानते हैं?

काशीनाथ सिंह : इसके बारे में एक तो मैं ये कहना चाहूँगा कि लेखक के भीतर ये जिद नहीं होनी चाहिए कि फिल्म वही बने जो उसने लिखा है क्योंकि दोनों के फॉर्म में अन्तर है। हमारे हाथ में कलम है लेकिन फिल्मकार के हाथ में कैमरा होता है। कैमरे की भाषा दूसरी है। कलम की भाषा दूसरी। दूसरी बात फिल्मकार जो फिल्म बनाता है, उसके दर्शक हुआ करते हैं, हमारे पाठक होते हैं। जो दर्शक होते हैं, उनमें पढ़े-लिखे लोग भी होते हैं और अपढ़ भी। जिन्हें हम सामान्यजन बोलते हैं। ऐसे लोगों की रुचियों को भी ध्यान में रखना फिल्मकार की मजबूरी होती है। उनकी रुचियों के लिए कुछ चीजें डालनी पड़ती हैं जो आपकी रचना में नहीं होती। तीसरी बात कि फिल्म बनाने में पैसा लगता है। जो पैसा लगाता है, वह चाहता है कि उसे फायदा हो, इसलिए वो निर्देशक पर दबाव बनाए रखता है कि उसका पैसा डूबे नहीं। इन बातों को ध्यान में रखते हुए अगर लेखक अपनी सीमाओं को और फिल्म की सीमाओं को जान ले और उसे छूट दे कि मूल कथ्य तो रहे ज्यों का त्यों, उसे डिस्टर्ब न किया जाए और जो लेखक कहना चाहता है, वही बात कही जाए लेकिन अपनी भाषा में। कैमरे की भाषा अलग होती है। अगर निर्देशन अपनी भाषा में उस कथ्य को कहे तो हमें लगता है, वह कथ्य ज्यादा

प्रभावशाली हो सकता है और साहित्य इस तरह से आमजन तक पहुँच सकता है। फिल्म को प्रायः साहित्यकारों ने शत्रु की तरह देखा है और मानते हैं कि जिस आदमी की रचना का फिल्मीकरण हो गया, वो लेखक नहीं रहा। हमारा खयाल है कि ये दृष्टि दोषपूर्ण है। आपकी बात को अगर वह आमजन तक पहुँचाना चाहता है तो आपको प्रसन्न होना चाहिए, सन्तुष्ट होना चाहिए कि आप पढ़े-लिखे लोगों तक ही नहीं, बल्कि उसके बाहर की परिधि में भी आपका विस्तार हो रहा है। इसलिए ये छूट देनी चाहिए एक समझदार निर्देशक को। बहुत ज्यादा तो नहीं जानता लेकिन ज्यादातर साहित्यिक फिल्मों के फ्लॉप होने के कारणों में से लेखक का दबाव भी एक कारण रहा है। हमारे उपन्यास में ये नहीं है, कहानी में वो नहीं है, इसका यह मतलब है कि जिस विधा में आप जा रहे हैं, उसकी ताकत को अंडरइस्टिमेट करते हैं। उसमें नहीं पड़ना चाहिए, उसे फ्री हैंड देना चाहिए। आखिर साहित्य और फिल्म—दोनों ही कला के दो रूप हैं।

विशाल विक्रम सिंह : वर्तमान साहित्यिक पत्रकारिता से आप कितनी उम्मीद करते हैं?

काशीनाथ सिंह : लेखकों की तादाद बहुत ज्यादा बढ़ी है। लेकिन अगर साहित्यिक पत्रकारिता से आपका मतलब 'कथादेश', 'आलोचना', 'परिकथा', 'साक्षात्कार', 'वागर्थ', 'नया ज्ञानोदय' वगैरह जो आज पत्रिकाएँ निकल रही हैं, उनसे है तो पता नहीं क्यों मुझे लगता है, उनमें से ज्यादातर पत्रिकाओं ने अपनी ऐतिहासिक भूमिका निभा ली है। बहुत सारी पत्रिकाएँ हैं, जो अब अपने को ढो रही हैं। एक लाचारी है जिसके चलते वो निकल रही हैं। तो उनमें से ज्यादातर का उत्कर्ष काल खत्म हो चुका है, चाहे वह 'आलोचना' हो या 'हंस'। हो सकता है कि इसकी वजह ये हो कि जो विमर्शवादी रचनाएँ आ रही हैं, उनके पीछे उत्कृष्टता का भाव कम, अस्मिता का ज्यादा हो। क्योंकि पत्रिकाएँ अच्छी तभी होंगी, जब रचनाएँ उत्कृष्ट हों और उस तरह से उत्कृष्ट रचनाएँ इन पत्रिकाओं में कम ही देखने को मिलती हैं। कभी-कभी ही दिखाई पड़ती हैं।

विशाल विक्रम सिंह : ऐसा कौन-सा विषय है जिस पर लिखना चाह रहे हों और किस कारण से अभी तक नहीं लिख पाए हों और आपके मन में बार-बार चलता हो कि इसे लिखेंगे?

काशीनाथ सिंह : देखो, हम जो करना चाहते हैं, उसके विषय में बात नहीं करते। क्योंकि बात कर लेंगे तो लिख नहीं पाएँगे। तो इसलिए हम क्या करना चाहते हैं, ये नहीं बता सकते। अब क्या है, जो छूट गया, लिखना चाहते थे और नहीं लिख

सके, उसके बारे में बात करना मुझे बेकार लगता है। उदाहरण के लिए बताऊँ कि 'रेहन पर रग्घू' लिखने के बाद मेरे दिमाग में आया था, जो सवाल आपने किया भी था, कि जब गाँव चला ही गया हूँ पहाड़पुर में, तो किसान समस्याओं को देखा जाए। उस पर लिखा जाए। मेरे दिमाग में ये बात आई भी लेकिन फिर हुआ कि उस जिन्दगी से हम बहुत दूर आ गए हैं और अगर लिखूँगा तो वह उतना विश्वसनीय भी नहीं होगा, प्रामाणिक नहीं होगा। हो सकता है, झूठ हो और मैं झूठ लिखना नहीं चाहता। तो ये एक विषय जरूर रहा है जो मैं नहीं कर सका, उसके बारे में अब क्या कहें।

विशाल विक्रम सिंह : आपने इतना अधिक समय मुझे दिया, इसके लिए बहुत-बहुत धन्यवाद।

काशीनाथ सिंह : तुम्हें भी।

(*परिकथा,* जुलाई 2012)

एक ही रास्ते पर चलते रहने का स्वभाव नहीं

चितरंजन कुमार : बनारस में लोलार्क कुंड के एक छोटे से कमरे से आपकी और नामवर सिंह की साहित्यिक यात्रा शुरू हुई थी। अब आपने एक लम्बा रास्ता तय कर लिया। साहित्य के रास्ते पर काफी आगे निकल आए। आज उन पुराने दिनों को किस तरह याद करते हैं? उन दिनों ने साहित्य और जिन्दगी के कौन-कौन से सबक दिए?

काशीनाथ सिंह : ऐसा है, वे दिन लगभग हम दोनों के अलग-अलग मानसिकताओं के थे। नामवर जी उन दिनों युवा आलोचक थे। काशी हिन्दू विश्वविद्यालय के बड़े लोकप्रिय अध्यापक थे। मैं विद्यार्थी था और वे मेरे गुरु थे। कहानियाँ हमें पढ़ाते थे। हम दोनों घर में भाई थे लेकिन विश्वविद्यालय में अध्यापक और शिष्य थे। विश्वविद्यालय में मैं कभी उन्हें भाई के रूप में नहीं देख सका था और न वे मुझे। वे लेखक थे लेकिन मेरे दिमाग में तब तक लेखक होने की कोई योजना नहीं थी। कभी मैं विश्वविद्यालय में लेक्चरर या प्रोफेसर होऊँगा, यह सोचा भी नहीं था। अधिक से अधिक यही सोच पाया था कि जहाँ से मैंने हाईस्कूल किया है, गाँव के पास से, एम.ए. करने के बाद वहीं जाकर हिन्दी पढ़ाऊँगा। पढ़ाऊँगा भी और घर का काम-काज भी देखूँगा। संयोग ऐसा बना कि नामवर जी बेरोजगार हो गए और घर की सारी जिम्मेदारी मेरे ऊपर आ गई। वे दिन तब बड़ी मुश्किल के लगते थे, लेकिन आज वे ही दिन सबसे ज्यादा याद आते हैं। सबसे अच्छे लगते हैं। हम भाइयों में सच्चा और निर्णायक प्रेम उन्हीं दिनों विकसित हुआ। नामवर जी बेरोजगार होने के बाद भी नगर में साहित्यिक, सांस्कृतिक और सामाजिक गतिविधियों के केन्द्र थे। त्रिलोचन, चन्द्रबली सिंह, केदारनाथ सिंह, विश्वनाथ त्रिपाठी, विद्यासागर नौटियाल, बाबा कारन्त, विष्णुचन्द्र शर्मा आदि नगर के इन सभी लेखकों का हमारे घर आना-जाना रहता था। इस आबो-हवा ने धीरे-धीरे मेरे मन में लिखने के प्रति आकर्षण पैदा किया। नामवर जी तब कहानी, नई कहानी पर स्तम्भ लिख रहे थे और उस वक्त तक पढ़ी हुई हर नई कहानी पर चर्चा

किया करते थे। उन चर्चाओं ने मुझे कहानी की तरफ जाने को बाध्य किया और मैं कहानियाँ लिखने लगा। लोलार्क कुंड के उस कमरे ने और कुछ किया हो या न किया हो, एक आलोचक की हैसियत से नामवर जी को प्रतिष्ठा दिलाई और मुझ जैसे युवक को कहानी के लिए तैयार किया। लगभग चौदह साल हम लोग साथ रहे। वे तो (नामवर सिंह) 1965 में काशी छोड़ गए लेकिन मैं 1980 तक उसी घर में बना रहा। मेरे चार कहानी-संग्रह और 'अपना मोर्चा' उपन्यास उसी घर में रहते हुए छपे थे और एक कथाकार के रूप में मैं चर्चित हुआ था। इतना याद है कि घर छोड़ने से पहले 'कविता की नई तारीख' नाम की कहानी उसी छोटे घर में लिखी गई थी। सच्चे अर्थों में लोलार्क कुंड का वही घर है जिसने हमारा निर्माण भी किया और विकास भी। हम कहाँ से चलकर कहाँ पहुँचे हैं, इसकी याद आज भी धुँधली नहीं हुई है। मैं तो कहूँगा कि हर आदमी को अपना अतीत याद रखना चाहिए। 1953 से लेकर 80 तक के वर्ष, बनारस में हमारे संघर्ष के वर्ष थे। इससे इतना तो साबित होता ही है कि साहित्य और संघर्ष के ताल्लुक बड़े गहरे हैं। संघर्ष ही साहित्य की बुनियाद है। वहीं से वह पैदा भी होता है और बढ़ता भी है।

चितरंजन कुमार : कुछ ऐसा जो इस यात्रा के दौरान छूट गया हो?
काशीनाथ सिंह : फिलहाल तो ऐसा कुछ याद नहीं आ रहा।

चितरंजन कुमार : किसी रचनाकार के लिए विचारधारा का क्या महत्त्व है? समाज में जो हो रहा है अगर साहित्य उसे ही प्रतिबिंबित करता है तो फिर विचारधारा की क्या जरूरत। यथार्थ का चित्रण तो बगैर विचारधारा के भी हो सकता है।
काशीनाथ सिंह : पहली बात तो यह कि एक लेखक के लिए साहित्य सिर्फ समाज का दर्पण नहीं है, पाठक के लिए हो सकता है। साहित्य को मैं यथार्थ की प्रतिछवि नहीं मानता। एक लेखक उस यथार्थ को जोड़ता-तोड़ता है। उसका वह नये सिरे से निर्माण करता है। यथार्थ सिर्फ गीली मिट्टी का काम करता है। हम उससे दीया बनाते हैं या घड़ा बनाते हैं या कुछ और यह हमारी अपनी कल्पना पर निर्भर करता है। विचारधारा को मैं सिर्फ आँख समझता हूँ। चीजों को देखने का एक नजरिया।

चितरंजन कुमार : विचारधारा और परिस्थिति के बीच जो सम्बन्ध है, उसे आप कैसे देखते हैं?
काशीनाथ सिंह : मैंने बहुत पहले एक कहानी लिखी थी 'दलदल' तब मैं काश्मीर में फूलों के सौन्दर्य को देखकर लौटा था। मेरी आँखों में उसी सौन्दर्य की खुमारी

थी, लेकिन जब दूसरे दिन सुबह पिताजी ने कुएँ के बगल में बनी हुई फुलवारी को कुदाल और फावड़े से खोद-खोदकर फेंकना शुरू किया, तब मेरी समझ में आया कि मेरे और पिताजी के सौन्दर्य-बोध में फर्क है। उस साल अकाल पड़ा था और वे उस फुलवारी वाली जमीन में आलू बोना चाहते थे। उनके लिए सौन्दर्य आलू में था, फूलों में नहीं। उस समय फूलों का सौन्दर्य उनके लिए दम तोड़ चुका था। इस तरह मुझे लगता है कि विचारधारा का मामला परिस्थितियों से भी संचालित होता है। परिस्थितियाँ कई बार विचारधारा को दिशा देती हैं।

चितरंजन कुमार : कई बार विचारधारा भी तो रचना को दिशा देती है। आपकी विचार प्रक्रिया को देखें तो इसमें कई मोड़ हैं। कभी आप 'न्यू ब्लड फोरम' के सदस्य हुआ करते थे। सरकार के खिलाफ रात को पोस्टर चिपकाते थे। नक्सली आन्दोलनों से भी आपका जुड़ाव रहा। इन चीजों से आपकी रचनात्मकता पर क्या प्रभाव पड़ा।

काशीनाथ सिंह : वस्तुतः मेरे लेखक को इससे फायदा हुआ। हमारे दौर का ज्यादातर लेखन बन्द कमरे का लेखन हुआ करता था, या वह परिवार के सम्बन्धों तक सीमित रहा करता था। मैं खुद भी मुक्त होना चाहता था और अपनी कहानियों को भी मुक्त करना चाहता था। इसके लिए अनुभव का विस्तार बहुत जरूरी था। सामाजिक क्रिया-कलापों से जुड़े बगैर यह काम सम्भव नहीं था। जैसे मैं मानता हूँ अगर मैं नक्सल आन्दोलन से न जुड़ा हुआ होता तो 'अपना मोर्चा' न लिखा गया होता। मैंने उस समय जो कुछ लिखा यह सोचकर लिखा कि मुझे समाज को बदलना है। बहरहाल, इतने बड़े समाज को एक नगर में एक छोटे से ग्रुप के साथ बदलना तो सम्भव नहीं हो सकता था, लेकिन उसका फायदा मेरे साहित्यिक अनुभव को हुआ।

मुझे नहीं याद है कि 'चोट', 'सूचना', 'मुसइचा', 'माननीय होम मिनिस्टर के नाम' के पहले हिन्दी में जनवादी कहानी की कहीं चर्चा भी होती थी। ये चर्चाएँ उन्हीं कहानियों के साथ शुरू हुई थीं। मेरे उस दुःसाहस का लाभ मेरे साहित्य को मिला जरूर। उसके लाभ मैं आज भी महसूस कर रहा हूँ। उन अनुभवों ने मुझे अपने दौर के अनेक कहानीकारों की तरह व्यतीत होने या अतीत होने से बचा लिया। उन अनुभवों ने मुझे जो ऊर्जा और स्फूर्ति दी उसी का नतीजा हुआ कि मैं उस सन्नाटे के दौर में भी निरन्तर लिख सका।

चितरंजन कुमार : कई बार लेखक वह रचता है जो वह चाहता है। जैसा समाज उसकी कल्पना में होता है, वह उसका खाका खींचता है। इस कारण समाज के

सच में और उसकी रचना में फाँक दिखने लगता है। ऐसी रचनाओं को आप कैसे देखते हैं?

काशीनाथ सिंह : यह फाँक होनी चाहिए। मैं रचना को यथार्थ का अनुवाद नहीं मानता। यथार्थ किसी रचना का केवल 'स्टार्टिंग प्वांइट' होता है। चलना और रास्ता तय करना लेखक का काम है। सबसे बड़ी बात तो ये कि यथार्थ केन्द्रित रचना ज्यादातर निर्जीव हुआ करती है। उनमें रक्त संचार करने का काम कल्पना करती है। कल्पना ही उस यथार्थ को 'क्रिएटिव' बनाती है। जिस लेखक में 'क्रिएटिविटी' नहीं होती, वह यथार्थ के छायाचित्र देकर खत्म हो जाता है। इससे न यथार्थ का कुछ बनता है न लेखक का। हर महत्त्वपूर्ण लेखक यथार्थ से मुक्ति पाने के लिए यथार्थ का चुनाव करता है। यही एक लेखक की रचना प्रक्रिया और उसका संघर्ष है।

चितरंजन कुमार : कई लोगों का मानना है कि इन दिनों का अधिकांश लेखन पाठक को निरपेक्ष मानकर किया जा रहा है। एक लेखक, दूसरे लेखक को दिखाने के लिए लिख रहा है। क्यों कोई रचनाकार अपनी बन्द दुनिया में रहकर लिखता है और क्यों कोई रचनाकार बार-बार समाज में घुसता है। क्या व्यावसायिकता से भी इसका कुछ सम्बन्ध है?

काशीनाथ सिंह : देखिए, मैं और लेखकों की बात तो नहीं जानता, हाँ, अपनी बात कर सकता हूँ। मेरा अपना लेखन पाठकों की तलाश का लेखन है। उनकी खोज का। उन पाठकों की खोज का जिनके लिए साहित्य लिखना-पढ़ना मजबूरी नहीं है। मैं आरम्भ से ही ऐसे पाठकों की खोज करता रहा हूँ जिनका साहित्य की दुनिया से कोई सरोकार नहीं है। मेरी जिन कहानियों को जनवादी कहानी कहा गया था उन्हें वही पढ़ रहे थे जो मेरी विचारधारा के थे। शेष पाठकों की उसमें कोई दिलचस्पी नहीं थी। फिर मैं किसके लिए लिख रहा था? मैंने कहानी का रास्ता ही बदल दिया, शुरू किया संस्मरण लिखना। मैंने पाया कि जिन लेखकों के संस्मरण हैं उन लेखकों के संघर्ष सिर्फ लेखक के नहीं, बल्कि आम आदमी के संघर्ष हैं। इस दौरान मैंने देखा कि इन संस्मरणों के पाठक वे भी हैं जो साहित्यकार या साहित्यिक रुचि के लोग नहीं हैं। आम आदमी नामवर सिंह, त्रिलोचन या धूमिल के संघर्ष में अपना संघर्ष देख पा रहा था। फिर भी मुझे लगता रहा कि आम पाठक या 'कॉमन रीडर' का एक हिस्सा आज भी मुझसे छूटा हुआ है। वहाँ तक मेरी पहुँच नहीं है, तब मैंने फैसला किया कि अगर मैं साहित्य को चौराहे तक ले जाऊँ तो कैसा रहे। अपने साहित्य को चौराहे की ओर मोड़ते ही मैंने पाया कि हम अपनी रचनाओं में जिन पात्रों की कल्पना करते हैं,

उनकी तुलना में चौराहे के पात्र ज्यादा सजीव और जिन्दा हैं। हालाँकि इसका एक दूसरा पक्ष भी है। मुझे याद है कि चौराहों पर लिखे हुए कुछ रिपोर्ताज छपे थे तो मुझ पर व्यावसायिक लेखन करने का आरोप भी लगा था। आरोप लगाते वे थे जो निजी और आत्मकेन्द्रित ढंग की कहानियाँ और कविताएँ लिख रहे थे। जबकि व्यावसायिक लेखन के खिलाफ हमने खुद 67-68 के जमाने में आन्दोलन शुरू किया था। लघु पत्रिकाओं की बाढ़ शुरू करनेवाले हम लोग थे। हमने बड़े घराने और सेठ पोषित पत्रिकाओं को व्यावसायिक पत्रिका कहा था। कहा ही नहीं था उसमें लिखना बन्द कर दिया था। व्यावसायिक लेखन उसे कहते हैं जिसके लिए दूसरों का दु:ख और गरीबी मनोरंजन हो। हमने मनोरंजन के लिए कभी नहीं लिखा। इतना ही किया कि लिखने के लिए अपने दायरे से निकलकर समाज के बड़े दायरे में निरन्तर चले गए। उनके अनुभव को अपना अनुभव बनाया। उनके साथ हँसे भी, रोए भी, लड़े भी। मेरा मानना है कि लेखक को बाजारू हुए बगैर अपनी रचनात्मकता के साथ बाजार में जाना चाहिए। अगर रचनात्मकता होगी तो उसे पाठकों का बड़ा समाज भी मिलेगा, ऊर्जा भी मिलेगी और बाजार भी मिलेगा।

चितरंजन कुमार : अभी आपने अपनी कहानियों और संस्मरणों की चर्चा की पर अपनी आलोचना का जिक्र नहीं किया। कभी आपने आलोचना भी लिखी थी। धूमिल पर लिखी आपकी आलोचना का काफी जिक्र हुआ था। 'आलोचना भी रचना है' जैसी किताब आपने लिखी, फिर आलोचना का रास्ता क्यों छोड़ दिया। कहीं कहानीकार काशीनाथ ने आलोचक काशीनाथ की भ्रूण हत्या तो नहीं कर दी?

काशीनाथ सिंह : जब मैंने लिखना शुरू किया था तभी मैंने तय कर लिया था कि मुझे वह काम नहीं करना है जो मेरा भाई कर रहा है। क्योंकि उनकी (नामवर सिंह) प्रतिभा, उनके अध्ययन, उनकी क्षमता के आगे मैं कहीं टिक नहीं सकता था। वैसे भी मुझे अपने लिए किसी दूसरी विधा की तलाश थी, जिसमें मेरी रुचि हो और उस विधा के लिए मुझमें पर्याप्त क्षमता भी हो। मैं समझता हूँ कि हर लिखनेवाले को आरम्भ के वर्षों में ही सारी विधाओं में लिखकर देख लेना चाहिए कि उसकी अपनी विधा क्या हो सकती है? वरना इस तरह से वह हर विधा में हाथ-पाँव मारता रहेगा तो उसका पूरा साहित्य परचून की दुकान हो जाएगा। जिसमें पंचफोरन से लेकर साबुन, तेल, नमक, हींग सब मिलेगा। लेखक को दुकानदार नहीं होना चाहिए। उसे अपने लिए एक विधा खोज लेनी चाहिए।

धूमिल पर मैं इसलिए अच्छा लिख सका क्योंकि धूमिल की रचनात्मकता के दस-बारह साल मेरे साथ गुजरे थे। वे अपनी कविता की एक-एक पंक्ति मुझसे

'डिस्कस' करते थे। यहाँ तक कि शब्दों के चयन पर भी बात करते थे। एक ही शब्द के ढेर सारे विकल्प और पर्यायों में कौन ठीक रहेगा, इस पर हमारी चर्चा होती थी। रात-दिन का साथ था। 'संसद से सड़क तक' की हर कविता मेरी आँखों के सामने तैयार हुई थी। लम्बी कविताएँ अगर लिखी जाएँ तो क्यों लिखी जाएँ इस पर हमेशा बात होती थी। यह इसलिए भी सम्भव हो पाया क्योंकि न मैं कवि था न वे कहानीकार। हम एक-दूसरे के रास्ते में कहीं नहीं पड़ते थे, पर एक-दूसरे की मंजिल जानते थे। वे विज्ञान के विद्यार्थी थे और बहुत कुछ उस समय तक हिन्दी की प्रकृति से अपरिचित भी थे। हम लोगों की समानता और अन्तरंगता की पृष्ठभूमि में हमारे गाँव थे। ये कारण थे जिसकी वजह से मैं धूमिल पर अच्छा लिख सका। मन से लिख सका। नामवर जी ने आलोचना लिखने को कहा जरूर, और कई बार कहा। लेकिन आलोचना को लेकर मैं अपनी सीमाएँ जानता था। आलोचना मैंने जो भी लिखी मजबूरी में ही लिखी। आलोचनाओं की प्रकृति भी बहुत कुछ मेरी कहानियों जैसी है। जो भी आलोचना लिखी कहानीकार की हैसियत से लिखी। उसमें आलोचक का विवेक कितना आ पाया इसे आप ही जानें।

चितरंजन कुमार : हिन्दी के रचनाकारों का जीवन हमेशा आर्थिक बदहाली में क्यों गुजरता है। प्रेमचन्द और निराला जैसे साहित्यकार भी अपनी आर्थिक चिन्ताओं से मुक्त नहीं हो सके। 1936 से 2012 तक हिन्दी का साहित्यकार खस्ताहाल क्यों है?
काशीनाथ सिंह : अभी तक सच्चाई यही है कि हिन्दी का लेखक तभी तक लेखक है जब तक वह खस्ताहाल है। उसकी अमीरी उसे समाज से अलग कर देगी। जैसा सीपीआई और सीपीएम के साथ हुआ। वह उसे उसके बँगले की दीवारों में ही रोक देगी और वह अपने बँगले की ड्राइंगरूम में बिसूरता हुआ ही लिखेगा। उसका सारा लेखन जिन्दगी से कटा हुआ होगा। हालाँकि मेरा ऐसा कहने का यह अर्थ नहीं है कि लेखकों के पास सम्मानजनक जीवन के लिए धन नहीं होना चाहिए।

चितरंजन कुमार : तो क्या आर्थिक बदहाली से साहित्यिक सक्रियता का कोई सूक्ष्म सम्बन्ध है। आप स्वयं उत्तर प्रदेश के जिस पूर्वांचल क्षेत्र से आते हैं, पिछड़े होने के बावजूद उस क्षेत्र का साहित्य में गहरा योगदान रहा है। हिन्दी के अधिकांश आलोचक और रचनाकार इसी क्षेत्र से क्यों हुए?
काशीनाथ सिंह : देखिए, दो चीजें हैं, एक तो जो क्षेत्र जितना पिछड़ा हुआ है, उसकी सांस्कृतिक विरासत उतनी ही समृद्ध है। जैसे छत्तीसगढ़ के आदिवासियों और झारखंड के कुछ इलाकों का आप उदाहरण ले सकते हैं। हालाँकि यह

अजीब सा विरोधाभास है। तो इस एक कारण के चलते पूर्वांचल में साहित्यिक गतिविधियाँ ज्यादा हुईं।

दूसरी बात कि लोकसाहित्य की परम्परा का प्रवाह निरन्तर बना रहा है पूर्वांचल में। मुझे ध्यान आता है कि खड़ी बोली हिन्दी की जड़ें तो पश्चिम में हैं, पर इसके निर्माता भारतेन्दु बनारस के हैं। ऐसा क्यों हुआ? कविता की ब्रजभाषा के समानान्तर उसके साहित्य से स्पर्धा करनेवाले कवि इलाहाबाद, बनारस के रहे हैं। अगर साहित्य मिट्टी की उपज है तो सबसे उपजाऊ और लसदार हमारी ही मिट्टी रही है। महत्त्वपूर्ण बात यह है कि पूर्वांचल के साहित्यकारों ने अपनी कर्मभूमि का विस्तार भी किया। महादेव प्रसाद सेठ ने तो कलकत्ता जाकर 'मतवाला' निकाला।

चितरंजन कुमार : कभी साहित्य निर्माण में शहरों का बड़ा योगदान हुआ करता था। इलाहाबाद, बनारस, पटना, कलकत्ता तो थे ही कुछ समय तक मुम्बई भी साहित्यिक गतिविधियों का केन्द्र रही। आज कहीं ऐसी स्थिति नहीं दिखती। अब हम साहित्यिक सक्रियता के लिए किसी खास शहर का नाम नहीं ले सकते। किन कारणों से शहरों की साहित्यिक गतिविधियाँ खत्म होती गईं। क्या साहित्यिक सक्रियता का वह जमाना लद गया?

काशीनाथ सिंह : मैं कहना चाहूँगा कि सारे शहर कभी केन्द्र नहीं थे। थोड़ा फर्क है। इलाहाबाद, बनारस, पटना केन्द्र थे और हाँ लखनऊ भी। 1960 तक ये कुछ शहर केन्द्र थे। मुम्बई का सम्बन्ध पत्रिकाओं से था, वह केन्द्र नहीं था। हाँ, पत्रिकाएँ जरूर निकलती थीं, टाइम्स ग्रुप से। कलकत्ता से भी ज्यादातर पत्रिकाएँ ही निकलती थीं।

आप देखिए कि लखनऊ से लेकर पटना तक जो शहर सक्रिय थे, वे सारे हिन्दी पट्टी के हैं। इलाहाबाद में पंत, निराला थे, प्रसाद, प्रेमचन्द, शुक्ल बनारस में थे। नलिन विलोचन शर्मा, शिवपूजन सहाय, बेनीपुरी पटना में थे। लखनऊ में रामविलास शर्मा, यशपाल, भगवतीचरण वर्मा, श्रीलाल शुक्ल थे। एक दृष्टि से देखें तो पूरी हिन्दी पट्टी में ही सक्रियता थी। शहर तो खैर केन्द्र थे ही। ऐसी स्थिति 1960 तक रही।

आप एक और चीज पर गौर कीजिए। महानगरों में आज आपको जो साहित्यकार दिखते हैं, वे कहाँ के हैं? महानगरों में गए हुए हिन्दी के लोग उन्हीं जगहों के हैं। नामवर सिंह, केदारनाथ सिंह, विश्वनाथ त्रिपाठी, मैनेजर पांडेय, नित्यानन्द तिवारी ये सारे लोग उन्हीं शहरों के आसपास के हैं, जो पहले साहित्यिक गतिविधियों के केन्द्र थे।

मैं बदलते दौर को भी इसका कारण मानता हूँ। 1960 के बाद रोजगार के अवसर छोटे शहरों की तुलना में महानगरों में बढ़े। रचनाकारों ने छोटे शहरों में रहकर जो हासिल किया था, उसी का विकास महानगरों में किया। मैंने कभी उदय प्रकाश से कहा था कि अपने शहर शहडोल को कभी भूलना मत, उसे छोड़ना नहीं। यूँ ही नहीं है कि उनकी कहानी 'मोहनदास' में उनका क्षेत्र शहडोल आता है। उदय प्रकाश रचनाओं के लिए जीवनीशक्ति आज भी उन्हीं छोटे शहरों से लेते रहे हैं। अब भी रचनात्मक सम्भावनाएँ कस्बों और छोटे शहरों में भरी पड़ी हैं। ज्यादातर लेखक महानगर से सिर्फ कला लेते हैं कंटेंट ज्यादातर लेखकों के अब भी वहीं के हैं जहाँ के वे रहे हैं। आपने जो बात कही थी कि शहर कभी साहित्यिक गतिविधियों के केन्द्र थे, मैं उसकी व्याख्या करते-करते थोड़ा दूर चला गया। बस बताना यह चाह रहा था कि शहर और साहित्य के सम्बन्ध का आयाम अब पहले जैसा नहीं रहा, बदल गया। वैश्वीकरण ने कहाँ किसी स्थान की मूल विशेषता को यथावत रहने दिया?

चितरंजन कुमार : पिछले कुछ महीनों में आपकी तीन नई कहानियाँ आईं। पायल पुरोहित, खरोंच और महुआचरित। क्या इसे कहानीकार काशीनाथ सिंह की वापसी माना जाए।

काशीनाथ सिंह : मेरी आदत है कि एक ही रास्ते पर बहुत दिन नहीं चलता। एक रास्ते से ऊबता हूँ, बदल लेता हूँ। फिर चलता हूँ, फिर बदलता हूँ। कहानियों से ऊबा तो संस्मरण में गया, संस्मरण से ऊबा तो उपन्यास में गया। 'काशी का अस्सी' और 'रेहन पर रग्घू' लिखा। फिर लगा कि फिलहाल उपन्यास में कुछ नया नहीं कर पाऊँगा। इस कारण कहानियों की ओर मुड़ा। मुझे लगा कि इस वक्त जो कहानियाँ लिखी जा रही हैं, उनकी असलियत कहानीकार भी जानता है और चर्चा करनेवाले भी। पत्रिकाएँ इतनी ज्यादा निकल रही हैं कि सम्पादकों के लिए सामग्री मजबूरी है। कहानियाँ रचना की तरह नहीं, उत्पाद की तरह तैयार की जा रही हैं। कई कहानीकारों के पास इतनी भी फुर्सत नहीं है कि वह ठहरकर सोच सके कि क्या लिखना चाहिए, क्या नहीं लिखना चाहिए। कोई कहानीकार यह नहीं सोच रहा है कि कहानी ने जो ढर्रा पकड़ लिया है उसे बदलने की भी जरूरत है। सालों से एक ही तरह की कहानियाँ लिख रहे हैं। इस तरह मैंने उपन्यास का इरादा ड्रॉप कर दिया और कहानियों की तरफ मुड़ा। ऐसे मुड़ा जैसे मैंने कभी कहानी लिखी ही न हो, भाषा का मुझे कोई बोध न हो। नये सिरे से कहानी लिखने की गरज से मैंने 'खरोंच', 'पायल पुरोहित' और 'महुआचरित' लिखा। सोच यही थी कि कहानी के अनाकर्षक होते जा रहे चेहरे को बदला जाए।

उत्साहजनक प्रतिकियाएँ आईं तो लगा कि कुछ कामयाबी मिली। बस यही बात है, वापसी जैसी कोई बात नहीं। इतना जरूर है कि अभी भी कुछ कहानियाँ मेरे दिमाग में हैं, जिन्हें मैं लिखना चाहता हूँ।

चित्तरंजन कुमार : स्त्री और दलित रचनाकारों पर एक ही किस्म की रचना करने का आरोप लगता रहता है। वही-वही अनुभव और घटनाक्रम आते हैं। बतौर रचनाकार आप इसे कैसे देखते हैं?

काशीनाथ सिंह : दलित विमर्श की सबसे बड़ी उपलब्धि मैं मानता हूँ तुलसीराम की 'मुर्दहिया' को। मेरा हमेशा से मानना रहा है कि विमर्श आपकी रचना के भीतर से पैदा होना चाहिए, विमर्श से रचना नहीं पैदा होना चाहिए। मुझे लगता है कि दलित और स्त्री कथाकारों ने विमर्श को दिमाग से जरा सा हटा दिया होता और दलित मन और स्त्री मन से कहानियाँ लिखी होतीं तो वे आज हम सबके लिए स्मरणीय होतीं। इस विमर्श ने उन्हें दलित और स्त्री जरूर बनाया, कथाकार कितना बनाया ये तो पाठक तय करेंगे।

चितरंजन कुमार : अपनी किस कृति के कारण याद किया जाना पसन्द करेंगे?

काशीनाथ सिंह : सब कुछ मिलाकर एक ही किताब नजर आती है—काशी का अस्सी।

चितरंजन कुमार : साहित्य अकादेमी की पुरस्कार प्रक्रिया को लेकर सवाल उठते रहे हैं। कई ऐसी भाषाएँ हैं जिनका विस्तार क्षेत्र छोटा है, जबकि हिन्दी का विस्तार क्षेत्र काफी बड़ा है। हिन्दी कई राज्यों और करोड़ों लोगों की भाषा है। पुरस्कार देते समय अकादमी हिन्दी के साथ वही रवैया अपनाता है जो छोटे क्षेत्र की भाषा के साथ अपनाया जाता है। क्या यह प्रक्रिया उचित है?

काशीनाथ सिंह : देखिए, इस विषय पर काफी पहले से विवाद होता रहा है। डोगरी, संथाली, कोंकणी जैसी भाषाओं में पुरस्कार देने के लिए कई बार लेखकों को ढूँढ़ना पड़ता है। लेखक मिलते नहीं, जो होते हैं, उन्हीं में से किसी एक को दे दिया जाता है। इन भाषाओं के बोलनेवाले भी कम हैं और उनके लेखक भी कम हैं। इसका यह मतलब नहीं कि इन भाषाओं से काटकर हिन्दी के पुरस्कार बढ़ा दिए जाएँ। इन भाषाओं का अपना साहित्य है और उसका महत्त्व भी। हिन्दी का क्षेत्र बहुत बड़ा है और इसमें लेखक बहुत ज्यादा हैं। बहुत से लेखक इसी कारण पुरस्कार के योग्य होने के बावजूद, इससे वंचित रह जाते हैं। मेरा मानना है कि अगर हो सके तो साहित्य अकादेमी को नई नीति बनानी चाहिए। जनसंख्या के हिसाब से और लेखकों की तादाद को देखते हुए एक से अधिक पुरस्कार हिन्दी

में दिए जाएँ तो हर्ज ही क्या है? बेहतर होगा कि अकादमी पर यह दबाव पाठक बनाएँ। इस पर अकादमी को भी विचार करना चाहिए।

चितरंजन कुमार : कई लोग मानते हैं कि पुरस्कार मिलने से साहित्यकार का महत्त्व बढ़ जाता है। लोग उसकी नोटिस लेने लगते हैं। कहीं-न-कहीं उसे पुरस्कार का लाभ मिलता है। आप क्या मानते हैं?

काशीनाथ सिंह : यह उनके बीच होता है जो साहित्य की समझ नहीं रखते। जो साहित्य की दुनिया से बाहर के लोग हैं, वे ही पुरस्कार मिलने पर लेखक की नोटिस लेते हैं। साहित्य से जिनका निरन्तर जुड़ाव है वे तो पहले से लेखक और उसकी रचना को जानते हैं। पुरस्कार से लेखक को लाभ हो या न हो, प्रकाशक को इसका लाभ जरूर होता है।

(*पाखी*, मई 2012)

'काशी का अस्सी' ने मुझे लिखा है

मैंने हिन्दी से एमए किया था। आजीविका का संकट मेरे सामने था और इसका समाधान था अध्यापन का पेशा। इसलिए यह साफ था कि मुझे अध्यापक होना है। लेकिन यह सिर्फ पेशा था। इसके अलावा कुछ होने यानी जीने के लिए जरूरी अस्तित्व से जुड़ा सवाल मुझे परेशान कर रहा था। अध्यापन जीविका से जुड़ा था, जीवन से नहीं। मुझे एक अलग राह चाहिए थी। जिन दिनों मैं इस सवाल से जूझ रहा था, वह नई कहानी का दौर था। इलाहाबाद से भैरव प्रसाद गुप्त के सम्पादन में 'कहानी' पत्रिका निकलती थी। मैं उसे पढ़ता था। नई कहानी-पुरानी कहानी को लेकर बहसें हो रही थीं। उसे पढ़ते हुए मेरी दिलचस्पी कहानी में पैदा होने लगी। मैंने उस वक्त तक मुंशी प्रेमचन्द, अन्तोन चेखव, फणीश्वर नाथ रेणु को पढ़ चुका था। इसके पहले विद्यार्थी जीवन में मैंने कुछ कविताएँ लिखीं थीं, जो कहीं प्रकाशित नहीं हुई थीं। उन्हें लिखने के बाद ये एहसास तो हो गया था कि कविता मेरे बस की नहीं। कहानियाँ पढ़ना मुझे पसन्द था। पहले गाँव में तलाब के पास, पुआल पर सोते हुए या ऐसे ही कहीं मैंने खूब कहानियाँ सुनी थीं। लोक कथाओं में भी मेरी गहरी दिलचस्पी थी। सब मिलाकर लगा कि अगर मैं कुछ लिख सकता हूँ, तो वह कहानी ही है। इस तरह मैंने 1960 के आस-पास कहानी लिखना शुरू किया और पहली कहानी लिखी 'जोतिषी ने कहा था'। वह हैदराबाद से निकलनेवाली पत्रिका 'कल्पना' में प्रकाशित हुई। इस तरह मेरा सृजन का सफर चल पड़ा।

लिखने की इस अनुभव यात्रा को देखूँ, तो मुझे लगता है कि हर रचना की प्रक्रिया अलग-अलग होती है। इसी तरह लेखन के लिए अनुकूल लगनेवाली स्थितियाँ भी बदलती रहती हैं। शुरूआती दिनों में हल्ला-गुल्ला, बच्चों के बीच खेल-खेल में होनेवाले छोटे-छोटे झगड़े, नल से टपकते पानी की आवाज ये सब मेरी एकाग्रता का माध्यम थे। बाद में स्थितियाँ बदल गईं और मुझे लिखने के लिए सन्नाटा अच्छा लगने लगा। पहले मैं अधिकतर शोरगुल के बीच ही लिखता

था। बच्चे पीठ पर खेल रहे होते या मैं किसी बच्चे को सुला रहा होता, उस वक्त कहानी का विचार लगातार दिमाग में चलता रहता और मैं बच्चों को सुलाकर लिखने लगता। तब घर-बाहर से आ रही ध्वनियाँ मुझे एकाग्र करती थीं। बाद में दिन के शोर गुल के बजाय रात के सन्नाटे में लिखना मुझे ज्यादा सुखकर लगने लगा। मैं भोजन के बाद रात दस बजे से ढाई-तीन बजे तक लिखने लगा। लेकिन एक चीज कभी नहीं बदली। मैं शुरू से गंजी और लुंगी पहन कर जमीन पर बैठकर, रोल वाले पेपर को तख्ती के ऊपर रखकर लिखता हूँ। मेज-कुर्सी पर बैठकर, बन-ठनकर, भला आदमी बनकर मैं नहीं लिख सकता। मैं जैसा हूँ वैसे ही लिखना मुझे सुविधाजनक और सुकूनदेह लगता है। हालांकि अब स्वास्थ्य कारणों और बढ़ती उम्र के चलते मैं देर रात तक जाग कर नहीं लिख पाता। वैसे एक सिंटिग में मैंने पहले भी कभी कोई रचना पूरी नहीं की। मेरी रचना प्रक्रिया मेरे चलने से जुड़ी हुई है। लिखता तो बैठकर हूँ लेकिन कहानी तैयार होती है मेरी पदयात्रा में। भीड़ भरी सड़क पर चलते हुए मैं सोचता रहता हूँ। विचार आने, कहानी बनने की यह प्रक्रिया, सड़क पर, फुटपाथ में, चाय की दुकान में बैठकर भी चलती रहती है और विस्तार लेती जाती है। इसलिए लिखने की जगह घर है और रचना के तैयार होने की सड़क। एक और अलग तरह की बात जुड़ी है मेरे लेखन से, जैसे मैं बनारस के अलावा कहीं किसी दूसरी जगह जाकर नहीं लिख पाता। मैं सुनता हूँ कि लेखकों को पहाड़ी जगहें या पर्यटन स्थल लिखने के लिहाज से बहुत उपयुक्त लगते हैं। मैं भी गोवा में रहा, छत्तीसगढ़ गया, पहाड़ों की भी यात्रा की लेकिन कहीं भी कभी एक लाइन नहीं लिख सका। विचार जरूर जन्म लेते रहे लेकिन शब्दाकार बनारस आकर ही हुए।

लेखन के लिए कोई खास मौसम भी कभी मेरे लिए उत्प्रेरक नहीं बना। बारिश जरूर मुझे बहुत लुभाती है लेकिन मैंने अपना सबसे चर्चित कहानी संग्रह 'सदी का आखिरी आदमी' भीषण गर्मी के दिनों में लिखा। वह विश्वविद्यालय में छुट्टियों के दिन थे। मैं बिड़ला हॉस्टल का वॉर्डन था। कैम्पस लगभग खाली था। रात दस बजे खाना खाने के बाद मैं लॉन में रोशनी करके बैठता। मच्छर काटते रहते, लेकिन मैं रात दस बजे से सुबह सूरज निकलने तक लिखता रहता। अप्रैल, मई और जून यानी तीन महीने तक यह क्रम अनवरत चलता रहा। इस संग्रह की लगभग सभी कहानियाँ मैंने उन्हीं तीन महीनों में लिखीं और 1986 में यह संग्रह प्रकाशित हुआ।

मेरे लेखन में निरन्तरता बनी रहे या किसी टाइमटेबल में बँधकर मैं लिखूँ ये सम्भव नहीं है। मुझे अचानक लिखने के फिट्स यानी दौरे पड़ते हैं और मैं

लिखता जाता हूँ। रचना के पूरे होने के बाद ही मुझे सुकून मिलता है। इसके बाद कई बार मैं इस तरह खाली हो जाता हूँ कि एक दो साल तक कुछ नहीं लिखता। लेकिन जब तक रचना पूरी नहीं होती, खाना खाते हुए, विश्वविद्यालय में पढ़ाते हुए वह मेरे अवचेतन में बराबर चलती रहती है। लेखन का काम आदमी को बेचैन यानी पागल कर देनेवाला होता है। यह पूरी तरह से इन्वॉल्वमेंट की मांग करता है। आपको जरा सी भी छूट नहीं देता कि अलग से कुछ कर या सोच सकें। इसलिए जब कोई रचना पूरी होती है, तो भारतीय कहावत 'बेटी का बियाह हुआ, गंगा नहा लिये' का भाव होता है। यह स्वर्गीय राहत या सुकून के अहसास से गुजरने जैसा है। उपन्यास 'काशी का अस्सी' का अन्तिम हिस्सा 'पांड़े कौन कुमति तोहे लागी' और एक लम्बी कहानी 'कविता की नई तारीख' के बाद भी इस तरह की अनुभूति हुई। 'काशी का अस्सी' दस साल में पूरा हुआ। मैं अस्सी मोहल्ले में तकरीबन तीस साल तक रहा। बीएचयू कैम्पस में घर मिल जाने के बाद भी मैं रोज शाम बिना नागा वहाँ जाता रहा। उसके चौराहे पर लोगों से मिलता, बोलता, बतियाता, चाय-पान चलता। लेकिन कभी भी उस जगह पर कुछ लिखने का खयाल नहीं आया था। जब रूस का विघटन हुआ। ग्लोबलाइजेशन शुरू हुआ। हमारा देश भी कई बड़े बदलाव से गुजर रहा था। आरक्षण लागू हुआ। मंडल आयोग बना। बाबरी मसजिद और रामलला को लेकर आडवाणी जी ने रथ यात्रा निकाली। इस सबका असर बनारस में दिखने लगा। बनारस में जैसे भूचाल-सा आ गया लगता था। धार्मिक नगरी, आस्था के केन्द्र शिव, ज्यादातर सवर्ण ब्राह्मण केन्द्रित, मुसलमानों की अच्छी खासी तादाद वाले बनारस को उस समय मैंने बदलते देखा। एक बेचैनी देखी लोगों में। खासतौर पर अस्सी मोहल्ले में। चाय की दुकनों में गरमागरम बहस के बीच विचारों की टकराहट साफ दिखाई देती। देश, दुनिया से लेकर ग्लोबलाइजेशन तक बहस में शामिल होता। उसी दौरन मुझे लगा कि इस पर लिखा जाना चाहिए। बनारस में देश के हर जगह और जाति विशेष के लोग रहते हैं। अस्सी में मुझे पूरा हिन्दुस्तान दिखाई दे रहा था। मैंने सबसे पहला एपिसोड 'देख तमाशा लकड़ी का' लिखा ठेठ बनारसी अन्दाज में। लोग जिस तरह गाली-गलौज में सहमत-असहमत होते थे, मैंने उन्हीं की जुबान में लिखना शुरू किया।

इसके बाद सरकार बदली तब दूसरा एपिसोड लिखना शुरू किया। उस समय तेजी से राजनीतिक घटनाक्रम बदल रहा था और देश के प्रधानमंत्री भी। 'संतों के घर में झगड़ा भारी' तभी लिखा। इसे लिखते हुए मेरे दिमाग में ये खयाल आया कि इसमें औपान्यासिक सम्भावनाएँ हो सकती हैं। और यह सम्भावना उपन्यास

के फॉर्म में नहीं उसके बँधे-बँधाएँ फॉर्म को तोड़कर बनाई जा सकती है। लेकिन इस जोखिम का नतीजा ये रहा कि इसे उपन्यास के तौर पर स्वीकार नहीं किया गया। जैसे रेणु के 'मैला आँचल' को उपन्यास नहीं माना गया था, बाद में उसे आँचलिक उपन्यास की संज्ञा दी गयी। 'काशी की अस्सी' के साथ तो ऐसा भी नहीं हुआ। लम्बे अन्तराल तक इसे साहित्य के रूप में गिना ही नहीं गया। इसकी भाषा के कारण और ठेठ अन्दाज के चलते इसे उपन्यास की दुनिया में एक अजीबो-गरीब चीज की तरह देखा गया। विधिवत उपन्यासों में 'काशी का अस्सी' की गिनती आज भी नहीं होती।

'अपना मोर्चा' इसके पहले आ चुका था। विश्वविद्यालय परिसर पर केन्द्रित यह पहला उपन्यास माना जाता है। युवाओं के बीच यह बहुत लोकप्रिय हुआ। इसकी लोकप्रियता की एक और वजह इस पर नक्सलवादी आन्दोलन का प्रभाव भी रहा। यह उपन्यास जापान और कोरिया में हुए छात्र आन्दोलनों से भी मेल खाता था। इसलिए वहाँ की भाषाओं अनूदित भी हुआ। छात्र आन्दोलन, एक शहर पर ग्लोबलाइजेशन के प्रभाव के बारे में मैं लिख ही चुका था। गाँव पर इसका क्या असर हुआ है, यह मैंने 'रेहन पर रग्घू' के जरिये व्यक्त किया। कैम्पस से अस्सी और अस्सी से पहाड़पुर के इस सफर को तय करने में मेरे बड़े भाई नामवर जी की एक अहम भूमिका रही कि उनके कारण मैंने लेखन कर्म को बहुत गम्भीरता से लिया। मैंने उनके रूप में एक ऐसे शख्स को नजदीक से देखा, जो पढ़ने-लिखने को जीता है। उनका प्रभाव ही था कि मैं पारिवारिक आदमी होते हुए भी रचनाकर्म को गम्भीरता से कर सका।

कहानी लिखते-लिखते मुझे ऊब होने लगी थी। लगा कि कुछ और लिखा जाये। इस तरह मैंने संस्मरण लिखना शुरू किया। पहले लिखे गए संस्मरण बहुत ही नीरस, बेजान और सूचनाधर्मी थे। उनमें आकर्षण नहीं था। उन्हें कोई क्यों पढ़े? मुझे लगा कि संस्मरण ऐसे होना चाहिए, जो पाठकों को रिझा सकें। आकृष्ट कर सकें। मैंने हमेशा कोशिश की है कि लेखन में परम्परा का निर्वाह न करूँ। उसे बदलूँ या उसमें कुछ नया जोड़ सकूँ। मेरे पास कहानी के औजार थे। मैंने जब संस्मरण लिखना शुरू किया तो पता नहीं कब ये औजार अनजाने ही संस्मरण में शामिल होते गए। पहला संस्मरण मैंने नामवर जी पर लिखा 'गरबीली गरीबी वह'। मैंने संस्मरण को सूचना के दायरे से निकालकर आकृष्ट ढंग से प्रस्तुत किया। मैंने उसमें जीवन संघर्ष को ऐसे पेश किया कि पाठक उससे जुड़ सकें। यानी मैं जो लिखूँ, पाठक को वह दिखाई पड़े। उस संघर्ष में, जद्दोजहद में पाठक अपने आप को पा सकें।

लेकिन प्रिय रचना की बात करें तो, 'काशी का अस्सी' मुझे सबसे प्रिय है। क्योंकि 'काशी का अस्सी' को मैंने नहीं लिखा, 'काशी का अस्सी' ने मुझे लिखा है। अपने लिखे के अलावा पढ़े गए में मुझे टालस्टॉय का सम्पूर्ण लेखन, स्पेनिश लेखक सर्वानतेस की रचना 'डॉन क्विक्जोट' और रसूल हमजातोव का 'मेरा दागिस्तान' बहुत पसन्द हैं। इस समय मैं कुछ नया नहीं लिख रहा हूँ। लिखने की योजना बना रहा हूँ। अभी कुछ साफ नहीं है इसलिए कुछ नहीं बताऊँगा उसके बारे में। जब मैं लिख नहीं रहा होता हूँ, तो उसके बारे में सोच रहा होता हूँ। इन दिनों यही कर रहा हूँ।

प्रीति सिंह परिहार से बातचीत

(*प्रभात खबर*, 4 अप्रैल, 2012)

लेखक के लिए सच्चा पुरस्कार उसका पाठक वर्ग है

स्वतंत्र मिश्र : साहित्य अकादेमी सम्मान पाकर कैसा लग रहा है? पाठकों के एक बड़े तबके को लगा कि अकादमी को आपकी कृति 'काशी का अस्सी' के लिए पुरस्कार देना चाहिए था। क्या कहना चाहेंगे?

काशीनाथ सिंह : हिन्दी साहित्य कर्म के लिए साहित्य अकादेमी पुरस्कार पाकर मुझे बहुत अच्छा लग रहा है। मुझे भी ऐसा महसूस हो रहा है कि अगर यह सम्मान 'काशी का अस्सी' के लिए मिला होता तब और अच्छा लगता। हालाँकि, आप साहित्य अकादेमी द्वारा दिए गए पुरस्कारों की फेहरिस्त पर गौर फरमाएँगे तब यह पता चलेगा कि अस्सी फीसदी साहित्यकारों को उनकी श्रेष्ठ रचनाओं के लिए पुरस्कार नहीं मिले हैं। यशपाल को उनकी श्रेष्ठ रचना 'झूठा सच' के लिए अकादमी ने सम्मानित नहीं किया था। भूल-सुधार अकादमी की प्रकृति में ही है। श्रेष्ठतम कृतियों को पुरस्कार के लिए अकादमी को पहल करनी चाहिए।

स्वतंत्र मिश्र : 'काशी का अस्सी' पर फिल्म बन रही है। इस उपन्यास में भदेस भाषा का इस्तेमाल जमकर हुआ है। क्या सिनेमा में भी इस भदेसपन को सहेजने की कोशिश हुई है?

काशीनाथ सिंह : फिल्म निर्देशक चन्द्रप्रकाश द्विवेदी मेरे उपन्यास 'काशी का अस्सी' पर सिनेमा बना रहे हैं। चन्द्रप्रकाश ने यह कोशिश की है कि फिल्म निर्माण में उपन्यास की आत्मा यानी उसका भदेसपन जीवित रहे। उन्होंने मुझसे कहा है कि अगर इस बारे में सेंसर बोर्ड से बात करनी पड़ी तो करेंगे। मुकदमा करना पड़ा तो भी वे पीछे नहीं हटेंगे। फिल्म निर्माण में विजुअल पर निर्भरता ज्यादा होती है। विजुअल और भदेसपन के बीच उन्होंने पूरा तालमेल बनाने की कोशिश की है। पूरा का पूरा संवाद उपन्यास से लिया गया है। निर्देशक ने

फिल्म की पटकथा खुद ही लिखी है, इसलिए मैंने उनके काम में टाँग अड़ाने की कोशिश नहीं की।

स्वतंत्र मिश्र : साहित्यिक कृति पर सिनेमा के निर्माण से क्या रचना की पहुँच व्यापक हो जाती है?

काशीनाथ सिंह : हम जो भी लिखते हैं उसका एक पाठक वर्ग है। फिल्म देखनेवालों का भी एक वर्ग है। फिल्म देखनेवालों में पढ़े-लिखे, अनपढ़ आदि कई तरह के लोग शामिल होते हैं। जनता का लेखक होने के लिए आपको अलग-अलग माध्यमों को स्वीकार करना चाहिए. आम लोगों तक पहुँचने का सबसे बड़ा माध्यम फिल्म या टेलीविजन है। उपन्यास में भूमंडलीकरण, जनतंत्रीकरण, चुनाव के बारे में चर्चा की गई है, अगर कुछ बातें जनता तक पहुँचती हैं तो यह मेरे लिए खुशी की बात होगी। चन्द्रप्रकाश साहित्यिक कृतियों पर फिल्में बनाना चाहते हैं। वे हटकर फिल्में बना रहे हैं। निश्चित तौर पर ऐसे प्रयासों का स्वागत किया जाना चाहिए।

स्वतंत्र मिश्र : हिन्दी साहित्य के पाठकों का एक बड़ा तबका अपने को कटा हुआ महसूस कर रहा है। इस बारे में आपकी क्या राय है?

काशीनाथ सिंह : भूमंडलीकरण के दौर में लेखकों की नजर सदियों से उपेक्षित मुद्दों पर पड़ी है। जनजातीय, दलित, स्त्री आदि कई ऐसे मुद्दों पर लिखा जा रहा है। प्रेमचन्द, जैनेन्द्र, यशपाल आदि ने बड़े सवालों को लेकर लिखा। इस समय अस्मिता का सवाल बड़ा हो गया है। लेखन का क्षेत्र सीमित और विशेषीकृत हो गया है। पाठक समुदाय भी बँट गया है। अगर कोई पाठक दलित है तो वह दलित सवालों को लेकर लिखी गई किताबों को ही पढ़ना चाहता है। पाठक समुदाय टुकड़ों में बँट गया है। वह हर चीज नहीं पढ़ना चाहता। लेखक भी अपना फोकस छोटा करके लिख रहे हैं।

स्वतंत्र मिश्र : साहित्य में खेमेबाजी का चलन बहुत ज्यादा हो गया है। ज्यादातर पत्रिकाओं में उनकी ही रचनाएँ प्रकाशित होती हैं जो सम्पादक या उनके आसपास के लोगों से जुड़े होते हैं। इससे रचनात्मकता तो प्रभावित नहीं हो रही है?

काशीनाथ सिंह : देश में इस समय बहुत सारी पत्रिकाएँ निकल रही हैं। कोई भी लेखक अप्रकाशित नहीं रह रहा है। लेखक का लिखा हुआ कहीं-न-कहीं छप ही जाता है। खेमेबाजी तो हमेशा से रही है। इससे प्रतिस्पर्धा का वातावरण तैयार होता है। जाहिर-सी बात है कि प्रतिस्पर्धा से चीजें परिष्कृत होती हैं। इससे अच्छी रचनाएँ सामने आ रही हैं।

स्वतंत्र मिश्र : पुरस्कार की राजनीति पर कुछ कहना चाहेंगे?

काशीनाथ सिंह : लेखक का सच्चा पुरस्कार उसके अपने पाठक वर्ग का दायरा है। यह भी सच है कि कोई भी पुरस्कार के लिए नहीं लिखता है। डोगरी, मैथिली, भोजपुरी, सहित बहुत छोटी-छोटी भाषाओं में पुरस्कार हैं। सच पूछें तो कई बार लेखक और रचनाओं की खोज करनी पड़ती हैं। हाँ, यह भी सच है कि साहित्य अकादेमी एक ही है। हिन्दी का इतना बड़ा क्षेत्र होने के बावजूद साहित्य अकादेमी पुरस्कार का एक ही होना थोड़ी चिन्ताजनक बात है।

स्वतंत्र मिश्र : चेतन भगत ने अपने उपन्यास 'रिवॉल्यूशन 2020' में बदलते बनारस को चित्रित किया है। इसे आप कैसे देखते हैं?

काशीनाथ सिंह : कोई शक नहीं है कि बनारस में बहुत तेजी से बदलाव आ रहा है। मैं बनारस के जीवन को महसूस करता रहता हूँ। पहले यहाँ गाँव थे। फिर मोहल्ले हुए और यह मोहल्लों का शहर हो गया। अब बनारस कॉलोनियों का शहर हो गया। पूरा शहर जाम में फँसा हुआ है। संस्कार बदल रहे हैं। जनेऊ और चुटिया खत्म हो चुके हैं। छुआछूत समाप्त हो चुका है। बनारस का इत्मीनान, ठहाके सब खत्म हो गए। दूसरी ओर यह भक्ति और आस्था में बदल रहा है। कल महाशिवरात्रि थी। आज अखबारों में श्रद्धालुओं के लाखों की संख्या में उमड़ने की खबर है। लेकिन इस भक्ति में प्रदर्शन ज्यादा है,सच्ची लगन कम। अजीब किस्म की मिलावट वाली संस्कृति जन्म ले रही है।

(*तहलका,* मार्च 2012)

हमारे समय की सबसे बड़ी चुनौती है भूमंडलीकरण

कृष्ण प्रताप सिंह : इन दिनों आप क्या लिख रहे हैं?

काशीनाथ सिंह : इस बाबत मैं आपको नहीं बता सकता। मेरी मुश्किल है कि बता दूँ क्या लिख रहा हूँ, तो लिख नहीं पाऊँगा। कोई रचना कर लेने के बाद ही मैं उस पर बात करता हूँ। वैसे आगे स्त्री-पुरुष सम्बन्धों की जटिलता पर लिखने की मेरी योजना है।

कृष्ण प्रताप सिंह : आपका नक्सलवादी आन्दोलन से सीधा और गहरा ताल्लुक रहा है। क्या सोचकर इस आन्दोलन के साथ हुए थे?

काशीनाथ सिंह : सोचा था, समाज को बदलेंगे, भ्रष्ट और निकम्मी होकर लुटेरों के संगठन में बदल गई सत्ता के शिकंजे से आम आदमी को मुक्त करेंगे, परिवर्तनकारी शक्तियों से सम्पर्क करके साहित्य को समृद्ध करनेवाले अनुभवों को रूपायित करेंगे। सच पूछिए तो यह एक रोमांटिक किस्म का रुझान था जिसका असर मेरे लेखन पर भी पड़ा। तभी मैं 'आदमीनामा', 'सुधीर घोषाल', 'मुसई चा' और 'लाल किले के बाज' जैसी कहानियाँ लिख सका। तब मानता था कि हम साहित्य से समाज को बदल सकते हैं, पर ऐसा नहीं हुआ। आज हम साहित्य में तो क्रान्ति पर क्रान्ति कर रहे हैं मगर जीवन जहाँ का तहाँ है। उसमें कोई परिवर्तन नहीं हो रहा। दूसरी आजादी की लड़ाई कहें या आन्दोलन, एक टर्निंग प्वॉइंट है जिसके बाद परिवर्तनों का रुख दक्षिणपंथ की ओर हो गया। दरअसल, नक्सलवादी विचारधारा के अपने खोट और अन्तर्विरोध थे। कामरेडों के सिद्धान्त और जीवन में गहरी-चौड़ी फाँक दिखती थी। व्यक्तिगत हिंसा और एनीहिलेशन (शत्रुओं के सफाए) पर जोर था। संसदीय प्रजातंत्र में विश्वास नहीं था। नक्सलवादी ग्रुप भी एक नहीं थे और उनमें आपस में वैर चलता रहता था।

कृष्ण प्रताप सिंह : ऐसा बैर तो सारी वामपंथी ताकतों में है, इसीलिए वे बिखरी हुई हैं और परिवर्तनों में उनकी भूमिका पुछल्लों से ज्यादा नहीं हैं।

काशीनाथ सिंह : इस सबको व्यापक परिप्रेक्ष्य में देखना चाहिए। सोवियत संघ के विघटन के बाद दुनिया का नक्शा ही बदल गया है। अमेरिका ने, जिसे हम नवसाम्राज्यवादी कहते हैं, अपने हित में भूमंडलीकरण का सिद्धान्त बना लिया है, तो हमने उदारीकरण के नाम पर उसके समक्ष आत्मसमर्पण कर रखा है। सो, अपने देश में हो यह रहा है कि सरकार चुनते भले हम हैं मगर वह सुनती अमेरिका की है या फिर भूमंडलीकरण के ताबेदारों विश्व बैंक, अन्तर्राष्ट्रीय मुद्राकोष और विश्व व्यापार संगठन की। ब्रिटिश साम्राज्यवाद और अमेरिकी नव साम्राज्यवाद में एक बड़ा फर्क यह है कि ब्रिटिश लोग अपने उपनिवेशों में रहते थे जबकि नव साम्राज्यवाद हमारे देश में हमारे ही लोगों की मार्फत जैसी मनमानी चाहता है, कर रहा है। सोवियत संघ के विघटन के बाद से यह प्रक्रिया बहुत तेज हो गई है और इसका असर मार्क्सवाद में विश्वास जतानेवाली सारी पार्टियों पर पड़ा है। मुझे लगता है कि इस समूची स्थिति पर नये सिरे से विचार करना चाहिए। कई लेखक और बुद्धिजीवी कर भी रहे हैं।

कृष्ण प्रताप सिंह : ऐसे में हिन्दी में जो कुछ रचा जा रहा है, उस पर आपकी राय? क्या सन्तुष्ट होने लायक स्थिति है?

काशीनाथ सिंह : हाँ, हमारे समय की सबसे बड़ी चुनौती यह भूमंडलीकरण ही है और हिन्दी के लेखक अपने स्तर पर इससे जैसी मुठभेड़ करनी चाहिए, कर रहे हैं। जब से 'विश्व ग्राम' बना है, क्षेत्रीय अस्मिताएँ अपनी पहचान के लिए परेशान हैं। हमारे बचपन का एक गीत है—यह दुनिया इतनी बड़ी मगर संसार हमारा छोटा-सा, सब चढ़ें पहाड़ों पर रेलों पर, इक्कों, ताँगों और ठेलों पर, चाबी से चलनेवाला मोटर कार हमारा छोटा-सा। आज का संकट यही है कि हमारा 'छोटा-सा' भी कुछ बचेगा या नहीं। हिन्दी के लेखक इसे बचाने की जद्दोजहद में लगे हैं, 'अपनी' अस्मिताओं को शब्द दे रहे हैं। थोड़ा पीछे मुड़कर देखिए। मेवात के मुसलमानों पर भगवानदास मोरवाल का उपन्यास 'काला पहाड़' पढ़ लीजिए, चाहे सरगुजा की धर्मांतरित जनजातियों के जीवन पर तेजिन्दर का 'काला पादरी'। उरांव आदिवासियों के जीवन पर मनमोहन पाठक का 'गगन घटा घहरानी' हो, संजीव का 'जंगल जहाँ से शुरू होता है' या एस.आर. हरनोट का 'हिडिम्ब', उनमें भूमंडलीकरण के विरोध में अपनी पहचान की हाशिए के लोगों की चिन्ता है जिसे साहित्य आवाज दे रहा है। बाजारीकरण के विरुद्ध भी हिन्दी संसार मुखर

है क्योंकि उसे पता है कि और कोई रास्ता नहीं है। मुक्ति का मार्ग इधर से ही होकर गुजरता है।

कृष्ण प्रताप सिंह : अभी हाल तक कहा जा रहा था कि सबसे बड़ी चुनौती साम्प्रदायिकता है। अब इस चुनौती को जैसे खत्म मान लिया गया है।

काशीनाथ सिंह : जब तक विश्व हिन्दू परिषद और बजरंग दल जैसे राष्ट्रीय स्वयंसेवक संघ के खुद को सांस्कृतिक कहनेवाले संगठन हैं, उनकी राजनीतिक पार्टी भाजपा है, शिव सेना है, तब तक इस देश को साम्प्रदायिकता से निजात नहीं मिल सकती। यह आज भी एक बड़ी समस्या है, लेकिन एक मात्र नहीं। इसलिए हमें और चीजें देखनी होंगी। विविधताओं वाले हमारे देश में साम्प्रदायिकता नव साम्राज्यवाद के साथ ही ज्यादा खतरनाक होकर उभरी है। इसके पीछे अप्रवासी भारतीयों का पैसा और सोच भी है। इससे लगातार लड़ना होगा लेकिन दूसरी चीजों की अनदेखी भी भारी पड़ सकती है।

कृष्ण प्रताप सिंह : हिन्दी क्षेत्र में साम्प्रदायिकता की समस्या कुछ ज्यादा ही विकट है। जातिवाद जैसे दूसरे संकट भी यहीं ज्यादा त्रास देते हैं, क्यों है ऐसा?

काशीनाथ सिंह : अशिक्षा और गरीबी/गैरबराबरी इसके मूल कारण हैं। बिहार से होता हुआ जातिवाद पूर्वी उत्तर प्रदेश में फैला और अब पूरा उत्तर प्रदेश इसकी चपेट में है, मगर स्थिति का एक और पहलू है। बिहार में जातिवाद है, तो राजनीतिक चेतना भी सबसे ज्यादा है। इसलिए मुझे लगता है कि यह बीच का दौर है। जैसे-जैसे शिक्षा और आर्थिक सुदृढ़ता बढ़ेगी, इससे मुक्ति मिल जाएगी। जाति और सम्प्रदाय के नाम पर चल रही पार्टियाँ भी मुझे इसी दौरान का राजनीतिक उबाल लगती हैं। यह उबाल धीरे-धीरे स्थिर होगा और सच्चे लोकतंत्र की जड़ें मजबूत होंगी। रेणु के 'मैला आँचल' से शब्द उधार लूँ तो यह 'पटनहिया' रोग है जो ऊपर से नीचे आया है। भ्रष्टाचार की तरह ही इसकी कोख दिल्ली, भोपाल, लखनऊ और पटना जैसी राजधानियाँ हैं। फिर भूलना नहीं चाहिए कि यही 'काऊ बेल्ट' आजादी की लड़ाई में सबसे आगे था। बलिया तो आजाद हो गया था, सबसे पहले, लड़ते-लड़ते।

कृष्ण प्रताप सिंह : कथाकार के तौर पर सर्वाधिक दुखी किस बात से होते हैं?

काशीनाथ सिंह : इन्सानियत को लगातार मरता देखकर मेरे निकट सबसे बड़ा दुःख है। अब तो हादसों के समय भी लोग नहीं जुटते, न दूसरों के दुःख में दुखी होते हैं। बाजारवाद ने मानवीय रिश्तों को बुरी तरह झिंझोड़ डाला है। आपको बताऊँ, जहाँ मैं रहता हूँ, यहाँ पहले कुंजड़िनें आती थीं जो अपनी उगाई सब्जियाँ

बेचती थीं। अब वे सब्जियाँ उगाकर नहीं, बाजार से खरीदकर बेचती हैं। बाजार पर भूमंडलीकरण का ऐसा असर है कि उत्पादन घटा है और उपभोग पर जोर है। नव साम्राज्यवाद का अभीष्ट भी यही है कि उत्पादक श्रम घट जाए या खत्म हो जाए और उसकी जगह उपभोग व्याप जाए। भारत जैसा देश भी निर्मम बाजार में बदल जाए जहाँ संवेदनशीलता के लिए कोई जगह न हो। कई बरस पहले कैलास वनवासी भी एक कहानी पढ़ी थी—'बाजार में रामधन'। रामधन खेतिहर किसान है, जिसका बी.ए. पास बेरोजगार बेटा हर तरफ से हार जाता है तो रामधन से कहता है कि वह अपने दोनों बैल बेच दे और जो पैसे मिलें, उनसे उसे कोई धन्धा शुरू करा दे। रही खेतों की जुताई की बात तो ट्रैक्टर से करा ली जाएगी, लेकिन रामधन बैलों को लेकर बहुत संवेदनशील है और उन्हें बेचना नहीं चाहता। बाजार ले जाता है तो भी जानबूझकर उनकी कीमत इतनी ज्यादा रखता है कि वे बिक न पाएँ। मेरा सबसे बड़ा दुःख, यही रामधन का दुःख है। बेटे को बाजार के शिकंजे में जकड़ते देखना और अपनी संवेदनशीलता पर नये-नये दंश व आशंकाएँ झेलना। हम अपना आदमी होना ही सिद्ध करने में विफल हो रहे हों, तो दुःख तो सालेगा ही।

कृष्ण प्रताप सिंह : ऐसे में आपके लिए सबसे बड़ा सुख क्या है?

काशीनाथ सिंह : यथार्थ के आधार पर निर्मित वह कल्पना लोक जिसमें कथाकार के रूप में जाता हूँ, तो सुकून मिलता है।

(*डेली न्यूज एक्टिविस्ट,* 8 अप्रैल, 2012)

छन्द के विकल्प की तलाश जरूरी

वीरेन्द्र सारंग : क्या आप कविताएँ पढ़ते हैं? नहीं पढ़ते हैं तो क्यों? और यदि पढ़ते हैं तो कौन से कवि अच्छे लगते हैं, क्या उनकी कोई काव्य-पंक्ति स्मृति में है?...या पिछले कई दशकों में लिखी कोई महत्त्वपूर्ण कविता या उसका विषय, बिम्ब, तर्क याद है? क्या आपने स्वयं कभी कविता लिखने की कोशिश की...कोई कविता प्रकाशित कराई...? कविता की बजाय कथा-उपन्यास जैसा श्रमसाध्य माध्यम अपनाने की वजह? कथा और कविता में मनुष्य के नजदीक किस विधा को मानते हैं? जन-आन्दोलनों में हम कथा की जगह कविता को पाते हैं, कविता की पूरी हिस्सेदारी होती है, आप क्या कहेंगे? जो मूलतः कवि हैं किन्तु कथा-साहित्य में भी पूरी ईमानदारी से काम किया है लेकिन कथाकारों द्वारा उपेक्षित रहे, कारण? कविता में आदिकाल से कथा रही है और आज भी लम्बी कविताएँ आख्यानपरक होती हैं, फिर कविता से परहेज क्यों? बावजूद इसके कविता की आवाजाही भी बनी है। एक कथाकार के रूप में आप अपनी पुस्तकों की प्रसार संख्या से सन्तुष्ट हैं? ऐसी कौन सी आपकी रचना है, जिसे आप चाहेंगे कि कवि जरूर पढ़े।

काशीनाथ सिंह : मैं कविताएँ पढ़ता हूँ लेकिन कम। इधर के कवियों में पवन करण, राकेश रंजन पसन्द हैं वैसे मेरे प्रिय कवि धूमिल, अरुण कमल, उदय प्रकाश और राजेश जोशी हैं। ढूँढ़कर धूमिल की कविता बता सकता हूँ, वे स्मृति में रहते हैं।...खड़ी बोली हिन्दी कविता का सबसे बड़ा दुर्भाग्य यह है कि अभी तक छंद का कोई वाजिब विकल्प नहीं ढूँढ़ पा रही है। छंद का मतलब जो हमारे जेहन में उतर जाए, हमारी स्मृतियों में रह जाए, जो हमारी जबान पर चढ़ जाए, जो मौके पर हमारे कंठ से अनायास फूट पड़े जैसे तुलसी की चौपाई, रहीम के दोहे, कबीर के पद, सूर की पंक्तियाँ, मीर और ग़ालिब के शेर। बहुत से ऐसे लोग मिल जाते हैं, रीतिकाल के दोहे-सवैये सुना जाते हैं। लगता है आज की कविता को चिन्ता है न ख्वाहिश...लेकिन हमेशा ऐसा नहीं था। यह

चिन्ता निराला को थी। उन्होंने अपने लिए अपनी कविता के लिए छंद को तोड़ा लेकिन छोड़ा नहीं। मुक्त छंद भी छंद ही था उसमें गति थी, प्रवाह था, लय थी। सिरा मिल जाए तो बाकी बन्द अपने आप खुलते चले जाएँगे। क्या सिर्फ हमारा काव्य संस्कार ही है कि हमें निराला भी याद आते हैं जहाँ सिर्फ छंद हैं, जैसे दुख ही जीवन की कथा रही...' 'स्नेह निर्झर बह गया है।...' 'बाँधो न नाव इस ठाँव बंधु...।' पंत, महादेवी, प्रसाद की बात करना व्यर्थ है क्योंकि उन्होंने जो कुछ लिखा है छंदों में ही लिखा है।

इसके बाद आए प्रगतिवादी कवि नागार्जुन, त्रिलोचन। उन्होंने छंद में भी लिखा और मुक्त छंद में भी लेकिन सामान्य जनता की स्मृतियों में 'दुख हरन मास्टर', 'अकाल', 'बादल को घिरते देखा है'...इसी तरह केदार नाथ अग्रवाल भी स्मृति में रहते हैं।...प्रयोगवादी और नई कविता के कवियों ने हिन्दी कविता को उसकी पुश्तैनी जमीन से बेदखल किया और कविता को अनुवाद की भाषा बना डाला। जिन्होंने कविता में लय की बात की वही गति लय उनकी कविता से नदारद थी। अकवितावादियों ने रही-सही कसर भी पूरी कर दी...और कविता दुरूह अपाठ्य हो...गई। बाद के कवियों में मुझे एकमात्र धूमिल दिखाई पड़ते हैं, जिन्होंने छंद को छोड़ा लेकिन तुक बनाए रखा।

धूमिल की तुकान्त सूक्तियाँ हैं जो ज्यादातर लोगों को याद आती हैं। आज आलोचकों, कवियों और शोधार्थियों को छोड़कर ऐसा कोई पाठक नहीं है जिसे इधर के कवियों की कविताएँ याद हों। इसलिए मुझे लगता है, अगर कविता जन सामान्य की स्मृति में अपने लिए जगह बनाना चाहती है तो उसे छंद के विकल्प की तलाश आज भी करनी चाहिए।

कविता करने की कोशिश का सुख मुझे भी है। जब मैं हाईस्कूल में था, कोशिश की लेकिन कविता बनी नहीं। एक कथाकार होने के नाते मनुष्य के निकट होने में मुझे कविता मदद करती है। हो सकता है कवि को कविता मदद करती हो। कथा या कविता दोनों मनुष्य के नजदीक हैं, भूमिकाएँ अलग-अलग हैं।

...मैं पुनः कहना चाहूँगा कि 1950 के बाद के कवियों में जन-आन्दोलन के काम हेतु सबसे ज्यादा साथी प्रगतिवादी रहे हैं—दुष्यन्त की गजलें, धूमिल की सूक्तियाँ। हम मानते रहे हैं कि कविता की सर्वोच्च सफलता उसके नारा बन जाने में है। यहाँ यह भी ध्यान रखने की बात है कि जन आन्दोलनों में भी वे ही कविताएँ असरकारक हैं जो छंदों में हैं, गद्य के लिए यहाँ गुंजाइश नहीं है।...प्रेमचन्द से बड़ा कथाकार हिन्दी में नहीं है। जब प्रेमचन्द लिख रहे थे, उस समय स्वाधीनता आन्दोलन चल रहा था, लेकिन मुझे नहीं मालूम कि जन

आन्दोलनों में प्रेमचन्द की कहानियों को दृष्टान्त के रूप में कहीं पेश किया गया हो। इसका मतलब यह कि कथा की भूमिका जन आन्दोलनों में चेतना के निर्माण और विकास तक सीमित है। इस माने में उसकी भूमिका कविता से भिन्न होती है।...एक अरसे समय से मेरी इच्छा साहित्यिक पाठकों के दायरे से बाहर जाने की रही है। एक हद तक मेरी यह इच्छा 'काशी का अस्सी' से पूरी हो सकी है।...फिर भी मैं उससे भी बहुत सन्तुष्ट नहीं हूँ। मैं चाहूँगा कि कवि को 'काशी का अस्सी' पढ़ना चाहिए।

(*रचना समय,* मई 2011)

भाषा से लेखक की असलियत जानी जा सकती है

पूनम सिन्हा : कहा जाता है कि सन् 60 के बाद के लेखकों में अकेले काशीनाथ सिंह जमीन से जुड़कर परिवार के बिखरने की कथा लिख चुके हैं, बतौर उदाहरण—'रेहन पर रग्घू'।

काशीनाथ सिंह : दरअसल 60 के बाद के लेखन के लिए विजयमोहन सिंह और मधुकर सिंह के सम्पादन में 'साठ के बाद की कहानियाँ' नाम की पुस्तक छपी थी। भूमिका विजयमोहन सिंह ने लिखी थी। अब वह आउट ऑफ प्रिंट है। (2017 में पुनर्प्रकाशित हो गई। सं.) विजयमोहन सिंह ने साठ के बाद की कहानियों को सम्बन्धों के विघटन की कहानियाँ कहा था। प्राय: साठ के बाद के जितने कथाकार थे—सब सम्बन्धों की कहानियाँ ही लिख रहे थे। दूधनाथ सिंह ने 'रक्तपात', ज्ञानरंजन ने 'पिता', रवीन्द्रनाथ कालिया ने 'नौ साल छोटी पत्नी' कहानी लिखी। 'रक्तपात' में माँ की कहानी है। यह वह दौर था जब पारिवारिक और निजी सम्बन्ध टूट रहे थे। उन्हीं दिनों मैंने एक कहानी लिखी 'आखिरी रात'। हमारी मानसिकता का निर्माण तो तभी हुआ था।

जमीन से मेरा गहरा जुड़ाव रहा है। गाँव में मेरा बचपन बीता। बनारस को बड़ा गाँव मानता हूँ जहाँ आकर बसे। मेरे आरम्भिक जीवन के ज्यादातर दिन खेतों-खलिहानों में गुजरे और शहर में नौकरी करते हुए भी जिन्दगी का ज्यादातर हिस्सा सड़कों, फुटपाथों, चाय की दुकानों एवं लोगों के बीच घूमने में बिताया; तो मेरी अपने जीने की शैली नगरीय कभी नहीं रह सकी। इसीलिए मेरे लेखन में आरम्भ से अन्त तक एक निरन्तरता दिखाई पड़ेगी। इसीलिए 'रेहन पर रग्घू' पर बात करते समय प्राय: लोगों की नजर या तो मेरी 'सुख' कहानी की तरफ गई है या 'एक लुप्त होती हुई नस्ल' की तरफ। 'सुख' आरम्भिक दौर की कहानी है और 'एक लुप्त होती हुई नस्ल' बीच के दिनों की। कह सकती हैं कि 'रेहन पर रग्घू' उसी निरन्तरता का क्लाइमेक्स है।

पूनम सिन्हा : आप या आपकी पीढ़ी के कथाकारों ने गाँव एवं नगर दोनों को देखा है। आपके कथा-साहित्य में जो लोक-तत्त्व है, परवर्ती कथाकारों के साहित्य में उसका लोप हो रहा है। जड़-विहीन जीवन एवं साहित्य हमें कहाँ लाकर छोड़ेगा?

काशीनाथ सिंह : मैं और दूधनाथ गाँव से जुड़े थे। कालिया वगैरह कम ही कथाकार ऐसे थे जो गाँवों से जुड़े थे। जहाँ तक परवर्ती लेखकों का सवाल है, बीच के लेखक भले जड़ों से कटे हुए रहे हों, लेकिन हाल के दिनों में फिर लेखकों की बराबर कोशिश है कि वे लोक-चेतना से असम्पृक्त न रहें। वे लेखक जो महानगरों में लिखे जा रहे साहित्य से कहीं-न-कहीं अनुप्रेरित हैं, उन्हें छोड़ दिया जाए तो अधिकांश लेखक कस्बों या छोटे शहरों से आए हैं। और वे जो कहानियाँ लिख रहे हैं उनमें लोक-चेतना दिखाई पड़ती है। जैसे अभी-अभी सत्यनारायण पटेल, जो एक सिपाही हैं, का एक कहानी-संग्रह 'भेम का भेरू माँगता कुल्हाड़ी ईमान' आया है। यह शीर्षक कहानी मालवा की बनजारा जाति पर आधारित है। 'भेम' वहम को कहते हैं। इस कहानी में सँपेरा रोजी-रोटी के लिए बाहर चला गया है। उसकी पत्नी घर में है। उसका ननदोई चोरी करता है। पुलिस आती है तो पत्नी पर इलजाम लगाया जाता है कि वह ननदोई से फँसी है। अपने को निर्दोष साबित करने के लिए उसे हथेली पर पत्ते के ऊपर आग रखकर चलना है। हथेली यदि जल जाती है (जलना ही है) तो वह दोषी साबित होगी। इस संग्रह की सारी कहानियाँ जड़ों से जुड़े जीवन की कहानियाँ हैं। कैलाश बनवासी की बैलों वाली कहानी है 'बाजार में रामधन'। इसी तरह जो उपन्यास लिखे जा रहे हैं, वनवासियों के जीवन पर, जनजातियों के जीवन पर, वे इस बात के प्रमाण हैं कि हिन्दी कथा-साहित्य जड़ों से जुड़ने के लिए निरन्तर प्रयत्नशील है। वह जानता है कि जड़ों से अलग होकर सार्थक होना मुश्किल है।

पूनम सिन्हा : 'काशी का अस्सी' में आपने कहा है कि "हँसी का मतलब है जिन्दादिली और मस्ती का विस्फोट, जिन्दगी की खनक। यह तन की नहीं मन की चीज है।" लेकिन बाजारवादी संस्कृति में जो कुछ भी है तन के लिए, मन के लिए नहीं। अत: अपने जीवन में हँसी के बचे रहने की उम्मीद हम रख सकते हैं क्या?

काशीनाथ सिंह : हँसी बाजारवाद का प्रतिरोध है। हम ऐसी ही मन्द हँसी से जीवन को भी बचाए रख सकते हैं और मनुष्यता को भी। वरना बाजार का प्रलोभन और भाग-दौड़ न तो मन को स्वस्थ रहने देनेवाला है न तन को। रेहन

पर रग्घू में लड़का बाहर है। पिता रघुनाथ रेहन पर चले जाते हैं, जिनकी कोई दिलचस्पी नहीं रह जाती है अपने जीवन में। आज गाँव में वे ही हैं जो नालायक हैं, लायक सारे बाहर चले गए हैं।

यहाँ न विकसित पूँजीवाद आ पाया है न सामंतवाद जा पाया है। अत: पूँजीवाद एवं सामंतवाद का अजीब मिश्रण है यहाँ। जो सम्पन्न हैं, वे ट्रैक्टर से खेती करते हैं, जो गरीब हैं वे आज भी बैल के द्वारा हल चला रहे हैं।

पूनम सिन्हा : आपके विषय में राजेन्द्र यादव जी का कथन है कि 'संस्मरणों' में ही वे अपने श्रेष्ठ रूप में हमारे सामने आते हैं। यदि हाँ, तो इसके क्या कारण हैं?

काशीनाथ सिंह : शुरुआत तो मैंने की थी 'गरबीली गरीबी वह' से और जाएका बदलने के लिए मैंने संस्मरण लिखना शुरू कर दिया था। मैं कहानियाँ लिखते-लिखते ऊब गया था। दरअसल पाठकों की खोज में मैं संस्मरणों की तरफ चला गया। मुझे बराबर लगता था कि कहानियों के पाठक लेखक, छात्र या शोधार्थी हैं, जिनकी साहित्य में रुचि है। यदि हम सिर्फ इन्हीं के लिए लिखते हैं तो लिखना बेकार है। दूसरे शिल्प के स्तरों पर मुझे लगता था कि पाठकों से मेरा सीधा संवाद नहीं हो रहा है। यानी मेरी कहानियाँ किसी से सम्बोधित नहीं हैं। तो क्यों न मैं ऐसी जानी-मानी हस्तियों को अपना विषय बनाऊँ जिनका जीवन सामान्य आदमी का जीवन हो। वे यदि विशिष्ट हों, तो अपने साहित्य-कर्म के कारण हों। पाठक यह अनुभव कर सकें कि त्रिलोचन, हजारीप्रसाद द्विवेदी, नामवर सिंह या धूमिल उन्हीं के बीच के, उन्हीं जैसे आदमी रहे हैं, जिन्होंने हमारी ही तरह संघर्ष किया है। इनके बारे में लिखते समय मैंने पाठकों के साथ संवाद करने के अनुभव की शैली अपनाई है—सम्बोधन की शैली। मेरे संस्मरणों के श्रोता या पाठक मेरी आँखों के सामने होते थे और मैंने अनुभव किया कि मेरी कहानियों की तुलना में मेरे संस्मरण अधिक पढ़े जा रहे हैं और पढ़नेवालों में अलग-अलग अनुशासनों से जुड़े लोग हैं, जिनमें से ज्यादातर साहित्य के बाहर के लोग हैं। इसीलिए मेरे संस्मरणों को बहुत से लोग शुद्ध संस्मरण नहीं मानते। नामवर सिंह ने खुद कहा कि 'मैं उन्हें (संस्मरणों को) कहानी का ही एक रूप मानता हूँ।' मेरे संस्मरण लिखने के बाद संस्मरणों को लिखने का एक ढर्रा-सा चल पड़ा है, जबकि शुरुआत मैंने की थी।

पूनम सिन्हा : आपने एक साक्षात्कार में कहा है कि 'मैं किताबें नहीं आदमी पढ़ूँगा। यह आसान काम है। लेकिन जब शुरू किया तो लगा, यह उससे कम मुश्किल काम नहीं है।' आज जब मनुष्य के व्यक्तित्व में जटिलता एवं कृत्रिमता

पहले से अधिक आ गई है तो आपके लिए मनुष्य को पढ़ना भी पहले से अधिक जटिल नहीं हो गया है?

काशीनाथ सिंह : पहले सरलता थी, आदमी समझ में आता था। जैसे पहले पेचीदगी कम हुआ करती थी। जो आदमी कहता था हम मान लेते थे कि यही सच है। लेकिन अब वह क्या कह रहा है, और वह जो कह रहा है वह सोच रहा है या नहीं, कहना मुश्किल है। जबान और दिमाग में दूरी बढ़ गई है। कहता कुछ है, सोचता कुछ और है आँख और मुँह में दूरी हुई है। देख कुछ और रहा है, कह कुछ रहा है। अब उसको पढ़ना मुश्किल हो गया है। चरित्र में अन्तर्विरोध इतने ज्यादा आ गए हैं कि उन्हें पकड़ना कठिन है। पहले हम कहते थे कि गाँव का आदमी सरल होता है। यह हमारी मान्यता थी कि गऊ जैसा सीधा आदमी होता है। अब गाँव का हर आदमी दूसरे आदमी से अलग है, भिन्नता भी है और दूरी भी। और ऐसे आदमी को पकड़ना लेखक के लिए अत्यन्त मुश्किल होता जा रहा है। इसीलिए आप देखती होंगी कि कहानियों में घटनाएँ और इतिवृत्त तो अधिक दिखाई पड़ते हैं, चरित्र बहुत कम दिखाई पड़ते हैं। पिछले दस-पन्द्रह वर्षों की कहानियों में कोई चरित्र ढूँढ़ना चाहे तो नहीं मिलेगा। हीरामन जैसा चरित्र शायद ही कोई मिले पचास सालों में।

लोक-चेतना उस लेखक में वैसी प्रकाशिा नहीं होती, जिसमें वह घुला-मिला है। उसकी कहानियों में वह कथा के अंग के रूप में अनायास आ जाती है। जैसे जो अधकचरे मार्क्सिस्ट हैं, उनमें मार्क्स के उदाहरण अधिक दिखाई देंगे। किन्तु जिन्होंने मार्क्सवाद को आत्मसात् किया है, उनमें मार्क्सवाद का कोटेशन नहीं है। अधकचरों ने बौद्धिक स्तर पर मार्क्स को ग्रहण किया है, चेतना के स्तर पर नहीं। मार्क्स एवं एंजिल का कोटेशन नामवर जी ने नहीं के बराबर दिया है।

पूनम सिन्हा : भाषा की जीवंतता को आप नैसर्गिक मानते हैं या अभ्यासजनित? लेखक की ईमानदारी से इसका कहाँ तक सम्बन्ध है?

काशीनाथ सिंह : भाषा से लेखक की असलियत जानी जा सकती है। वह कितनी बनावटी है और कितनी नैसर्गिक, यह पढ़ते हुए इसका बोध हो जाता है। उदाहरण के लिए आप गुलेरी जी के निबंध और कहानियों को ले सकती हैं। वे संस्कृत के प्रकांड पंडित थे। लेकिन जीवन के अनुभवों के कारण, सम्बन्धों, सम्पर्कों के कारण उनकी रचनाओं में नैसर्गिक भाषा आ जाती है। अर्थ-संगुफित भाषा आ जाती है। मेरे तीनों उपन्यासों की भाषा अलग है। 'काशी का अस्सी' की भाषा 'रेहन पर रग्घू' की भाषा से अलग है। भाषा के स्वरूप का निर्माण कथ्य करता है। दूसरी बात कि रचनात्मक साहित्य की भाषा आलोचनात्मक किताबों से अलग

होती है। अब मैं अभ्यासजनित भाषा की बात कहूँ। भाषा अर्जित भी की जाती है, किन्तु उसके साथ शर्त यह है कि वह आपके स्वभाव और प्रकृति के अनुरूप हो। मैंने आरम्भिक दिनों के पाँच वर्षों तक व्याकरण पर ही काम किया है। उसझे मैंने भाषा के महत्त्व को जाना है। शब्दों का निरर्थक इस्तेमाल ट्रैफिक के उस पुलिस को खड़ा करने के जैसा है, जहाँ कोई ट्रैफिक नहीं है। कहीं भी शब्द आएँ तो अपनी पूरी अर्थवत्ता और पूरी चमक के साथ आएँ नहीं तो नहीं आएँ। यह मैंने व्याकरण के अध्ययन से जाना है।

पूनम सिन्हा : आपके लेखन की प्रशंसा या प्रसिद्धि आपको अपने अगले लेखल के लिए प्रेरित करने का काम करती है अथवा आपका लेखन इनसे निरपेक्ष होता है?

काशीनाथ सिंह : जब आप लिखते हैं और आपको लगता है कि आपका लिखा हुआ पसन्द किया जा रहा है तो ऐसा लगता है कि आपकी पीठ ठोकी जा रही है कि आप आगे लिखिए। लेकिन यह चेतावनी भी है कि अब इससे बेहतर लिखो या ऐसा न लिखो कि भर्त्सना मिले।

पूनम सिन्हा : लेखक के लिए किसी खास विचारधारा से प्रतिबद्ध होना कहाँ तक अनिवार्य है?

काशीनाथ सिंह : किसी भी विचारधारा में बँधकर लिखना लेखक के लिए मैं बहुत स्वास्थ्यकर नहीं मानता। विचारधारा एक प्रकाश की तरह है जिससे हम आगे का मार्ग खुद अपने लिए चुनते हैं। विचारधारा आपके पाँव न बाँधे, आपमें स्फूर्ति पैदा करे, होना यह चाहिए। अगर वह बेड़ी बनती दिखाई पड़े, तो उसे तोड़ देना चाहिए।

पूनम सिन्हा : किसी रचना की सृजन-प्रक्रिया की समाप्ति पर आप कैसा महसूस करते हैं।

काशीनाथ सिंह : बहुत राहत! क्योंकि जब तक रचना पूरी नहीं होती, न वह खाने देती है, न पीने देती है, न वह सोने देती है। जैसे लोग कहते हैं कि 'बेटी की शादी के बाद गंगा नहाये।' वैसे ही रचना पूरी करने के बाद गंगा नहाने जैसी ही राहत और सुकून का एहसास होता है। दरअसल जब आप रचना कर रहे होते हैं, उस समय आप निपट अकेले होते हैं, कोई आपके साथ नहीं होता। रचना की पीड़ा एक ऐसी ही पीड़ा है, जिसे बाँटनेवाला कोई नहीं होता। रचना अपने आप में एक ऐसा घर है, जो आप आने के लिए बनाते हैं। मैं जब कक्षा में पढ़ाता था तब कक्षा की समाप्ति मैं जिस वाक्य से करता था वहीं से फिर अगली कक्षा के लिए सोचता था कि आगे क्या कहना है।

पूनम सिन्हा : साहित्य के दलित-विमर्श एवं स्त्री-विमर्श के सन्दर्भ में आपका क्या कहना है।

काशीनाथ सिंह : मैं इन दोनों को सकारात्मक रूप में देखता हूँ। खासतौर से जिनके बारे में हम पुरुष या हम सवर्ण लिखा करते थे, वे स्वयं अपने बारे में लिख रहे हैं और इस तरह जीवन के उन रहस्यों को खोल रहे हैं, जिनके हम दर्शक हुआ करते थे, भोक्ता नहीं हुआ करते थे। खासतौर से दलित एवं स्त्री लेखिकाओं ने जो आत्मकथाएँ लिखी हैं, वे मेरी दृष्टि में उनकी कविताओं एवं कहानियों से ज्यादा महत्त्वपूर्ण हैं।

पूनम सिन्हा : साहित्य में तुरन्त प्रसिद्धि की चाह को आप किस रूप में देखते हैं। ऐसे साहित्यकारों के लिए आप कोई सन्देश देना चाहेंगे?

काशीनाथ सिंह : साहित्य का संघर्ष से बहुत गहरा सम्बन्ध है, बिना संघर्ष के कुछ भी हासिल किया जाए, उसकी उम्र बड़ी छोटी होती है। यह आशंका आपके अकेले के भीतर की नहीं है। इसे पाठक भी कहने लगे हैं और वे लेखक भी जो वरिष्ठ हैं और जिन्होंने संघर्षों के माध्यम से पाठकों का प्यार अर्जित किया है। कोई भी शॉर्टकट जीविका के लिए तो ठीक कहा जा सकता है लेकिन जीवन के लिए नहीं। और, एक साहित्यकार के लिए साहित्य उसका जीवन होता है।

(*अभिधा,* मई 2010)

साहित्य के एजेंडे पर वैश्वीकरण और बाजारवाद के खिलाफ युद्ध

नृपेन्द्र शर्मा : आज के लेखन को आप किस रूप में लेते हैं?

काशीनाथ सिंह : एक लेखक समाज में रहता है। इसी समाज में खाता, पहनता, ओढ़ता है। समाज और देश के प्रति उसकी जिम्मेदारी है। इसलिए जो लिखता वह नागरिक की हैसियत से सामाजिक दायित्व के लिए लिखता है। चूँकि आज का जीवन राजनीति से बाहर नहीं है इसलिए कहीं-न-कहीं मौजूदा राजनीति से मुठभेड़ करते हुए लिखता है।

नृपेन्द्र शर्मा : लेखन के लिए विचारधारा का कितना महत्त्व है। मौजूदा परिदृश्य कैसा है?

काशीनाथ सिंह : मौजूदा स्थिति यह है कि सोवियत संघ के विघटन के बाद नवसाम्राज्यवाद के रूप में अमेरिका ताकतवर ढंग से उभरा, है। उसने भूमंडलीकरण को हथियार के रूप में इस्तेमाल किया है। उदारीकरण को स्वीकार करते हुए तीसरी दुनिया के देशों ने उसके समक्ष आत्मसमर्पण कर दिया है। साम्प्रदायिक ताकतें इसी वैश्वीकरण का अंग हैं। ऐसी स्थिति में कभी-कभी हमें लगता है कि सरकारें तो हम बनाते हैं पर निर्णय उस सरकार का अपना नहीं होता ऐसी स्थिति में एक बुद्धिजीवी या लेखक को रास्ता सिर्फ विचारधारा ही दिखाती है।

नृपेन्द्र शर्मा : बाजारवाद के दौर में लेखक कहाँ खड़ा है?

काशीनाथ सिंह : निश्चित ही लेखक बाजारीकरण के विरुद्ध खड़ा है। उसने बाजारीकरण के आगे घुटने नहीं टेके हैं। जो सच्चे लेखक हैं वे अब भी उससे संघर्ष की स्थिति में हैं।

नृपेन्द्र शर्मा : यह कहा जाता है कि पाठक कम हो गए हैं, किताबें नहीं बिकतीं, इसके कारण आपकी नजर में क्या हैं?

काशीनाथ सिंह : पाठकों की कमी का कारण इलेक्ट्रॉनिक या प्रिंट मीडिया नहीं है। कमी का कारण प्रकाशकों द्वारा पुस्तकों का मूल्य अधिक रखना है। दूसरा, कहीं-न-कहीं लेखकों में भी कमी है। वह कमी यह है कि सीधे जनता से संवाद, कराने की भाषा उन्हें हासिल नहीं हो सकी। वर्ना ऐसी ढेर सारी किताबें हैं जिनके कई संस्करण आते हैं और पढ़ी जा रही हैं।

नृपेन्द्र शर्मा : एक लेखक को निजी जीवन में कैसा होना चाहिए?

काशीनाथ सिंह : लेखक को दोहरी जिन्दगी नहीं जीना चाहिए, अच्छा या बुरा जैसा है वैसा दिखना चाहिए।

नृपेन्द्र शर्मा : हिन्दी में आलोचना का स्तर कैसा है?

काशीनाथ सिंह : वस्तुतः हिन्दी में नामवर सिंह के बाद कोई भी एक सर्वमान्य आलोचक नहीं है जिससे सहमत या असहमत हुआ जाए। जो आलोचक कहलाते हैं दरअसल वे पुस्तक समीक्षक हैं, जिनके पास कोई मुकम्मल साहित्य-दृष्टि नहीं है।

नृपेन्द्र शर्मा : साहित्य का वर्तमान परिदृश्य कैसा है?

काशीनाथ सिंह : साहित्य के क्षेत्र में पहले वही आते थे जो हिन्दी के विद्यार्थी या अध्यापक थे। अब प्रशासनिक सेवाओं, किसी पद पर कार्य करनेवाले या इंजीनियर, डॉक्टर, दूसरे पेशे के लोग भी कविता, कहानी, उपन्यास के क्षेत्र में आ रहे हैं वह भी पूरी तैयारी के साथ। साहित्य बिरादरी का यह विस्तार लेखन के हित में है।

नृपेन्द्र शर्मा : यहाँ आने से पूर्व पिछले दिनों आपने क्या पढ़ा और क्या लिखा?

काशीनाथ सिंह : पिछले दिनों 'स्वदेश दीपक' की कृति 'मैंने मांडू नहीं देखा' पढ़ी। यह न तो उपन्यास है और न आत्मकथा। एक तरह की कलात्मक संरचना है। लिखने में अपने 'काशी का अस्सी' उपन्यास की रचना प्रक्रिया पर लिखा।

(*दैनिक नवभारत*, रायपुर, 21 मार्च, 2005)

रंगभूमि को जलाया जाना एक राजनीतिक घटना

राहुल सिंह : उम्र के इस मोड़ पर कैसा महसूस करते हैं? इतना लम्बा लेखकीय जीवन, कैसा लगता है?

काशीनाथ सिंह : मेरा झुकाव शुरू में एमएल (मार्क्सवाद-लेनिनवाद) की ओर था। मार्क्सवाद व नक्सलवाद से मैं प्रभावित था। सक्रिय कार्यकर्ता के रूप में काम करता था। दीवारों पर पोस्टर चिपकाना, नारे लिखना आदि। अलग-अलग माँगों के लिए आन्दोलन होते हैं। इससे एक सवाल उठता है कि अलग-अलग माँगों को लेकर ये क्यों हो रहे हैं? ये सभी आन्दोलन एक साथ नहीं हो सकते?

सन् 1960 के आसपास से लेखन शुरू किया। पहले कहानी, फिर उपन्यास, काशी हिन्दू विश्वविद्यालय में हिन्दी आन्दोलन पर केन्द्रित मेरा उपन्यास 'अपना मोर्चा' काफी लोकप्रिय हुआ था। नये उपन्यास के रूप में जाना गया। 1968 में आन्दोलन शुरू हुआ था। बनारस से शुरू होकर देशभर में फैला। कहानी-संग्रह 'लोग बिस्तरों पर', 'सुबह का डर' काफी लोकप्रिय हुए। 1978 में 'आदमीनामा' नाम का कहानी-संग्रह आया। इसमें सुधीर घोषाल नाम की कहानी काफी लोकप्रिय हुई। 1979 में 'नई तारीख' कहानी-संग्रह आया। 1984 में अन्तिम कहानी-संग्रह 'सदी का सबसे बड़ा आदमी' आया। अब कहानियाँ छोड़ी, संस्मरणों में लगा। संस्मरण लिखता रहा। पहली किताब आई 1992 में 'याद हो कि न याद हो'।

राहुल सिंह : महामना का विश्वविद्यालय कितना बदला है?

काशीनाथ सिंह : बत्तीस साल तक अध्यापन किया। इस दौरान मुझे विश्वविद्यालय परिसर एक बेहद बंजर-अनुर्वर प्रदेश लगा। एक ही जीवन स्तर के लोग, बाहर वालों से कम सम्पर्क। अधिकांश मध्यवर्गीय या निम्न-मध्यवर्गीय परिवार के लोग। मकान हो, कार हो, सुख-सुविधा मिले, रचनात्मकता, सृजनात्मकता के लिए कोई जगह नहीं बचती है। मैं विश्वविद्यालय के सामने एक निरीह प्राणी था। छात्र मेरी कथा पसन्द करते थे। मैंने छात्रों व प्राध्यापकों के बीच की दूरियाँ कम की।

विश्वविद्यालय से आप जानकारी ले सकते हैं। समाज-राष्ट्र के लिए कुछ करने की गुंजाइश नहीं है। विश्वविद्यालय छात्रों को असामाजिक बनाने का कारखाना था। दिखावे की जिन्दगी जीना नियति थी।

राहुल सिंह : आजकल क्या हो रहा है, क्या योजना है?
काशीनाथ सिंह : मेरा उपन्यास 'काशी का अस्सी' 2002 में आया। आजकल मेरी रचनाओं पर नाटक काफी हो रहे हैं। इसलिए नाटक लिखने की योजना है। देवेन्द्रराज अंकुर व राणा जी में नये प्रयोग की योजना बनाई। 'अपना मोर्चा' का मंचन दिल्ली व लखनऊ में हुआ। कई कहानियों का नाट्य रूपान्तरण हुआ है। जैसे 'अपना रास्ता लो बाबा', 'जंगल जातकम्' आदि। 'जंगल जातकम्' कहानी का शिमला में मंचन हुआ। 'सदी का सबसे बड़ा आदमी' का रूपान्तरण बंगला में हुआ।

नाटक लिखने की योजना है, क्योंकि लोगों को मेरी कहानियों का नाट्य रूपान्तरण पसन्द आ रहा है। मन में एक उपन्यास घूम रहा है, प्रेम सम्बन्धों पर आधारित। करने को काफी कुछ है। कितना कर पाएँगे या नहीं कर पाएँगे, यह अलग बात है।

राहुल सिंह : बीते दशकों में लेखक काशी की काशी और अस्सी कितना बदले हैं?
काशीनाथ सिंह : काशी और अस्सी बहुत बदल गए हैं। पिछले 20-25 वर्षों में देश ही बदला है, बनारस इससे अछूता नहीं रहा। घाट के ज्यादातर मकान लॉज बन गए हैं। विदेशियों की तादाद अच्छी-खासी हो रही है। पहले उनके प्रति आकर्षण होता था। अब उनकी उपस्थिति से चिढ़ व नफरत हो रही है। वे दिखाई पड़ते हैं, तो हास्यास्पद लगते हैं। इनका हस्तक्षेप बनारस के आमजीवन में है, जो बनारस की जीवन पद्धति को प्रभावित कर रहा है। रुपये-पैसे को लेकर यह शहर चिन्ता नहीं करता था। फक्कड़, मस्तमौला शहर। पहनावे-ओढ़ावे में भी वैसा ही था। अब रहन-सहन में फर्क दिखने लगा है। महानगरों की तरह लोग पैसे के लिए पागल हो रहे हैं।

जैसा उपन्यास में लिखा है, हर तीसरे घर में (अस्सी की बात करें, तो) शिक्षण केन्द्र है, जहाँ कला-संगीत व अन्य शिक्षा दी जाती है। कला व ज्ञान को बेचा जा रहा है। यह उपभोक्तावादी संस्कृति की देन है। गुरु-शिष्य या उस्ताद-शागिर्द की परम्परा खत्म हो रही है। इस अर्थ में कला और मानवीय सम्बन्ध, लेन-देन व खरीदने की चीज हो गए हैं। उत्पाद व माल के रूप में काशी में इनका क्रय-विक्रय हो रहा है। जैसे राजनीति विचारशून्य हो गई है, वैसे ही

कला भी समर्पणशून्य हो गई है। इस (समर्पण) भावना से आज कोई कुछ नहीं सीखता। रिश्ते में लाभ-हानि को ध्यान में रखा जाता है। बाप-बेटे व गुरु-शिष्य के सम्बन्ध भी ऐसे ही होते जा रहे हैं।

राहुल सिंह : प्रेमचन्द के उपन्यास 'रंगभूमि' की प्रतियाँ जलाई गईं। इसे विरोध का तरीका मानेंगे या कुछ और?

काशीनाथ सिंह : 'रंगभूमि' की प्रतियाँ इसलिए जलाई गईं कि इसमें 'चमार' शब्द का प्रयोग किया गया है। पुस्तकों को जलाना साहित्य नहीं है। साहित्य विवाद व संवाद, सहमति-असहमति की बात करता है। यह (पुस्तकों को जलाना) राजनीतिक घटना है। अंबेडकर ने 'मनुस्मृति' जलाई थी। अपने को अंबेडकरवादी कहनेवाले सुमनाक्षर (दलित साहित्य अकादेमी के अध्यक्ष) ने 'रंगभूमि' जलाई, जो धर्म ग्रन्थ नहीं, साहित्यिक कृति है। अगर विरोध लेखन के स्तर पर है, तो ठीक है। पुस्तक जलाना राजनीतिक कर्म है। इसका साहित्य से कोई सम्बन्ध नहीं है।

राहुल सिंह : हाल में मुद्राराक्षस ने प्रेमचन्द विरोधी वक्तव्य दिये हैं। उन्होंने कहा है कि 'रंगभूमि' का जैसा विरोध होना चाहिए वैसा नहीं हो रहा है?

काशीनाथ सिंह : प्रेमचन्द पर हमेशा विवाद रहा है। उन्हें ब्राह्मण विरोधी, घृणा का प्रचारक कहा जाता है। ब्राह्मण-कायस्थ नाराज रहा करते हैं। उन्हें दूसरी श्रेणी का लेखक कहा गया है।

सुमनाक्षर भाजपा के वोटों से पार्षद बने थे। ये दोनों (भाजपा और सुमनाक्षर) एक ही थैली के चट्टे-बट्टे हैं। 'पाञ्चजन्य' में उसके विरुद्ध (पुस्तक जलाना) लेख छपा। आपने निर्मला जलाई तो क्या यह गलत नहीं था। दलित लेखकों ने इसका विरोध किया है। सबसे पहले जाति प्रमाण-पत्र (चमार शब्द के प्रयोग के लिए) जलाना चाहिए।

राहुल सिंह : मुद्राराक्षस ने मार्क्सवाद पर भी टिप्पणी की है। कहा है कि भारतीय मार्क्सवादी दस फीसदी लोगों के बारे में सोचते हैं, जबकि चीन में नब्बे फीसदी के बारे में। इसलिए बंगाल, केरल में सिमटकर रह गए हैं।

काशीनाथ सिंह : सभी मार्क्सवादी पार्टियाँ इन चीजों के बारे में विचार कर रही हैं। एक बात बहुत साफ है कि आज के जमाने में लोकतंत्र चल रहा है। इसी बात को लेकर नक्सलाइट पीपुल्सवार ग्रुप अलग हुए थे। वे सोच रहे थे कि हथियारों से परिवर्तन लाया जा सकता है। सीपीआई-सीपीएम संवैधानिक मार्ग पसन्द करती हैं। भारत के सन्दर्भ में मार्क्सवाद की नई व्याख्या आवश्यक है। थोड़े दिन पहले पंकज भट्टाचार्य के ग्रुप ने दो-तीन दिन का आयोजन किया था। सारे वामपंथी

एकजुटता पर विचार कर रहे हैं। मुद्राक्षस ने जो कुछ कहा (इंडिया टुडे में छपी टिप्पणी) यह उनका अनर्गल प्रलाप है।

राहुल सिंह : सोवियत संघ के पतन के बाद अमेरिका का वर्चस्व, अफगानिस्तान व इराक पर हमले, दुनिया किस ओर जा रही है?
काशीनाथ सिंह : संक्षेप में टिप्पणी नहीं की जा सकती। दुनिया में कोई ऐसा देश नहीं, जो अमेरिका को नापसन्द नहीं करता, पर मजबूरी है कि उससे अलग नहीं हुआ जा सकता है। सारी अर्थव्यवस्था उसके हाथ में है। वह भूमंडलीकरण अपने हित में करता है ताकि वर्चस्व बना रहे।

राहुल सिंह : पप्पू की चाय की दुकान को आपने लेखन के माध्यम से ख्याति दिलाई, अब अस्सी पर जाना होता है या नहीं?
काशीनाथ सिंह : पप्पू की चाय की दुकान से उपन्यास लिखने के लिए सम्बन्ध बनाया। अब कोई रिश्ता नहीं है, फिर भी जाता हूँ। अस्सी पर महीना हो गया, गए हुए। बहुत कुछ बिखर गया। तब के काशी के अस्सी, पप्पू की चाय की दुकान में काफी परिवर्तन आ चुका है। भाजपा के शासन में बौद्धिक विचार-विमर्श के लिए कोई जगह नहीं थी। उनका तेवर आक्रामक था। बहस करने की क्षमता नहीं थी, झगड़ा कर सकते थे। धीरे-धीरे वैचारिक विमर्श वाले अन्य दलों के लोग वहाँ (अस्सी पर) बैठने के बजाय अन्य जगहों पर जाने लगे।

राहुल सिंह : कैसे गुजरता है दिन, लोग मिलने आते होंगे?
काशीनाथ सिंह : पत्रिकाओं की दुकान पर जाना होता है, लिखना-पढ़ना, गोष्ठियों में जाना होता है। लोग (साहित्यकार) मिलने आते हैं, त्रिलोचन, केदारनाथ सिंह मिलने के लिए आते रहते हैं। हाल ही में कुछ लोग लखनऊ से आए थे।

(*प्रभात खबर*, 2004)

निश्चित रूप से असहिष्णुता बढ़ी है

दुर्गानन्द यादव : आपने अपने उपन्यास का प्लॉट तैयार किया है उसमें वर्तमान सन्दर्भ में किस पक्ष को उठाया है।

काशीनाथ सिंह : सारे उपन्यास तो वर्तमान में ही लिखे गए हैं और शुरू से देखा जाए तो 1969 हिन्दी भाषा को लेकर आन्दोलन हुआ। पहला उपन्यास 'अपना मोर्चा' है, जो भाषा आन्दोलन पर है और उसके बाद दूसरा उपन्यास लिखा गया—'काशी का अस्सी'। 'काशी का अस्सी' का पूरा सन्दर्भ वर्तमान है,जनतंत्र, प्रजातंत्र है, निर्वाचन है, निर्वाचन के साथ ही, बल्कि उसके पूर्व, जहाँ से भारत बदलना शुरू हुआ यानी 1990 के बाद। जब वैश्वीकरण शुरू हुआ, तो उदारीकरण है बाबरी मस्जिद विध्वंस है, उसमें मंडल आयोग और आरक्षण-नीतियाँ हैं। पूरा का पूरा उपन्यास राजनीति और राजनीति के बारे में जो प्रतिक्रिया है जन-साधारण की उसकी दास्तान मिलेगी।

तीसरा उपन्यास मैंने 'रेहन पर रग्घू' लिखा। यह उपन्यास गाँव से शुरू होता है और अमेरिका तक जाता है। जाहिर है इसका सम्बन्ध भूमंडलीकरण के बाद जो एक परिवर्तन आया पूरे देश में और विदेश के लिए आकर्षण बढ़ा लोगों में और बूढ़े माँ-बाप का अकेले पड़ना, गाँव से शहर में आकर शिफ्ट करना। इन सारी चीजों को उपन्यास लेता है।

(काशीनाथ जी चाय की चुस्की लेते हुए आगे कहते हैं) मेरा चौथा उपन्यास है 'महुआचरित', जाहिर है 'महुआचरित' स्त्री-मुक्ति को लेकर लिखा गया उपन्यास है और मेरा अन्तिम उपन्यास है, 'उपसंहार' जो कृष्ण पर है, महाभारत के बाद कृष्ण द्वारका लौटकर जाते हैं, 36 वर्षों तक जीवित रहते हैं। तो कृष्ण के बहाने एक तरह से आधुनिक मनुष्य का ही सन्दर्भ है।

दुर्गानन्द यादव : कृष्ण के बहाने आधुनिक सन्दर्भ कैसे है?

काशीनाथ सिंह : ये कृष्ण महाभारत के नहीं हैं जो उपन्यास में हैं, वे वस्तुतः आज के हैं। कहा जाए कि जो एक ऐसे आदमी का जो सत्ता में रहा है, उस आदमी की सत्ता की पतन और विनाश की गाथा है। ठीक!

दुर्गानन्द यादव : आप कहाँ तक प्रेमचन्द के कथा साहित्य से प्रभावित हैं?

काशीनाथ सिंह : देखो, प्रेमचन्द वह महान कथाकार रहे हैं। जिन्होंने हिन्दी उपन्यास और कहानी की जमीन तैयार की है। जिस पर हम फसल उगा रहे हैं और प्रेमचन्द ने ही पूरी सेटिंग कर दी थी, कि भविष्य का उपन्यास किस रास्ते पर लिखे जा सकते हैं। लेकिन दो चीजें खास मेरे लिए महत्त्वपूर्ण रही हैं। एक तो ये कि साहित्य का कोई उद्‌देश्य हुआ करता है, लेकिन वह उद्‌देश्य भी ऐसा हो जो पढ़ा जा सके। वह शुद्ध मनोरंजन के लिए नहीं होता, लेकिन वह पठनीय हो, अपाठ्य न हो। ऐसा न हो कि उद्‌देश्य आप बताएँ पढ़ने के लिए और पाठक को कोई रुचि न हो, तो पाठक की रुचि की उपेक्षा नहीं करनी चाहिए। आज भी प्रेमचन्द हमारे लिए बराबर प्रासंगिक बने हुए हैं। दूसरी चीज, जो प्रेमचन्द की मुझे आकृष्ट करती है, वह है उनकी भाषा। प्रेमचन्द की भाषा हिन्दुस्तानी है संस्कृत शब्द प्रायः उनके यहाँ नहीं मिलते हैं, बुनियादी तौर पर उर्दू। उन्होंने ज्यादातर लेखन उर्दू में किया था। तर्जुमा खुद उसकी हिन्दी में करवाया। वे हिन्दी और बोलचाल की भाषा का मिश्रण हैं। प्रेमचन्द में और बोलचाल की वह भाषा जो जड़ों से जुड़ी हुई है। पनवाड़ी की दुकान है, फुटपाथ है, किसान की बोली से, यानी रोजमर्रे की जिन्दगी की भाषा है, उसे परिनिष्ठित नहीं होना, एकेडमिक नहीं होना, साधारण होना, जो किसी की भी समझ में आए। जैसे—अब बहुत सारे लोग अनुवाद की भाषा जैसे लिखते हैं, तो अनुवाद नहीं और सु-संस्कृत भी नहीं, बल्कि ठेठ हिन्दी, धरती की भाषा। ये प्रेमचन्द की खासियत है। इन दो चीजों को मैंने कभी नहीं छोड़ा।

दुर्गानन्द यादव : सामाजिक सन्दर्भ के अन्तर्गत रिश्ते की महत्ता किस रूप में आपके रचनाओं में (उपन्यास) प्रकट हुई है?

काशीनाथ सिंह : देखो! एक तो मेरी जो सर्वोत्तम रचनाएँ हैं, रिश्ते पर आधारित है, 'सुख' कहानी, जिससे मैं चर्चित हुआ था। एक तरह से पहली कहानी थी। प्रकृति और मनुष्य के बीच किस तरह से सम्बन्ध खत्म हो रहा है। डूबते हुए सूर्य के सौन्दर्य को व्यक्ति देखता है और चकित होता है। कितना अच्छा लग रहा है, आसमान लाल, हमारा गाल लाल है, हमारा सफेद कुर्ता लाल हो गया है। सामने जो दिखाई पड़ रहा है, लाल-लाल सा लग रहा है। उसे दूसरे क्यों नहीं समझ रहे हैं, ये प्रकृति और मनुष्य के रिश्ते की कहानी है। उसके बाद जो कहानी चर्चित हुई, वह है 'कविता की नई तारीख' यह दूसरी महत्त्वपूर्ण हमारी कहानी मानी जाती है, जिसमें लेखक अपने साढ़ू भाई के यहाँ जाता है, उसके परिवार के बीच पटना में जाता है और देखता है कि कैसे है वो लड़का, जो उसके यहाँ आया था कभी,

वहाँ जाने के बाद उसके बाप की मृत्यु हो गई, आपातकाल में और उसे खबर नहीं है। घर की जिन्दगी जी चुका, वह जिन्दगी भूल चुका है। वह इनकम-टैक्स ऑफिसर है। तो अपने आप उसका वर्ग चरित्र ही कैसे बदल गया, जो कहानी का नैरेटर है। वे एक तरह से बातचीत में अपमानित करता है रिश्ते को। और तीसरी कहानी जो चर्चित और महत्त्वपूर्ण मानी जाती है, वह प्राय: पाठ्यक्रमों में है, वह है 'अपना रास्ता लो बाबा'।

दुर्गानन्द यादव : जी, 'अपना रास्ता लो बाबा' क्या है?
काशीनाथ सिंह : वह बाबा जो अपने भतीजे को, भाई के बेटे को बचपन में कंधे पर बैठाकर खेत-खेत मेड़-मेड़ घूमा करता था। बीमार पड़ता है, तो आता है और गन्ने का रस लेकर गाँव से आता है। बस से आता है, वह सोचता है उसे सब कुछ मिलता होगा गन्ने का रस नहीं मिलता होगा जो उसे बहुत प्रिय था और उसके बच्चे उसका मखौल उड़ाते है, उसकी बीवी उसके खाने-पीने पर व्यंग्य करती है। 'बूढ़ा खाता कितना है!' और यही नहीं वह उसे हॉस्पिटल लेकर जाता है, डॉक्टर कहता है कि मुझे डर है कि कहीं कैंसर है और जाँच करवाने के लिए बोलता है। वह लौटता है, स्कूटर से ही बी-कॉम्प्लेक्स गोलियाँ दो-दो पैसे वाले खरीदकर देता है। और कहता है, कुछ नहीं है, अपना रस्ता लो बाबा। और बाकी तो उपन्यास 'रेहन पर रग्घू' रिश्ते को टूटने को लेकर लिखा है।

दुर्गानन्द यादव : आपने कहा, मेरी सर्वश्रेष्ठ कहानी 'सुख' है, तो आप अपना सर्वश्रेष्ठ उपन्यास किसे मानते हैं।
काशीनाथ सिंह : 'काशी का अस्सी'।

दुर्गानन्द यादव : 'रेहन पर रग्घू' क्यों नहीं?
काशीनाथ सिंह : 'रेहन पर रग्घू' पर साहित्य अकादेमी पुरस्कार जरूर मिला है, लेकिन मैं 'काशी का अस्सी' को सर्वश्रेष्ठ मानता हूँ। बहुत लोगों का कहना था 'काशी का अस्सी' पर साहित्य अकादेमी मिलना चाहिए था, लेकिन 'काशी का अस्सी' पर नहीं मिला, शायद उसकी भाषा के कारण, उसे अश्लील कहके इनकार कर दिया गया, लेकिन जो उपन्यास मेरी पसन्दगी है, वह है, 'काशी का अस्सी'। उसी से मेरी पहचान बनी, चर्चा हुई और इक्कीसवीं सदी के आरम्भ से लेकर कई जगह नाटक खेले जा रहे हैं। 'राष्ट्रीय नाट्य विद्यालय' ने नाटक खेला, उषा गांगुली ने खेला और कई लोगों ने खेला और जगह-जगह नाटक खेला गया।

दुर्गानन्द यादव : जब आप 'काशी का अस्सी' को सर्वश्रेष्ठ उपन्यास मानते हैं, तो मेरे जेहन में एक प्रश्न आता है। 'काशी का अस्सी' में काशी एक जगह, काशी आप खुद हैं और अस्सी वर्ष आपकी अवस्था हो चुकी है। इसमें क्या साम्य है?

काशीनाथ सिंह : हँसते हुए...! ये पाठक बताएगा। मैं साम्य की बात तो नहीं कर सकता कि साम्य किससे रखना है। लेकिन मैं उसे कई दृष्टियों से मानता हूँ। वह अकेला उपन्यास है जिसका हिन्दी साहित्य के बाहर के पाठक बहुत हैं, यानी उड़ीसा से, महाराष्ट्र से, गोवा से या जहाँ से आते हैं, बनारस। वे 'पप्पू की दुकान' जरूर देखना चाहते हैं, उस चरित्र को जरूर देखना चाहते हैं, जिनके नाम उस (उपन्यास) में आए हैं। यहाँ जो नये पदाधिकारी आते हैं, वे काशी को समझने के लिए उस उपन्यास को पढ़ते हैं। पढ़नेवाले डॉक्टर हैं, इंजीनियर हैं, या पाठक हैं, किसी भी नौकरी के हैं, वे उस उपन्यास को पढ़ चुके हैं। यहाँ तक मैंने जो सुना बनारस पोस्टिंग पानेवाले जीतने ऑफिसर हैं उन्हें सुझाया जाता है कि बनारस को जानना है, तो इस उपन्यास (काशी का अस्सी) को पढ़कर जाइए। तो पाठक बहुत हैं, उसके और कई विषयों के, कई प्रशासनों के, कई तरह के लोग और वह उपन्यास है, जिसमें खुलकर किसी तरह के दबाव में नहीं लिखा यानी बन्धन-मुक्त होकर मैंने लिखा, छपे या न छपे।

इसके लिए मैं आदरणीय मित्र राजेन्द्र यादव का आभारी हूँ, उन्होंने बड़े साहस के साथ छापा और मेरे साथ-साथ वे भी गालियाँ सुने। जितने परिच्छेद छपते गए, हमारे साथ जितनी गालियाँ हमें मिलीं, उससे कम उसे नहीं मिलीं। तो आप जानते हैं माँ-बाप का नालायक बेटा जो होता है, माँ-बाप का सबसे प्रिय बेटा वही होता है। और इस कारण से यह उपन्यास 'काशी का अस्सी' सबसे मुझे प्रिय है। ढेर सारे क्षणों से उभरता हुआ, वह बचा हुआ और हमको भी बचाए हुए है।

दुर्गानन्द यादव : आज दलित-विमर्श और स्त्री-विमर्श की चर्चा जोरों पर है, क्या आपने इन विमर्शों को अपने औपन्यासिक साहित्य में स्थान दिया है? और किस रूप में?

काशीनाथ सिंह : ये कि मैं विमर्शों के बार में बता दूँ कि विमर्श लेखन के भीतर से उभरना चाहिए। मैं मानकर चलता हूँ कि विमर्श आपके लेखन के भीतर से उभरता है। विमर्श चल रहा है, इसलिए आप लिखें। यानी कि विमर्श! विमर्श लेखन की प्रेरणा नहीं है। आप लिखें वह कि जो आप लिखना चाहते हैं। उससे विमर्श उभरकर आता है, तो ठीक नहीं तो ये मेरी अपनी सोच है विमर्शों के बारे में। दूसरी ये कि मेरा एक उपन्यास स्त्री-विमर्शों पर है 'महुआचरित'।

दुर्गानन्द यादव : क्या इसमें (महुआचरित) स्त्री-विमर्श है?
काशीनाथ सिंह : हाँ, इसमें कहीं-न-कहीं स्त्री-विमर्श है। दूसरे, यह विमर्श आपको दिखाई पड़ेगा 'रेहन पर रग्घू' में भी जिसमें एक लड़की (सरला) अविवाहित रह जाती है। क्योंकि उसके माता-पिता को यह स्वीकार नहीं कि वह किसी दलित से विवाह करे।

दुर्गानन्द यादव : जो मिर्जापुर में रहती है?
काशीनाथ सिंह : हाँ तो सरला के साथ दिखाई देता है, बाकी दलित-विमर्श की कहानी तब लिखी थी, जब वस्तुतः दलित-विमर्श नहीं था हिन्दी साहित्य में। जैसे 1971 के आसपास मैंने एक कहानी लिखी थी 'चोट'। जिसमें एक ठाकुर है और एक गड़रिया है। एक ही गाँव के रहनेवाले हैं। और एक शहर में जो गड़रिया है आता है (चाय की चुस्की लेते हुए) और बाबू साहब उस होटल में बेयरा हैं, जहाँ वह मिठाई खाने के लिए, चाय पीने के लिए बैठता है। वहाँ ये चीज उभरकर आती है। गाँव का वो रिश्ता अब शहर में नहीं रह गया। बाबू साहब (बेयरा) को ऑर्डर देता है, ये ले आओ और वहाँ थोड़ा बहुत दोनों के बीच तनाव उत्पन्न होता है। दूसरे दलित-विमर्श पर 1984 के आसपास एक कहानी लिखी थी 'सारिका' पत्रिका में छपी थी 'वे तीन घर' हमारे कहानी-संग्रह 'कहनी उपखान' में ये कहानी है। सारी कहानियों का संग्रह वही है।

'वे तीन घर' वे हैं जो दलितों के हैं, हरिजनों के हैं, और दलितों के बीच रहा हुआ, उनके बीच रहा हुआ नेता है, जो अच्छी स्थिति में हो गया और अपना अलग घर बनाया है। अच्छा घर बनाया है और उसकी पत्नी उसको हिकारत से कहती है कि देखो हमारा उनसे कोई रिश्ता नहीं है। ये कहानी मुझे ठीक से याद नहीं आ रही है, देख लेना ठीक से 'वे तीन घर'। तो मैंने फर्मूले के रूप में दलित लेखन नहीं किया है। ये बात हमने जो जीवन में देखा उसे लिखा।

दुर्गानन्द यादव : जो वास्तविकता नजरों से देखा उसको साहित्य के रूप में लिखा।
काशीनाथ सिंह : और भी मेरी कहानी हो सकती है दलित-विमर्श पर याद नहीं आ रही है।

दुर्गानन्द यादव : क्या आज के किसान की समस्याएँ आपके उपन्यास में उजागर हुई हैं, अगर हुई हैं, तो किस रूप में?
काशीनाथ सिंह : देखो (कुछ सोचते हुए) किसान का उल्लेख तो उपन्यास में हुआ है, जैसे 'अपना मोर्चा' में एक ज्वान नामक पात्र है, जो किसानों, मजदूरों के प्रति सहानुभूति रखता है, लेकिन खास तौर से किसानों की चर्चा मैंने की है 'रेहन पर रग्घू' में।

दुर्गानन्द यादव : जी मैं यही जानना चाहता हूँ कि 'रेहन पर रग्घू' में किसान की समस्याएँ किस रूप में हैं?

काशीनाथ सिंह : हूँ, जिसमें जमीन के बारे में बात की चर्चा की है, जो नई जेनरेशन आ रही है वह किस तरह से जमीन को नहीं पहचानते हैं। जिसके सहारे वे पढ़ाई-लिखाई कहते रहे, जिसके सहारे वे खाते-पीते रहे।

दुर्गानन्द यादव : रघुनाथ को अभी भी जमीन से आसक्ति है।

काशीनाथ सिंह : हाँ, उनकी आसक्ति बनी हुई है, जमीन से। वे छोड़ना नहीं चाहते हैं, किसी भी कीमत पर। बेटे कहते हैं बेच दीजिए बोझ है, वह और वे इसके लिए तैयार नहीं हैं। रघुनाथ कहता है कि वही (जमीन) हमारी माँ है। वह अपनी माँ की तरह जमीन को देखता है। यह वस्तुतः आज के किसान के बारे में लिखा हुआ पूरा उपन्यास है; कि वह किस तरह गाँव छोड़ने के लिए विवश होता है और छोड़ देता है, तो किस तरह उसकी जमीन दूसरे हड़पना चाहते हैं। जमीन से इस पीढ़ी का लगाव किस तरह खत्म होता जा रहा है, धीरे-धीरे। यह उपन्यास में देखा जा सकता है। (चाय पीते हुए गम्भीर मुद्रा बनाए हुए)

दुर्गानन्द यादव : उतर आधुनिकतावाद के सन्दर्भ में आपके विचार क्या हैं? 'रेहन पर रग्घू' के सन्दर्भ में।

काशीनाथ सिंह : देखो! वैसे इस तरह के पारिभाषिक शब्दों को मैंने सुनना शुरू किया 90 के बाद से ही (हँसते हुए) उत्तर-आधुनिक और (सोचते हुए) उसके सन्दर्भ में उत्तर-आधुनिकता के खिलाफ हूँ। जिस अर्थ में आज लोग देखते हैं। हालाँकि मेरे लेखन को ज्यादातर लोग उतर-आधुनिक कहते हैं, क्यों? कहते हैं, आज तक मेरी समझ में नहीं आई है। हूँ...बाकी 'रेहन पर रग्घू' के सन्दर्भ में जहाँ तक कहा। देखो आज उतर आधुनिकता जुड़ी हुई है वैश्वीकरण और उदारीकरण तथा वैश्विक नीतियों से। इससे उतर-आधुनिकता जुड़ी हुई है और यूँ देखा जाए तो, हमारा खयाल इसके बारे में बतानेवाला या लिखनेवाला मैं शुरुआती लेखक हूँ। जहाँ सीधे-सीधे बात की जाती है, उदारीकरण क्या है? निजीकरण क्या? इन सारी चीजों पर टिप्पणियाँ की जाती हैं और एक आदमी उसकी व्याख्या अपने ढंग से करता है। जिसमें बताता है कि इसका हम 'अस्सी' वालों के लिए महत्त्व क्या है। यानी इसका मतलब (पूँजी) समझते हुए 'शिव मंदिर' को शौचालय में बदल देता है। इस (पांड़े कौन कुमति तोहें लागी) कहानी में यही है न! जो धर्मनाथ शास्त्री हैं, वे देखते हैं कि पैसे के लिए किस तरह एक व्यक्ति को अपने किराये पर रखकर, जो माँझी है मल्लाह(जगुआ), जो अपने घर का रहन-सहन बदल चुका

है। पहनावा, खान-पान वगैरह तो हम क्यों पीछे रहें भाई। 'शिवजी' हमारे किसी काम नहीं आ रहे हैं, तो ठीक है। किसी और जगह करते हैं और शिव जी की मूर्ति को गमला में बैठाता है, वेस्टर्न स्टाइल का, कोमोड और किराये पर देता है मादलेन को, ये जो उतर-आधुनिकता है। इस पर एक तरह से गम्भीर टिप्पणी है।

दुर्गानन्द यादव : वर्तमान समय में आप क्या लिख रहे हैं?

काशीनाथ सिंह : वर्तमान समय में पढ़ रहा हूँ, लिख नहीं रहा हूँ। सही बात ये है। एक पुस्तक है मोटी सी 'उत्कर्ष का विनाश' पढ़ रहा हूँ। इससे पहले पढ़ा था 'फसाद के अफसाने' दंगे वाले जो वे अफसाने, जो विभाजन के दौरान लिखी गई थी और वे कहानियाँ, जो बाबरी मस्जिद विध्वंस के बाद लिखी गई और फिर क्या होता है, आज जाहिर है जो कुछ भी आज घटित हो रहा है, हिन्दुत्व के कारण। इन सारी चीजों से हमें बाध्य किया था इन किताब को पढ़ने के लिए।

दुर्गानन्द यादव : आपने असहिष्णुता को लेकर 'साहित्य अकादेमी सम्मान' वापस किया। वर्तमान समय में असहिष्णुता को आप किस तरह देखते हैं?

काशीनाथ सिंह : आज निश्चित रूप से असहिष्णुता बढ़ी है और लगातार बढ़ती जा रही है। दलितों के साथ, जन-जातियों के साथ और यानी हमें डर है, हम तो नहीं रहेंगे। ऐसा न हो कि ईश्वर न करे कि भविष्य में हमें एक त्रासदी और देखनी पड़े। यानी एक और विभाजन तो हम देख चुके हैं, भोग चुके हैं। और ऐसा न हो कि फिर ऐसी स्थिति उत्पन्न हो जाए। हिन्दुत्व आक्रामक होता जा रहा है। एक चुप्पी छाई हुई है अल्पसंख्यकों में, भय है उनमें, असुरक्षित सा महसूस कर रहे हैं। वे कर रही हैं, जन-जातियाँ कर रही, जंगल-जमीन ये सारी चीजें उनसे छिन रही हैं। तो एक तरह से बहुत मुश्किल दौर से गुजर रहा है देश हमारा। पूरा संविधान संकट में है।

दुर्गानन्द यादव : कैसे हमारा संविधान संकट में है? श्रीमान् और आप कैसे देखते हैं इसे?

काशीनाथ सिंह : क्योंकि बहुलतावादी संस्कृति आजादी के बाद से यानी 1947 से जब संविधान बना तो इसी बहुलतावादी सिद्धान्त पर बना 'एक में अनेक, अनेक में एक'। जहाँ सारे धर्म, सारी जातियाँ विकास के लिए काम कर रही हैं। यह सत्ता के लिए संघर्ष एक समाजवादी सोच के आदमी का यही रहा है कि जो पिछड़े हैं, दलित हैं, उन्हें बराबरी का हक मिलना चाहिए। इस दिशा में कोशिश हो रही थी और यहाँ फिर से प्राचीन इतिहास के धर्म सिद्धान्त को लागू करके पुरानी चीजों को फिर बनाई जा रही है।

दुर्गानन्द यादव : देश के वर्तमान समय में हिन्दी साहित्य के सबसे बड़े आलोचक डॉ. नामवर सिंह जिनका 90वाँ जन्मदिवस कुछ दिन पूर्व मनाया गया है। आपके लेखन में, आपके साहित्य में, उनका योगदान क्या रहा है?

काशीनाथ सिंह : देखो मोटे तौर पर मैं यही कह सकता हूँ कि सीखने-पढ़ने से लेकर लिखना-सिखाने तक। यानी 1953 में मैं बनारस आया। इंटरमीडिएट, बी.ए., एम.ए., पी-एच.डी. तक पढ़ाने का काम उन्होंने किया और जब कहानियाँ लिखना शुरू किया तो आलोचक, लेखक तो नहीं बनाता है संस्कार कर सकता है। लेखन कार्य तो सिखा मैंने उनसे, वे कहानियाँ पर लिख चुके थे, पत्रिका में ढेर सारी।

तो कहानी पर प्राय: बातें हुआ करती थीं उनसे, अगर कौन सी कहानी अच्छी है, तो क्यों है? कहानी कोई खराब है, तो क्यों है? तो योगदान तो बहुत बड़ा है उनका इसमें कोई दो राय नहीं है। मैंने बताया कि एक आलोचक अधिक-अधिक से संस्कार कर सकता है। आप में क्षमता नहीं है,तो आप लेखक नहीं बन सकते। मुझमें क्षमता थी, लेकिन जो भी संस्कार और समझ आई मुझमें—कहानी के साथ मेहनत कैसे करनी चाहिए! जैसे मैंने बताया कि मेरी पहचान बनी थी 'सुख' कहानी से। कहानी को पढ़ने के बाद सुख नाम उन्होंने ही दिया था।

दुर्गानन्द यादव : ठीक है सर!

काशीनाथ सिंह : तुम्हें, बहुत-बहुत बधाई।

(दिनांक : 30 जुलाई, 2017, समय : संध्या 5 से 7 बजे)

काशीनाथ सिंह के प्रिय-अप्रिय

कामेश्वर प्रसाद सिंह : आपका प्रिय कहानीकार?
काशीनाथ सिंह : प्रेमचन्द।

कामेश्वर प्रसाद सिंह : आपका प्रिय उपन्यासकार?
काशीनाथ सिंह : टॉलस्टॉय।

कामेश्वर प्रसाद सिंह : आपका प्रिय नाटककार?
काशीनाथ सिंह : बर्तोल्त ब्रेष्ट।

कामेश्वर प्रसाद सिंह : आपका प्रिय आलोचक?
काशीनाथ सिंह : नामवर सिंह।

कामेश्वर प्रसाद सिंह : आपका प्रिय पत्रकार?
काशीनाथ सिंह : प्रभाष जोशी, रवीश कुमार।

कामेश्वर प्रसाद सिंह : आपका प्रिय निबंधकार?
काशीनाथ सिंह : चन्द्रधर शर्मा गुलेरी।

कामेश्वर प्रसाद सिंह : आपका प्रिय वक्ता?
काशीनाथ सिंह : नामवर सिंह।

कामेश्वर प्रसाद सिंह : आपकी प्रिय पत्रिका?
काशीनाथ सिंह : बनास जन। इसके नये अंक की विविधता से मैं चकित हूँ।

कामेश्वर प्रसाद सिंह : आपकी प्रिय पुस्तक?
काशीनाथ सिंह : डॉन क्विग्जोट, मैला आँचल।

कामेश्वर प्रसाद सिंह : आपका प्रिय खेल?
काशीनाथ सिंह : हॉकी।

कामेश्वर प्रसाद सिंह : आपका प्रिय यात्रा स्थल?
काशीनाथ सिंह : भीमताल।

कामेश्वर प्रसाद सिंह : आपका प्रिय शहर?
काशीनाथ सिंह : बनारस।

कामेश्वर प्रसाद सिंह : समय व्यतीत करने का काम?
काशीनाथ सिंह : पढ़ना, टहलना।

कामेश्वर प्रसाद सिंह : आपका प्रिय भोजन?
काशीनाथ सिंह : माँ के हाथों की नमक-तेल चुपड़ी जौ की ताजी रोटी जो अब नहीं मिलती।

कामेश्वर प्रसाद सिंह : प्रिय डिश?
काशीनाथ सिंह : तली या भुनी मछली।

कामेश्वर प्रसाद सिंह : आपकी पसन्दीदा फिल्म?
काशीनाथ सिंह : श्री 420।

कामेश्वर प्रसाद सिंह : आपका पसन्दीदा गायक?
काशीनाथ सिंह : मुकेश।

कामेश्वर प्रसाद सिंह : आपका पसन्दीदा फिल्म निर्देशक?
काशीनाथ सिंह : गुरुदत्त।

कामेश्वर प्रसाद सिंह : आपकी पसन्दीदा फिल्म संगीत निर्देशक?
काशीनाथ सिंह : शंकर जयकिशन।

कामेश्वर प्रसाद सिंह : सबसे घृणित काम?
काशीनाथ सिंह : विश्वासघात।

कामेश्वर प्रसाद सिंह : सबसे बड़ा सुख?
काशीनाथ सिंह : कहानी/उपन्यास का पूरा होना।

कामेश्वर प्रसाद सिंह : सबसे बड़ा दुःख?
काशीनाथ सिंह : रचना-प्रक्रिया।

कामेश्वर प्रसाद सिंह : सर्वोत्तम गुण?
काशीनाथ सिंह : सहृदयता।

कामेश्वर प्रसाद सिंह : सबसे बड़ा अवगुण?
काशीनाथ सिंह : अहंकार।

कामेश्वर प्रसाद सिंह : आदर्श वाक्य?
काशीनाथ सिंह : truth is concrete.

कामेश्वर प्रसाद सिंह : आदर्श उक्ति?
काशीनाथ सिंह : अप्प दीपो भव।

कामेश्वर प्रसाद सिंह : क्या है जो मिल नहीं पाया?
काशीनाथ सिंह : समुद्र/पहाड़ के पास झोंपड़ी।

कामेश्वर प्रसाद सिंह : बचपन में कैसे सपने देखते थे?
काशीनाथ सिंह : भूत-प्रेतों के।

कामेश्वर प्रसाद सिंह : क्या अब भी सपने देखते हैं? हाँ तो कैसे?
काशीनाथ सिंह : नहीं।

कामेश्वर प्रसाद सिंह : क्या कभी रिक्तता का बोध होता है? क्यों?
काशीनाथ सिंह : लिखकर खाली होने के बाद।

कामेश्वर प्रसाद सिंह : तकलीफ कब होती है?
काशीनाथ सिंह : कृतघ्नता देख-सुन कर।

कामेश्वर प्रसाद सिंह : जीवन दुबारा मिल जाए तो क्या चाहेंगे?
काशीनाथ सिंह : लेखक होना।

कामेश्वर प्रसाद सिंह : आपके लिए सबसे अच्छा दिन या क्षण कब होता है?
काशीनाथ सिंह : जब भैया, 'नामवर जी' के साथ होते हैं।

कामेश्वर प्रसाद सिंह : कोई ऐसा बीता समय/पल जिसके लिए आपको भारी पछतावा होता हो।
काशीनाथ सिंह : मृत्युशैया पर पड़े धूमिल और बचपन के दोस्त भाषाविद् रामाधार से न मिल पाना।

कामेश्वर प्रसाद सिंह : सबसे ज्यादा शर्म कब आती है?
काशीनाथ सिंह : झूठ, छल या चोरी करते पकड़ा जाना।

कामेश्वर प्रसाद सिंह : सबसे ज्यादा तृप्ति किस काम में?
काशीनाथ सिंह : सही भाषा मिल जाने पर।

कामेश्वर प्रसाद सिंह : आपके एकान्त में कौन होता है। एकान्त में खालीपन से आप किस रूप में जीते हैं?

काशीनाथ सिंह : आत्मविश्लेषण में।

कामेश्वर प्रसाद सिंह : प्रिय स्वप्न?

काशीनाथ सिंह : वर्ग-वर्ण-जाति विहीन बराबरी का समाज।

कामेश्वर प्रसाद सिंह : और दुःस्वप्न?

काशीनाथ सिंह : परनिर्भर तकलीफदेह मौत।

(2018)

✪✪✪